上海公子

Shanghai master

王霄夫

著

作家出版社

图书在版编目（CIP）数据

上海公子 / 王霄夫著 . -- 北京：作家出版社，2020. 4
（2020.8 重印）

ISBN 978-7-5212-0784-2

Ⅰ . ①上… Ⅱ . ①王… Ⅲ . ①长篇小说 – 中国 – 当代 Ⅳ . ①I247.5

中国版本图书馆CIP数据核字（2019）第271848号

上海公子

作　　者：王霄夫
插　　图：王艺卓
责任编辑：杨兵兵
装帧设计：奇文雲海 Chival IDEA
出版发行：作家出版社有限公司
社　　址：北京农展馆南里10号　　邮　　编：100125
电话传真：86–10–65067186（发行中心及邮购部）
　　　　　86–10–65004079（总编室）
E-mail:zuojia@zuojia.net.cn
http://www.zuojiachubanshe.com
印　　刷：北京盛通印刷股份有限公司
成品尺寸：152×230
字　　数：336千
印　　张：26　　　　　　　插　　页：16
版　　次：2020年4月第1版
印　　次：2020年8月第3次印刷
ISBN 978-7-5212-0784-2
定　　价：58.00元

谢公馆一景

上海名伶

四行仓库

屠媚娘登台羊坝头

《良友》为谢壮吾庆生

裘宝儿天桥拉弓

八女投江

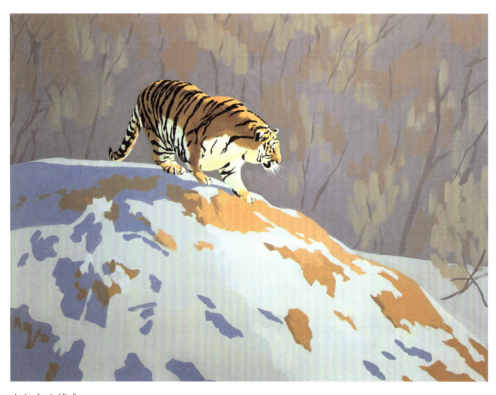

老杨东北搏虎

蒋介石垂泪悼戴笠

谢赛娇深夜摹古画

谢壮尔苏联之旅留念

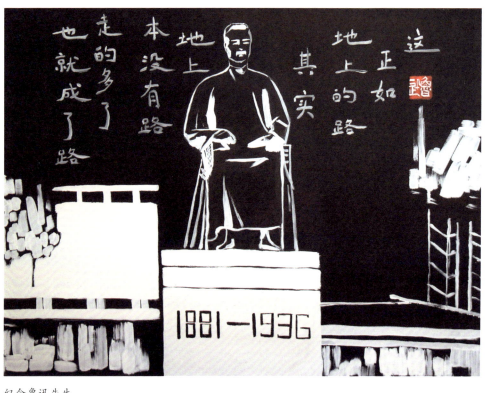

纪念鲁迅先生

因为你生而单纯，因为你生来富有，然而你想把你已有的给他们更多，然而你想把你没有的创造更多，然而他们总想拿到更多，总是索取不停，然而你只有成为完全的革命者，最终等到历尽磨难，等到一无所有——

　　你将拥有的，是纯洁而美好的全部人生。

目 录
contents

一、法场私语

　　故乡在上海，故人故事故情也在上海，这个世界上自称是上海人的，通常都不是祖辈、父辈，而是比年轻的上海更年轻的年轻人，只有他们才认为自己是真正意义上的上海人。

　　上海人最终都要回到上海的。

　　对于一个男人来说，上海像一个青春永驻、丰姿长在的美女，无论你漂泊远方，无论你历经变故，无论你岁月留痕，她最后都在等待你、吸引你，回到这个可容纳收留无数宾客的人类大世界，让你时光倒流，延缓寿数，让你躲开孤独，依赖亲近，在隐秘深沉又安全无虞的小角落里，甜蜜生活，潇洒人生，很快就变成纷繁万物中通过仔细辨认才能发现的一道景象，变成除了农民之外的任何一个职业身份，变成自以为广告牌上旗袍美女唯一流盼关注的对象。

　　上海人最终都要回到上海的。

　　对于一个女人来说，上海像一个脾气温和、胸襟开阔的父兄，无论你离家多久，无论你随情任性，无论你怨气难消，他最后都在寻找你、劝慰你，回到这个始终归属只有你一个人的女性小里弄，让你旧貌新颜，重拾时尚，让你尽情花开，招蜂引蝶，在热闹嘈杂而又悠闲漫步的大马路上，嗲声低唱，人前欢笑，很快就变成众生凡尘中最为夺目的日月光辉，变成除了妖精之外的任何一个家中宠爱，变成自以为社交场生活圈中不可缺少的灵魂所在。

这就是年轻男女的上海。

但此刻，这个年轻男女的上海离他们越来越远了。

事件起始于1945年秋天的东北哈尔滨，最早本应该结束于1946年至1948年期间的北平，或者重庆，或者上海，但最后结束于1950年春天的四川重庆，也就是裘宝儿被谢壮吾最终捕获的地方，最终由当时著名的军区副司令兼代理司令，即杜代司令，选定闷热多雨的武汉作为落幕地点。

裘宝儿是杜代司令的心头大患。

在当时较长一个阶段，杜代司令恨裘宝儿甚于恨战场上让他吃过大败仗的对手，那些人为蒋介石效命，即为人民公敌，最后的结局已经摆在那里，可以慢慢解决消灭，但裘宝儿作为一个具体的、背叛自己的逃兵，光天化日，扬长而去，隐匿人世，甚至亡命海外，永远都难以追踪，也是大有可能。

时时想起，如同芒刺在背，骨鲠在喉，让人抬不起头来。

杜代司令尽管战事繁忙，天天日理万机，每每千钧一发，但对裘宝儿此人此事却一刻都未曾释怀，以至于当时他向延安最高统帅部自请处分，并坚决要求不去掉代司令的代字，宁愿焦虑地等待着，等待着亲眼见到裘宝儿最后结局，才同意将杜代司令变成杜司令。

"君子一诺。"

杜代司令在电报中表示。

没想到这一代，就代了将近五年。

直接卷入此起事件的年轻男性当事人，主要有三个，一个叫谢壮吾，另一个叫裘宝儿，还有一个是谢壮吾的孪生兄弟谢壮尔。

至于直接或间接牵连到其间的女性当事人，一概都花样年华，一概都美丽难弃，还一概都重情重爱，以至于在那个酷烈缠斗、拼死角逐的男性英雄世界里，融合或者至少是蕴含了一大半柔绵和感性，一小半月光和明媚，还有一丁点儿泪水以及微笑。

总之，兰心蕙质，冰雪聪明，像五月之花，遇到了该绽放的时节，毫不犹豫地猛烈展现，尽情盛开，在绚丽中凋零青春的花瓣，绝不等到在昼夜更替中慢慢收缩、枯萎、衰落，腐化成泥，化为尘土飞扬。

哪怕最后的不幸是她们乱世薄命的全部。

得到裘宝儿归案的确切消息，杜代司令在第一时间特别派了一架当时十分稀罕的美制CD军用运输机，抵达重庆，同时致电其时主持西南军区工作的霍无病参谋长，坚决要求马上催促谢壮吾将裘宝儿直接押到湖北武汉，公开审判。

中南军区与西南军区平级，由于互不隶属，事情只能商量着办。长相文弱的霍参谋长起初并没有答应，他试图说服年轻健硕、相貌英俊的谢壮吾以养伤为由留在重庆，如果个人愿意，可以在西南军区总部安排适当工作，而且在职务上调高一级。他坚定地认为，上海青年文化素质高，将来前程远大，何况是一个参加革命很早的上海青年，何况上海是革命的摇篮，是中国共产党的诞生地。

裘宝儿其实也算是上海人，而且霍参谋长与他算是故人，因此准备以起义投诚人员应有的政策待遇，将裘宝儿留置在重庆，一边接受审查，一边改造思想，讲清历史问题，争取宽大处理。他同样坚定地认为，青年人总是会犯错误的，何况是上海的青年人，可以在更大的范围原谅他们的错误，可以有更长的时间让他们改正错误。

谢壮吾强忍着刺心的剧疼，声明自己没有什么大的伤痛，可以马上回去，何况有飞机坐，熬一熬就到武汉了。

戴着一副玳瑁眼镜的霍参谋长眼光入木三分，看出谢壮吾是在逞能，说："你分明受了内伤，不然我跟你切磋切磋。"

霍参谋长出身天津霍家，年少时曾跟随族叔霍元甲练武数年，是真传霍家拳弟子，因为听到不少，见过不少，遇到过不少，所以能看出谢壮吾受了内伤。

谢壮吾心里不由得佩服霍参谋长的眼力，只得承认交手时被裘宝儿打了一记重拳，伤了一两根肋骨，但没有完全断裂，说着用力敬了个军礼，表示不在话下，表示已经好了许多。

抓捕裘宝儿的时候，两人紧张对峙，裘宝儿先是以一记左直拳虚击谢壮吾面部，谢壮吾看出是假，并没有躲避，而后裘宝儿连环出拳，紧接着就用一记右直拳重击他的下颌，同时右脚上步，试图别住他的双脚，原本虚击他的右手顺势展开，用大小臂箍住他的颈部，上下用力，试图将他摔倒在地。

谢壮吾上下受敌，全力跳开。

裘宝儿瞬间又上身左转，做出要打出一记右摆拳的动作，趁谢壮吾防备，他上身又突然右转，同时左腿攻击谢壮吾身体右侧之时，突然一记左拳收回，再次沉重出击。

谢壮吾还是不避，以拳对拳，两拳碰撞，裘宝儿后退一步。

格斗到后面，裘宝儿发狠，再次以左直拳虚击谢壮吾面部，谢壮吾侧脸躲避，不想这次裘宝儿并不收拳，而是中途改变线路，向下一击，谢壮吾防不胜防，肋下挨了那一记重拳。

顿时一阵剧烈的疼痛，但谢壮吾瞬间的惊愕把这种难以忍受的疼痛抵消了。

他脑子里闪过一幕旧时片断。

他的白俄拳击老师安德烈警告过他，而且不是一次。安德烈特别提到，当年在谢公馆堂会上演过的一出折子戏，堂前罗成和秦琼这对表兄弟互相教会对方武艺之后，也都互相留下最后一手。

与罗成和秦琼一样，谢壮吾与裘宝儿各怀绝技，裘宝儿擅长拳路，谢壮吾精于腿功。

今天裘宝儿最后给他的这记重拳，或许就是裘宝儿留下的一手绝杀技。

谢壮吾走神之际，裘宝儿趁机脱身。

但谢壮吾经受剧烈打击，倒地之时，突然使出鞭腿反击。

谢壮吾也留下最关键的一腿。

霍参谋长事后点头称赞，以他津门霍家拳传承，当然也掌握散手要领，当着谢壮吾的面，飞快演示了鞭腿的一串连贯动作。

霍参谋长以太极云手热身，突然将重心移至右腿，左腿一屈，屈膝上抬，高过腰，上体后左腿侧转略倾，随即膝盖朝上一挺，小腿从外向上，向前向内呈弧形弹击，膝部猛挺发力，又借助拧腰切胯之力加大力度，弹腿时支撑腿膝伸直，并以脚掌为轴，地上一碾，脚跟往内一收，上体丝毫没有倾斜。

谢壮吾不禁佩服，称赞说："好腿功！"

霍参谋长松了松身体，摇摇头，说："我现在不是你和他的对手。"霍参谋长说的他，指的应该是裘宝儿。谢壮吾并不知道五年前在延安霍参谋长吃过裘宝儿亏的事情，因此心有疑惑，但也没有多问。

其实谢壮吾伤得不轻，但为了赶回武汉，他佯装没有大碍，要求尽快登上飞机。

霍参谋长仍然进行了最后的交涉，指出谢壮吾抓到的这个人是国民党少将，对此党和军队是有政策的，因为在他来抓人之前，裘宝儿已经起义了，至少应该算是投诚。

谢壮吾面色始终有些沉重，只得实话实说，如果不让自己把裘宝儿带走，杜代司令一定还会派人来，说不定亲自来。

霍参谋长并不示弱，说："这里是西南军区，不是中南军区，杜代司令也要讲政策，讲道理呀，他不过是代司令，大不了我们找不是代的司令。"

谢壮吾沉默许久，才说："我带他一回去，就不是代司令了。"

杜代司令以副司令职务代了好几年，上面并没有派过正司令，在谢壮吾看来，杜代司令早已是真正的司令。谢壮吾因为身负伤痛，也懒得反驳，而且还给霍参谋长布了一个台阶，说："首长您不用顾虑，他原来就是杜代司令的下属，把人带回去，是让他归队。"

霍参谋长点了点头，勉强答应，说："这还算是一个理由。"

谢壮吾又趁热打铁，说："首长放心，杜代司令只是问他要回一样东西，不会太怎么样他。"

飞机经过三峡上空时遇上气流，剧烈的震荡使谢壮吾开裂的那条肋骨刺击肌肉，痛得全身渗出了汗水。

手脚系着铁镣的裘宝儿一边诧异，一边讥笑他，说："你到底是阿吾还是阿尔，怎么经不起打。"

后来的情况表明，谢壮吾是有意帮杜代司令骗了霍参谋长，因为裘宝儿一到武汉后，就被枪毙了。

这是谢壮吾已经预料到的，裘宝儿一旦交到杜代司令手中，只能死路一条了，而且死得很快。

飞机很快到达武汉，原来的武昌市、汉口市和汉阳县刚刚合并为武汉市。从飞机上看下去，大武汉被长江、汉水切割成三块，江河纵横、湖港交织，大小无数个湖泊镶嵌在大江两侧，形成湖沼水网，疏离无间，连成一片。

飞机忽然迅速降落，裘宝儿没有过多紧张，斜睨窗外，嘟哝着，说："飞机掉在水里，不一定会死。"

"到了。"谢壮吾提醒了一句。

裘宝儿脸色变了，说："这不是上海呀！"

走出机舱的那一刻，裘宝儿悄悄撞了一撞谢壮吾，说："武昌的夏天很热，顶好在酷暑到来前离开。"

只不过在汉口举行的公审大会上，发生了人们认为蹊跷的事情。

1950年端午节早晨，下了一场雨，而且到中午还在下，而且到晚上，到第二天，还可能停不下来。

在时骤时疏的淫雨中，谢壮吾提着皮箱，实施自己的计划，正如裘宝儿所希望的，在夏天到来之前，离开武汉。

当然，已经去掉代字的杜司令允许谢壮吾离开，还亲自给他开了介绍信。因为杜司令不止一次地承诺，如果谢壮吾有一天把裘宝儿抓回来，就帮助他实现其美好愿望：高举红旗解放上海，回到上海。

但上海已经解放，已经到处插遍红旗，他只能坐享其成了。

不过此时让他回上海，杜司令也算是兑现了承诺，不仅忍痛割爱，同意放人，而且亲自推荐他到华东军区，到上海去工作，说："回去好好照顾家人。"

谢壮吾的提箱里装着骨灰盒，骨灰盒里装的是裘宝儿的骨灰。

为了避人耳目，他特意购买了武昌到南京的客轮船票，制造准备从南京坐火车再到上海的假象，而实际上他偷偷搭乘一艘之前起义过来的国民党海军炮舰，沿长江而下，直奔上海。

谢壮吾在吴淞口下了炮舰之后，并没有走便捷的陆路，而是换乘一条商船，计划从十六铺码头进入上海市区，神不知鬼不觉，先回一趟谢公馆，处理好有关裘宝儿的后事，然后再到新的工作单位华东军区某部门报到。

不想在下船的那一刻，他就被那些自称是迎接他的人拦截了。这些人并不是什么笑容可掬、热情有余的同行、战友，更不是求才若渴的华东军区相关领导，而是一群面孔陌生、荷枪实弹的士兵。带队的军官走近他，第一时间缴下了他的佩枪和手中的皮箱，然后一脸冰冷地奉命宣布，他被限制自由，接受审查。

谢壮吾知道，事情出在裘宝儿被执行枪决的公审大会上。

从重庆直达武汉的飞机一落地，全副武装的中南军区保卫人员就从谢壮吾手中接管裘宝儿，并直接押往早已布置好的公审大会现场。

那天雨后云开，太阳有点毒，江风奢侈得如同游丝，过了很久，才偶尔吹过来似有似无的小小几缕，让人得以苟延残喘，延续生息。

杜代司令站在一棵大树下的荫凉处，先是表扬了谢壮吾，草草过问了他的伤势，接着马上与裘宝儿见了面，还叫人给他开了一瓶上海正广和的汽水，说："武汉没有这个。"

裘宝儿张开嘴，一口气就喝干了。

谢壮吾心中怦然一动，猛然想起当年的一个场景：六岁的乡下孩子裘宝儿第一次到上海，第一次走进谢公馆，也是一口气喝干了一瓶正广和汽水，而且还想再喝。

现在，裘宝儿还想再喝，如同当年，眼睛盯着谢壮吾手中泛着气泡的汽水瓶。

谢壮吾把喝了半瓶的汽水递到裘宝儿嘴边。

裘宝儿犹豫了一下，左右看看，喝了下去，并连续吐出了几个长长的气嗝。

中南军区保卫部门一位姓田的领导亲自担任监刑官，开始很负责地验明正身，问："姓名？"

裘宝儿也很配合，吐出一口气泡，说："裘宝儿。"

田监刑官点了点头，又问："哪里人氏？"

裘宝儿声音忽然变得悠扬和动听，血红的嘴唇动了动，说："剡——人。"

田监刑官奇怪了，模仿着再问，说："剡人？"

裘宝儿表情变得豪迈，以舞台上小生的腔调诵起诗来：

"海客谈瀛洲，烟涛微茫信难求。越人语天姥，云霞明灭或可睹。天姥连天向天横，势拔五岳掩赤城。天台四万八千丈，对此欲倒东南倾。我欲因之梦吴越，一夜飞度镜湖月。湖月照我影，送我至剡溪。"

现场久久的静默，后来杜代司令忽然接过话，打破了静默，说："剡溪在浙江嵊县，嵊县人也因此自称剡人。"

1945年秋天，裘宝儿在哈尔滨中央大街初遇当时的杜副司令，裘宝儿也是这样自我介绍的，事情过去快五年了，不想杜代司令居然记得这么清楚。

杜代司令还热心地作了补充，对裘宝儿有些女性化的嘴唇印象深刻，说："他母亲原先是唱戏的，因此从小养成这个腔调。"

田监刑官似乎恍然，但自以为是地作了推论，说："这是李白的诗，说明李白到过他老家。"

谢壮吾一直捂着下胁，有点无精打采，什么话也不想说，疼痛依然在困扰着他，而他又不能让人察觉，不然他就暂时走不了了。

验明正身完毕，杜代司令也没有更多地问什么话，一边擦汗，一边亲自宣读了死刑令，然后抬了抬手，多少有些难过，说："你死的样子，我就不看了。"

枪响之前，杜代司令已经舒展着眉头离开了现场。

公审大会继续进行，随后，在场的田监刑官和其他好几个人注意到，死囚裘宝儿与谢壮吾进行了任何旁观者都会觉得奇怪的交流。

田监刑官事后对当时发生的情形认真进行了梳理，一共理出三个疑点，而且每个疑点都确实可疑。

疑点一，表情奇怪的裘宝儿朝谢壮吾奇怪地笑了笑，谢壮吾则并不感到奇怪，还请求押解的战士给裘宝儿松一松绑得太死的绳子，说："反正他快死了。"

如果这不足疑，那么接下去裘宝儿与谢壮吾进行的上海话交谈，就不能不令人奇怪了。

疑点二，裘宝儿嘴巴往刚刚离开的杜代司令背影努了努，说："伊捉牢我代价交关，哪能勿看阿拉格死相。"

谢壮吾替杜代司令回答，说："伊拉大首长，有重大事体去忙，无没空在这里多蹲。"

裘宝儿看着一个手拿相机的军人，随之冷笑，说："原来有人帮我拍照相，把我个死相给伊看。"然后，突然有点激动，说："帮帮忙，叫照相师拍清爽一点，侬带回上海，去万国公墓埋我辰光，跟侬格阿妹墓碑上照片贴在一道。"

谢壮吾表情一紧，仍然不理，扭过脸，没有吱声。

"拜托侬勿要忘记脱。"裘宝儿喉咙有点哽咽了。

谢壮吾似乎没有在意，他先是看着江上过往的一条大船徐徐驶过，接着目光掠过有几分茫茫的江水，注视着对岸的街景。此刻，他发现，眼前的这幕情景，跟上海很相像，如同身处浦东，看着外滩，看到的都是各色高大的洋房，陌生而熟悉地排列在一起，一直没有尽头。所不同的是，上海外滩只看到房子，却很少看到人，偶然经过的小汽车，也没有一点声音，连刮过去的风也是哑然无声的。而眼前的却是活的，高高低低的灰色洋房也在太阳下生出红色的光辉，同时冒出有形的气体，仿佛蒸发着汗水，在潮湿和闷热中，行人进进出出，如潮如涌。

裘宝儿大声说了一句话，谢壮吾才回醒过来，看到裘宝儿神情不屑，说："哪能跟上海滩比！"

对岸的景色，其实一点也不比上海的外滩逊色，但上海人总是以为上海是最好的，因为大多数上海人从来不曾离开过上海，也从来不会想到要来看一看一江之上的武汉，因此也不会知道武汉这么大，这么壮观，不会知道武汉同样曾是租界，而且也同样留下许多洋房，配之以四面八方的过往人潮，比上海外滩更加生动，更加火热，更接地气，更有人情味。

如果他们一旦亲眼看到，也一定会像裘宝儿这样地反应，大声说哪能跟上海比！

谢壮吾装作没听见，继续看着江上风景。

裘宝儿突然抬高声音，说："大舅子，侬耳朵听见勿？"

谢壮吾一听裘宝儿叫他大舅子，猛地愤怒了，说："谢家无没侬格大舅，我早与侬决裂，无没来得及跟侬决裂那个，不是被侬弄死脱了。"

裘宝儿叫起屈来，说："阿拉两个舅子，认勿清哪个是哪个，侬讲哪个啊。"

后来田监刑官走过来，两人的谈话随即结束。

田监刑官冷不丁一句，说："上海闲话我听得懂一半。"

随即用北京官话将他们的对话连蒙带猜地翻译了几句，说："你大舅子抓了你，怎么会救你？"

裘宝儿嘴巴哼哧了一下，以示对田监刑官的轻蔑。

田监刑官有些恼怒，但忍了忍，回头只好警告谢壮吾，叫他注意影响。

想不到裘宝儿居然抓住这个机会，提出由谢壮吾执行对自己的枪决，当即遭到田监刑官的果断拒绝。

疑点三，最后裴宝儿是由于脑子出现混乱，说了胡话，还是因为别有目的，在临刑前的一刻，他突然当众放开喉咙，用浙江嵊县方言对谢壮吾喊了一句奇怪的话。

尽管场面嘈杂，但这句奇怪的话被一个耳尖的行刑干部听了个真切，而且准确无误地把一共二十八个音节都背记下来，在谢壮吾离开武汉之前，迅速向田监刑官作了反映。

田监刑官认认真真研究了一个通宵，还是破译不了，没有办法的情况下，当时就给浙江省军区发了电报，要求嵊县地方政府予以协助，同时一大早又请示杜代司令，建议扣留谢壮吾。

杜代司令对谢壮吾与裴宝儿之间的关系不仅仅了解，不仅仅是知情者，其实某种程度上，到了今天这个地步，还是始作俑者，因此在没有任何解释的情况下，驳回了田监刑官的建议，说："你不用多管了。"

田监刑官仍然要求再管一管，至少，要等等浙江方面的消息。

杜代司令不高兴了，冷下脸，说："那不如去台湾问蒋介石，他是浙江人。"

田监刑官还想说什么，杜代司令再不容商量，说："伤好之后，就让他走。"

田监刑官惊诧，问："让他走？走哪儿？"

杜代司令对田监刑官摊牌，自己对谢壮吾有过承诺，说："我已经同意他调到华东军区。"

田监刑官还想坚持，说："我们不能把隐患交给华东军区。"

杜代司令只冷冷回了一句，说："你不了解情况，别管了。"

田监刑官还要问个究竟，杜代司令不耐烦，但答应以后会把具体情况告诉他。

至此谢壮吾本可以安然无事，到上海新的岗位上施展才华，但他在领取介绍信时，竟然提出一个让田监刑官瞠目结舌的要求：同意他把裴宝儿的遗体殓棺，由他带回上海，与裴宝儿的母亲葬在一起。

"我答应过他，带他回上海的。"

"你阶级立场有问题。"

田监刑官直到此刻才知道，谢壮吾自作主张，没有按命令将被处决后的裴宝儿遗体及时处理，而是一直存放在医院的太平间里，理由是他答应过裴宝儿，给他一个全尸。

极度不解并充满愤怒的田监刑官当场驳回了谢壮吾的请求，命令即刻将裴宝儿火化，就地秘密掩埋，不做墓碑，不留记号，不许祭拜。

但谢壮吾临走的前夜，还是想办法把裴宝儿的骨灰取走了。

夜色笼罩之时，谢壮吾在东湖边的一处杂木林里找到了极难找到的掩埋地，起出了裴宝儿的骨灰盒。

看管干部发现情况时已是深更半夜，急忙报告了田监刑官。

田监刑官当即判断是谢壮吾所为，于是紧急召集相关人员，命令全力追回骨灰盒，如有必要可以逮捕谢壮吾。

田监刑官亲自到谢壮吾宿舍，谢壮吾刚刚离开，去了码头。天亮之前，负责干部指挥几百名战士找遍东西长江和南北汉水两岸全部二百多个水码头，搜查了所有前往下江方向的客轮和商船，都不见谢壮吾身影。

谁都没有想到，谢壮吾之前找到了一个1945年年底，东北赴苏联军事学院行前受训班的同事，并通过他介绍，联系上负责起义海军政治思想工作的另一名同事，该同事则把他带到了一艘起义炮舰上，而这艘起义炮舰恰好将奉命秘密开往上海。

起义官兵大都是上海人，谢壮吾如鱼得水，讲起一口上海话，与他们打成一片，顺风顺水避开了一路的关卡，到达了上海。

浙江方面迟迟没有关于那句嵊县方言的消息，气愤难平的田监刑官并没有罢休，他召集最有经验的侦察骨干和几名大学语言学教授，综合种种迹象，先从裴宝儿与谢壮吾的上海话交谈入手，发现其中关于"大舅子"那几句多有疑点，在此基础上，再对裴宝儿说的那句二十八个音节进行仔细辨别，很快就以为破译了关键部分。

其结论是：裘宝儿叫谢壮吾为阿尔弟，而没有正确地称呼其为阿吾弟，谢壮吾有可能是另一个人，即他的弟弟谢壮尔。

田监刑官认为事态严重，马上向杜司令报告，建议他下令将谢壮吾召回中南军区审查，弄清其真实身份。

杜司令眼也不抬，让谢壮吾去上海工作，一则他是从上海生长，在上海参加革命的，熟悉上海；二则1946年答应过他，如果完成任务，如果上海解放了，就让他回到上海。

之后田监刑官把情况直接报告了中央军委会总参谋部相关部门。

之后中央军委会总参谋部相关部门责令华东军区秘密扣留谢壮吾，并进行最严格的审查。

二、决胜未决

故事也可以从十三年前开始讲起。

因为在此之前，一切都还正常，都还朝着美好的方面发展，任何的意外都暂时与谢公馆没有太大关系，和相关的人没有太大的关系。如果有什么特别之处，是因为又迎来了一个盛夏8月，先祖谢公以8月的淝水之战青史留名，谢富光在8月从绍兴到达上海，还有，裘家也是8月的一天出现在谢公馆，从此谢裘两家爱恨情仇，形影难离，命运相连。

1937年暑期8月，上海大中学生业余拳术比赛的决赛在大世界如期举行，传说为下届即将在日本东京举行的奥林匹克运动会选拔选手，因此引来万众关注，成为当时上海滩的一件盛事。谢壮吾代表南洋模范中小学参加冠军赛，对手正是裘宝儿。

白俄安德烈充当谢壮吾的教练。安德烈当过驻守彼得堡的沙皇近卫军，曾经代表沙俄参加过欧洲十六国拳击比赛。后因第一次世界大战爆发，比赛没有举行。几年以后，他与许多白俄一起流亡到中国并落脚上海。由于他的拳击技艺，后来不仅成为谢公馆的保镖，也成为谢家双胞胎兄弟的师傅。弟弟谢壮尔性格多动，却不太喜欢拳击这样的暴力运动，学了没有几个月，就想放弃，但爷爷谢富光特别看重既能强健体魄，又能自卫防身的技能，再三鼓励，再三逼迫孙子勉强跟着学了一段时间。

安德烈并不像其他白俄那样反感苏联的十月革命，而且与共产国际驻上海的代表明里暗中有些来往。安德烈在教他们兄弟拳击的间隙，还讲了许多在苏联发生的事情，还有很多共产主义的道理。弟弟谢壮尔不愿意听这些说教，但他从小的理想是当个旅行家，先是跑遍全国，然后周游世界，因此喜欢听安德烈讲述异国的自然风光，希望自己有一天走进里面的情景当中，比如坐火车经过西伯利亚到波罗的海，横穿整个苏联。

当然，在谢公馆的环境里长大，他从未想过，旅行需要大量空闲时间，也需要源源不断的巨额花费。

安德烈答应，以后邀请他们参观社会主义的苏联，至少可以到远东地区，到符拉迪沃斯托克看看。

谢壮尔想起了《中俄北京条约》，说："我们叫海参崴。"

安德烈试图解释这个不平等条约的历史原因和其中的合法性，谢壮尔没有理会，把拳击手套一扔就走了，说："迟早要物归原主。"

自此，谢壮尔就越来越疏离了安德烈，最后在既能强健体魄，又能自卫防身的道路上半途而废。

如果说裴继祖是谢壮吾的第一个师傅，那安德烈则是他第一个教练和朋友兼而有之的同志。谢壮吾继续专注于跟安德烈练习拳击，也因此有时间与安德烈讨论一些严肃话题，有一次突然问他，说："社会主义苏联那么美好，为什么不回去？"

安德烈沉默片刻，笑笑说自己会回去的，而且希望谢壮吾也能一起去，然后还给他看了一枚像章。谢壮吾以为是列宁或者斯大林，安德烈说都不是，但也没有告诉是谁。后来谢壮吾回想那像章上的人，应该是苏联肃反委员会即"契卡"的领导人捷尔任斯基，安德烈心目中真正的领袖。

上海大中学生业余拳术赛所以叫拳术赛，是开始叫国术赛，后来考虑到参加国际比赛，折中后，叫拳术比赛，既有拳击，又有国术，确定为中西拳艺混杂，允许手脚并用的业余比赛。

比赛共打五个回合，前三局谢壮吾连胜两局，接下去的回合一开打，求胜心切的裘宝儿击中了谢壮吾的脖根，因此遭到取消比赛资格的警告。

现场几乎没有人能看出，裘宝儿使出了狠招，一记容易击中对方后脑的左摆拳。裁判的哨子刚响，裘宝儿瞬间完成了一系列令人眼花缭乱的动作。他右脚朝地上一蹬，身体重心移向左脚，脚跟稍一离地，向外一转，并辗转脚掌，上身向右一转，同时左臂往内一旋，抬起肘部与肩膀持平，拳头由左向右横击谢壮吾的后脑部。

谢壮吾感觉到了危险，急忙闪避，但脖根处已经挨了重重一拳。

裁判的哨子并没有紧急吹停。

只有安德烈发现了裘宝儿危险的犯规动作，冲上前去，表达强烈抗议。

裘宝儿的父亲裘继祖惊诧安德烈居然看出了问题，情急之下，第一时间为儿子使出的阴狠招数进行了辩解。面对安德烈的抗议，他先声夺人，表现出无辜和激动，甚至让旁人看来，因为冤枉而感到巨大的难以克制的愤怒，以至差点与安德烈动起手来。

儿子的这个招数是裘继祖教授的。

裘继祖原是浙江嵊县的著名拳师，自小离开生养之地崇仁镇，寄居县城，拜内家拳高手为师，后来自创长于实用的拳路，连败多位高手，在整个绍兴地区都很有名气，曾被人赠予"会稽第一散手"的牌匾。

谢壮吾跟弟弟谢壮尔于民国十七年，即1928年秋上小学前几天，因为当时上海滩发生了多起绑架富家子弟案件，为防不测，谢公馆请来屠媚娘丈夫、嵊县最有名的拳师裘继祖当保镖，专门负责双胞胎兄弟的安全。

每天清早和深夜，裘继祖教儿子在平房前的香椿树下蹲马步，谢家双胞胎兄弟后来跟着去学。裘继祖格外严苛，稍有马虎，或骂或打都有，谢壮尔首先受不下去，慢慢就逃避了，说："我当旅行家，不当拳术家。"

谢壮吾喜欢而且刻苦，学得快，跟上了进度，蹲马步的功夫与裘宝儿一样了。

谢壮吾想正式拜裘继祖为师，谢富光没有同意，说："以后再说。"

裘继祖好胜心强，好面子，喜欢在嵊县的时候那样，别人要尊敬他，看到拜师的事没有后续，开始给谢家看脸色，也不再多教谢壮吾真本事，让他自学自练，只偶尔点拨一下。

谢富光看在眼里，说："以后找一个高级的师傅。"

一次，裘继祖在学校门口与门卫安德烈发生争执，双方突然动手，一开始各有胜负，互有长短，但后来裘继祖一招没有接住，竟然连挨了几拳，回来后一直不肯见人，趁夜色准备离开上海。谢启元夫妇连劝带哄，在火车站把他拦了回来，还摆酒为他压惊，竭力安慰。

不想谢富光知道此事后，高薪把安德烈请到家中，替代了裘继祖的位子，让裘继祖改行兼做谢公馆厨师，意图希望他今后开个餐馆，专营绍兴酒菜，争取发家致富，真正在上海立足。

裘继祖曲解了谢富光的好意，几次负气要离开上海，都被妻子屠媚娘阻止。

后来经屠媚娘多次要求，谢家出钱在谢公馆同一条街的福开森路和霞飞路路口的诺曼底公寓租了两间房，让裘继祖一家搬过去住。没住几天，裘继祖觉得金碧辉煌，租金太贵，欠谢家人情太重，又嫌里面住的都是有钱的洋人，不是美国经销别克小汽车的经理，就是德国徕卡相机的代办，语言不通，要求回来住马房，条件是继续在谢公馆当厨师。

但裘继祖始终淤积着这口气。

裘宝儿虽然住在平房，但从小跟随父母进出谢公馆主楼，与谢氏双胞胎兄弟常常一起同桌吃饭，屠媚娘生下裘宝儿妹妹裘小越，因为奶水充足，同时也哺乳谢家孙女谢赛娇，因此谢赛娇跟着裘小越叫裘宝儿哥哥，两家关系又亲近起来。

看到裘继祖在谢公馆安心做厨师，谢屠氏有心厚待嵊县的这门穷亲戚，半真半假说起，以后两家要换亲，把谢赛娇许给裘宝儿，让裘小越嫁给双胞胎兄弟中的一个，亲上加亲。后来这话题又被草草提起过几次，转眼之间，这一辈人成长到上十岁年纪，此事当成笑话一阵风吹过去了，谢家再没有谈起。裘继祖夫妇却是听者有心，又都是心气很高的人，一心要让儿子像谢家少爷那样读书成才，日后当官发财，门当户对，成为谢家女婿，与谢家孩子平起平坐，说："三十年河东，三十年河西。"

东路北伐军的绍兴籍军官陶文于1927年的早春时节出现在了谢公馆。北伐军开到福建时，他以家母病重为由向东路军指挥何应钦请假，从福州乘船取道宁波，抵达上海，与妻女团聚，其实是要参与策划上海工人迎接北伐军的武装起义。他抽空教女儿练习书法的同时，昼伏夜出，行踪神秘，还有几次在谢公馆秘密接待了谢家十六铺码头谢字号货场当工头的龙阿大一家。龙阿大另一个身份是码头工会领袖，是武装起义的具体组织者之一。他的小脚太太虽然走路不快，但性格开朗，不停地夸奖冻得鼻涕流下来的女儿如何漂亮。她女儿叫囡囡，与谢赛娇和裘小越同年，也不怕陌生，很快小孩们就玩在一起。

龙太太对双胞胎兄弟喜欢得不得了，说："你们小时候去过我家的。"

看到双胞胎兄弟呆呆的似乎想不起来，龙太太就引导起来，讲他们上幼稚园之前，跟着爷爷到十六铺码头，后来又跟着爷爷走进一个石库门，龙阿大一边引路，一边两只手各抱着双胞胎兄弟，龙太太小步走出来，爷爷称赞了她，她把女儿抱出来给爷爷看，爷爷给了她女儿囡囡一把糖果。

"想起来了。"

谢壮尔好像想起了一些，点点头。

谢壮吾想了一会儿，摇摇头，龙太太讲的这些，他一点儿都不记得了。

"以后你们再来我家，就都会想起来了。"

离开前，谢富光把原来谢赛娇过年时穿的红花小棉袄送给龙太太女儿穿上，说："你为码头上的事操劳，都是一家人。"

龙太太欣喜得流下眼泪，说："囡囡有福，跟着你们家当女儿好了。"

龙阿大骂了龙太太，说："工人家庭有啥不好，我就一个女儿，不舍得。"

龙太太回嘴，笑着说："不当女儿，给他们当太太也好，我也好享福呀。"

龙阿大有些恼火，差点动手，说："以后嫁到苏北老家，当农民老婆，你就享工农联盟的福吧。"

最后大家都笑起来，事情就过去了。

陶文的女儿陶含玉喜欢跟双胞胎兄弟相处，尤其被谢壮尔环球旅行的计划所吸引，两人成了最好的玩伴。

使谢壮吾难以忘怀的是，陶文看到他练拳，跟他比画了一下，中间稍稍伸了伸腿，就让他倒在地上。

谢壮吾吃惊，忙问："怎么回事呀？"

原来陶文的腿脚功夫很厉害，只是一直隐藏，他暗中教了谢壮吾几招，到裘宝儿那里一试，果然很有用。裘继祖发现了，不以为意，说："谁教你的花拳绣腿？"

陶文知道后，对谢壮吾说："不持之以恒练习，它就是花拳绣腿。"

谢壮吾保证自己有决心每天练习，誓言三百六十五个晚上，夜夜都练。

谢富光最后也知道了，他希望孙子拜陶文为师。陶文虽然赞赏谢壮吾，但认为今后胜人一筹还是要靠现代化武器，说："主要还是跟裘师傅把基本功练扎实了。"

那段时间，陶文成为他另一个导师。

陶文告诉他，人学会本事，不仅是为个人，为家人，为眼前的少数人，更是要为天下人。

"怎么为天下人？"

"都过上你们一样的日子。"

"以后我们散尽家财……"

"靠你们一家人的恩施救济不了天下人。"

"那靠什么？"

"要靠根本的，为民族独立解放，为人民解除苦难。"

当晚，陶文找了一张二尺见方雪白的宣纸，裁成两张，每张一句，写了下来变成条幅，送给谢壮吾。谢壮吾将它挂在房间床前，每天起来躺下都能看到，当时觉得字写得跟爷爷写的一样很好看，但更特别。

后来俞理事有一次看到，评价说："这是皇帝的字，叫瘦金体。"

原来爷爷谢富光早年学王羲之，后来字风变化，学的是明末黄道周的字，风格苍劲有力，特立独行，之前年节还动手写对联门帖，但近些年很少写了，说："毛笔字要笔墨纸砚，缺一不可，太费周章。"

至于陶文的条幅，后来陶含玉私下告诉过谢壮尔，说："你相信不相信父亲的字是我写的？"

当然没有人相信，谢壮尔也没有想把这样的小事告诉哥哥。

爷爷谢富光看到条幅，说："找个裱字匠，裱起来。"

想不到，一时找不到裱字匠，俞理事答应以后带到绍兴去裱，就一直没有裱起来。

这十四个字，让谢壮吾思考了许多年，由空洞慢慢变得实在，由模糊渐渐变得清晰，由原则慢慢变得具体，由目标最终变成行动。以后回想起来，陶文的话是一种信念，是影响了他今后的人生信念。

清明节过后一天，乔装成生意人的陶文出门前把女儿交给谢富光，半是戏言半是认真，说如果他人没有回来，此女由谢家抚养，日后如果出落得好，做谢家孙媳妇也是可以。

　　谢富光听了既兴奋又担心，说陶团长吉人天相，逢凶化吉，也半是玩笑表示近期选个日子议定婚约，在双胞胎兄弟中任选一个。其时，据称是绍兴俞氏家族的俞理事由谢富光推荐到上海绍兴会馆担任管理人员，此人擅长五行算命，谢富光让他为双胞胎孙子算了一卦。其实，俞理事早就看出其中意思，特地求了一卦，算出陶含玉属猪，生辰八字是木命，水生木，与水命的双胞胎孙子极其相配。谢富光知道陶文是革命军人，不相信这些，只是喜在心里，因此陶文一提，就一口应承下来。

　　育才中学的体育老师是移民美国的爱尔兰人比尔，巧的是比尔当年曾代表母国爱尔兰也参加了后来没有办成的欧洲十六国拳击比赛，不然当年有可能与安德烈同台竞技。裘继祖吃过安德烈的亏，深感洋人的拳击凭的是力量，没有偷巧，是真功夫，如果再与散手结合贯通，会非常了得，于是鼓励裘宝儿参加了比尔开办的礼拜天拳击俱乐部，说：“多一个洋人师傅不吃亏。”

　　裘宝儿名义上的师傅不是父亲裘继祖，而是美国人比尔。

　　1937年7月10日，学校放假，谢公馆按照绍兴人的习惯，也是上海人的习惯，为谢壮吾与弟弟谢壮尔举办十五岁虚岁生日家宴，谢富光特地给他的两个孙子各送了一副从美国进口的红色拳击手套。谢赛娇注意到裘宝儿的神情既羡慕又落寞，尤其是好看的嘴唇咬得死紧，想安慰又作罢，次日向祖父千说万求，要了钱，悄悄跑到永安百货，要买回同样一副拳击手套送给裘宝儿，但不想已经断货。

　　在妹妹百般要求下，谢壮尔答应把自己的拳击手套出让，说：“反正我也打不进比赛。”

　　裘宝儿感动得号啕大哭，说了谢壮尔无数的好，但当着父母又拧着一股气不肯要。谢赛娇一边生气，一边哀求，最后裘继祖夫妇勉强点头同意，裘宝儿才勉强收下。

当晚，裘宝儿戴着崭新的拳击手套，神情激动地问谢赛娇："如果我打进决赛，与你哥哥对决，你想谁能够赢得冠军？"

谢赛娇一时答不上来，裘宝儿再三追问，谢赛娇也只想哄他开心，回答说："最好是你。"

裘宝儿听到这样回答，愕然之余，显然感动得不能克制，顿时情窦初开，企图拥抱谢赛娇。面对裘宝儿首次发情，谢赛娇慌乱中逃回了自己房间。

谢赛娇想想又觉得对不起哥哥，马上找谢壮吾坦白了这件事。

谢壮吾听到妹妹居然希望裘宝儿取得最终胜利，假装生气，以断绝兄妹关系相威胁。谢赛娇假装嘴硬，高喊口号，说："宝儿一定赢得冠军。"

不快的是谢富光，第一次责骂了他这个宠爱的孙女。

屠媚娘刚好在场，劝阻说："以后宝儿做了您孙女婿，还不跟亲孙子一样。"

庆祝生日宴会上，谢富光亲自开启了一坛绍兴古法陈酿酒，来宾每人一杯，香气充满宴会大厅，饮后人人容光焕发，连服务的仆从都被酒气所熏，处于恍惚状态，手脚不觉轻飘。次日，沪上各大报纸都有花边新闻报道。席间，谢富光本人没有小酌半杯，解释说酒虽好，不宜多饮，尤其不能醉酒，否则其利变害。双胞胎兄弟虽然生长于酒商之家，但真正喝酒还是第一次，半杯不到，两人同时面红耳赤，深睡一夜不醒。

谢富光因此知道，他的双胞胎孙子不善饮酒。后来安德烈解释说这是酒精过敏。

不过，双胞胎兄弟得到的真正礼物居然是一部别克小汽车和一台最新的德国徕卡相机。通过猜拳，获胜的谢壮尔自然选了别克小汽车，谢壮吾其实看中的正是照相机，因此皆大欢喜。

裘宝儿远远地看到了这两样东西，一夜难眠。

裘继祖安慰儿子，劝他犯不着眼红，说："以后，把他们家打倒在地。"

尽管爷爷谢富光不同意，比赛当天谢壮尔还是开着别克小汽车，而且来回跑了两趟，送家人到大世界比赛现场，其中包括又一次送寄养在谢公馆的陶含玉。得到重新起用的陶文率领一个新编师从安徽宣城开往台儿庄前线，临行前特地委托前往劳军的俞理事，把妻女带到上海谢公馆安置。

并不被看好的裘宝儿似乎吃了什么猛药，在比尔的指导下，代表育才中学参加了上海大中学生业余拳术比赛，打进了8月13日举办的暑期冠军决赛。

求胜心切的裘宝儿不禁焦急，暗中利用容易击中对方后脑的摆拳进攻，面临取消比赛资格的警告。

安德烈和裘继祖的争执仍然继续，但谢壮吾摸了摸红肿的脖根，挥挥手，没有追究。

裘宝儿因此扳回一局。

决胜局开始，谢壮吾显然加强了防范，而裘宝儿生怕自己真会被取消资格，似乎恢复了常态，拳路也变得一板一眼。

两个人都在等待对方犯错，然后进行致命一击。

比赛拖得太久，以致等来了无数架从日本本土飞过来的轰炸机。

日军飞机对上海实施了无节制的大规模轰炸，连设在大世界门口的赛场也未能幸免。

比赛正值决胜点，没有人注意到天空中掉落下来的炸弹。

炸弹落进人群，当场炸死数十人，别克小汽车被炸成数段，飞起的残骸击中了谢壮吾的父亲谢启元和母亲谢屠氏。

比赛中断。

同一天，在不同的地方，裘宝儿的母亲屠媚娘也被炸死了。

裘宝儿死了母亲，比谁都难过。因为他最崇敬、最爱的，是他的母亲。母亲的死，是他有生以来最痛心的事。要不是他母亲早早倒了嗓子，本来可能先于徒弟辈的姚水娟，成为红遍上海的越剧明星，甚至皇后，至少现在完全可能在上海群英舞台和姚水娟一起登台，一起风靡上海，他们也就住上了像谢公馆这样的花园洋房。

裘宝儿几次随母亲到姚水娟家做客，每次姚水娟对他母亲都讲过同样一句话，说："媚娘，你是我的师辈，你老早应该比我红的呀。"

听到这句话，他母亲总是笑着流了泪，说："我现在日子老开心，老开心。"

"八一三"之前，上海抗战形势紧迫，姚水娟聘请了原《大公报》记者樊篱为她编演了新戏《花木兰》，花木兰代父从军、抗击外寇的巾帼英雄形象，引发了观众的抗日情绪，激起强烈的反响。姚水娟由此更加声名大振，被上海观众公推为越剧皇后。"八一三"这天，上海戏剧界举办姚水娟加冕越剧皇后盛会。

屠媚娘想参加，但没有得到邀请。刚好俞理事给谢公馆送来请柬，裘继祖得知此事，向谢富光请求，希望能让屠媚娘参加。谢富光欣然同意，不顾俞理事的劝阻，不仅赠予请柬，而且送了五十元钱的车马费。

屠媚娘心挂两头，急于赶回来观看儿子的比赛，没有来得及与珠光宝气的小姐妹们道别，就匆匆离开了，结果途中遭遇了日本飞机轰炸，被炸成重伤。

谢启元和谢屠氏的葬礼是西式的，在谢家于万国公墓新买的墓地举行，全场肃穆，只有牧师用小号吹着《安魂曲》。安德烈也来了，他按照东正教的习惯送上了一柄斜条十字架。当然，裘继祖父子匆匆从医院赶来，让谢壮吾不能够忘记甚至震惊的是，裘宝儿表现得比在场的都要悲痛，一直流泪不止，谢赛娇不停地安慰他，一次次给他递手帕。

这天晚上，躺在医院里的屠媚娘没有撑下去，弥留之际，希望谢、裘两家日后履行姻亲承诺，说："命相八字哪个配不上？"

痛失子媳的谢富光点头答应，说："配得上、配得上。"

谢家征得裴继祖同意，在谢启元夫妇墓穴所在名人墓园区之外给裴家买了一块地，安葬了屠媚娘。

屠媚娘下葬当天，上海戏剧界嵊县籍人士，包括姚水娟等都来为她送别。葬礼土洋结合，既有洋号洋鼓，又有铜锣竹板，夹杂一起，异常热闹。因为其中太多的名伶，又有新出名的袁雪芬等，哭得一个比一个悲伤，而且有腔有调，因此围观看热闹的人更多，整个现场水泄不通，许多人因此跌进了水沟。

裴宝儿看到母亲所葬的坟园比谢启元夫妇墓地简陋许多，心有不解，问父亲说："为什么这里没有树，没有水泥地？"

裴继祖给儿子擦擦泪，说："那里是名人墓园，葬有钱人的。"

裴宝儿久久没有说话，眉头拧得更紧了。

裴继祖安慰儿子，说："你要牢记，爹跟你娘以后都要葬回到名人墓园。"

谢赛娇代表谢家前去送葬，回来后感动了很久，告诉谢壮吾，裴宝儿很坚强，面对一片哭声，居然一滴眼泪都没有掉。

谢壮吾同裴宝儿为报仇雪恨，奔往虹口踢日本人的道场。其时虹口的日租界已成战场，境况危险。苏州河边，裴继祖受谢富光之命，找到了他们，并使出散手绝技，把他们强行拦下。

裴继祖转达谢富光的话，说："君子报仇，十年不晚。"

几天后，日本援军到达，随之占领了除租界外的整个上海。

一个礼拜之后，即8月20日，谢壮吾穿着一身孝衣投奔正在进攻日本驻沪海军陆战队司令部大楼的张治中部。裴宝儿没有一起去，他告诉了裴继祖，裴继祖无动于衷，说："这报不了仇，炮火不是拳脚，不会留情，别把命丢了。"

裴继祖还是冒着炮火找到了谢壮吾，硬是将他拉回家来。

谢壮吾恼火裴继祖父子阻拦自己，决心从此不再理会他们，但谢赛娇告诉谢壮吾，说："头一天晚上裴宝儿把一个迷路的日本兵扔进了苏州河。我远远看见了。"

谢壮吾询问裴宝儿是否有此事。

裘宝儿淡然承认，说："人是我扔的。"

谢壮吾责问："为什么不带我一起去干这样的事？"

裘宝儿不想回答，最后才说："你是公子小开，你爷爷能让你去吗？"

谢壮吾哼了一声，说："你让我妹妹去了！"

裘宝儿得意，说："她自己要去的！"

正当上海市民以为日本军队即将失败的时候，大批日本援军到来，战场情势逆转。10月26日，淞沪会战进入最后阶段，奋战在闸北、江湾一带的中国军队处于腹背受敌的境地，被迫向西撤退，88师第524团副团长谢晋元率领所部第一营的官兵，奉命死守上海最后一块阵地。

四行仓库是一幢钢筋水泥建筑，因为是大陆、金城、盐业、中南四家银行存储货物的联合仓库，所以叫四行仓库。四行仓库位于苏州河北岸，是一幢六层楼的钢筋水泥建筑，高大坚固，南面紧挨苏州河，东面是英国、美国控制的公共租界，西面、北面已经被日本军队占领。因此，四行仓库跟没有被占领的中国地界完全隔绝，成为一个孤岛，坚守四行仓库的八百壮士，也就成了孤军。

四行仓库墙厚楼高、易守难攻。之所以在四行仓库这个必死之地防守，是因为该地就在公共租界边上，毫无遮掩，相当于向全世界进行现场战事广播，有利于扩大影响，争取同情。从前线撤退到四行仓库的有四百多人，谢晋元为鼓舞士气，扩大声势，对外号称有八百人。

谢壮吾忙着在苏州河边拍照的时候，谢壮尔、裘宝儿也带着刚刚加入童子军的谢赛娇、裘小越和寄居谢公馆的陶含玉，参加了声援队伍，人群中，还意外认出了龙太太女儿囡囡，经过交谈才知道，她父亲龙阿大在十年前就被当成共产党杀害了。

就在战斗进行到最激烈的第三天，他们看到了令人震惊的一幕。

一个身上裹着一面国旗的女童子军，出现在四行仓库的守军阵地中。

　　隔着河，大家亲耳听到了谢晋元激动而高亢的声音：

　　"勇敢的同志，你给我们送来的不仅是一面崇高的国旗，而且是我们中华民族誓死不屈的坚毅精神！"

　　第二天凌晨，八百壮士在敬礼的号音中，将杨慧敏献送的国旗高高升起在四行仓库大楼顶上。看到冉冉升起的国旗，隔河观战的群众欢声雷动，在场的外籍人士也无不为之动容。杨慧敏送旗的壮举，当即由路透社传遍全国、全世界。自从日军占领上海市区后，到处都是侵略者的太阳旗，唯有四行仓库上高高飘扬着中国国旗。在太阳旗和米字旗之间，中国国旗显得格外醒目。日军发现这面国旗后，再次向四行仓库发动疯狂的进攻，并用机枪向国旗扫射。谢晋元向八百壮士高声呼喊：

　　"兄弟们，我们要和国旗共存亡，誓死不投降，狠狠消灭敌人！"

　　战事暂时平息，谢壮尔主动提出请大家到国泰电影院看电影《桃李劫》，然后一道去吃了西餐。

　　龙囡囡座位靠着谢壮尔，当时似乎被他的热情和单纯所感动，问他以后怎么分辨他们双胞胎，说："我怕认错了。"

　　"认错就认错呀！"

　　"说认真的！"

　　看到龙囡囡有些生气，谢壮尔指着自己，说："你记住，我歌唱得好。"

　　天黑时，大家沿着苏州河走回去，一路上唱着电影里的主题歌：

> 担负起天下的兴亡！
>
> 听吧，满耳是大众的嗟伤！
>
> 看吧，一年年国土的沦丧！

我们是要选择"战"还是"降"？

我们要做主人去拼死在疆场，

我们不愿做奴隶而青云直上！

我们今天是桃李芬芳，

明天是社会的栋梁；

我们今天是弦歌在一堂，

明天要掀起民族自救的巨浪！

巨浪，巨浪，不断地增涨！

同学们！同学们！

快拿出力量，

担负起天下的兴亡！

唱完之后，谢壮尔嘲笑龙囡囡的扬州口音，龙囡囡一生气，独自离开了。

与此同时，谢壮吾却一夜没有离开苏州河边。他坚持到凌晨，拿着徕卡相机，不停地拍照，不放过一个场景。

日军向观战的人群一阵乱射，其中一颗子弹把徕卡相机打得粉碎。

上海各界群众的热情没有丝毫减退，当时想效仿杨慧敏的女学生很多，包括谢赛娇、裘小越和陶含玉都想进入四行仓库。谢壮尔不禁紧张，连忙找到裘宝儿和谢壮吾，一起把她们拦下了。

次日《申报》新闻报道，谢公馆损失了两件贵重物品：一辆美国进口的别克牌小汽车，一部德国进口的徕卡相机。

此时安德烈和比尔都已经离开上海回到各自的国家，裘继祖离开厨师岗位，重新被聘为双胞胎兄弟的拳术师傅。裘继祖一心想把自己研习创新的散手拳术套路教与裘宝儿和谢壮吾，不由得精神大振。

三、谢家裘家

其实故事在十三年之前就开始了。

因为后来证明，后来的一切不正常，后来朝着谁都没有想到的方面发展，都与谢公馆早年发生的事情有太大的关系，和相关的几家都有太大的关系。

谢壮吾祖籍是绍兴府府治所在地会稽县，明清两朝，绍兴府领山阴、会稽、上虞、萧山、嵊县、新昌、诸暨、余姚八县。直到民国二年，即1913年废府，山阴、会稽合并为绍兴县。谢富光一直称自己是会稽人，其原因之一，是他十五岁那年取得了会稽县童生资格。爷爷后来多次描述过当时的情景，如何在早春2月，四名本村长老和一名秀才保举，自己参加了由知县主持的五场连考，分别考八股文、试帖诗、经论、律赋、策论等，中间被一一搜身，具结交保，如何又在阴雨4月，参加了知府主持的士子连考。

"通过县试、府试的便可以称为童生。"

但谢富光没有参加省学政主持的院试，也就是取得秀才功名的资格考试，止步于童生。谢富光非普通人可比，他预感到世界发生变化了。之后有一天，他如数家珍地给双胞胎孙子算了一笔账：清朝院试三年两试，一个称岁试，一个称科试。逢寅、申、巳、亥年举行科试，逢丑、未、戌、辰年举行岁试。童生可在三年内参加一次科试和一次岁试。录取者即可进入所在地、府、州、县学为生员，俗称秀才，算是有了功名，进入士大夫阶层；有免除差徭、见知县不跪、不能随便用刑等权利。

"那为何不考呢？"

"博取功名是要耗一辈子的。"

光绪二十年，即1894年，岁在甲午，这年夏天，谢富光和同县生员听到清军在朝鲜败于日军，上书声援朝中主战君臣，遭到斥责。痛定思痛，谢富光主动放弃了次年2月的院试，来到上海，图谋实业发展道路。4月中旬，上海各大报纸登出北洋水师全军覆没，清廷迫于日本军事压力，签订了丧权辱国的《马关条约》。作为谢富光心中最大的块垒，后来他对双胞胎孙子启蒙的第一课不是《三字经》，也不是《千字文》，而是讲《马关条约》，并一款一款背给他们听，解说给他们听，当然说的重点，是要求他们记住割让台湾岛及所有附属岛屿、澎湖列岛和辽东半岛给日本这一条，记住《马关条约》是继《南京条约》以来最严重的不平等条约，记住它给中国带来的严重危害。

等到双胞胎孙子长大，认的字越多，理解越深，谢富光也就慢慢不讲了，也不要求他们每一条都记下来，刻在心里就行，说："当年我没有白用心。"

这事是唯一让外人看不明白的地方，因为把功名利禄留在绍兴的谢富光，仍然在过问天下之事。他到上海不久，并没有彻底安下神来，主要经营绍兴黄酒以及腐乳酱菜生意，很快开办谢记食品公司，成为上海滩的酒酱大王，但他挂在嘴边的仍然是"中国迟早要打败日本"之类的话，甚至还在《申报》上发表鼓吹变法救国的言论。

只是到了三年之后的戊戌年，谢富光遭遇变故，从此真正像换了一个人。

俞理事罕见的一次酒后兴起，给双胞胎兄弟讲了其中的原因。一开始俞理事讲起戊戌变法经过，双胞胎兄弟听到光绪帝颁布诏书，实施变法部分，为之拍手称快。听到慈禧太后从颐和园赶回紫禁城，直入光绪皇帝寝宫，将其囚禁于中南海瀛台，发布训政诏书，废除新法，在北京菜市口将谭嗣同、杨锐、刘光第、林旭、杨深秀、康广仁六人杀害的结局，不禁沉痛惋惜。

俞理事自己也抹了一把泪水，说："你们像你们的爷爷。"

俞理事说，因为谢富光同情、支持变法，遭到牵连，也因此与妻子一家翻脸。

第一次，双胞胎兄弟为此产生了惊愕、疑惑和不解，是呀，他们应该有奶奶的，但他们从来没有见到过，从来没有人跟他们提起过，而且，他们竟然从来没有追问过。

俞理事因为失言，被爷爷扇了一个耳光。

谢富光严肃地告诉两个孙子，说："以后长大了，你们会知道的。"

他们后来问过父亲，父亲只是沉默，说："以后再讲，以后再讲。"

父亲谢启元性情沉默，不闻于人，别人只知道他是谢富光的儿子，但不知其却是经商的料。民国十年，即1921年接任公司经理，因经营得当，谢氏酒品公司成为上海最大的黄酒酱菜企业之一。谢启元娶浙江嵊县富户女屠氏，于民国十一年（1922）生下一对双胞胎，谢壮吾前半夜出生，为哥哥，晚一个小时后半夜出生的是弟弟谢壮尔。因当时双胞胎极其少见，谢家的满月酒足足办了三天，上海各报专门登了消息。兄弟俩上幼稚园时，著名的《良友》画报还登了他们的照片，一时间名噪上海滩。为此，谢富光专门叫来俞理事，让他为双胞胎孙子算了一卦。

俞理事得出卦算，壬戌年属狗五行属水，称为水狗，是大海水命，属相为顾家黑犬，为人乐善好施，救助穷人；诚信可佳，贵人提拔；早年平常，离祖出家，外乡求谋，自成家业，动变多能。

谢富光沉吟半天，没有让俞理事解译，说："命运由自己左右。"

也就是这一年，谢家在福开森路购买了一座法国文艺复兴式的花园洋房。

福开森路以美国传教士约翰·福开森命名，由上海法租界公董局修筑于光绪三十三年，即 1907 年，后来成为上海城区最具欧陆风情街区之一。谢公馆铁门高墙，由前后一大一小，一主一辅两座由走廊连接的建筑组成。占地将近一公顷的后花园辟出一块地，专门建造了几间封闭式马房，五六株树木已经成林，高过主楼。原主人是一个瑞士商人，也是跑马场股东，因为家庭变故急于回国，以并不高的价格出售给谢家，不想中间杀出徽商程老板，愿意出一倍价格，以全额一次性付款为条件，购买公馆。

瑞士商人左右为难，但为了讲信誉，也以示公平，租下了已经停业的跑马场，以私下赌马决定。

谢富光不赌，更不懂马，但他志在必得，而且在十匹马中，选了第七号。因为七是他的吉利数字，他是会稽东山谢公第七房的四十七代孙，他母亲在十七岁那年生下了他，他十七岁那年，身上带着七元钱，走了七天的路程到了上海，在十里洋场拼搏到第七个年头，发了财，站稳了脚跟，他的双胞胎孙子已经七个月了。

七号马赢了徽商程老板选中的第二号马。

瑞士商人离开之前，谢富光送了他全家每人一张头等舱船票和两坛四十年古法绍兴陈酿。

古法酿酒师傅已经故去多年，生前并无弟子，技法失传，存世共有五坛古法绍兴陈酿，已成绝唱，是当年谢富光从绍兴带到上海的镇宅之宝。如今既去两坛，还剩下三坛，谢富光宣布，其中一坛将来在双胞胎孙子成年之后大家共饮，其余两坛等到他们结婚酒席上，开封启坛。

经过粉刷装饰，谢公馆焕然一新，至于仅存的三坛古法绍兴陈酿珍藏何处，乃是谢家秘密，这个秘密只有谢富光一人知道。

谢家兄弟在谢公馆渐渐长大，后来裘家到上海，裘家宝贝儿子裘宝儿，也在谢公馆度过了十余年时光。

裘宝儿的母亲屠媚娘，也是谢家双胞胎兄弟的奶妈，与谢壮吾母亲谢屠氏是嵊县同村同宗的亲戚。

屠媚娘早年曾在上海唱绍兴文戏，因为突然倒嗓，离开戏班回到了老家，嫁给了本县崇仁镇的裘继祖。谢屠氏因生下双胞胎后奶水不足，就从老家请来体态丰满的屠媚娘当奶妈，谢氏双胞胎兄弟由屠媚娘和谢屠氏分别哺育。当时屠媚娘刚育下一子裘宝儿，早早断了奶，留在嵊县老家由丈夫裘继祖带养。

可以说，裘宝儿与谢壮吾虽然不是一母同胞，却是同哺于一母。

其时，屠媚娘几次有言在先，流着泪，郑重其事地告诉谢家，说："我乡下的儿子，以后绝不能亏待他，欠他的债，要补偿的。"

过了一年多，1923年，即民国十二年，谢屠氏又生下女儿谢赛娇，恰好屠媚娘又有生育，也是一女，谢家就继续雇请她为乳娘。

裘继祖长着特别显眼的宽嘴唇，个子高力气大，从嵊县乡下到上海谢家与屠媚娘团聚时，已有些发胖，行动也显得迟缓，但拳路仍然拙实，不出手则已，一出手就极其凶狠。

随同前来的还有准备到上海读小学的裘宝儿。

屠媚娘对自己从小有些疏离的儿子特别在意，时常写信叮嘱丈夫，一定要自小教儿子识字，诵诗诵文，并寄去包括唐诗宋词等许多开蒙课本，希望如戏文中所说的，今后出人头地，拜将入相，或者财运亨通。

那是一个微风吹拂的中午，裘氏父子一进门，屠媚娘就把丈夫晾在一旁，先炫耀起自己的亲生儿子，拨弄着裘宝儿的小嘴唇，说："你们看看，不像他阿爹阔鼻方嘴，像我，薄薄柔柔的，但又有棱又有角。"

大家注意到裘宝儿的嘴巴，果然不像父亲裘继祖那样又宽又厚，而是像母亲屠媚娘那样嘴角微微翘起，双唇鲜红透亮，明显是个会说话的人。

屠媚娘接着展示儿子的长处，说："宝儿是哪里人呢？"

裴宝儿虽然乡下长大，却不怕生，他端正身体，嘴唇轻轻一动，拖着嵊县戏腔，说："剡——人。"

屠媚娘仿佛水袖在身，一挥一挥，继续诱导儿子，说："为何叫剡人呢？"

于是，裴宝儿站在炎热的阳光下，对着房荫下的谢家众人，一字不差背完了李白的《梦游天姥吟留别》："……我欲因之梦吴越，一夜飞度镜湖月。湖月照我影，送我至剡溪。谢公宿处今尚在，渌水荡漾清猿啼。脚著谢公屐，身登青云梯……"

到此，没有一个人不诧异、不鼓掌的。

但谢富光却问了一句，说："知道这谢公是何人吗？"

双胞胎兄弟显然早已经知道，齐声回答，说："是我们的先祖。"

谢富光自豪地和双胞胎孙子一起向裴氏父子回顾了谢家先祖的辉煌事迹。也是8月，但那是一千五百四十多年前，也就是公元383年的8月，前秦苻坚亲自率领八十七万大军从长安出发进攻东晋。这个消息传到建康，晋孝武帝和京城的文武官员都着了慌。晋朝军民都不愿让江南陷落在前秦手里，大家都盼望宰相谢安拿主意。谢安虽然是河南人，出身士族，但经常在会稽东山游览山水，吟诗谈文，名望很大，天下谁都知道他是个能干的人。但是他宁愿隐居在东山，不愿做官。国家有难，他临危受命，一举打败强大的前秦大军。淝水之战晋军取得大胜，前线飞马报捷。正跟客人在家下棋的谢安看完捷报不动声色，送走客人后，兴奋的心情再也按捺不住，跨过门槛的时候，跟跟跄跄的，把木屐底上的屐齿也碰断了。

谢富光讲完，意犹未尽，说："谢公屐很有名。脚著谢公屐，身登青云梯。"

裴宝儿侧脸看到父亲有些生气，说："谢公屐跟你家有什么关系？"

双胞胎其时当然看不出裴氏父子是在和爷爷怄气，其中一个连忙解释，说："因为谢公隐居在东山，我们是东山谢公的后人。"

另外一个作了补充，说："后来把他重新出来做官称为东山再起。"

见裘继祖脸色难看，谢富光把话说了回来，告诉在场的人，其实崇仁裘氏也不简单，先祖裘睿做过西晋大司马，后随晋元帝南渡，迁居会稽，后世评价世廛耕桑，守以仁义，凡十几年，聚族六百，人不异居，家不分炊，循规蹈矩，尽绳家法。宋代之初，皇帝敕旌表其号为义门裘氏。因此崇仁义门裘氏始于宋代，由于历代家室兴盛，裘氏成为崇仁镇第一旺族，多受朝廷圣旨、诏书、诰命等，先后出进士、文武举人、秀才数百人。义门裘氏崇尚仁义为本，崇仁镇即由此而得名。

裘继祖愣了半天，后悔自己虽然知道这些事迹，但因为小小年纪就离开了崇仁，后来很少回去，这中间从来没有认真去听过，去记过，更没有向别人炫耀过，因为这些东西，对他来说都是断断续续、远远近近、似有非有的，跟自己没有多大关系。

此时，让谢富光这么一说，他感到自己像一个不会打拳的人，有力气，没有套路，不知从哪里下手，更不知道说什么好了。

他将目光移向妻子，似有求助之意。

屠媚娘表情比丈夫平淡多了，说："我自姓屠，不姓裘，你们再显赫也不是我们屠家的祖宗。"

这话一说，让大家安静了很久。接下去，一直笑嬉嬉的屠媚娘笑着提示儿子，说："宝儿，你是不是还读过一首《乌衣巷》的诗呀。"

裘家显然是有备而来，裘宝儿眼睛不眨一下，就高声朗诵起来：

"朱雀桥边野草花，乌衣巷口夕阳斜。旧时王谢堂前燕，飞入寻常百姓家。"

又是一阵寂静。

谢富光沉默了一会儿，一个人先离开了，也没有回头，之后很快又转回来，突然伸了伸大拇指，像是在称赞谁，然后也不说话。

后来双胞胎兄弟回忆起来，爷爷涨红了脸，对还是幼年的裘宝儿过于计较，听起来谢富光是在称赞裘宝儿，说："有女孩一样鲜红的嘴唇，果然伶俐。"

裘继祖不高兴了，为了出人意料，他让儿子演习了一套拳路。

裘宝儿略微运气，有模有样地打完，收起拳，扎好马步，一动不动。裘继祖猛地上前，用力推了他一把。

裘宝儿涨红着脸，纹丝不动。

裘继祖收起身体，神情得意，说："内家拳，马步是基本功。"

谢壮吾跟弟弟谢壮尔喝着汽水，怔怔地不敢发出饱嗝声。

还扎着马步的裘宝儿喉咙有些干了，盯着双胞胎兄弟手中的汽水瓶子，说："我渴了。"

谢富光即刻叫人给裘宝儿开了一瓶汽水，说："正广和。嵊县没有这个。"

裘宝儿张开嘴，一口气就喝干了一瓶。

现场沉寂片刻，裘宝儿还想再喝，因为谢壮尔已经抢先喝完，瓶子是空的，于是眼睛只盯着谢壮吾手中的汽水瓶子。

谢壮吾把自己喝了半瓶的汽水递给裘宝儿。

裘宝儿一直看着双胞胎兄弟，努力分清两个人的区别，看到谢壮吾递给他汽水，不禁对他流露出友好的神情，随后犹豫着，看看父亲，又看看母亲，又一口气喝了下去。

之后，裘家父子在谢公馆住了下来，与一对绍兴籍母女寓客都住在辅楼。年轻母亲是个叫陶文的南方国民革命军团长太太，带着一个与谢赛娇年纪相仿的女儿，住在楼上。每天早晚这个名叫陶含玉的女孩咿呀咿呀地背唐诗，引得双胞胎兄弟在窗户下面偷听。谢富光虽然天赋经商，但因为生员出身，也崇尚文化，知道熟读唐诗三百首，不会作诗也会吟的道理，要求两个孙子向陶含玉学习，也要背会几首唐诗宋词。

裘家四口则住楼下，对背唐诗的陶含玉不以为然。屠媚娘用唱戏把楼上的声音盖了过去，同时还夸赞儿子，说："我家儿子早就会背唐诗了。"

到了第二年早春，裘宝儿与双胞胎兄弟发生了冲突。起因是裘宝儿对着楼上正在背诗的陶含玉扔小石子，谢壮尔看见，对裘宝儿扔了石子，裘宝儿不甘心吃亏，就把谢壮尔推倒了。谢壮吾为帮助弟弟，与裘宝儿打了第一架，两人不分输赢。但在裘继祖看来，是两个人打他儿子一个，儿子明显是吃了亏。

楼上的绍兴籍母女作证是一对一，先是谢家少爷吃亏，后来就是旗鼓相当，谁都没有把谁打倒。

几天后，谢富光叫人把马房改造成一排平房，接上电灯，放上床铺和桌椅、炊具，让裘家住了过去。

自此楼上再也没有背唐诗的声音，双胞胎兄弟好奇，悄悄上去看了看，发现陶含玉已经改成描红写字了，当然内容还是诗，只不过都是陶家先人陶渊明的诗。陶夫人解释，陶先生就要来上海了，他除了考女儿的唐诗，还一定会检查女儿的毛笔字，因此不练不行，不然会受惩罚。

裘宝儿其时已经与双胞胎兄弟和好，而且开始玩在一起，因此不太愿意离开舒适的房间，还责问父母为啥要他们住到马住的地方？

裘继祖也很不快，去问谢富光，为什么不是那对母女搬过去，难道就是因为小孩子打架吗？

谢富光哼了哼，解释小孩子打架的事已经过去了，原因是绍兴籍太太的丈夫马上要来上海了，说："我还想请他们一家住主楼呢。"

后来裘继祖夫妇得知谢家有意与陶文结成儿女亲家，认为谢家是为了巴结陶文权势，对从中作梗的俞理事更是责怪，自己家女儿跟陶家女儿生辰年月都一样，都是属猪，说："难道两个都不行？"

俞理事为难，表示也算过了，虽然属猪，但生辰八字是土命，土水相克，因此谢家双胞胎孙子哪个都不配。

裘家与谢家的姻亲之事因此失败，但裘家心有不甘，后来看到蒋介石得天下之后，陶文却无所事事，整天关在屋里对双胞胎兄弟讲什么故事。裘继祖瞧出苗头，感到这个革命军团长可能失势，后来陶文果然不辞而别，悄悄离开了上海。

由于对与谢家结亲一直心存奢望，裘继祖夫妇一路憋着气、鼓着劲，倾其所有，甚至举债，让儿子读上了坐落在英租界的育才中学，以不逊色于双胞胎兄弟就读的南洋模范中学。

民国二十年（1931）初春，因为《良友》画报追踪双胞胎兄弟的后续情况，到谢公馆采访，照相师给双胞胎兄弟拍电影。裘继祖的儿子裘宝儿也想挤到镜头前面。照相师搞清楚他的身份后，将他拉了出来。裘继祖看到儿子受到委屈，请求照相师单独给儿子拍一段，照相师以胶片昂贵为由，当场拒绝。此事连谢赛娇都觉得欺负人，在一位天主教嬷嬷的指导下，她给裘宝儿画了一张他本人的肖像送给他，画很像真人，几乎跟照片一样。裘家看到画之后，平了一口气。当然谢赛娇显示出的绘画天赋受到赞扬，谢公馆上下鼓励她从此专心学画。

爷爷谢富光又叫俞理事帮忙，给孙女找上海最好的工笔画师当师傅，说："要学好中国古人的画。"

风波并没有过去，次月《良友》画报登出双胞胎兄弟照片之后，电影院里又放映了展现兄弟俩生活的短片，里面却没有裘宝儿的一个镜头，原来照相师根本没拍过他。裘宝儿从电影院回来，生气不止，裘继祖更恼恨谢家小气，一怒之下，又提出要辞工回嵊县老家。

接着屠媚娘替儿子委屈，在谢富光面前抹了很久眼泪，说："我对不起宝儿，把他一个人扔在乡下，生了他，却未曾养育他，这一生的债，我还不起也要还。"

谢家想想觉得惭愧，为了弥补，专门请来画报社的照相师，为裘宝儿拍了一张照片，并登在后面一期的《良友》画报上，还答应以后再给他拍电影。

屠媚娘感激涕零，约了先前一些要好的姐妹，如此时已经唱红的名角姚水娟等人，在谢公馆唱了一整夜的堂会。

1939年夏天，谢壮吾由上海地下党沪新中学支部开具介绍信，沿江而上到达皖东，参加了刚刚完成整编、准备开往扬中的国民革命军新编第四军。

临行前，谢壮吾把这个计划悄悄告诉了谢壮尔，说："我们不能不如杨慧敏。"

有几样东西他是准备带走的。一样是爷爷给他的拳击手套，几年过去了，依然鲜红，像是新的一样。一张是全家福，照片中他们兄弟周岁，父母很年轻，尤其是母亲怀着即将临产的妹妹，因此还挺着大肚子。还有一样就是陶文给他书写的条幅。条幅已经微微泛黄，但依然没有斑痕，他把它从墙壁上揭下来，卷起，放进皮制的笔筒里，准备带到身边。

谢壮吾本来是找爷爷告别的，但爷爷没有给他开口的机会。

爷爷拿出一张纸，上面是一段他自己用毛笔写的字，说："这是你们出生那年，俞理事的卦算。"

谢壮吾接过纸，读了一遍，一时说不出话来。

谢富光拉住他的手，说："爷爷还在，你们能离祖出家啊？"

他劝爷爷，说："那是封建迷信。"

"我也不会相信。"

"爷爷不信命，才走到今天。"

谢富光也很自信，说："这个时候，我的孙子是不是离开上海，离开谢公馆？"

谢壮吾内心早已决定，只是不知道爷爷的态度，一时没有回答。

谢富光把他拉到跟前，问他还记不记得启蒙课，说："就是《马关条约》。"

气氛凝重了许多，谢富光突然变成一个诵经文的生员，仰着脸大声背起来:"大清帝国大皇帝陛下及大日本帝国大皇帝陛下为订立和约,俾两国及其臣民重修和平,共享幸福,且杜绝将来纷纭之端,大清帝国大皇帝陛下特简大清帝国钦差头等全权大臣太子太傅文华殿大学士北洋通商大臣直隶总督一等肃毅伯爵李鸿章、大清帝国钦差全权大臣二品顶戴前出使大臣李经方、大日本帝国大皇帝陛下特简大日本帝国全权办理大臣内阁总理大臣从二位勋一等伯爵伊藤博文、大日本帝国全权办理大臣外务大臣从二位勋一等子爵陆奥宗光为全权大臣,彼此校阅所奉谕旨,认明均属妥实无阙。会同议定各条款,开列于左。"

稍一停顿,谢富光伸出手指,断断续续,一条条地数了起来,说:"条约共十一款,其中有几款永不能忘:第一款,朝鲜国独立;第二款,割让台湾全岛及所有附属各岛屿及澎湖列岛;第四款,中国将库平银二万万两交与日本,作为赔偿军费;第六款,湖北省荆州府沙市、四川省重庆府、江苏省苏州府、浙江省杭州府行船通商;第八款,听允日本军队暂占守山东省威海卫。"

谢壮吾感到爷爷激动得难以控制自己,连忙扶住他,说:"我们都记得!"

谢富光意犹未尽,说:"自本约奉大清帝国大皇帝陛下及大日本帝国大皇帝陛下批准之后,定于光绪二十一年四月十四日,即日本明治二十八年五月初八日在烟台互换。"

接着,谢富光与孙子道了别,说:"你去吧。"

谢壮尔没忍住,把哥哥要走的消息告诉了裘宝儿。裘宝儿一直送谢壮吾到长江边,谢壮吾长吁了一口气,突然想到忘了带走那三样东西,尤其是陶文给他写的条幅,轻声说:"为民族独立解放,为人民解除苦难。"

道理虽大,但令人振奋。裘宝儿受到感动,不禁流泪,吟了两句改造过的唐诗,而且也是李白的。他的嘴唇已经丰厚了许多,声音也浑厚了许多,用嵊县腔一字一句说:"长江浑水深千尺,不及我送阿吾情。"

其时谢壮吾内心充满豪壮之气，如有诗歌，应该是"风萧萧兮易水寒，壮士一去兮不复还"之句，不想裘宝儿想起的仍然是唐诗，仍然是李白，仍然是充满阴柔之美的嵊县方言。

　　谢壮吾点点头，多半是对裘宝儿营造的意境表示附和，说："宝儿，送君千里，终须一别。我上船去也。"

　　出乎意料的是，裘宝儿的妹妹裘小越突然出现在码头上，扑上前来，拦住正要跳上船的谢壮吾，把一支钢笔塞到他手里，说："不要忘记写信。"

四、道里道外

因为与安德烈的意外重逢，谢壮吾遇到了人生中又一个艰难的选择题。

1945年秋，东北第一场雪到来之前，一位苏联将军从海参崴经大连专程来到哈尔滨。

哈尔滨是一座从来没有过城墙的城市。

旧石器时代晚期，这里就已经有人类活动，新石器时代、青铜时代，这片寒冷的土地默默地、缓慢地孕育着相对独立而不为域外世界了解的文明，哈尔滨的原始语音是galouwen，即哈尔温，意思是天鹅。还有一种说法是来自满语，即晒渔网之地。直到中古时期，哈尔滨是金、清两代王朝的发祥地。它的文明开始崛起，并成为一个真正的区域中心。

20世纪之初，中东铁路建成运营，工商业及人口开始在此聚集，从近代城市的雏形，到成为国际性商埠，先后有三十三个国家的十六万余侨民聚集这里，十九个国家在此设领事馆，哈尔滨成为远东最重要的国际性商埠之一。

在日本人投降后第一时间，由中国共产党军事力量组成的东北人民自治军重返黑龙江，并且在哈尔滨稳稳地立住了脚跟。

东北人民自治军指挥官之一杜副司令的警卫副官谢壮吾被叫回了总部。上海籍的南方人谢壮吾前几天像热衷冬泳的当地人那样，秋寒之时，畅游松花江，结果着凉发烧，奇怪的是还被一种不明鱼类咬伤手臂，此时刚刚办好住院治疗手续。

杜副司令看了看他手臂上缠着的绷带，说："你代表我去接他，他是你故交。"

谢壮吾不太敢相信，说："怎么会是他呢？苏联叫安德烈的人很多。"

杜副司令有点不耐烦，说："你见了面就知道了。"

当时天色暗淡，寒意阵阵，没有一丝秋高气爽的宜人情景。

谢壮吾换上了杜副司令借他的呢大衣，开着一辆苏制三轮摩托，沿着干燥的河床，抄着近道，直奔火车站。

哈尔滨火车站建于1899年，四年以后的1903年，也就是清光绪二十九年夏天，中东铁路全线通车运营，几十年来，松花江岸的哈尔滨道里火车站，成为远东最繁忙的火车站。

时间临近中午，几班冒着白烟的火车同时进站。

进进出出的人群拥挤成一个团块又一个团块，谢壮吾从团块的缝隙里插进去，但还是被耽搁在出站口，一时进不了站。

此时，分别躲在货运车厢和煤堆后面的一群原伪满洲国军警和特务，在一位穿着伪满洲国军官礼服的青年贵胄指挥下，开始实施对安德烈的刺杀。

安德烈跳下火车，刚出现在站台上，枪声几乎同时响起。

这第一枪没有被人注意到，因为子弹偏离了目标，飞向空中，无影无踪。后面的几颗子弹很密集，但情况相同，不知打到哪儿去了，在没有击中任何物体的情况下，消失在灰蒙蒙的烟气中。

车站进出口依然人山人海，刺杀依然在继续，所有的人都茫然不知，只有谢壮吾察觉情况异常。

他冲进了车站，出现在月台上。

刺客们似乎在吓走人群，好让安德烈孤立地暴露在枪口之下。不想人群茫然不知，警觉的只有安德烈。他一把抓住没有及时反应过来的随从，猛然加快脚步，挤进人群里。忙于校正准星的枪手们顿时感觉到，枪法再好也已经无济于事，因为月台上所有的人都成了这个苏联人的盾牌，子弹只会击中无辜者。

果然，其中一颗子弹，射中了安德烈的另一名随从。安德烈扶着已经死亡的随从迅速拔枪还击，煤堆上的枪手应声滚落下来，掉进路轨，脑浆迸发。

刺客们扔下枪支，冲向月台，冲向安德烈，实施近身围攻，企图用最原始的方法，用乱拳把他打死。

月台上的厮杀异常暴烈，被安德烈击倒的人也越来越多，但围攻安德烈的人也越来越多。

一阵混乱和踩踏之后，普通的乘客已经基本仓皇逃离，但仍有一些胆大的男女，像一群免门票的戏迷，远远地站着观战，渴望看个究竟和后续，居然不停地为安德烈的漂亮的拳击喝彩。

月台另一边的铁轨上，停着几节无篷平板列车，上面挤满了等待遣返的日本关东军官佐。他们平静地注视着月台上的这场打斗，作为战败者，此刻他们不用帮助谁，不用有所作为，但他们显然有自己的立场，就是等待着这个远比常人厉害数倍的苏联将军气力用尽，寡不敌众，最终被打倒在地，最好像那个从煤堆上滚下来的枪手，掉进路轨，脑浆迸发而死。

他们正在享受旁观者的清闲和愉快。

首先是一位头上缠着"满洲国万岁"布条的死士被安德烈击杀，但其他人仍显示出前仆后继的趋势，渐渐地，出现了关东军官佐们希望出现的情景。

安德烈开始有些气喘，同时还挨了一拳。

那些死士深受鼓舞，像饥饿的群狼，纷纷抢先进攻，拼命想尽快击倒安德烈，以剥其皮，以食其肉。

安德烈又被踢中一脚，他不禁四顾张望，希望援手能够到来。

在关东军官佐看来，安德烈已经败相流露，他们放下手中的东西，准备举起臂膀欢呼。

谢壮吾冲上月台的时候，一眼就认出了安德烈，安德烈也一眼认出了他，两人简单交流了眼神之后，就双双投入了格斗。

看到谢壮吾手臂上的绷带，那些死士轻敌了，他们分成两股力量，分别围攻。

穿着伪满洲国军官礼服的青年贵胄脱下镶着流苏的旧式军帽和上衣，一头扑进了混战之中。他的目标是安德烈，但希望尽快制住半路杀出的程咬金，他命令更多的人暂时放开安德烈，先与谢壮吾对阵。其中一人靠近几步，伸手就抢夺谢壮吾腰间的手枪，不想谢壮吾一脚过来，这人被踢得飞了出去，身体抛向平板列车，重重砸向关东军官佐们。官佐们反应迅速，伸臂一挡，这人被弹了回来，最后掉在煤堆上。

瞬间发生的这一幕，顿时让关东军官佐们热烈的心情开始冷却下来。

谢壮吾上身没怎么动的情况下，凭着双腿，把围攻他的人都一一剪翻在地，月台上，倒下一片。

正在对付安德烈的青年贵胄转而扑向谢壮吾。

关东军官佐中有人喊叫："爱新觉罗，胜利！"

谢壮吾这时才知道，眼前这个青年与清王朝宣统皇帝也是后来的伪满洲国执政溥仪同姓，身份不同寻常，很可能是这次刺杀行动的为首者。

这时一群苏联军人和一辆坦克冲进车站，将月台团团围住。

谢壮吾退后一步，命令爱新觉罗，说："赶快投降吧！"

爱新觉罗面对坦克炮口和苏联军人的枪刺并不表现出惧怕，也不理会谢壮吾叫他投降的命令，而是接连挥拳过来，一拳比一拳凶狠，几个回合下来，似乎占据上风。

苏联军人准备举枪射杀爱新觉罗，安德烈连忙制止，指着随时准备抗议的关东军官佐，说："让他们看看，谁是真正的胜利者！"

爱新觉罗显然是个凶猛刁顽的拼命三郎，他在不断用拳脚攻击谢壮吾要害的同时，突然伸出五指，形同一把锋利的铁钩，扯住谢壮吾手臂上的绷带，企图猛击伤口。

这个恶毒而残酷的举动明显惹火了谢壮吾。

在此之前，谢壮吾一直处于防守，以便让对方得到起码的荣誉之后，最终向苏联人束手就范，而不至于在众目睽睽之下，被乱枪扫射，暴毙站台。

现在看来，他想错了。

爱新觉罗对谢壮吾及时赶到救援安德烈，表现出极大的愤恨，出手进攻之时，每一招都想置他于死地。

谢壮吾没有再退让，开始从防守转为进攻。

爱新觉罗扯开了谢壮吾臂膀上的绷带，五指抓向他没有痊愈的伤口，谢壮吾突然手一绕，绷带像花一样散开，又一绕，绷带绕住了爱新觉罗的双手，任其挣扎，却怎么也挣脱不开，随后谢壮吾腾起一腿，朝爱新觉罗的胯下一伸又一缠，爱新觉罗顿时双脚弯曲，无力地跪倒在地上。

围观的男女大声喝起彩来。

平板列车上的关东军少壮官佐掩饰内心震惊的同时，不满也爆发出来，因为他们感觉到这些喝彩不是给安德烈的，而是给那个臂膀有伤的中国人的，这引起他们挑衅谢壮吾的强烈冲动。

他们怕苏联人，但不怕中国人。尽管亲眼见识了谢壮吾的功夫，但他们宁愿相信谢壮吾不过是乘虚而入，不过是花拳绣腿，宁愿相信是安德烈拼命在先，谢壮吾不过是趁两败俱伤之际，收拾残局罢了。

一个与谢壮吾年纪相仿的官佐吼叫了一声。

这个戴着眼镜的青年官佐跳下平板列车，冲过月台，推开喝彩的男女，走到谢壮吾面前，用带着东北口音的日语表达了意图，要求与他决一死战。

安德烈与谢壮吾拥抱了一下，突然取过一个苏联军官手上的冲锋枪，对准这名年轻的官佐，用上海腔的中文说："你要立下生死状。"

这时，封闭式餐车的门开了，下来一位姓三木的日军中将，通过翻译，认可了提议，并主动要求与安德烈共同担任裁判官。

在安德烈的建议下，三木中将又挑选了两个年轻的官佐，一共三个人对阵谢壮吾一个人。但戴着眼镜的青年官佐表达了不满，坚持认为自己能够单独对付谢壮吾，一对一，失败了，也不会觉得羞耻。

他摘下眼镜，原来他一只眼睛已经瞎了，说："我用一只眼睛。"

以后发生的事情，第二天登在了当地的报纸上，既有照片，又有文字。总之，一场月台比武，高潮迭起，前面摘下眼镜的青年官佐，几乎是闭着另一只眼睛，像一个盲人跟谢壮吾打的，但他发力又狠又准，直到跟谢壮吾对打十多个来回之后，才吃了一脚，倒在地上。

之后，谢壮吾相继击败了另外两个关东军官佐。

青年官佐戴上眼镜，拉起另外两人，表示服输投降，并交出了各自的战刀。

平板列车和封闭式餐车挂上钩之后，无声地离开了哈尔滨火车站。

媒体有意渲染未经证实的消息：戴着眼镜的青年官佐回到日本之后，和另外两人服毒自杀。

在坦克和成连成排的苏联士兵护送下，安德烈与谢壮吾相拥而出，经过哈尔滨市中心，在最有名的马迭尔旅馆，接受了杜副司令的宴请。

安德烈坚持叫谢壮吾一块入座，还专门敬了他一杯酒，对他在火车站的英勇行为表示赞赏，说："胜利属于我们！"

杜副司令看出安德烈醉翁之意不在酒，说："他是你的学生，应该他敬你酒。"

酒过三巡，安德烈才表明他此行意图。他将负责新的军事学院，专门培养东方国家的军事人才，特别是要在东北人民自治军中间挑几个革命资历较深的青年军事干部到苏联深造，说："谢，必须提出申请。"

谢壮吾喝的是啤酒。

哈尔滨人喜欢喝啤酒，风气盛行，谢壮吾也是到了哈尔滨之后才开始尝试着喝一点的，以前在上海有很多喝啤酒的机会，但他自认为酒精过敏，因此一直没有碰过任何酒。不想到了哈尔滨，苏联人请客，由于口渴，也为了逃避被强灌伏特加这样的烈性酒，他选择了温和许多的啤酒。

不想一口下去，一阵甘洌甚至甜美涌上身体，他不禁惊诧，哈尔滨啤酒果然名不虚传。

安德烈敬他的是伏特加，他给自己倒了一小杯啤酒，说："你知道我酒精过敏。"

"啤酒也是酒。"

谢壮吾一口喝了下去。安德烈瞪大眼睛，说："谢少爷能喝酒了就更应该去苏联了。"

谢壮吾在苏北参加新四军开始就跟随杜副司令，之后一起从山东半岛渡过渤海到达东北。一开始杜副司令觉得对谢壮吾来说，去苏联学习是个好机会，但又不舍，反过来劝安德烈，说："人有的是，你自己挑。"

安德烈指着谢壮吾，说："就他。"

谢壮吾脸已经红了，处于意外的兴奋之中，当时就认真地点了点头，能去苏联学习军事，是多少革命军人的梦想啊。

杜副司令皱了皱眉头，有些无奈，说："那你赶快递一个申请，组织上研究之后再定。"

谢壮吾当晚就写好了申请书，准备让安德烈看一看，做些修改，誊抄清楚之后，再正式交给杜副司令。

但申请最后没有交上去。

当晚沙滩篝火晚会上，安德烈怕谢壮吾犹豫，借着酒兴找他谈心，说了一些非常私己的话。但安德烈一开口，谢壮吾就感到晕头转向，之后感觉到深深的不安。

安德烈喝完一杯酒，说："重庆谈判不会有结果，共产党和国民党之间的战争不可避免。"

谢壮吾愣了一会儿，说："国民党发动内战，不会得到人民支持，必然失败。"

安德烈摇摇头，显出几分醉态，认为结果如何很难预料，说："我关心的是你。"

"组织上一直很关心我。"

"组织上知道你的家庭出身？"

"我必须对组织忠诚坦白。"

"你跟杜关系好，但你要想想，杜也会有不被信任的一天。"

"我是杜副司令的下属，但我也是一名革命军人，而且……"

"而且你加入中国共产党的申请还没有得到批准。"

安德烈这句话触动了谢壮吾的内心。他投奔新四军之后，就向往加入共产党，到杜副司令身边工作之后，正式提出了申请，杜司令愿意当他的入党介绍人。但一年一年过去，杜副司令鼓励他，要经受起比别人更长时间、更严格的考验，在他看来，谢壮吾完全具备一个党员的条件，在使用上不会受到影响。

他相信自己总有一天会得到认可，得到批准，用杜副司令的话，那是迟早的事。

"谢，你因为从小过富裕日子，把别人想得太好，太单纯了。"

安德烈其实并没有喝多，他猛然抱着谢壮吾，嘴巴靠近他的耳朵，把声音压低，说了一番几分动情又几分突兀的话。

安德烈用夹杂俄语的上海话，告诫谢壮吾，如果中国共产党战胜国民党，谢壮吾家庭所属资本家阶级将被坚决消灭，以后谢家这样的家族在无产阶级的新政权下难以立住脚，甚至可能作为敌人被清除，说："这样的例子苏联有的是。如果中国共产党输了内战，你也将难以容身，如当年的抗联战士，只能像流浪汉一样，撤退到苏联。"

安德烈说得如此直白，如此危言耸听，目的是让谢壮吾果断地跟他去苏联学习，最后又表示，他这样做也是给中国革命留下火种，留下希望，说："到了苏联，你会有出息。"

当晚，谢壮吾久久不能入睡，最后他敲开了杜副司令的门，说："我要汇报思想。"

杜副司令听了，也没有多说什么，让谢壮吾自己拿主意，决定跟安德烈走，组织上也会支持。

但谢壮吾又想起了陶文给自己写的条幅，说："为民族独立解放，为人民解除苦难。"

杜副司令赞同他的态度，但劝他说："安德烈不会理解中国人的豪言壮语。"

第二天一早，谢壮吾带着申请书，到马迭尔旅馆找安德烈商量。他刚出电梯，就听到杜副司令与安德烈在大声争吵。

杜副司令的声音比平常高出数倍，说："我们靠自己也能打败国民党！"

安德烈发出笑声，说："希望如此。"

杜副司令继续大声说："一定如此！"

安德烈态度柔和下来，说："你们需要优秀指挥员，我们要培养谢。"

杜副司令干脆拒绝了，说："谢壮吾不会跟你走。我会特别培养他。"

安德烈显得把握十足，警告说即使杜副司令反对，他也会找司令官，找更权威的中共党组织交涉，最终带走谢壮吾。

由于杜副司令和安德烈互不相让，关于是不是让谢壮吾去苏联学习的问题，形成了一个僵局。

事后，谢壮吾知道了杜副司令之所以没有让他去苏联，是因为形势发生了重大变化。

安德烈到达哈尔滨火车站那天，司令部收到了从重庆寄来的信件，信件里面是一份谢壮吾弟弟谢壮尔和陶含玉结婚的喜帖。

原来性格主动的陶文之女陶含玉与谢壮尔热恋之后就开始同

居，不久提出结婚。谢富光想到当年俞理事的卦算，心想也是天意，就同意了。但此时突然得到几年不见的长孙谢壮吾在共产党东北人民自治军的消息，老人激动不已，叫谢壮尔给哥哥谢壮吾寄去喜帖，喜帖中还夹了一张谢壮吾戴着拳击手套的照片。也就是1937年暑假，谢壮吾十五岁生日，自己特地给他送了这副从美国进口的红色拳击手套，照相师给戴着拳击手套的谢壮吾拍下这幅照片。

看着当年谢壮吾戴着拳击手套的照片，谢富光老泪纵横，又怕谢壮吾收不到，收信人写了杜副司令的名字。

但迟迟没有收到回信。

在东北人民自治军司令部，机要部门把这封重庆寄给谢壮吾的喜帖和照片交给了政保部门，政保部门十分惊诧，要求谢壮吾作出说明。谢壮吾得到家人都还健在的消息，喜出望外，急切地想给重庆回信，但遭到政保部门的阻止。

谢壮吾怀着十分愉悦和期待的心情，配合了政保部门审查，如实交代了家庭情况，包括祖父谢富光、父亲谢启元发家的过程，对母亲屠氏和弟弟妹妹的点滴记忆，说："如果和平实现，我很快能见到爷爷，见到弟弟妹妹了。"

到了晚上，政保部门继续留置谢壮吾，而且负责人上官部长感到此事对谢壮吾很不利，搞不好入党的事会因此再耽搁下来，准备亲自跟他谈话。

杜副司令得知谢壮吾被审查，大为光火，亲自开着车，跑到马迭尔旅馆附近的政保部门的小楼，对着上官和上上下下干部，骂了几句不留情面的话，接走了谢壮吾。

谢壮吾在杜副司令的催促下，按照地址用明码发了平安电报，并表达祝贺。

重庆的谢富光接到电报，更加盼望与最挂念的长孙团聚，一起回到上海，永续家业。他先是花重金疏通关系，把沉浸在温柔乡中的谢壮尔调到即将开赴东北的新一军，还叫他把当年谢壮吾没有带走的拳击手套、全家福照片和陶文的书法条幅带到东北。对爷爷的擅自安排，谢壮尔欣然接受，认为亲自参加解放被日本人占领的东北，使命光荣，同时还能完成爷爷的心愿，找到哥哥谢壮吾，并把他带回来，更使他感到兴奋。

由于婚礼推迟，陶含玉认为谢富光对两个孙子厚此薄彼，有所不满，又从父亲那里得知蒋介石可能发动内战，新一军会成为与共产党开战的先锋，于是找各种理由劝阻谢壮尔前往新一军，说："谢壮吾在共产党队伍里，不是想回来就能回来。"

胶着之际，即将回迁南京的陶文将军居然也接到前往东北视察的命令，如此一来，谢壮尔正好乘同架飞机到达北平，到新一军办事处报到。

陶含玉深爱谢壮尔，要求谢富光答应他们举行完婚礼后，她才肯放人。谢富光感动于陶含玉对谢壮尔的真爱，同意第二天在教堂举行结婚仪式，并承诺回到上海，与哥哥一起再补办盛大的中式婚宴。

陶文在临行前，悄然从打包运送南京的箱子里取出一幅珍贵古画，题上一首七言绝句，然后放进皮箱，随身携带。他的这一举动被陶含玉发现了，不禁疑问情由，陶文叮嘱女儿要保守秘密，轻描淡写地说："不过是一幅画，不足与外人道。"

一直跟着谢家生活的裴继祖想念同样在共产党队伍里的儿子，他委托谢赛娇写好信，让谢壮尔带给裴宝儿，说："宝儿也是你兄弟，一定要想办法见到。"

此时重庆和谈举行，裴继祖与当时许多重庆居民一样，有机会目睹共产党和谈代表团的风采，不禁庆幸儿子当初的选择是对的，希望儿子安心跟着共产党，他相信国共一旦开战，赢的将是共产党。

几天之后，国共双方发生武装冲突的消息不时传出，形势陡然紧张。关键的是，送给杜副司令的秘密情报显示，国民党军凭借其美式装备和兵力数量上的优势，乘苏军撤退之机，将向南满和北满发动大规模进攻，企图将自治军主力压迫于松花江南岸，然后消灭。对此，延安方面指示，为阻止国民党军长驱直入的计划布局，于1946年1月改称的东北民主联军迅速集中主力，坚决备战迎敌。

情势如此严峻，杜副司令保持了最大的平静，在安德烈再找他时，心一软，答应放谢壮吾去苏联。

但谢壮吾主动要求撤回去苏联学习的申请。此时谢壮吾态度坚决，向安德烈表示，他十分向往红色苏联，但这里更需要他。

安德烈劝他不要放弃，除了学习军事，到了莫斯科，有各种机会参加高水平的拳击比赛，让全世界看到中国人强壮的一面。

当着杜副司令的面，谢壮吾向安德烈郑重敬了一个军礼，非常正式地表达了自己的最终态度，说："中国革命没有成功，与国民党蒋介石的斗争刚刚开始，在历史抉择的关键时期，作为一名革命军人，我必须留下，为争取和平，建立新中国，流血牺牲。"

至此，安德烈只能表示理解和惋惜。

这中间，杜副司令单独与谢壮吾密谈了一次，希望他保持与家人的联系，尤其要关注弟弟谢壮尔的动向。原来杜副司令当年在陆军军校与陶文将军同窗，而且抗战时曾经并肩作战。

杜副司令特别提醒，说："要注意这个人。"

趁着好天气，谢壮吾与安德烈来到松花江边，中间交流了拳术，互有胜负，最后谢壮吾使出了一个奇特的动作，安德烈勉强受住推力，打了一个趔趄。

安德烈称赞他功夫没有荒废，而且融合了很有特点的中国散手的绝招，大有进步。

谢壮吾承认，这些招数是在安德烈离开上海后，裴继祖毫无保留，悉数教授他和裴宝儿的。

安德烈告诉谢壮吾一个令人喜悦的消息，他不知从哪里得知，裴宝儿人在延安，而且即将被派到东北。谢壮吾喜出望外，最让他欣然的是，裴宝儿参加了革命，居然还在延安，说："真不敢相信。”

安德烈当然也是偶然得知的，说如果这次能见面，可以完成九年前没有比完的比赛，但他警告谢壮吾，裴宝儿这个人极其怕输，情急之下会有危险举动，说：“当年你们比赛，他违规出拳，应该被取消比赛资格。”

谢壮吾一笑，安德烈也太认真了，裴谢两家故交，自己和裴宝儿从小一块长大，一块学武，情同兄弟，重要的是现在都是在共产党阵营的同志，在革命的熔炉里锤炼成长，相信裴宝儿品质变得更加优秀，说：“希望他的好胜心依然强烈。”

“他是党员，你还不是，你们党信任他。”

“我信任我们党。”

安德烈尽管赞同谢壮吾对党的态度，但再一次提醒他，并提起当年在谢公馆堂会上看过的一出京剧，讲的是隋唐之际的英雄故事。英雄谱上排名第七的罗成和第十一的秦琼，是一对表兄弟，罗成使枪，以罗家枪扬名天下，秦琼用锏，以秦家锏威震江湖，两人都互相教授，学会了对方的武艺，但各自留下一手最厉害的招数，以防备有朝一日成为对手，不至于因为毫无保留而被打败。

安德烈有些愁容，郑重提醒他，裴宝儿毕竟是裴继祖的亲生儿子，可能暗中还教授什么别的绝杀技，今后相遇一定要小心。

五、窑天洞地

一直到 10 月下旬,毛泽东亲自率领中共代表团赴重庆与国民政府谈判的那一天,延安仍然处于庆祝抗战胜利的热烈气氛中,有组织或是自发的系列文体活动一个接着一个,延河两岸成为狂欢的大世界、大舞台。

地处黄土高原丘陵沟壑区的延安,经过了炎热多雨的夏季,迎来了开始迅速降温的秋季,由于海拔高,气候更显得凉爽。人们往往是从古书里、戏文中知道延安这个地方,裘宝儿最早就是从古典小说《水浒传》中知道它的。宋朝的时候,如八十万禁军教头王进这样的英雄好汉或因为犯事,或因为前程,充满为国效力之心,投奔延安府,保国戍边。当年母亲屠媚娘给他说过这样的故事,他脑子中对这个地名一闪而过,只感觉到十分遥远,远在天边,远在另一个世界,从来不会想到,自己有一天会来到延安,而且一待就是四年多,而且就像原始人那样,住上了窑洞。

他住的这孔窑洞在半山腰上,是他自己动手开挖的。

延安自古为边陲要地,为了避免战乱,当地人民多喜穴居,久而成习。窑洞不仅坚固耐久,而且冬暖夏凉,虽然原始,但让人的身体感到惬意。裘宝儿有时候想起上海,想起谢公馆,想起马房改造的卧室,舒适和自在的感觉始终伴随,正是靠着这种感觉,有了住久之后的习惯。

按规定，他没有资格一人住一孔窑洞，不断有人住进来，最多的时候挤过七八个人，天南地北，什么地方来的人都有。其间，组织上对每一个人都进行过不止一次的审查，学习整风会上，也都开展了自述，递交了小传，结果，他得到了信任和提拔。组织上确认了他的履历：父母出身贫苦，是破产农民，到上海后母亲给人当奶妈，他生下来就没有奶吃，父亲给资本家当厨师，全家住的是马房，等等。巧合的是，从上海到延安汇报工作的一个地下党员进行了证实。

鉴于裘宝儿全家被剥削阶级压迫的经历，加上他受过良好的教育，他很快就入了党，很快就到一个很重要的办事处担任了科长。

此时担任科长一年多的裘宝儿已经满口陕北话，只是在躺在窑洞里做梦的时候，在一个人感到孤独的时候，在春节看着人们扭秧歌，或是清明节前去黄帝陵的时候，在中秋夜望着一轮圆月的时候，心里默默念叨的还是浙江嵊县话和多少有些生分的上海话。

偶尔会见到上海或江浙一带来的人，这些人大都集中在文艺界和教育界，但他们特别喜欢讲陕北话，而且比当地人还讲得纯粹，如果没有特殊关系，他们绝不可能跟你讲上海话，哪怕连一点口音都不会漏给你。

只有各部门大领导的口音是不会改的，裘宝儿只有在开大会听报告的场合能见到他们，但与他们交谈的机会很少。

裘宝儿差不多已经做到忘记，忘记自己从何而来，忘记自己曾经生活过的日子，甚至忘记亲人的面孔。他更多的是想着有一天他可能分配到一孔单人居住的窑洞，不久后的一天跟一位绥德县的还是安塞县的相貌平常的姑娘结婚生子，未来的某一天会带着儿孙们到嵊县和上海寻根。

但经验告诉他，即便是这样的想法，在延安也是一种奢望，因为许多比他地位更高，参加革命更早，功劳更大的人，还在跟别人拼住在一孔旧窑洞里，其中能娶上一位较年轻有姿色的寡妇，已经是招人羡慕了，如果与一位有文化的学生妹子、漂亮的文工团员情投意合，那真是天上掉下馅饼。

随遇而安的裴宝儿适应了，习惯了，这就是投身革命要付出的代价，而且真的会像自己在入党誓言中承诺的，要牺牲一切，要奉献一辈子。

裴宝儿没有想到抗日战争会胜利得这么快，这么早，现在抗战真的胜利了，看到了希望，他潜伏在心里的热情，有如沉寂多年的活火山，突然涌动起来，迅速到达了喷涌的临界点。

尽管如此，裴宝儿的内心之火没有贸然喷发。

8月底的一场赛诗会上，一个诗人这样朗诵道：

"……就像一个冬眠者，

在春天来临时唤醒，唤醒，

重新焕发勃勃生机，诞生新的生命。"

诗意很好，但还是受到了几位长征干部的中肯批评。因为革命者在严寒的时候，艰苦的时候，是更加充满斗志，充满生机，更应该以不懈的斗争迎接胜利，怎么能冬眠呢，怎么能在春天来临的时候坐享其成呢？

诗人幡然醒悟，愉快地接受了批评，写了一份检讨之后，自愿到河北前线，参加对日本军队的最后一战，9月初，终于以牺牲换取了"革命诗人"的称号。

裴宝儿从此例中得到教训，警醒自己要保持冷静，等待时机。

经过动员，裴宝儿本来要报名参加唱歌比赛，献上一曲小时候经常听的嵊县越腔，让人们知道天底下不仅仅只有满山遍野的信天游，还有更好听的轻细柔和的越乡情调，同时以此纪念母亲。但主办者认为格调有些萎靡，不能鼓舞人，而且大多数人听不懂，效果会不好。

裴宝儿心情一郁闷，就报名参加武术活动，虽然叫活动，但其实就是比赛。

听说毛主席和朱德总司令已经接受了邀请，准备观看最后的赛事活动，裘宝儿深受鼓舞，使出全身本事，过关斩将，一一战胜号称出身武术名门的各大单位顶级选手，进入了决赛。

与裘宝儿对决的是1935年中共领导的"一二·九"爱国运动北平大游行现场总指挥，一名资深的共产党员，一个叫霍无病的军区参谋长。

因为有了霍参谋长的参与，武术活动引起延安各界的关注，陕甘宁边区各大单位各大团体都派员观摩，甚至西安、天水和包头这些地方的人士也都闻讯而来，专门组织代表团到延安助威。

国统区报纸的一个记者专门挖掘了霍参谋长的武术背景。

霍参谋长祖父是参加过1900年义和团运动的英雄。作为一个坛口的传奇首领，八国联军攻入北京城，他率人参加紫禁城保卫战，徒手伤毙英、法、美、德军官各一人，日、意、奥、比士兵各一人，自己全身而退。事后发现衣袖及裤腿皆有弹穿破洞，但勘验之后，竟然肌肤无损，从此刀枪不入的盛名传遍京津冀地区，直到去年，即1944年，年八十，无疾而终。

霍参谋长曾是族叔霍元甲的核心弟子，后来因为祖父训命，弃武从文，进入一家教会学堂，接受新式教育，随后考入北京大学攻读历史，其间，改名无病，表达以汉朝时的远祖、驱除匈奴的英雄霍去病为楷模的志向。

霍参谋长并未真正放弃过拳艺，他一边读书，一边练武，成为一名深藏不露、文武双全之人。

霍参谋长代表的是延安后勤系统，而且是作为医院员工的身份参加。实际上霍参谋长是医院的一个患者，他的工作单位远在热辽，按照活动规则，霍参谋长是不能参加这次比赛的。

作为前方重要军区的首长，霍参谋长指挥了1944年年底的一场重大战役，因为负伤，回到延安治疗休养，此时已经基本痊愈，浑身有劲，在重上前线之前，正要找地方使一使自己身上的功夫。

得到举办武术活动的消息，霍参谋长坚决要求报名参加。没有人计较他的比赛资格，组委会一路放行，在护士们的加油声中，霍参谋长轻轻松松就进入了决赛。

延安各界也是千方百计怂恿、鼓励霍参谋长。决赛之前,《解放日报》记者已经抢先发了消息,称霍参谋长即将成为延安庆祝抗战胜利武术活动的优胜者。新华社不甘落后,提前采访了霍参谋长,写了长篇通讯《义和团英雄后继者的最终胜利》。除此之外,延安广播电台发挥自身优势,专门邀请霍参谋长向全国直播拳术比赛普及讲座。

霍参谋长志在必得,也是众望所归。

办事处领导做裘宝儿的思想工作,表示能有机会跟霍参谋长同台竞技,太光荣了,输了也是赢了,保证第二名就行,说:"这也是组织决定。"

裘宝儿其实之前见过霍参谋长,地点是在宝塔山。

他到延安四年多,还没有上过宝塔山。今年大年初一早上,延安还沉浸在战争的紧张气氛之中,裘宝儿值了一个晚上的班,并不觉得疲惫,突然想好好看一看延安城,于是一个人飞步登上了宝塔山。

到了宝塔山顶,只见一个中年人光着膀子在舒展腿脚。

旁边有一个医生和一个护士拿着他的衣帽,不安地催促他,说:"霍参谋长,您伤还没有好呢!"

霍参谋长索性打起拳来,一套下来,虎虎生威,骄傲道:"霍家拳。"

裘宝儿惊喜,不禁叫出声来,连说:"好!好!好一个霍家拳!"

霍参谋长听见他的喝彩,并没有停下来,手足一体,上下一线,施展了一套极难的拳路,然后停住,看了看裘宝儿,突然说:"你,跟我练练。"

此时裘宝儿极想跳上前去,跟这位霍参谋长过过招,领教领教传说中的霍家拳,但他忍住了,显得手足无措,神情局促,说:"不敢,不敢,您这一身功夫,十个我也打不过您,您单手就把我扔下宝塔山了！"

霍参谋长失望了，穿上大衣，看着他，说："你不懂，怎么随便叫好？"

裘宝儿表情诚恳，伸出大拇指，说："确实好！"

霍参谋长伤病初愈，精神很好，之后带着医生和护士参观宝塔，还让裘宝儿一路跟着。

霍参谋长不仅武功好，而且学问渊博，说："其实，要记住宝塔山的历史，记住三历就行。"

裘宝儿庆幸这一年的大年初一没有白过，因为他长了见识。

霍参谋长告诉他，所谓"三历"，就是宝塔山是唐朝大历年间修建的，北宋庆历年间进行了扩建，后来毁于兵火，到明朝万历年间重建。

裘宝儿没有想过要赢霍参谋长，自己能得到一个亚军，已经是最好的结果。他准备使劲迎战几个回合，给大家一个交代之后，然后招架不住，果断败下阵来，让霍参谋长使出绝技，痛痛快快把自己击倒。

无论如何，活动结束后，裘宝儿会获得一个二等功，过一段时间还有可能调到更重要的岗位，职级也能升一级，意味着他有条件去成立一个家庭了。

此时他心目中的这个家庭，已经发生了翻天覆地的变化，已经跟绥德还是安塞的相貌平常的姑娘没有丝毫关系，已经跟与别人拼住在一孔旧窑洞，娶一位较年轻有姿色的寡妇也没有丝毫关系，也已经跟有文化的学生妹子、漂亮的文工团员没有丝毫关系了。

因为前一天忽然传来消息，国共开始谈判。接着消息越来越具体，组委会得到通知，毛主席因为要亲自去重庆，不会来观看武术活动的最后一场比赛，但预祝活动成功，打出水平，赛出风格。

当天一大早，消息得到证实，毛主席乘坐美国人的飞机离开了延安，飞机的轰鸣声还在延安上空环绕。霍参谋长参加送行回来，情绪显得低落，提出要求，说："朱德总司令应该来。"

裘宝儿却兴奋得不可言状。

他深深感到，个人命运跟国家命运、民族命运，真的是深深联系在一起。

美国人在日本投下原子弹之后，身处延安机关的裘宝儿才敢断定抗战即将胜利，在清醒过来的第一时间，他就开始设法暗中联系多年没有音讯的家人，但毫无结果。

这一天，居然接到从重庆国民政府军事委员会辗转打来的一个电话。

通讯局的一名领导亲自过来喊他去接电话的那一刻，他显得极其迟钝，耳朵嗡嗡响着，双腿迈不开半步，他几乎躲闪着作了否定，说："不可能，搞错了。"

通讯局领导认真了，说："是一个叫谢壮尔的人打来的。他说你是他妹妹的未婚夫。"

裘宝儿想了很久，谢壮尔的名字终于变得真切。

拿起话筒的瞬间，他听到了谢壮尔的声音，但他不知道自己应该用什么话应对。因为谢壮尔讲的是上海话，而裘宝儿说上海话已经不流利，加上通讯局领导在场，万一引起误会，那就麻烦了。

裘宝儿用了一句陕北话问好，然后加了两个字，说："侬讲。"

谢壮尔在电话里讲了很多。他现在是重庆的国民政府军事委员会总部的一名会计，与国军高官陶文将军之女、军委会图书馆管理员陶含玉相恋，经双方长辈同意，已经订下婚约。

裘宝儿感动了，泪水涌出来，连连点头："好好，祝贺祝贺！"

谢壮尔希望裘宝儿能到重庆参加他们的婚礼，喜帖后发，先口头正式邀请了。

裘宝儿不敢马上答应，他知道不太可能，但也没有回绝，因为他感到也许可以争取，抗战已经胜利，毛主席都可以去重庆了，他为什么不行，为什么不能去参加亲人的婚礼？

由此，裘宝儿盼望与家人团聚的心情更加迫切，但是很快，希望就破灭了。

办事处领导在比赛开始之前，先祝贺他获得亚军，叫他填报了立功申请的表格，最后问他活动结束后还有什么想法，说："你要出名了，这里怕是留不住你了。"

那一刻，裘宝儿鼓起勇气，提出了请假去重庆寻亲的要求。

办事处领导怔了半天，铁青着脸，拂袖而去，一会儿又回来，对裘宝儿进行了严厉批评，时间长达一小时。

裘宝儿被骂了许久，情绪低落，连晚饭也没有去吃，一个人在窑洞里发呆到天黑，半夜独自跑到延河边，对着忽明忽暗的粼粼水光，大展拳脚，狠狠地发泄着情绪。

此时的延河，看起来混浊，就像一汪流动的玉米羹，在断断续续的干涸里，毫无前途地往前费力延伸着，最终渗入并消失在没有绿色的层层沟壑里，全然没有此前听起来让人热血沸腾的潺潺流动，闻起来让人呼吸通畅的浓浓土香；全然没有他小时候眼中古老的剡溪，清水如镜，碧波荡漾，乌篷渔火，如画仙境；全然没有充满富贵气息的黄浦江，深沉而又流畅，平静而又澎湃，百舸争流，繁花似锦。

他心情大变。

次日决赛，裘宝儿跟霍参谋长打了几个回合，无心再战，就准备宣布自己的失败。这时办事处领导过来，提醒说："党中央领导都看出来了，你故意让拳。真打几下，不然你的立功表不交上去了。"

办事处领导的临场逼迫最终使裘宝儿将不满倾注于拳头，出手异常凶狠，霍参谋长吃了几拳，情绪也开始大涨，使出霍家拳频频反击，但都被裘宝儿一一化解。

霍参谋长突然一个飞腿，扫中裘宝儿后腰，裘宝儿身体摇晃，似乎站立不住。

霍参谋长缓缓收起拳脚，裁判准备宣布胜利，鼓掌声也已经热烈地响了起来。

看上去向后坠落倒地的裘宝儿瞬间变成身体前倾，同时左拳伸过来，击中霍参谋长脖颈。霍参谋长反应迅速，很快就判断出裘宝儿将会马上出右拳，连忙弯曲手臂挡护脖颈的另一侧，不想裘宝儿又是一记左拳，而且半途中忽然向下，击中霍参谋长左胸。

霍参谋长被重重打倒在地，当场晕厥。

全场愕然。

经全力抢救，霍参谋长脱离生命危险，但裘宝儿因此被当场拘押，听候处置。

后来霍参谋长出面说情，裘宝儿不仅没有得到任何处分，而且以武术比赛活动第一名受到表彰，并仍然获记二等功。

但裘宝儿离开延安的心情更加迫切。几天后，听到组织上将选调一批干部前往国统区主要城市的消息，而且得知其中可能有去南京甚至上海参加美国和国共三方军事调解工作的人员，他主动向领导请缨，表示自己是与美国人打交道的合适人选，因为他不仅英语没有荒废，而且有一个曾经当过自己教练的美国大使馆武官的朋友。

正当他以为如愿以偿的时候，却在出发前接到临时变更的正式命令：现进入东北的国民党方面有许多江浙沪籍官员，我方急需像裘宝儿这样上海籍的联络官加入东北人民自治军，以便在谈判桌上进行更好的交流和斗争。

裘宝儿后悔自己暴露与比尔历史上的关系，他相信正是因为这层关系，导致了自己突然不被充分信任，没有被派往自己想去的南京、重庆，而是被发配到遥远陌生而且寒冷的东北。

他一路沮丧、懊悔，仿佛身体被冻结了，充满寒意，直到在北平火车站遇到谢壮尔，心中才觉得一丝温暖。

在北平火车站如潮的人流中，谢壮尔喊了他的名字。裘宝儿回头，以为是哥哥谢壮吾，惊喜之间，突然出拳，此人倒地，狼狈中自我介绍，说："我是弟弟，我是壮尔。"

那一刻，裘宝儿几乎哭了出来。

谢壮尔把裘继祖的信和妹妹的照片交给裘宝儿。照片上谢赛娇如月份牌上的美人，裘宝儿擦了擦眼泪，说："我很想见你妹妹，很想，真的很想。"

谢壮尔安慰裘宝儿，提起当年谢裘两家亲上加亲的约定，说："谢赛娇就要离开重庆回到上海，等你回去和她结婚呢。"

裘宝儿发誓绝不辜负谢赛娇，说："只要有机会，我马上去找她。"

裘宝儿在北平等待期间，与谢壮尔形影不离，谈到过去，更多的是谈到未来。谢壮尔一心认为内战不会爆发，表示一旦完成爷爷交代的使命就向上峰申请复员，到南京和陶舍玉会合，说："你也尽快复员。"

"复员？"

"对呀，离开军队，回上海。"

裘宝儿不禁感叹谢壮尔想得太简单了，共产党不比国民党，绝不能让人擅自离队的，接着他表达了内心的悔意，说："当年出川北上，没有在西安留下，错上了去延安的车。"

当年裘家父子护送谢家辗转逃到重庆，开办酒厂，为在四川的浙沪籍军民供应黄酒和腐乳酱菜，日子没有再坏下去。在谢家资助下，裘宝儿和谢赛娇一起读完高中课程，准备报考大学，谢赛娇想到欧洲或者美国读美术学院，希望裘宝儿也到国外留学，学自己喜欢的专业。

其间，两人的恋爱关系得到了谢富光的首肯，答应资助他们完成学业，早日给他们完婚。

裘继祖经常送酒送酱到八路军驻重庆办事处，随行的裘宝儿有机会也经常听到关于抗战的道理。让裘氏父子感动的是，负责人十分平易近人，对裘宝儿的遭遇很同情。

"你要为母亲报仇。"

"怎么报？"

"奔赴抗日前线。"

不久，裘宝儿在父亲的鼓励下，怀着一颗为母报仇的决心，从川北出陇南到达西安，在国民党招人处和延安办事处之间几经犹豫，因为突然想起了《水浒传》，尤其是想起母亲在说戏文故事时说到过"延安府"三个字，于是坐上了去延安的车。

看到裘宝儿后悔的神情，谢壮尔劝他不要太有所谓，说："和平了，共产党和国民党都是中国人，都一样。"

裘宝儿苦笑，说："但愿一样。"

接着几天，谢壮尔做主，替裘宝儿起草了复员申请，又替人在东北的谢壮吾也写好了一份，托裘宝儿带到。裘宝儿收下自己的那份申请，但烧毁了谢壮吾那份。谢壮吾已经是杜副司令的副官，身不由己，如果组织上发现谢壮吾有此举动，会遇到大麻烦。此外，谢壮吾与自己的妹妹裘小越都在革命队伍里，一定自认为志同道合，使命神圣，岂能因为祖父之命，轻易离开自己的队伍。

当晚谢壮尔请裘宝儿到六国饭店吃饭，本来还要托裘宝儿把拳击手套、全家福照片和装在牛皮笔筒里的条幅带给哥哥，裘宝儿刚答应，他又觉得应该自己当面交，说："爷爷特别交代过的。"

谢壮尔自己不喝酒，但要了一瓶葡萄酒。裘宝儿看着英文商标，说："欧洲进口的，一定很贵。"

"不贵，五美元。"

谢壮尔对酒精过敏，裘宝儿一个人把一瓶酒喝完了，说："浪费了可惜呀。"

恰逢美国军事调停代表团正在举办酒会，因为陶文在场，谢壮尔被允许进入饭店，但裘宝儿被拦在门外。谢壮尔与宪兵发生冲突，吃亏被打，亢奋中的裘宝儿愤然挥拳，痛殴数人，和谢壮尔被当场双双扣押，陶文出面说情，宪兵仍然不肯放人。

后来美军空军运输机飞行官比尔的出现，阻止了国方宪兵的进一步追究。碰巧的是，作为共方代表团译员的裘小越与哥哥裘宝儿在混乱的场合下意外重逢。

原来裘小越在租界沦陷之后，并没有随同父兄一起离开上海，而是为了寻找谢壮吾，一个人过江到了苏北，参加了新四军。

裘宝儿向妹妹打听和谈消息，裘小越揭露说国民党方面正加紧备战，毫无诚意，谈判破裂的可能性很大。裘宝儿忧虑加重，劝妹妹为今后早作打算，但裘小越对哥哥的模糊态度感到诧异，提醒并勉励他要坚定与国民党斗争必将胜利的决心，说："我们要经受住考验。"

裘宝儿后悔自己轻易说出内心的想法，忘了裘小越不仅是亲妹妹，更重要的还是中共党员。次日又是谢壮尔做东，请兄妹在全聚德吃烤鸭。裘宝儿趁着酒劲，说了一番革命的豪言壮语，使妹妹打消了对自己的疑虑和担心，最后兄妹相互鼓励，含着热泪，重现笑容。

谢壮尔举着茶杯专门向裘小越敬酒，转达爷爷谢富光的意思，希望她早日过门，成为谢家长媳，说："早日成为我的大嫂。"

裘小越没有端起酒杯，只轻声说："你认，你哥哥认不认不一定。"

这几年裘小越只收到过谢壮吾的一封信，信中约定革命胜利之后再谈婚论嫁，期间并没有机会见面，况且谢壮吾人在东北，不能经常联系，如果他另有意中人，自己岂非一厢情愿？

裘宝儿将心比心，劝妹妹不要有任何的怀疑，形势严峻，他保证谢壮吾一定在忙于革命工作，一定单身，还希望妹妹与谢壮吾早日成亲，一起回上海过美好生活。

裘小越高兴了，说："你真是我的好哥哥。"

"你就憧憬吧。"

裘小越站起来敬了一个军礼，让谢壮尔到东北后转告谢壮吾，等和平到来，人民当家做主，她一定会和谢壮吾走在一起，举着红旗回到上海。

比尔要亲自驾驶飞机送马歇尔去东北，裘宝儿知道，因为天气原因，他们正在等候，认为机会难得，赶了过去，又急于表现自己，于是在候机楼里，主动演绎了散手拳路，众人的鼓掌果然引起了马歇尔的注意。不等比尔介绍，裘宝儿已经与马歇尔进行了英语交谈，果然马歇尔得知裘宝儿也要去东北，邀请他等次日天气好转同乘专机。

当晚裘宝儿回到办事处，电报请示上级，虽然获得同意，但批评他此行为属擅自交往、先斩后奏，并警告他因此可能会受到处分。裘宝儿权衡再三，一大早赶到机场搭机。

飞机上，裘宝儿忧心时局，途中几次向比尔询问前程。比尔可能是受马歇尔的影响，认为国共谈判会取得成功，说："战争有可能打不起来。"

"万一打起来呢？"

"仗不是刚刚打完吗？"

"只怕大家不肯相让对方。"

"中国需要建设，中国人需要过好的生活。"

裘宝儿感叹美国人不免简单，因为蒋介石必定不容他人，说："怕是要打。"

"真的要打？"

裘宝儿点点头。

比尔顿时也怀疑起来，他知道裘宝儿很想回到上海，很想继续读书，不禁替他担心，说："那你就脱离军队。"

裘宝儿愣了愣，趁机提起当年在重庆相遇时比尔鼓励他到美国留学的事，说："我想离开这个国家。"

1941年，裘宝儿在重庆意外遇到在美国使馆担任武官随从的比尔，比尔当时答应过他等战争结束，帮助他到美国留学。

比尔答应帮忙，说："找机会联络我。"

到哈尔滨后，裘宝儿生怕擅自搭机的行为会受到处分，一见到杜副司令，就急忙汇报了自己如何当着马歇尔的面，勇敢批评国民党蒋介石的事情。

杜副司令哼了一声，没有再说什么。

由于东北形势发生变化，国民党方面没有更多与共方进行和平交流的意图，而是大军压境，步步进逼。杜副司令发表内部讲话，指出国民党方面随时可能发动内战，大家要放弃幻想，准备战斗。

严峻的战前气氛，加上因为搭乘美国人的飞机被指责，裘宝儿没有勇气把申请复员的报告交上去，心中失落，无聊之中，频频出没哈尔滨繁华之所，借酒消愁。

六、挂冠成寇

比起延安，甚至匆匆而过的古都北平，裘宝儿觉得哈尔滨更让他感到亲近。

如今，哈尔滨既是北满经济中心，也是一个国际化都市。

尽管在上海生活过许多年，见识过租界洋场的繁华，但裘宝儿还是对哈尔滨特有的北国风情和别致的异域情调感到意外。风韵独特，林林总总，一座座哥特式、巴洛克式、拜占庭式的欧式建筑，让他产生强烈的情感，想象着自己身处上海，不禁着迷其中，一遍遍地感叹：自己什么时候回到上海啊！

草草吃完中饭，裘宝儿换上新发的呢料制服，顺着人流，独自在中央大街逛了起来。哈尔滨的中央大街果然是整个东北最繁华的商业街，他惊喜地发现居然有卖冰激凌的店，他排队买了一块，也顾不上形象，当街吃了起来，三两口吃完，觉得不过瘾，回去再买时，却发现已经售罄。

隔壁有一家叫伊留继昂的电影院，正在上演一部苏联电影。裘宝儿买了一张站票，但看到一半就悄悄离开了。他认为电影比较沉闷，对话乏味，女主角是一位上了年纪的大婶，一位不可能发生爱情的女布尔什维克，苏联电影没有像以前在上海看到过的美国电影，俊男美女，有接吻、拥抱，引人入胜。

他从一座叫圣·索菲亚的教堂前经过。

教堂的门关着，上面贴了写着俄文的封条，但仍然有几个牧师从侧门走出来，只是神情有些紧张诡异。裘宝儿试图跟他们交谈，但没有谁搭理他。

临近傍晚，裘宝儿独自一人走进一家玻璃橱窗内挂着大红肠的酒馆，里面很热闹，挤满了苏联军人和一些日本女人。

裘宝儿找到一张靠着过道的空桌子，要了一杯啤酒，一根切成三段的红肠，默默地享用。

很快大多数人喝醉了，唯有一个长相精明的苏联军官保持清醒。他与白俄侍者商量几句后，亲自推开桌椅，圈出一块空地，开设了一个临时赌局，并动员在场的人纷纷押上各种货币，卢布、银元，甚至还有美金。

在赌注的吸引下，一个哥萨克骑兵和一个红军水兵率先对决。

赌局是拳击比赛。

裘宝儿精神一振，一口喝光了啤酒，他天生没有酒量，一瓶啤酒足以让他处于一种亢奋状态。当那个红军水兵自以为赢得赌注的时候，裘宝儿走了过去，要求比赛。

经那个组局的苏联军官同意，裘宝儿与轻敌的红军水兵打了起来，很快取得了胜利。

苏联军官表达了祝贺之意，但暗中唆使多人挑衅裘宝儿。顿时，比赛变成了围攻裘宝儿的混战，并招来了一群维持秩序的苏军督察，顿时枪声大作。

枪声传到很远的地方，经过这家酒馆的杜副司令和安德烈进去看个究竟，见到了最混乱的一幕。

地上躺着红军士兵和那个哥萨克，毫发无损的裘宝儿在人群中十分醒目。杜副司令死死盯着他，一只手在腰间摸索着，似乎要掏枪，但他此时并没有佩枪。

裘宝儿也认出了杜副司令，霎时清醒过来，但已经来不及躲避，只好作醉酒之状，坐倒在地上。

杜副司令从白俄侍者手中夺过一大杯水，泼在裘宝儿脸上，命令说："站起来！"

裘宝儿站了起来，向杜副司令敬了一个礼。

杜副司令细看了裘宝儿手中抓着不放的赌注，说："你很能打呀，你就不要在总部了，到前线打仗去。"

裘宝儿不知道杜副司令的意思，又敬了一个礼，说："谢首长夸奖！"

杜副司令真的火了，招呼苏军督察，说："你们把他带走，关、杀，军法从事，随便你们！"

苏军督察迫不及待地冲过来，就要铐走裘宝儿。

同行的苏联将军突然推开了苏军督察，说了一通俄语，苏军督察放开了裘宝儿，反而把那个精明的苏联军官带走了。

这时，裘宝儿认出眼前的这位苏联将军竟然是当年的上海故人安德烈，正愕然之际，一个上海口音的翻译突然上前，蹬过一腿。裘宝儿连忙跳起避开，马上一记摆拳还击，但也被对方侧身躲过，数个来回，显然裘宝儿擅于拳上，而臂膀上绑着绷带的翻译长于脚下。

在安德烈和苏军官兵的叫好声中，两人手脚同时停住，并叫出了对方名字。

"裘宝儿！"

"谢壮吾！"

裘宝儿在窘迫的情形下，与上海时期的谢公馆少东家，也是1937年暑期上海大中学生拳击比赛的对手谢壮吾重逢了。

安德烈高兴不已，提出一定要由他请客，大家喝酒叙旧。还没有坐下，裘宝儿就迫不及待地转达了裘小越的口信，希望谢壮吾及早成为自己的妹夫。

原本离开的杜副司令听到，从门口返了回来，问怎么回事。

谢壮吾介绍了自己和裘小越的关系，说："我们有过约定，但等到革命成功，全国实现真正的和平之后，才考虑结婚成家。"

安德烈虽然不太喜欢裘宝儿，但仍然提出了希望他也能去苏联学习的邀请，劝他先留在哈尔滨，到时候再办手续。安德烈询问杜副司令的意见，杜副司令也表态可以考虑，说裘宝儿可以提出申请，说："他延安来的，去留自己定。"

没想到裘宝儿断然拒绝了安德烈，他吐出一句含混不清的英语，说："我的教练是美国人比尔，要去，也要去美国。"

安德烈此时已喝了几杯酒，兴致上来，提起了当年上海的比赛，于是拦住杜副司令不放，提议让谢壮吾同裘宝儿完成最后一场比赛，说："让你们开开眼界。"

杜副司令也来了劲头，叫人张罗好场地。

但裘宝儿以需要教练为由，要求请到比尔，再举办比赛。安德烈想了想，只得表示同意，说："会让你感到公平的。"

第二天，杜副司令派人联络美方代表团，果然找到了比尔。比尔听说此事，欣然支持当天晚上就举行比赛。一切准备就绪，不想到了下午，突然发生国民党军在前沿小城进行严重挑衅的事件，杜副司令下令取消了比赛，带着裘宝儿一起赶到了前方。

几天后，谢壮吾护送安德烈和学员们从满洲里出境。安德烈临别叮嘱谢壮吾，据他观察，裘宝儿不喜欢红色苏联，是一个投机革命者，一旦内战爆发，裘宝儿也许变得不可靠，要加以留心，不可过多交往，否则会连累自己，危害革命。

安德烈的警告震动了谢壮吾，他从满洲里直接赶到了前沿小城，水也没有喝一口，就找到裘宝儿，以叙旧为由，试图对他进行劝说疏导。

两人围绕苏联与美国谁优谁劣，中国应该走什么道路，展开争论。裘宝儿毫无顾忌地暴露了心中怨尤，表达了对形势的悲观看法，如果他有一天回上海和谢赛娇结婚，希望谢壮吾能够理解和支持；但又骂蒋介石如此好战，挑起战事，破坏和谈；同时，居然也批评起自己，抱怨共产党不应该不相信美国人调停，不应该不顾双方实力悬殊，不作必要的妥协，形势急转直下，如果连美国人都难以控制，战端重开，又要消耗几年，申请复员回到上海难以实现，和谢赛娇的爱情，留学美国，更是化为泡影，自己这一生岂不完了。

谢壮吾愕然，想起安德烈的警告，态度立刻严肃，劝告他不要糊涂，并认真地建议他找杜副司令坦白思想，以争取主动，避免犯大错误，不然他会坚持原则，向上级反映他的问题。

两人开始拉扯，一番对阵，都把对方打倒在地。

望着哈尔滨陌生的天空，裘宝儿冷静下来，对自己的失言十分后悔，担心谢壮吾会向杜副司令反映自己的问题，不禁害怕起来。当晚整夜难眠，次日天不亮，他就找到谢壮吾，态度诚恳地作了自我检讨，谈起了自己在延安时的良好表现，并保证自己一定会找杜副司令谈心交底，说："你要相信我的觉悟。"

"我当然相信，你是从延安来的。"

谢壮吾不禁释怀，也许是安德烈对裘宝儿的看法，影响了自己的判断，回忆当年未了的赛事，两人约定，尽快请求杜副司令批准，举行比赛，决出胜负。

裘宝儿此时已经心不在焉，产生了尽快离开东北的念头。他私下里联络比尔，但比尔已经离开东北，心里不禁凉了大半截，整个人处于惴惴不安之中，他知道，这次稳住谢壮吾，只是暂时的，自己得加紧付诸行动了。

裘宝儿想了几天，决定采取主动。他向杜副司令承认了在白俄酒馆违反纪律的错误，请求处分，并提出前往前线部队。但杜副司令这时却认为酒馆的事大家都是闹着玩，不再追究责任，还反过来安慰他，说："部队发展很快，东北干部缺乏，留在总部好好干，以后还要担当更重要的职务。"

裘宝儿留在了总部，但很快，机会来了。

国共双方冲突事件得到平息之后，陶文率领的国民政府高级将领巡视团访问哈尔滨，谢壮吾同裘宝儿都参加了保卫兼陪同。绍兴口音的陶文将军与杜副司令交流困难，裘宝儿抢着要求跟随翻译，但杜副司令却让谢壮吾一个人负责陶文的接待，说："他们是亲戚，你就不要掺和了。"

裘宝儿觉得杜副司令可能已经不信任自己，顿感失落，但又不甘心，私下与陶文拉关系，提出陪同他参观中央大街，看看电影，吃一顿俄式大餐，但陶文很警觉，婉拒了裘宝儿的邀请。

裘宝儿感到了不被信任的恐慌。

陶文意外遇到谢壮吾，十分欣喜，说到谢壮吾的爷爷谢富光，说到女儿陶含玉，女婿谢壮尔，两人相谈甚欢。陶文欣喜的是，谢壮吾提起往事，还说到了没有装裱好的"为民族独立解放，为人民解除苦难"的条幅，说："这十四个字我都印在脑子里了。"

陶文听到他还没有忘记快二十年前的字，心生感慨，说："你走的路是对的。"

谢壮吾神情庄严，说："我会坚定走下去。"

最后陶文忽然抬起腿，朝他猛踢过来，谢壮吾瞬间反应，也腿一曲，把陶文的用力一踢挡住了，四条大腿你来我往，纠缠成麻花，但始终没有人倒下。

"后生厉害！"

"师傅承让！"

陶文好酒量，灌醉了别人，自己却很清醒。宴席上，他趁其他人不注意，将一幅名叫《归来图》的古人名画交给了杜副司令。

陶文四顾无人注意，叮嘱杜副司令，务必将这幅古画尽快转交延安的中共主要领导人。

杜副司令收下画，但有所不解，说："毛主席不是在重庆吗？"

陶文摇摇头，实际上在重庆反而不安全，也没有机会，说："我几千里路带到北满，表示我的诚意。"

杜副司令郑重地交代谢壮吾与后勤司令，把古画锁进从日本人手里收缴的西门子保险柜里面，说："弄丢了军法从事。"

陶文率领的国民政府高级将领巡视团离开哈尔滨之后，杜副司令迅速忙碌起来，日夜开会部署备战，气氛趋于紧张。

心怀忐忑的裘宝儿找机会向谢壮吾打听与陶文交往的详情，

谢壮吾开始绝口不提，裘宝儿不快，责怪连谢壮吾也不信任他。谢壮吾坦承自己知道的并不多，但无意间透露了赠送礼品一事。

"画?"

"对，就一幅古画。"

"谁画的?"

谢壮吾没有再回答。

之后，裘宝儿再次请求到一线工作，杜副司令对裘宝儿三番五次想离开总部显然表示不快，说："那你就到后勤司令部帮助工作，马上去。"

裘宝儿欣然接受，马上打起背包住进了后勤司令部宿舍。

后勤司令让裘宝儿自己提出职务安排，裘宝儿主动要求负责财务并看管保险柜，说："革命工作都一样。"

后勤司令称赞他不愧是延安干部，高风亮节，将财物和保险柜密码如数交代，说："这项工作也很重要。"

几天后，裘宝儿以筹集物资为由，趁夜突然脱离防区，不知所终。

后勤司令以为他有事回到总部，没有马上查找，但几天之后，仍然不见裘宝儿，派人联系总部，也不见其踪影。然后又等了几天，悄悄派人到有关的地方找了几遍，都没有结果。后勤司令急起来，开始往坏的方面去想，认真追究之后，才从前沿哨卡那里得知，裘宝儿几天前就出了城，进入了国统区，也没有看到人回来。

后勤司令连忙带人搜查裘宝儿的房间，发现他在床铺上留下的复员申请书，其大意是说国民党撕毁协定，东北战事重起，他既恼怒又灰心，战端重开，他回到家乡上海的愿望难以实现，因此他只能不辞而别，拿走款项权当复员安置费，云云。

裘宝儿当了逃兵。

清查账目，果然发现后勤司令部机关人员当月全部生活费银元十九块、备用公款十六元全都被裘宝儿带走了。

后勤司令顿时觉得事情严重，心急火燎赶往保卫部门报告情况。北满口音、主管政保的部门领导上官十分重视，依据裘宝儿留下的那份复员申请报告，定性为携款而逃，命人立刻追查裘宝儿的行踪。

几路追踪人马回来，都没有找到裘宝儿，但情报显示，裘宝儿目前还没有投敌，人有可能会逃回关内。杜副司令知道了情况，怒气难消，指示上官派出得力小分队，找到裘宝儿，以逃兵罪、贪污罪押回总部处置。

上官亲自挑选了四名体格强壮的侦察员，让他们马上经前沿小城，进入国民党军控制区。几经寻找，终于在离长春不远的一个小火车站发现了裘宝儿。

平民打扮的裘宝儿混在一个戏班里，正在等候南下进入关内的火车。侦察员一齐扑了上去，裘宝儿察觉，故意发出喊叫声引来一群警察。侦察员索性亮明身份，表明他们是在追查民主联军的一名逃兵。警察不敢得罪，任其带走裘宝儿。裘宝儿当场击倒两个侦察员，但终究敌不过四人一齐上阵。侦察员挟持裘宝儿离开之际，裘宝儿看到谢壮尔正带着一队士兵卸货，突然大喊："壮尔救我！"

侦察员合力摁住裘宝儿，并要捂住他的嘴，但他喊叫得更响了。

情急之下，其中一个侦察员对着裘宝儿腿部开了一枪，谢壮尔听到枪声，回头发现了裘宝儿，连忙指挥在场的宪兵阻拦侦察员。

裘宝儿忍受着小腿被子弹打伤的疼痛，趁乱登上了已经启动的火车。

四名侦察员被押送到国民党军部宪兵处，后经军调处共方副代表出面严正交涉后才被释放。侦察员回到总部，一个个义愤填膺，建议向国民党军方发出协查。杜副司令虽然震怒，但最后取消了向国民党军方面发出的协查令，指示等日后胜利，一定将裘宝儿缉拿归案，收缴赃款。

保卫部召开会议，后勤司令当场检讨，杜副司令要求各部队提高警惕，筛查可疑人员，严格管理，杜绝类似事件发生。谢壮吾深感自己有重大失误，主动向杜副司令请求处分。杜副司令虽然严厉批评谢壮吾，但认为裘宝儿不过是一个贪财的逃兵，希望谢壮吾引以为戒，深刻反省，处分可免，还说："他这样的人岂是你拳术场上的对手。"

"我真想把他打趴下了。"

"打趴下，让他求饶。"

就在大家以为事情暂时过去的时候，延安突然发来最高领导亲自签发的密电，直接催问某国民党高级将领转交中共领导的古人名画何时送达。

杜副司令这时想起陶文将军托他尽快转交延安中共最高领导的古人名画，立刻询问下落。后勤司令回忆此画当时锁进后勤司令部保险柜，保险柜由裘宝儿保管，事发后，大家只关心银元损失，也没有打开保险柜检查，因此不知道此画是否消失。上官赶紧到后勤司令部检查保险柜，但费尽周折，因为密码被重新设置，无法打开保险柜。后勤司令扔美制手雷，试图炸开，但保险柜几乎没有损伤。

此举遭到杜副司令严厉批评。杜副司令要求谢壮吾想想办法，说："德国货，你在上海一定见识过。"

谢壮吾用了整整一天一夜，破解了打乱的密码，打开了保险柜，但古画已经不见了。

裘宝儿拿走了古画！

事态变得更加严重，杜副司令大为震怒，一边请示延安，一边下令严查、追捕裘宝儿。

此时的谢壮吾依然希望裘宝儿会迷途知返，会向组织认错，会戴罪立功，最关键的是越早找到他越主动。当晚谢壮吾背着一台相机，混入了一个记者团，进入国民党军占领区，寻找有关裘宝儿的线索，一路上想象着，如果遇到裘宝儿，首先是一顿愤怒的拳脚，然后再狠狠批评他。

裘宝儿并没有找到，谢壮吾不能久留，于是只好无功而返。途中他看到全副美式装备的新一军浩浩荡荡地开向解放区，暗中拍下许多照片，惊愕的是镜头前站在道奇卡车上的谢壮尔一闪而过，谢壮吾迅速按下快门。

"谢壮尔！"

车队已经呼啸而过。

他连喊了几声："壮尔！壮尔！"

回到总部，谢壮吾洗印照片，细看道奇卡车上军官的身影，断定是弟弟谢壮尔。他留下这张照片，其余照片作为情报呈交给杜副司令。

杜副司令向延安请示，可否另觅其他古画，延安方面来电斥责，警告此画唯一，名叫《归来图》，难以替代，必须想尽一切办法找回原物。

不等上官找谢壮吾，谢壮吾主动向杜副司令坦承，自己曾经与裘宝儿议论过古画。杜副司令对谢壮吾大发雷霆，更因他擅自行动进入敌占区，命令上官立即拘押谢壮吾，并彻查住所，排除疑点。

上官重点审查他与裘宝儿的关系，以便查找根源，并且用当时先进的录音设备记录了下来。

"他跟你提到如果国共发生内战的责任问题？"

"他认为国共应该组建联合政府，如果发生内战继续下去，国共双方都要负责，况且共产党军队根本不可能打败美国支持的国民党军……"

"你没有反驳他？"

"我很吃惊，也很警惕，想听他说完，以便摸清他的真实思想。但他可能感到失言，就再没有说下去。不过，我警告了他，说他刚才说的话极其错误，极其危险。如果在苏联，他会成为肃反对象。但他马上解释说，这话不是他的观点，是在北平听我弟弟谢壮尔说的，他不过是复述一遍。"

"你弟弟谢壮尔，原军事委员会会计室主办会计，现国民党军新一军军需官？"

"是的，是我亲弟弟。这事，我已经向组织上作过说明。"

"裘宝儿劝你和他一起偷偷回到上海？"

"他说如果军事调停成功，他就申请复员回到上海，与家人团聚，和我妹妹谢赛娇结婚，然后上大学，出国留学，希望我也和他妹妹裘小越一起回去。我觉得他的思想有问题，劝告他不要对国民党心存幻想，共产党有全国人民支持，苏联红军撑腰，一定能打败国民党蒋介石，取得全国解放的胜利，等到建立新中国的那一天，举着红旗回到上海。"

"他有什么反应？"

"他点了点头，但有些勉强，好像赞同我的话，但不再说话。我没有及时报告杜副司令，留下后患。我请求处分。"

"你有责任，大家都有责任，都没有想到一个参加革命多年、从延安来的干部会临阵脱逃。希望他不会被敌人俘虏，更不希望他投敌。"

上官觉得谢壮吾虽然没有什么破绽，但事关重大，建议仍然将其拘押，送往哈尔滨甚至延安继续审查。

杜副司令报告延安，但不见回复。上官急了，亲自把谢壮吾带上开往哈尔滨的火车，因铁路故障，没有及时发车。

此刻延安电令追上来，要求抓紧完成对谢壮吾的审查，接着第二条电令叫上官目瞪口呆，电报上明确指示，由谢壮吾负责对裘宝儿的追查。

上官不同意，要求回电延安说明。

杜副司令拒绝，说："是我的意见，是我向延安建议的。"

谢壮吾知道是杜副司令给自己打的包票，但仍然对来自党中央最高层的信任十分感动，同时他觉得上官的意见有道理，自己应该回避，于是想了想理由，表示自己从事的是敌情侦破，如果是抓贪污逃犯，应该派更合适的人，大敌当前，战事在即，自己有更重要的事要做，请求杜副司令向延安陈情，收回成命，说："我怕完成不好任务。"

杜副司令不认可谢壮吾的理由，批评他说："即便是贪污犯罪，也是绝不允许，甚至比全副武装的敌人更有危害，办理此案，没有人比你合适。"

谢壮吾仍然为难，自己与裘宝儿的特殊关系会耽误大事，因为裘宝儿很可能回上海与他妹妹完婚，而且自己与裘宝儿妹妹裘小越有婚约，关系复杂，需要回避。

"我怕自己辜负组织对我的信任。"

"我一直信任你。"

杜副司令表扬谢壮吾对组织襟怀坦白，自参加革命第一天起，在苏北，在山东，谢壮吾曾经多次向他详述过谢、裘两家关系。谢壮吾表达的疑虑，反而让杜副司令再次放下心，他向延安保证谢壮吾的忠诚可靠是对的。

他命令谢壮吾抛开工作，在绝对保密的情况下，想尽一切办法抓到裘宝儿。

"情况险恶，相信你经得起考验。"

"我准备为党牺牲一切。"

延安方面对《归来图》十分关切，指示一切都以追回这幅古画为目的，还明确表示，追讨期间，组织上自始至终会随时随地监督和支援。无论如何，那幅写有七言绝句的古画绝不能落到国民党手里，务必完好无损送到延安。

对于《归来图》为何如此重要，杜副司令也并不完全清楚，交代谢壮吾，说："你别问太多，追回来就是。"

就在那几天，延安任命杜副司令为司令，但杜副司令认为自己因大意犯下大错，只肯做代理司令，而且发了狠誓："画不追回，人不抓回，代字就不要去掉。"

七、松花江上

　　谢壮尔渡过松花江时，心情一阵比一阵激动，这江水跟他以往见过的别的江水，跟苏州河，跟黄浦江，跟长江，都不一样。眼前的江水营养丰富，树汁和草茎浸泡出来的浓郁，浑然中又透着清澈，像一层厚厚的玻璃，水波紧紧地粘着江流，没有南方江河那种时不时泛出轻佻的浪花和多少有些矫情的波纹。时节已经是夏天，但阳光下裹着的一江凉意，吸引着包括人类在内的世间生物，自愿投入到里面去。

　　他问那位始终没有离开过他，北满口音浓重，穿皮靴的看守，说："这就是松花江呀？"

　　这位穿皮靴的看守一开始就接管了他，后来一路上就像亲密的旅伴一样，两人吃喝拉撒都在一起。

　　撤离四平街之前，穿皮靴的看守在俘虏队伍里发现谢壮尔时，张着嘴巴久久没有合拢。他一把抓住他，认了半天，问："姓名？"

　　谢壮尔生平第一回当俘虏，比较紧张，立刻回答："谢壮尔。"

　　穿皮靴的看守盯着谢壮尔，突然一句，说："我认识你！"

　　谢壮尔马上反应过来，此人或许有机会见到过给杜长官当副官的哥哥谢壮吾，于是试探地问了一句，说："你认错人了。"

　　穿皮靴的看守抓住谢壮尔不放，说："太像了，一模一样！"

　　谢壮尔放松下来，对穿皮靴的看守咬了咬耳朵，说："我哥哥叫谢壮吾，你要优待我。"

自此，穿皮靴的看守接管了谢壮尔，并寸步不离，把他带在身边，即使过松花江时，也坐在同一条船上，说："我要亲自管着你。"

面对谢壮尔的询问，穿皮靴的看守情绪高昂起来，说话的口气也像是一个有文化的人。他伸开手掌，仿佛在抚摸着江水，神情自豪，诗朗诵一般地回答着谢壮尔的提问，说："松花江是我们东北人民的母亲河。"

谢壮尔在军委会搞财务时间久了，开始学会对什么问题都拿小数点衡量，认为穿皮靴的看守答非所问，至少回答不精准，差了好几个百分点，又问："这真是松花江？"

穿皮靴的看守依然沉浸在自己的激昂之中，说："女真语为松啊里乌拉，转成汉语的意思是天河，就是从九天上流到地下的河。"

谢壮尔还想再问，但神情没有跟着激动，穿皮靴的看守有些不快，说："你难道不知道松花江？！"

谢壮尔认真起来，说："当然知道。"

谢壮尔记得，1931年，他小学毕业那一年，发生了"九一八事变"，东北沦陷，举国激愤。当时所有人议论的都是东三省，最难忘的是那首《松花江上》，开始只是流亡的东北学生在唱，很快上海街头到处有人一遍一遍地唱，双胞胎兄弟回到家里也唱，后来谢公馆上下，包括裘宝儿一家，也都能完整地把这首歌唱完，从此也知道了松花江，知道松花江是东北地区的一条河流，是黑龙江的最大支流，美丽而富饶。

这一回忆，谢壮尔心情激荡起来。如今真的看到了松花江，而且还在江上航行，似乎身在梦中，不由自主地唱了起来：

我的家在东北松花江上，
那里有森林煤矿，

还有那满山遍野的大豆高粱。

我的家在东北松花江上，

那里有我的同胞，

还有那衰老的爹娘。

九一八，九一八，

从那个悲惨的时候，

九一八，九一八，

从那个悲惨的时候，

脱离了我的家乡，

抛弃了那无尽的宝藏……

出乎谢壮尔意料的是，歌声引来一船人的目光，但他们只是听，没有人跟着唱，这跟当年上海街头一人唱，所有的人都跟着一起唱的情景完全不一样。但他马上想明白了，一定是以他的身份唱这样的歌，人家是唱是和，为难了。

穿皮靴的看守没有阻止他，一直等他唱完，伸了伸拇指，称赞他唱得好，说："松花江在南北朝时被称为难水。"

谢壮尔一愣，说："难水？"

穿皮靴的看守手指着江的远处，给谢壮尔普及了关于松花江的知识，松花江全长一千八百四十公里，流域面积五十四万平方公里，仅次于长江与黄河，说："虽然美丽，但远在北国，历尽苦难，这首歌就是最好的注脚。"

谢壮尔像个认真听讲的学生，还问得多；穿皮靴的看守好像一个不失时机给他上课的热情的老师，说得更多。

穿皮靴的看守的北满话，特别流畅动听，闲篇张嘴就来，解释起歌词，也是如数家珍。松花江流域山岭重叠，满布原始森林，蓄积在大兴安岭、小兴安岭、长白山等山脉上的木材，是中国面积最大的森林区，煤的蕴藏量极其丰富，满山遍野的不仅仅只有大豆高粱，是东北人民谦虚了，松花江流域土地肥沃，岂止盛产大豆、高粱，小麦、亚麻、棉花、烟草、苹果和甜菜，什么没有？

谢壮尔连连点头，说："难怪日本鬼子要先占东北。"

穿皮靴的看守摇摇头，说："你说对了一点。不只是日本人。"

谢壮尔不明白，问："还有谁？"

穿皮靴的看守似乎给他留着思考题，没有明说，而是继续把课讲下去，又解释歌词说，还有无尽的宝藏，金、铜、铁等，什么没有？

谢壮尔明知道是在卖关子，但还是追问，说："还有谁想占据东北？"

穿皮靴的看守认为恰到时机，解答了他的问题："还能有谁？国民党蒋介石！"

谢壮尔当即表达了异议，说："这里本来就是国民政府的，退一步说，也都是中国人啊。"

穿皮靴的看守终于认真起来，表情严肃，点出了问题的要害，说："背后是美国！"

看到谢壮尔一时说不出话来，穿皮靴的看守乘胜追击，作了一番形势教育，中心意思是说第二次世界大战中崛起的美国，倚恃强大的经济和军事实力，积极向全球扩张，企图建立由美国主宰的世界秩序。美国对华政策的目标是，建立一个表面上保持独立，实际上听命于美国的中国，以便遏制苏联，从这个目的出发，现在美国的对华政策由援华抗日转变为扶蒋反共，这一政策成为中国人民民族解放道路上的主要障碍。

谢壮尔将信将疑，想反驳又找不出有力量的话，最后反问，说："那苏俄呢？苏俄支持你们为了什么？"

穿皮靴的看守轻轻地哼了一声，说："苏俄支持我们？"

谢壮尔逼问了一句，说："苏俄难道不是为了得到东北吗？"

穿皮靴的看守顿了顿，回避了话题，说："你还真顽固！"

作为曾经的东北抗日联军干部，穿皮靴的看守内心有自己的看法。远的不说，就是抗战刚刚胜利的时候，苏联为避免爆发新的战争，出于自身的利益，在诸多问题上亦采取妥协退让政策，承认美国在远东的看守地位，支持蒋介石统一中国，并在日本宣布无条件投降的前一天，即1945年8月14日，签订了《中苏友好同盟条约》。苏联领导人一方面防止美国插手东北，一方面向国民政府表示，中共没有能力领导统一中国，只承认并支持国民政府这个唯一合法政府，甚至向中共表示，如果打内战，中华民族有毁灭的危险。

苏联这样的态度，不得不使中国人怀疑，至少让中共方面担心他们真实的目的。谢壮尔问得对，苏俄难道不是为了得到东北吗？穿皮靴的看守陷入沉思，脸色变得难看，许久没有跟谢壮尔说话。

那工夫，谢壮尔感觉到穿皮靴的看守有些神秘，绝对不是普通的看守。

"你什么军衔?"

"我没有军衔。"

"那官阶呢?"

"我们官兵一致，没有什么官阶。"

其实穿皮靴的看守早在抗联时期就已经是团长了，后来失败撤退到苏联，去年回国后重新加入队伍，担任了保卫部门的首长，一路多少艰难困苦，多少烈士牺牲，还什么军衔，什么官阶呀。

"你不懂，我们是为了中国革命，为了人民解放。"

船只穿过一股江流时，江中突然不断有鱼跃出水面，在空中腾翻后，又纷纷落水。谢壮尔欢呼雀跃，但穿皮靴的看守并不惊奇，甚至有几分感伤，说："松花江也是中国东北的一大淡水鱼场，每年产出的鲤鱼、鲫鱼、鳇鱼、哲罗鱼等有上百种吧，源源不断，取之不尽。"

等到船快要靠岸，穿皮靴的看守还在说着松花江，谢壮尔感觉到了他的善意，听得有些入迷，真希望船永远靠不了岸。

穿皮靴的看守开始平静了，说："我给你讲这些，有助于你理解这首歌，有助于理解为什么要珍惜和平，和平多么重要。"

谢壮尔后来才知道这位穿皮靴的看守居然是东北民主联军保卫部门的首长，姓上官。之所以对谢壮尔如此关注，而且如此热情，是因为上官一见到谢壮尔，就断定他就是谢壮吾的双胞胎弟弟。

"你有理想吗？"

"当旅行家。你呢？"

"今后革命胜利了，教书，最好当一位语言学家。"

谢壮尔大喜，连声表示赞同，但上官的一句上海话让谢壮尔大吃一惊。

上官不无讽刺，说："旅行家好当呃呀，有铜钿格白相人当当格。"

等上岸后，上官请谢壮尔吃了一顿饭，少不了有鱼，竟然还有啤酒。谢壮尔看着杯中晶莹剔透的液体，有所犹豫，说："上海有啤酒。"

上官非叫他喝一口，不想这一喝，他就把一大杯啤酒喝完了，说："我酒精过敏。"

"哈尔滨啤酒好喝勿？"

谢壮尔的脸已经红了，但还是忍不住又喝了一杯，连杯沿上的泡沫也舔干净了，说："好喝。"

酒后，谢壮尔几乎忘记了自己的俘虏身份。

他是在四平街被俘的。

四平街位于东北中部平原，系中长等主要铁路线的交叉点，是东北的重要战略枢纽之一，一开始就成为国共必争之地。

他没有想过，重庆国共谈判还在继续，各种表达和平的声明陆续发表，而实际上，一场高强度的冲突正在酝酿。从秦皇岛登陆进军东北的国民党军，从苏联红军手中接收了沈阳防务后，东北行辕主任熊式辉和保安司令长官杜聿明，凭借其美式装备和兵力数量上的优势，乘苏军撤退之机，搁置了3月27日由国共双方代表和美国的马歇尔组成"三人小组"签订的《调处东北停战的协议》，集中二十多万兵力向南满和北满发动大规模进攻，试图在东北停战协定签订前夺取中长路两侧地区并控制辽东半岛。

谢壮尔所在的新一军担负向沈阳以北进攻的任务，并预期在三天内夺取战略要地四平，然后沿中长铁路向四平以北进攻，将民主联军主力压迫于松花江南岸，然后围困，然后消灭。

中共方面也不甘示弱。为阻止国民党军长驱直入，配合重庆谈判，促进东北和全国和平民主的实现，延安总部决定全力控制北满地区及长春、哈尔滨两市与中长路北段。电令已经改名为东北民主联军的中共部队迅速集中主力，坚决扼守四平地区，给北进之敌以有力的打击，争取大量歼灭敌军，以利谈判。

国共双方关系持续恶化，军事调停趋于失败，形势骤然变得紧张。但国民党军突然发动进攻，在飞机和炮火的掩护下，以两个师为前锋，轮番发起进攻。

东北民主联军实施运动防御，节节阻击，四平之战终于爆发。从初期力量来看，两军势均力敌，胜负难料，但还是开打了。

按杜代司令的说法，四平之战不可避免，迟早要打，不如早打，说："国民党军已经付诸行动了，不打都不行。"

双方各不相让。

延安总部特电东北民主联军，要化四平街为马德里，因为东北战争，中外瞩目。东北民主联军以四平为中心，部署了将近十万人的兵力，从东到西组成一条蜿蜒百余里的防线，挫败了国民党军迂回四平的企图，但也因此而无机动兵力实施有力的反击，双方在四平街战场形成对峙。4月中，四平前线国民党军共十几万人分左、中、右三路，向四平发起全面进攻。到5月中，东北民主联军在持续一个多月的防御作战中，已伤亡八千余人，为摆脱被动，避免被截断退路，保持战斗力，经请示延安总部，自四平地区逐次撤退，部分主力到达松花江北岸休整，其余部队分别转移到东满、西满地区休整。

国民党军于6月占领了四平街。

从盛夏6月到深秋10月，东北无战事。

四平之战开打之前，与东北民主联军对峙的正是新一军，而谢壮尔刚好负责为发动首场进攻部队提供后勤保障。

面对如此突变的局面，谢壮尔深感意外，双方一旦开战，寻找哥哥将十分困难，于是他在出发前递交了复员申请，声明自己不想参加内战。报告交到刚从美国回来履行军长职务的孙立人手上，孙立人当即驳回他的申请，并命令他立即离开军需官岗位，加入到前线参战的进攻部队。

四平街首战，新一军被歼上千人，道奇卡车被炸毁，负伤的谢壮尔成为联军俘虏，随身的几样东西暂时被收走了，并且一同随着后撤的联军部队过了松花江，到了北满。

谢壮尔得到穿皮靴的看守额外关照，他亲自送他住进了以前日本人开办的医院，给他治疗的是一个医术精湛的日本医生，所用的药品也是最好的。

不过半个月，谢壮尔就恢复了健康。

但他已经许多天没有见到穿皮靴的看守了。在管理人员的陪同下，他被允许每天有一定时间沿着松花江散步。空旷的北满平原一望无际，江水蓝天白云，没有战争，没有硝烟，本来应该感到比较舒坦，比较轻松了，但因为他要见自己哥哥的要求没有被满足，他突然变得焦虑，与管理人员发生了争吵，坚持要求见到穿皮靴的看守。

谢壮尔等来的是杜代司令。

虽然谢壮吾经常提起自己的双胞胎弟弟，但杜代司令今天亲眼见到，而且是在这样的场合见到，不禁大吃一惊。北撤松花江之后，杜代司令几乎没有任何空闲时间过问类似俘虏的问题，谢壮吾尽管得到弟弟的消息，也不可能马上要求过来相见，因为要跟着杜代司令一起忙于更重要的事情。

杜代司令对谢壮尔感兴趣，最重要的原因在于他是陶文的女婿。

陶文作为参加过北伐和上海工人武装起义组织者之一，后来在抗日战争全面爆发后，参加台儿庄会战和武汉会战的爱国军人，在国共双方都获得了尊重，据掌握的情报，陶文巡视东北后即任北平警备司令，负责组织兵员，很有可能出任新组建的兵团司令官，并适时派驻东北。

杜代司令将谢壮尔悄悄带到了总部，并派人告诉谢壮吾，让他前来确认。

穿皮靴的看守以政保部门上官部长的真实身份审问谢壮尔的时候，充满好奇的杜代司令陪在一边，仿佛看着一出好戏，整整一个通宵的时间，一刻都没有离开。

上官在谢壮尔的随身物品中，发现了那一期的《良友》画报。

杜代司令拿过来，细细观看，重复翻页，连连点头。

谢壮尔不知道杜代司令的身份，也不理会他，说："别翻坏了!"

杜代司令停在封三上，说："还真认不出谁是哥哥，谁是弟弟。"

谢壮尔得意，说："不要说别人，以前我们爹娘都常常弄混了，只有我爷爷不会认错。"

杜代司令看着谢壮尔，说："总会有区别的。我就能判别你跟谢壮吾不一样的地方。"

谢壮尔不相信，说："你别吹牛了。"

杜代司令笑笑，说："你没有哥哥强壮。"

谢壮尔不服，说："我也从小练过的。"

杜代司令伸了伸自己的手，说："看你的手还不如我，拨算盘珠子久了。"

谢壮尔愣了愣，说："你真跟我哥哥很熟?"

杜代司令提到了陶文，说："我还跟你岳父熟。"

之前搜查谢壮尔时，从他的军帽里面，发现他与陶文将军的合影照片，上官询问其关系，谢壮尔没有回避，说："我丈人。"

杜代司令看了看照片，说："我刚见过他不久。"

谢壮尔并没有觉得奇怪，说："他刚来过北满，这很多人都知道。"

杜代司令亲自给谢壮尔续了水，正准备离开，谢壮尔拦住他，称他有东西交给哥哥，说："我希望见到哥哥，让我们兄弟重逢。"

杜代司令迟疑了一下，面无表情，指了指上官，说："我说了不算，得由他们同意。"

上官送杜代司令离开后很快就回来，告诉谢壮尔，谢壮吾人不在东北，东西都好好保管着，说："哪几样要交给你哥哥的？"

谢壮尔想了想，说："就三样，拳击手套，一张全家福，还有一张字。"

上官一一记下，答应为他们提供见面的机会，但又警告他不准向任何人再提起谢壮吾是他哥哥，不然他将会失去很多自由。

但后来杜代司令还是授意上官通知谢壮吾，让他们兄弟见面，不过仍然保持警惕性，说："你们也再证实一下谢壮尔的身份，他到底是不是一般的军需官。"

次日，上官再一次亲自审问了谢壮尔，但地点和方式都作了改变。地点是在松花江边，方式是两人撒网捕鱼。幸运的是，过了没多久，他们就捕到了一条大鳇鱼。

上官请来厨师出身的后勤司令，让他亲自做了一桌鱼宴。

谢壮尔尽管得到优待，但因为寻找哥哥的要求没有被满足，不停吵闹，甚至扬言绝食抗议。

按照事先规定，所谓的兄弟见面，其实只是谢壮吾从门帘外偷看。

上官犹豫，说："你们兄弟怎么真的见一见面，还要再研究。"

谢壮吾看着弟弟，情绪激动，真想一头冲进去兄弟相认，但又不能违反纪律，鼻子一酸，就要离开，说："这样还不如不见。"

杜代司令站在他后面，说："去见个面吧。这个宴席算是庆贺你们兄弟相逢。"

谢壮吾却沉默了。

杜代司令再三鼓励谢壮吾进去一道入席，说："我们共产党人还是要讲亲情的。"

但谢壮吾最后决定放弃这次见面的机会，他向杜代司令汇报了自己的秘密计划。按照计划，不仅兄弟不能见面，谢壮尔也不能得到释放，谢壮吾顶替谢壮尔的身份，混入被释放的俘虏中，进入敌占区，伺机抓获裘宝儿。

杜代司令有些不安，说："真要这么费劲？"

谢壮吾态度坚定，说："要追回古画，这是最好的办法。"

经过仔细研究，杜代司令最终认可这一计划。他对谢壮尔满怀同情，亲自陪他逛了逛哈尔滨几个著名景点，最后告诉他，说："你哥哥顶替你的身份离开了。"

谢壮尔感到迷惑，问："怎么回事呀？"

杜代司令表情和缓，口气温柔，说："他想回去见见爷爷，见见你的其他家人。总不能只有你一个人经常见他老人家。"

谢壮尔认为杜代司令的话有道理，说："这么多年了，他都没有回上海。"

杜代司令友善地握住谢壮尔的手，说："这次就是让他回去。"

谢壮尔眼泪流下来，说："爷爷想他啊。"

杜代司令拍拍谢壮尔的肩膀，说："他想尽尽孝心。"

过了一会儿，谢壮尔突然紧张了，说："那我怎么办？"

杜代司令笑笑，说："你就替他安心待着，等他回来跟你见面。"

"你不要骗我。"

"他很快就回来，还会跟你的另一位亲戚一道回来。"

"裘宝儿？"

很多情况下，谢壮尔是自由的，直到他想到裘宝儿也在民主联军，就开始四处寻找起来。这引起了上官的不安，请示杜代司令，杜代司令与谢壮尔谈了一次话，说："裘宝儿也离开了。"

谢壮尔有些意外，说："你们让他复员了？"

这时杜代司令才知道，从裘宝儿床上搜到的复员申请报告，出自谢壮尔的手笔，说："自己走的，偷了我们后勤机关的一个月的伙食费，逃走了，他是个小偷。"

对于杜代司令的说法，谢壮尔不太赞同，认为裘宝儿跟着共产党革命了那么多年，拿走点抚恤金，也不必太计较，为他辩护说："他不可能真的偷东西，倒有可能是生气了。"

杜代司令对谢壮尔的逻辑表示不屑，反问他，说："生气就可以偷大家的东西？"

谢壮尔为了证明自己对裘宝儿的评价，认为他比较容易生气，但从不会拿别人的东西，坚持说："他什么都要争口气，但并不贪恋钱财。"

"你是以你君子之心度小人之腹。"杜代司令反驳。

争论间，谢壮尔还提起当年《良友》画报为他们兄弟拍照片的事，裘氏父子与谢家赌气，一怒之下，要搬离谢公馆，给他们多少钱都不肯要，后来出钱再请来画报社照相师，为裘宝儿拍了照片，才息事宁人。他还拿着已经还给他的《良友》画报，证实他们兄弟是登在民国二十年3月底出版的《良友》画报，编号第687期，而刊登裘宝儿照片的是688期，说："因为晚了一期，他们还是生气。"

杜代司令讥笑谢壮尔，说："你们富家公子哥儿，哪里知道裘宝儿的真实心思。"

关于裘宝儿拿走陶文送的古画《归来图》一事，杜代司令绝口不提。

接着，杜代司令把谢壮吾留下的拳击手套和全家福照片交给谢壮尔，说："有了这两样东西，你就是你哥哥了。"

谢壮尔把拳击手套戴在手上试了试，说："爷爷送的。"

看着全家福照片中他们的父母，谢壮尔哭了，指着挺着大肚子的母亲，哽咽着说不出话来，过了很久，说："还有一张字呢？"

杜代司令知道他指的是条幅，说："谁写的字？"

谢壮尔马上回答，说："是我岳父的字。"

杜代司令竖起大拇指，提起"为民族独立解放，为人民解除苦难"这句话，说："你哥哥带到身边了，当座右铭。"

八、怀宝其罪

　　裘宝儿跳上了一列运木材的火车，但快到锦州黑山时，在一个叫打虎山的小站遇上检查。幸好天上有月亮，借着月光往南走了一段路，天亮时渐见炊烟，原来是一个小镇，还有一家已经开张的小米粥店。

　　他不仅美美地喝了几碗稀薄的小米粥，而且意外地长了见识。因为每天都有开小差的军人路过，在这里付几倍的钱才能喝上一碗，连路过的客人也只好认宰，何况是逃兵。

　　粥店就一个伙计，他把裘宝儿当成逃兵，一碗小米粥，要收他一块银元。

　　裘宝儿摸了摸口袋，脸色沉下来，说："你就不怕有人把你的店砸了？"

　　粥店伙计眼珠一突，一脸的嚣张，说："谁敢？这里的人都姓张。"

　　"姓张怎么了？"粥店伙计的话，不由得让裘宝儿想起以前东北最厉害的是张作霖张学良，听到伙计这么大的口气，心想会不会与他们父子有关？

　　"张学良被蒋介石关了很多年了。"

　　"听说过张三丰吗？"

　　原来，太极宗师张三丰是此地人。

粥店伙计神情自豪，吹嘘张三丰五岁开蒙为师，脚踏莲花，习文研武，十八岁就已成为辽东名士，后拜终南山火龙真人为师，到武当山修炼内丹术终得高深。他武功高强，气质非凡，既是一位全真道士，又是一位笑傲江湖的侠客。明代之后，张三丰光环照人，哪个帝王都推崇他。

裘宝儿从小知道张三丰，但只知道他是内家拳的创始人，只是一个创建了枯燥单一、令人乏味的马步功法的祖师爷。父亲裘继祖很早就教导他，把张三丰的十八种马步方法练到家了，就天下无敌了。所谓十八种步法，为残、推、援、夺、牵、捺、逼、吸、贴、蹿、圈、插、抛、托、擦、撒、吞、吐，每字有四句口诀解释其寓意。幼年时期，几乎没有什么玩耍的时间，他每天就是站马步，背口诀，一直从嵊县站到上海，背到上海，他多少次都在想，自己从小吃尽苦头，都是这个张三丰害的。

后来他知道张三丰还是一个顶尖的太极高手，但此时他已经上了学，沉浸在知识的海洋，知道了更多，还遇上了比尔。比尔教了他更实用、更直接的西洋拳法，加上以前扎实的马步功夫，让他如虎添翼。

比尔有一次模仿了一个马步动作，然后伸出拇指，称赞说："好！很好！"

但他不仅没有感激张三丰，而且努力把这个陌生而熟悉的古人从脑子中驱除出去，忘得一干二净。

感谢繁华的上海，终于让他把张三丰忘记了。

想不到他有一天会经过张三丰的老家，这不仅勾起童年往事，更让他想到自己眼前的处境，粥店伙计的得意劲更让他生气，他把手中的银元放回裤袋，起身就走。

粥店伙计拦住他，说："不付钱啊！"

"没有钱。"

此时，粥店伙计盯着他背上用军用帆布包裹着的像一柄油伞的古画，说："那是什么？把背上的东西留下。"

此时，裘宝儿听到火车轰鸣的声音，急了，一拳打了过去。

粥店伙计早有准备，抽出身后的一把菜刀往他头上砍来，但裘宝儿的拳先到，粥店伙计来不及捂住鼻子喷出的鲜血，已经一头倒在门口，一丝不动了。

裘宝儿擦干脸上的鲜血，赶到打虎山车站，坐上了运送伤兵的专列，先进入山海关，然后就到了天津，他拖着伤腿，离开了车站。耳边都是天津话，听起来却有几分熟悉，好像以前在哪里听到过，但一时又想不起来。因为到处在抓逃兵，裘宝儿在天津东躲西藏了几天，也没有落脚的地方。后来，在一个犹太老头手里买下一根粗柄空心司的克，既当拐杖，又用于防身。

犹太老头以前在上海生活过，他听出裘宝儿的上海口音，念起旧来，讨价还价之后，把司的克转让给他。

因为中国要打仗了，他不得不离开，说："不然卖掉祖父的东西不好。"

裘宝儿问他去哪里，犹太老头说去美国，裘宝儿不禁有些热泪盈眶，说："以后我也要去美国。"

犹太老头还给他指了条去北平的路，往西出城，到一个叫杨柳青的地方坐火车，不到半天就能到北平，也可以走水路，沿京杭大运河坐船，但少说一天一夜才能到达。

不想出城后不远，裘宝儿就迷路了，来回折腾，又累又饥之际，看到了一家面馆，于是进去要了一碗面，三四口就吃完了。

开面馆的是一个肥壮女人，也是操一口裘宝儿有些耳熟的方言，说："记账？"

裘宝儿愣了愣，觉得她可能认错人了，说："我是路过的。"

肥壮女人笑了，说："逃兵吧？"

裘宝儿想起打虎山小米粥店的遭遇，心想不会又遇到什么张三丰的后人，说："你们这里都姓什么？"

肥壮女人很爽朗，说："都姓霍。"

裘宝儿掏着裤袋，想付钱，肥壮女人拒绝了，语调有些悠扬，说："逃兵不容易，不要你钱。"

"那就谢谢了。"

但肥壮女人却提出要他留下来过夜，说："就一晚上。"

裘宝儿一慌，看看四周，使劲摇摇头，拿起司的克就走。

肥壮女人一把抓住他，说："付钱。"

裘宝儿掏出一块银元，丢给肥壮女人，急忙离开了。

之后听到火车的汽笛声，原来车站很近，进出也没有人管。他看有机可乘，又假冒负伤军官，坐上了往西到北平的火车。后面还上来一个挂着双拐的伤兵，这个自称本地人也是姓霍的矮小个子，为了镇住裘宝儿，说："我们这里出过一个厉害的人物，霍元甲，我喊他爷爷。"

裘宝儿怔了一会儿，突然想起，在延安与他比赛武术的霍参谋长就是天津人，难怪天津话这么耳熟，原来就是听霍参谋长操着这种口音说话的。

矮小个子伤兵原来要到退驻北平的部队领抚恤金，有心结交裘宝儿，一路上跟他讲了很多霍元甲的故事，裘宝儿闭着眼睛一直都没有理他。

矮小个子伤兵恼了，突然拉下脸，说："你在我老婆店里吃面没有付钱是吧。"

裘宝儿一听，拳头握得发出声音，把矮小个子镇住不敢再说话了。但想起肥壮的女人，他竟然有点心虚，到了北平，抢先下了火车，远远地把矮小个子伤兵甩下了。

当天，裘宝儿自称是美军临时聘请的英语翻译，混进机场，想直接搭飞机到上海，不想在登机前的一刻被人识破，因此在北平滞留了一个多月。

登机前的一刻，机场宪兵虽然有好几层，盘问搜查虽然严格，但裘宝儿拿着比尔的名片，神情自若地证明自己的美军翻译身份，还说了一段英语，之后被允许登上飞往上海的中华航空班机。

就在他以为一切顺利的时候，碰巧上次与他发生过冲突的宪兵执勤，认出了他，跑到舱门口阻止了他，并将他扣押。

面临危险的裘宝儿设法使场面出现混乱，并利用手中的司的克，击伤了这个不依不饶的宪兵，同时奋力突破其他宪兵的围堵，迅速脱身，逃离了机场。随后潜回北平市区，凭携带的银元，以美军飞行官比尔翻译的身份住进了六国饭店。

六国饭店位于北平东交民巷使馆区的核心，是一座历史悠久、闻名海内外的饭店。饭店于1905年由英国人建造，当初是英、法、美、德、日、俄六国合资，所以取名为六国饭店。饭店地上四层，地下一层，有客房二百多套，是当时北平最高的洋楼。饭店主要有各国公使、官员及上层人士在此住宿、餐饮、娱乐，形成达官贵人的聚会场所，也曾是许多倒台下野的军政要人避难所。

裘宝儿认为六国饭店是北平最安全的地方。

更重要的是，去年日本投降之后，六国饭店是美国军官驻地。裘宝儿上次路过北平，谢壮尔请他在这里吃饭，遇到了比尔，相信这次也会有运气等来比尔。

惴惴不安之中，他一个晚上不敢合眼，第二天一早，他依然冒用美军翻译的身份，用饭店的长途电话联系到了上海谢公馆，但没有人接听。心想谢赛娇全家可能还在重庆，因为重庆的电话线路繁忙，他付了额外的费用之后，终于跟远在重庆的谢赛娇通上了电话。

听到谢赛娇的声音，裘宝儿控制不住，眼泪落了下来。

谢赛娇问他人在哪儿，裘宝儿犹豫了一下，想到她还是谢壮吾的妹妹，亲兄妹有可能联系上，如果谢壮吾知道了，他的行踪暴露，自己随时都会有危险，他知道共产党的势力无处不在，尤其是在北平，里里外外，都有隐藏的地下党，随时都有可能落入他们手中，然后被带回东北，甚至遭到当场处置。

裘宝儿编了假话，说："我在天津了。"

谢赛娇在电话里愣了很久，哭了起来，说："那你快回来呀！"

裘宝儿久久无语之后，声泪俱下，发誓会尽快赶往重庆，说：

"我们结婚。"

通话中听裘宝儿说要把东西都扔了，还在学画的谢赛娇连忙提醒，说："画你别扔了，带回来。"

按照谢赛娇的提示，裘宝儿把古画的上下轴都拆了，紧紧地卷成一个细细的小筒，装进了司的克的空管里。

听到未婚妻真切的声音，裘宝儿思念之情更加迫切，更想急着赶过去见到心爱的人。

坐飞机这条路已经暂时被堵住，裘宝儿打听之后，只好去前门火车站，不想又遇上抓逃兵的警察，由于不能出具有效身份证明，裘宝儿被带到前门警察所关了一夜，等待第二天移交军方督察人员审查甄别。

裘宝儿担心自己的身份一旦被识破，国民党方面绝不会放过他，到时候也是死路一条，不禁后悔，但想想后悔也没有用，如果还在民主联军，还不是一样看不到明天，还不是一样整日处在失望之中。

事到如今，只能赌一把了。

到了半夜，他半睡半醒中发觉同时被抓进来的几个军官，被悄悄放了出去，当然，他们都把身上最值钱的东西交给了警察所所长，而且保证是自愿的。

裘宝儿摸遍了全身，几乎一无所有，不禁叹气，到天快亮时，突然想起自己裤管里藏着一块怀表。一路仓皇，居然把这块怀表给忘了。那还是在重庆的时候，裘宝儿投奔延安之前，谢富光摘下自己身上瑞士造的名贵怀表，让谢赛娇作为定情之物，赠送给裘宝儿，希望孙女理解并支持裘宝儿奔赴抗日前线的壮举，安心留在重庆，等到抗战胜利，返回上海之后，两人完婚。

眼看天快亮了，事不宜迟，裘宝儿用当年谢赛娇赠送的怀表买通了警察所所长。警察所所长是个识货的人，他故意推了推，说这是瑞士表，见到过日占时期伪北平市长佩戴过同样的怀表，太贵重了，不能收，说："除非你自个儿自愿的。"

裘宝儿当然心里极其不忍，当然感到十分屈辱，因为这是他未婚妻的定情信物，是他珍贵的情感证物，就这样平白无故被一个陌生人抢走了，叫他如何咽下这口气，叫他以后如何面对谢赛娇。

他愤愤想着，真恨不得一拳过去，把警察所所长打个半死。

警察所所长看他不爽快，马上说："算了，不勉强。"

牢门重新关上，裘宝儿赶紧重新敲开，说："我自愿送给你。"

警察所所长拿到怀表之后，亲自送裘宝儿到大牢门外，还塞给他几个银元当路费，说："我看你是南方人，回去路远。"

裘宝儿接过银元要走，不想警察所所长指着他手中的司的克，直接就索讨，说："你腿好利索了，用不着这个，留下给我，我老丈人用得上。"

这时，前来带人的宪兵军车已经开到门口，裘宝儿只好交出司的克，翻过一堵墙，匆匆离开了。

裘宝儿付清了六国饭店的房费，直接就奔前门火车站，准备坐火车到武昌，到了水陆交通发达的武昌，再到重庆就方便了。但半路上他越想越郁闷，尤其是想到司的克空管里的画，于是又折回警察所，守候到傍晚，警察所所长挥着司的克从门口出来。裘宝儿一路跟踪，在一个胡同口把他拦下，一顿暴打，不仅夺回了司的克，还拿回了怀表。

到了前门火车站，排了很长时间的队，但票早就卖完了。裘宝儿打听到黑市上可以买到去武昌的火车票，但发现开价至少十个银元，此时裘宝儿所剩银元只剩下三四块，加上吃住开销，要买高价票已经不可能。

又怕警察所所长找到他，他只好离开火车站，在离六国饭店不远的史家胡同，找到一家由马店改造的旅社，吃住在内，每天两角钱不到。这又使他想起从前在谢公馆住过的马房，心里又是五味杂陈，到天亮才睡着了。

既然一时出不去，就过几天平静日子，到时候，希望找到比尔，旅社离六国饭店近，他可以每天去打探比尔的消息。

胡同口外就是闹市区，他有机会好好看看北平城。

陌生的北平城，对裘宝儿来说，是停留在中学课本里的知识，更多的是唱文明戏的母亲给予他的点点滴滴，拼拢起来后，他知道元朝的时候北平开始成为全中国的京城，名叫大都，南宋的文天祥就在这里英勇就义，母亲唱戏唱过文天祥。"人生自古谁无死，留取丹心照汗青"这样的名句，使他很早就知道什么叫民族气节，什么叫威武不屈，他离开重庆，投奔延安参加抗日，是为母亲报仇，当然也是学文天祥，青史留名。

母亲也唱过一出叫《窦娥冤》的戏，是大都人关汉卿写的，那是一出苦戏，要一大场一大场哭着唱。当年母亲在杭州羊坝头露天唱戏，就是因此而淋了雨，唱哑了嗓子，从此不能登台，从此嫁为人妇，从此沦落为谢家奶妈。

以后裘宝儿听到《窦娥冤》戏名，心里就会突然抽紧，连同对写戏的大都人，也不禁充满怨气，如果没有大都人，如果没有大都人写了什么《窦娥冤》，他母亲怎么会去唱，怎么会唱得生了重病呢。联想毫无道理，但他依然会这样去想。人在现名北平的大都，这种联想穿越时空，会一阵阵变成起伏的心潮，时强时弱。

与上一次匆匆经过北平相比，心境大为不同，他有了对这座北方都市更多的打量。他发现，跟上海比起来，北平粗放得多，土气得多，来来往往的人群，也咋咋呼呼得多。在这样一个他感到不亲近的地方，无亲无故，被迫停留，他只希望停留的时间越短越好。

到了晚上，旅社外面，胡同里面，都是光着膀子的汉子，一个个腆着肚皮，吆五喝六，天地不怕，这让他想起延安武术比赛活动中，他的手下败将霍无病给他讲过抵抗八国联军的义和团，就是这种豪放的样子，虽然衣不遮体，却是刀枪不入。

他们拉他一块儿喝刺鼻的酒，他急忙躲开了。

几个人上来拖住他，撺掇着哄他一起赌钱，他坚决拒绝了，说："我明天吃饭的钱都没有了。"

坐庄的是一个长相清秀的中年男人，别人都称他旗人大爷，有时候在故宫博物院兼职，神情显得既清高又自负，脾性也不小。

他看到裘宝儿推三阻四一点儿不干脆，恼火了，操起大板凳就扔过来。

裘宝儿没有躲避，伸出手臂一挡，大板凳飞了回去，砸在旗人大爷的身上。

不想在场的人对裘宝儿刮目相看，帮着他劝了半天，旗人大爷只好认栽，随后又想跟他交朋友，说："凭你这身硬功夫，不至于落难，到天桥站一站，每天吃住的钱就齐了。"

裘宝儿听从旗人大爷的引导，果然去了天桥，但还没有赚到一分钱，就遇上了到北平来找他的谢壮吾。

按照预先计划，谢壮吾顺利通过了一路盘查，以中校军需官谢壮尔的身份来到了新一军驻地。因为谢壮尔也是加入新一军不久，因此大多数人并不认识他，只有个别人知道他是谢壮尔，谢壮吾将错就错，取道山海关，进入北平，居然还在新一军驻北平办事处领到了通行证和抚恤费。

根据谢壮尔说过与裘宝儿在北平相遇过程，杜代司令和上官研究之后，认为北平是裘宝儿很可能路过并停留的重要一站。

杜代司令语重心长地交代他，这是对他的又一次考验，等他回来，自己会说服其他同志，批准他入党。

谢壮吾第一次来到古都北平。

他知道北平的历史，但让他印象最深刻的是，杜代司令有一次给大家上政治课时，赞扬了明朝初年朱元璋第四子、燕王朱棣，认为他是一个有眼光的雄主，说："是有历史贡献的皇帝。"

朱棣经过靖难之变夺得皇位，于永乐元年改北平为北京，永乐十九年明朝中央政府正式从南京迁都北京，此举大大巩固了整个中国北方。清兵入关后即进驻北京，中国的疆域得到扩张和稳定。北平人批评蒋介石在1928年北伐胜利后，不重视北方边防，把首都迁到南京，把北京改名为北平，之后又降格为河北省省辖市，以致1937年七七事变后，北平被日本占领，伪中华民国临时政府在此成立。

都是过眼烟云，现在叫北平了，如果按照杜代司令的推断，以后或许还会成为首都，成为全国的中心，谁知道呢。

谢壮吾第一站本来应该先到六国饭店，但他直接就奔了天桥，而且还在裘宝儿到达天桥之前。

接应他的北平二区地下党交通员知道他要找一个人，十分为难，说没有什么特别的线索，北平这么大这么多人，不好找。

谢壮吾想了想，提到一个线索，说："他会功夫。"

交通员熟知北平，一听，冒出一句，说："我带你到天桥碰碰运气。"

到了天桥地界，热情的交通员跟他讲了许多关于天桥的故事。

天桥位于天坛西北，南北向跨过龙须沟。从永定门北接正阳门，有高桥叫天桥。供天子到天坛、先农坛祭祀时使用的，所以叫天桥。元代建的天桥，于光绪三十二年被拆了，改成了一座低矮的石板桥。现在桥址已经不存在了，但是天桥作为一个地名一直留了下来。

民国初年，天桥真正形成繁荣的平民市场，被视为老北京平民社会的典型区域。许多江湖艺人在天桥撂地。所谓撂地，就是在地上画个白圈，作为演出场子，行话叫画锅。锅是做饭用的，画了锅，有了一个场子，就有碗饭吃了。交通员说："你找的那人既然有本事，不会也拉个场子，找俩钱吧？"

其实裘宝儿是在小半天之后到了天桥，他匆匆转了一遍，发现不过是一个江湖卖艺人集聚的场所，并没有见到什么有真功夫的，什么耍大刀的、舞花钗的、练气功的，虽然都是花拳绣腿，但好看，自己也不会，不免失望。

交通员带着谢壮吾尝了有名的小吃，权当午饭，又喝了一会儿粗茶，盯着进进出出的人，只觉得眼花缭乱。后来到拉硬弓的场子，交通员鼓动谢壮吾进场拉弓，谢壮吾一心在人群里观察，没有答应，两人拉扯中间，反而将交通员推进了场子。

围观者不停地起哄，交通员只好试拉，憋得脸红脖子粗，将一张大弓拉到九次，第十次，也就是最后一次，只拉到半个弓就再也拉不动了，按照必须拉到十次满弓的规则，结果还赔了一角钱。

这时上来一个人，帽子遮住大半边脸，试也不试，将一张硬弓轻松地拉开，接着左右开弓，连拉了十多次满弓，赢得整场人的喝彩。

等这个人取了钱离开，鼓掌声停下来时，谢壮吾突然感觉不对，急忙跟上去，但这个人已经不见了。

谢壮吾同交通员在天桥找了个遍，再也见不到这个人的踪影。

交通员有些怀疑，怎么会这么巧，说："你也没有看清人家的脸。"

这个人不是裘宝儿能是谁！

谢壮吾嘴里不说，但心里已经非常肯定，杜代司令和上官英明，裘宝儿果然在北平。

那个拉开十多次强弓、把钱都赚走的人确实就是裘宝儿。他当时想在天桥赚点钱，专注拉弓，没有去注意前面拉弓功亏一篑的那个交通员，更没有看到谢壮吾也会在现场。但他隐约感觉到自己所处的境地并不安全，因此取了钱，把帽子压得更低，急步而去，消失在人流里。

但他还没有出天桥地面，一伙人追上来，堵住他，逼他交出在拉弓场子上拿到的钱，说："大爷，怎么随随便便走人。"

"把钱留下。"

他本想拒绝，然后给他们几拳，但看到这伙人后面站了几个警察，一齐盯着他，他知道自己如果出手，可能惹来麻烦，于是一忍，把所有的钱都给了他们。

裘宝儿又身无分文了，天黑下来，走了一路，晚饭也没有着落。经过大栅栏时，传来锣鼓声和阵阵的喝彩，裘宝儿心里一振，走到戏园子门前，刚好名角马连良出演《秦琼卖马》，因为已经接近尾声，戏园看门的放水，随便让人进去。

裘宝儿进到里面时，马连良已经谢幕。

裘宝儿打量起戏园子来，发现与江南的戏台完全不一样。小时候在嵊县老家看戏，都是坐在船上，戏台也搭在水上，戏唱完了，船都各自撑走，留下平静的水面，泛着微浪。眼前的戏台，离观众很近，台上台下似能互动，茶桌板凳都是可以移动的，这样的场景，更近人情。

他想起母亲，想起在上海，随同母亲去大舞台看她姐妹演文明戏，那又是洋派的风格，穹顶空旷，回声嘹亮，令人眩晕，而母亲每回看戏总是流泪不止。

裘宝儿鼻子一酸，不敢再在戏园子里停留，想着尽早赶回去，到六国饭店看看比尔回来没有。

离开时，他看到桌上还有吃剩的糕点，顺手就抓了一把，在路上吃了，勉强填了填肚子。

等到谢壮吾也赶到大栅栏时，戏院的门已经关上。

交通员十分奇怪，说："他怎么会来这儿?"

谢壮吾也不想多解释，说："他一定来过。"

裘宝儿母亲是唱戏的，他自己也喜欢看戏，到一个陌生的地方，自然会关注戏院，会趁机看看是什么样子的。

裘宝儿到六国饭店门口看了看，还是没有比尔的消息，只好回到旅社，赊了第二天的账，饿着肚子躺了一个晚上，想到自己如同落难的秦琼，秦琼还有马可卖，自己却山穷水尽，什么都没有，到了无路可走的地步。

天没有亮，他一头撞上炕上的司的克，猛然想到自己还有一幅古画。

他走到胡同口，借着微弱的路灯，拧开司的克，取出古画，心想这随手拿来的古画，也许真如谢赛娇说的，真的可能值钱，能解救自己于潦倒之际，能够上自己回家与亲人团聚的费用开支。

裘宝儿展开画刚要细看，突然发现托着鸟笼的旗人大爷站在背后看了个究竟，他赶紧把画收了起来。

旗人大爷鼻子一耸，神情不屑，告诉裘宝儿，就是一幅普通的古画，最多值一百块银元。

裘宝儿听到旗人大爷这句话，心里一阵慌乱，又一阵狂喜，这幅画竟值一百银元。但他马上故作平静，声明这是别人的东西，自己只是保管。

旗人大爷提醒裘宝儿要小心保管，北平什么人都有，不要给小偷惦记了，不如卖给他，他会给美金，说："银元不流通了。"

裘宝儿听到美金两个字，顿时心动，说："你怎么有美金？"

旗人大爷得意，说："北平这么多美国人，我拿宝贝换的。"

裘宝儿问他出多少美金，旗人大爷竟然开出了三百美金的高价，他不禁心里有了底，这幅画一定远远超过这个数。

他收好画，说："我做不了主。"

旗人大爷不高兴了，说："你到琉璃厂打听打听，我这个价不低！"

裘宝儿因此知道北平有个专门买卖字画的琉璃厂，问清了路，专门去了一趟。

元代定都北京后，于此地设窑烧制皇宫用的琉璃瓦，琉璃厂因此而得名。自清朝中叶起，琉璃厂逐渐地热闹起来，每逢科举会试，文人雅士常常聚集在这里。于是，商人小贩开始在这里开铺设摊，当时以书铺为最，古玩、字画、文房四宝等次之。

清初顺治年间，在京城实行满汉分城居住，而琉璃厂恰恰是在外城的西部，当时的汉族官员多数都住在附近，后来全国各地的会馆也都建在附近，官员、赶考的举子也常聚集于此逛书市，使明朝时红火的前门、灯市口和西城的城隍庙书市都逐渐转移到琉璃厂。

裘宝儿怕遭遇骗局，没有随便出手古画，从琉璃厂转回来，想想还是去请教旗人大爷。旗人大爷说了实话，他买不起这幅画，其实他手头也没有那么多美金，但他怕古画落入不识货的人手里，白白糟蹋了，于是给裴宝儿介绍了琉璃厂最著名的老店荣宝斋。荣宝斋的前身是松竹斋，光绪年间取"以文会友，荣名为宝"之意，更名为荣宝斋。著名书法家陆润庠题写了"荣宝斋"三个字。清末民初，文人墨客常聚此地，书画家于右任、张大千、吴昌硕、齐白石等都是荣宝斋的常客。

旗人大爷神情诚恳，说："我带你去找他们。"

裴宝儿将古画再次细细卷好，藏进司的克空柄里面，仍然装成一个瘸子，跟着旗人大爷来到荣宝斋。

裴宝儿因此暴露了自己的行踪。

这一天，比尔开飞机送马歇尔回到了北平。马歇尔在军事调处执行部的驻地协和医院，最后一次主持了三人委员会会议。

马歇尔拉着郑介民和叶剑英这两位国共首席代表的手，作了一番动情的讲话，大意是为了避免国共双方的军事冲突，在军调三人委员会领导下，卓有成效地开展了半年多的工作，但战争仍难以避免，他将不得不宣布调停失败，三人委员会和军调部也都将随之解散。

叶剑英在第一时间报告延安，要求促请参加各地军调部执行小组的中共代表尽快撤回。

北平中共代表团所有成员接到了准备随时撤离的通知。

裴小越将先行撤离北平，叶剑英交代她一个任务，到琉璃厂取回前些日子订购的一批宣纸和笔墨，带回延安。

此事具体由裴小越负责，之前懂行的叶剑英到琉璃厂亲自挑选，裴小越跟在一边，一一记下。叶剑英告诉她，毛主席、朱总司令和其他领导都专门来过信，一定要他带一点纸墨回去。

叶剑英说："不能空手回延安，这个任务就交给你了。"

裴小越在琉璃厂见到哥哥裴宝儿时，以为自己认错人了。

当时旗人大爷挡在她前面，但她听到裴宝儿说话，怔住了，抢到前面，终于确认，叫了一声："哥哥！"

面对站在面前的亲妹妹，裘宝儿不相认也不行了，他看看周围并没有别人，说："你一个人？"

裘小越处于突如其来的兴奋之中，说："我一个人呀。"

裘宝儿又一次仔细看了看周围，果然再没有别人，尤其是他怕见到的人。

那个人是谢壮吾。

裘宝儿又问了几个问题，这才松了口气。从妹妹的回答中，他迅速得出结论，谢壮吾没有来过北平，而且也没有联络过裘小越，因此北平方面可能还不会知道自己在东北的事情。

也许战事吃紧，杜代司令他们暂时放过自己了。

过了一会儿，裘小越醒悟过来，问："你怎么会在北平？"

面对充满疑问的裘小越，裘宝儿先支走了旗人大爷，在离开荣宝斋这几步路的工夫，他想好了应对之词。

裘小越担心，说："我们都要撤离了，你怎么还来北平？"

裘宝儿左右观察了一遍，压了压帽子，说："你看见了，我是来卖画的。"

裘小越不解，说："卖画？组织上派你来的？"

裘宝儿郑重地点点头，声称奉命专程到北平将一幅古画出手，为购买重要物资筹集资金，刚才见到的那位旗人，是他聘请的顾问，说："我要赶紧将画出手，回到东北。"

裘小越心里仍然疑团未解，但不再多问，只希望哥哥跟她去代表处。裘宝儿答应，让她原地等候，自己回荣宝斋，尽快完成交易。

店内，荣宝斋的几个伙计看了画，不敢做主，坚持要等到掌柜回来，说："已经在路上了。"

裘小越等了一会儿，深感不安，正走进荣宝斋时，掌柜也回来了。

掌柜看了看古画，答应了旗人大爷帮助开出的价格。

双方握手，表示成交。

掌柜看画的时候，裘小越也在看，收起画卷的瞬间，她的目光落在左上角的一首七言绝句上，迅速默读了一遍，顿时紧张起来。她以前就会背这首诗，显然明白这首诗的含义，明白这首诗通常表达的是什么意境，不禁暗吃一惊，哥哥是糊涂疏忽，还是真的不识书法，竟然看不出画里面的后人题跋！

裘小越努力控制自己的慌乱和紧张，以古画价值连城、对方出价太低为由，强行打断了交易，并要哥哥跟她一起马上回到代表处。

掌柜沉不住气了，开出了让裘宝儿瞠目结舌的天价。

裘宝儿换算出古画的价值可以换回一座谢公馆时，不禁暗喜，他恼火妹妹搅局，一把推开她，说："你别管。"

裘小越拦住哥哥不肯放手，说："我带你去见一个人，他一定会出更高的价。"

争执的声音引来一些看起来可疑的男人进入了荣宝斋，加上裘宝儿知道妹妹执意要带自己去军调部中共代表处，不禁怀疑自己的事情是不是暴露了。

不再多说，裘宝儿迅速将古画藏进司的克，跟着妹妹离开了荣宝斋，在人多的地方，他以自己有秘密任务为由，趁机摆脱了裘小越。

九、故都故人

　　因为保密层级很高，谢壮吾追捕裘宝儿的行动，只有杜代司令和上官知情。

　　在制订计划时，上官手上拿着谢壮尔留下的几期《良友》画报，一期一期地都看了，他指着一期封底上与姚水娟合照的一个漂亮女子，不禁称赞，说："这就是屠媚娘？形象不错，看上去很健康。"

　　谢壮吾看了看，点点头，有些动情，说："她是我奶妈，也是我妹妹谢赛娇的奶妈。"

　　屠媚娘生下女儿裘小越半个月不到，就又一次得到谢公馆盛情邀请，哺乳和女儿差几天出生的谢家千金谢赛娇，裘家与谢家的关系因此继续维持，并更亲近了一步。

　　屠媚娘天生丰乳，而且生养后仍然喜欢穿紧身的旗袍，胸脯爆耸，显示她是性感成熟的女子。到了生完裘小越之后，她比以前更加放得开了，时常在有旁人的时候，敞开着白生生的胸怀，一边喂着谢赛娇，拖着戏腔，说："可不能白吃我的奶，长大了当我儿媳妇。"

　　另一边又喂着亲生女儿裘小越，自言自语说："多吃几口，乖女儿胖胖的，白白的，以后嫁到谢家当少奶奶！"

　　旁边的人一听，都开心地笑了。

屠媚娘也笑了，说："亲上加亲。多好!"

裘小越像谢赛娇一样，幼儿时期是个胖乎乎的小女孩，小圆脸，肥肥的四肢，躺在地板上像个皮球那样可以滚来滚去。加上双胞胎兄弟已经显示出比同龄人都要健壮的形象，谢屠氏真心认为这是奶水充足的缘故，不时地称赞屠媚娘的功劳，对她在吃住行开销，包括交际方面都有额外的支持。

裘小越一开始就得到谢家更多的关照，上小学哥哥裘宝儿读的是平民子弟的普通学校，但她却跟谢家公子一样，读的是教会小学。上学第一天，屠媚娘再三叮嘱她跟着谢家少爷一起走，跟牢哪个都行。

裘小越每天跟着双胞胎兄弟上学放学，时间一长，比他们的亲生父母，更能准确无误地认出谁是哥哥，谁是弟弟。

在更多的情况下，裘小越愿意让哥哥谢壮吾牵手过马路。

比起弟弟谢壮尔，谢壮吾也似乎愿意多照顾她一点，因为裘小越嘴很甜，一路上"哥哥"叫个不停，闹个不停。

同行的谢赛娇开始妒忌了，抢上前去，说："我也叫宝儿哥哥!"

但裘宝儿在另外的学校，谢赛娇因此吵着要转学，此事曾被当成笑话讲了好几年，也让裘家高兴了好几年。

屠媚娘看在眼里，喜在心头，但她经常分辨不出兄弟二人，就跟谢屠氏明言，裘小越必定和双胞胎兄弟中的一个有缘，说："到底是哥哥还是弟弟?"

谢屠氏观察了一些日子，看出了究竟，但不肯说破，觉得裘小越对双胞胎兄弟都一样亲，说："都当哥哥。"

谢壮吾上中学之后，仍然路过教会小学门口，接送裘小越，一直到她小学毕业。

暑假的某一天，小学毕业的裘小越和谢赛娇分别收到了中学入学通知，一夜之间圆脸蛋突然变成小瘦脸，个子向上蹿了一大截，同时话也变得少了，之后看见谢壮吾时，低着头，匆匆避开了，而且再也没有叫他哥哥。

谢壮吾离开上海的那一天，裘小越直奔江边，把一支钢笔送给他的瞬间，两个人都知道，他们相爱了。

后来上官判断裘宝儿可能在北平停留，其依据是他有亲人在北平。

上官看了看杜代司令，对谢壮吾说："也是你的亲人。"

"谁？"

杜代司令神秘地笑了笑，说："裘宝儿的妹妹裘小越。"

上官拿出专门调来的卷宗，取出其中北平军事调处执行部相关的材料，指着裘小越穿着军装的照片，说："是她吗？"

谢壮吾诧异上官神通广大，竟然调到了裘小越的档案材料，他凝视着照片，愣了愣，说："她在哪里？"

上官合上卷宗，说："她在北平军事调处执行部工作，因此我推断裘宝儿很可能会到北平见他妹妹。"

谢壮吾最早知道裘小越也参加了革命，是在杜代司令跟他的一次谈话中。还在苏北时，杜代司令当时还是副司令，除了军事，也主持政治工作，说："她爱上你们兄弟中的一个，这个人就是你吧？"

谢壮吾如实报告，说："是我。我弟弟谢壮尔爱的是另一位姑娘陶含玉。"

杜代司令希望上官同意，如果谢壮吾到北平，应该去看看裘小越。

上官板了板脸，说："如果遇到裘宝儿，你要告诉裘小越，她必须坚持原则。"

谢壮吾激动起来，告诉上官，裘小越是坚定的革命者，当年在上海地下党开展学运工作，年仅十七岁的裘小越已经被吸收为积极分子，由于字迹端正，安排抄写宣传提纲，特别是在一次游行活动中领呼口号，让大家印象深刻。

提到当时的情景，谢壮吾努力控制住自己的情绪，说："她嗓音很甜美，很响亮，很悦耳。"

裴小越考入震旦大学初中部那一年，她的父亲、哥哥护送谢家迁往重庆，怎么劝她，她都不肯走，坚持一个人留在上海，因为上海离苏北很近，离谢壮吾很近。

裴继祖不放心裴小越留在上海，一定要她一起去重庆，说："要么回嵊县。"

裴小越找了一个理由，她要拜母亲的越剧姐妹姚水娟和袁雪芬为师，在舞台上宣传救亡抗日。之前，姚水娟看到过裴小越小时候的模样，惊讶得不得了，说就是一个当红花旦的美人坯子，以后就跟她学戏了，唱红上海滩。只是屠媚娘已经有了主意，无论如何都要让女儿上学，日后嫁给谢家公子，因此，当时只敷衍了几句，以后再也不让姐妹们提起这件事。

裴继祖也不愿意女儿真的去学戏，就急匆匆去找姚水娟她们，希望她们不要再费脑筋鼓动他的女儿，说："我女儿迟早是谢公馆太太。"

姚水娟又劝，说："那也要等把日本人打跑了。"

裴继祖听说她们要去杭州落脚，更不同意了，说："杭州乡下地方，哪有上海好。"

"杭州比绍兴好，比嵊县好不知道多少。"

裴继祖还是鼻孔里哼了哼，居然说："杭州还不如我们崇仁。"

这一句话把姚水娟噎了半天，她也不敢反驳，不敢说崇仁不好。崇仁镇古老的建筑群明清风貌，连苑成片，台门高墙，庄严典雅，甚至有人叫它小上海。这些倒罢了，主要因为崇仁是越剧的发源地，姐妹们是从这里走出来的。袁雪芬、傅全香、周宝奎、筱丹桂等都是先在崇仁戒德寺学艺，再闯荡上海滩的。她怎么能拿崇仁跟别的地方比来比去呢？崇仁是不好比的，但姚水娟想想还是替杭州不服气，当场背了宋朝柳永的"东南形胜，三吴都会，钱塘自古繁华"几句词。裴继祖当然也听说过，但仍是不以为然，数落杭州地方小里小气，什么湖光山色也是破败不堪，吃东西也没有风味特色，讲话儿呀儿呀的南不南北不北，反正他不愿意女儿去杭州。

姚水娟明白，裴继祖对杭州的成见来自妻子屠媚娘。当年屠媚娘在杭州羊坝头唱戏，深深感到条件简陋，拿的钱少，喝起彩来又吝啬，加上戏台是露天，在风雨里唱完一出戏，并不是好受的事情。最后生了病倒了嗓，都是在杭州发生的，难免心有责怪，及至影响到丈夫。

姚水娟耐下心来解释，现在羊坝头是杭州最热闹的地方，洋房高楼密密麻麻，一点儿都不比上海外滩逊色，最主要的是，现在有戏院了。

"有戏院有什么用，生了病哪里看去！"

裴继祖所耿耿于怀的，是当年屠媚娘淋了雨，得了病，到医院碰到庸医，耽误了病情，再也唱不了戏了。

姚水娟不好再勉强，说："由你阿囡自家决定吧。"

裴继祖此时主意笃定，说："谢家去哪里，我们就去哪里。"

其实之前裴继祖怀疑谢富光是不是要回到绍兴，投奔俞家。听说俞氏家族中有人投靠了日本人，如果真是这样，那个俞家四小姐日子也就不会太难，让谢富光有个安身之所，也不是没有可能。

后来很快得知谢富光暗中安排俞理事回了绍兴，会不会是让他打前站作准备的。为此，他问了谢富光，谢富光也不隐瞒，说："绍兴已经被日本人占了，他回去是去接人的。"

几天后，俞理事匆匆回到上海，而且带回来一个不好的消息，俞四小姐和她家里人都被日本人的飞机炸死了。

谢富光很快就作了决定，说："马上离开，去重庆。"

裴继祖回来与儿子商量，说："你妹妹要是跟她们走，你就用根绳子，绑她回来。"

裴宝儿当然不会绑妹妹，因为他知道妹妹的想法，妹妹不会跟着姚水娟演戏，不会去杭州，妹妹是另有去处，妹妹要去找她的吾哥哥。

裘小越神情很认真，说："我要去江北。"

裘宝儿不安，又问："你知道他在哪儿？"

裘小越毫不犹豫，十分肯定，说："我知道。"

裘宝儿心里知道妹妹明明没有谢壮吾的准确消息，却表现出如此的肯定和坚决，顿时感动，鼻子一酸，说："找不到他，就马上回来，想办法到重庆找到我们。"

或许他们感受到戏文里的那种生离死别，兄妹俩抱着头，哭了一夜。

天不亮，裘小越离开了谢公馆。

那天，上海地下党组织送一批大中学生过了江，去了苏北，其中包括裘小越。

提起这段故事，杜代司令依然十分感慨，说："不可否认，在那样不可知的情况下，她决定赴江北参加抗战，一半是出于爱国之心，出于对日本鬼子的仇恨，一半是为了爱情。"

裘小越到了江北，加入了新四军战地服务团，期间多方打听，并没有谢壮吾的消息，但她也没有因此回到上海，或者去重庆，当然更没有回到嵊县老家，去拜姚水娟为师，而是参加了新四军，并被选调到政治部门，担任对外联络工作，之后加入了中国共产党。

裘小越坚信，只要在共产党队伍里，就一定能见到谢壮吾。

她后来才知道，中间很多次她和谢壮吾都是擦肩而过，就在某个夜晚，或者某个清晨，两人近在咫尺，触手可及。

裘小越有一次甚至远远地见过杜副司令，却没有发现一直在杜副司令身边的谢壮吾。她也假设过，谢壮吾有可能牺牲，有可能负伤，甚至被俘虏了，但这种假设令她害怕，她很快努力排除了这种假设。一年以后，皖南事变的消息传来，她感觉到了深深的恐慌，她多么害怕谢壮吾会遭遇不测。

后来，她每经过一个驻地，就在显眼的地方贴上一张寻人启事。这些寻人启事虽然马上被清理了，但其中有一张贴了很久。

那天联络部机关离开高邮湖，从通扬运河坐船，到如皋县城休整。从城南码头上岸时，已经半夜，雨越下越大，大家被就近安排到新四军保卫部原来的驻地避雨。直到天亮，雨停下来，裘小越发现门口挂着一块残破的匾额，上面写着"影梅庵"三个字，才发现此处原来是一座老庙。

石墙上、屋柱上，都是抗日救国内容的标语，看样子已经贴了很长时间。

于是她也在门里面的石柱上悄悄贴了一张寻人启事。

半年之后，她再次经过这个地方时，那张寻人启事还牢牢地贴在石柱上。

她奔上去一看，眼泪像雨水一般流下来。

在她那张已经发黄的寻人启事的空白处，写满了硬朗的文字，她一下子认出这正是谢壮吾的笔迹。

在上面，谢壮吾没有留下通讯地址，也没有说明他目前在什么部队，他在上面填写的是一首诗：

我记得那美妙的瞬间：
在我的面前出现了你，
有如昙花一现的幻影，
有如纯洁之美的精灵……

这首诗是《致凯恩》的第一段，谢壮吾曾经给她朗诵过许多遍，而谢壮吾则是从安德烈那里学来的。安德烈教他的是俄文，谢壮吾把诗翻译成了中文。记得当年上学路上，谢壮吾牵着裘小越的手，说我教你背一首诗，是一个叫普希金的伟大的俄国诗人写的。

裘小越慢慢明白了诗的意思，一句一句背了下来，至今不曾忘记，也永远不会忘记了。

自己终于以这种古老的方式联络上了谢壮吾，她兴奋得一夜未眠，这个叫如皋的地方，从此深深地印在了脑子里，她不由得关心起影梅庵这座老庙的前世今生，发现其中居然跟动人的爱情密切相关。

清顺治八年，如皋才子冒辟疆的爱妾董小宛去世，冒家将这位名列秦淮八艳的女子葬于此地。裘小越隐约想起母亲，或者是她的那些姐妹，唱过这样的戏，因此听说过董小宛这个人，不禁有心在庵中找了一遍，发现庵堂后面有一处小亭，亭内有几座坟，其中可能就有董小宛的香丘，遗憾的是，并没有看到冒襄亲书的董小宛墓碑。

这里既有爱情故事，相信谢壮吾也像她一样来寻找过。

直到 1945 年 8 月的一天，新四军在江北对日寇实施最后一击，她所在军区联络部又一次入驻如皋城，首长刚好在试用新架设的电话线，电话铃声响起的那一刻，她抢先接过了话筒。

电话里传来的声音，几乎使裘小越窒息了。

"我是前线指挥部……"

竟然是谢壮吾的声音。

裘小越怔怔的，什么话也说不出来。

领导伸手要拿下话筒，裘小越紧紧抓住不放。

电话里又传来声音，而且带着明显的上海腔，说："请讲呀。"

裘小越突然大声说："我是裘小越！"

这一次，两人虽然只隔几里地，但也没有见上面，因为炮声响了。此役一结束，两个人都接到了通知。谢壮吾跟随杜副司令北上山东，而且马上渡渤海去东北。裘小越则坐船向东，从津浦线坐火车前往华北解放区的新岗位。

他们在电话里进行了一次短暂的交谈。

鉴于当时的情形，他们都知道不允许再有什么婉转、什么铺垫，裘小越告诉了她的一个秘密，说她加入了中国共产党，昨天晚上刚刚举行了入党宣誓。

谢壮吾替她高兴，表达了祝贺。

裘小越悄声问他："你呢?"

谢壮吾美美地笑了，说："我于1939年12月递交了入党申请，正在接受考验。"

刹那间，裘小越也感到了幸福，表达了祝愿，兴奋地在电话里哭了，说："我就知道! 我们是真正的同志!"

当然他们也是恋人，两人约定：等和平到来，人民当家做主，他们一定高举着红旗走在前列，回到上海。

直到1946年6月底，两个人终于在北平见面。

裘小越在琉璃厂遇见裘宝儿之前，秘密进入北平的谢壮吾依据裘宝儿无意间给自己提到过的线索，试图与北平军调部中共代表处联系。尽管有东北民主联军总部发来电报，北平地下党也专门派了交通员陪同前来，但因为代表处马上要撤离，对外界也比较警惕，对此不愿意作过多介入，不肯提供更多线索。

谢壮吾只好自己想办法了，他扮成黄包车夫在十字路口守候了几天，终于看到了扛着一包宣纸回来的裘小越。

宣纸很沉，裘小越想换一个肩膀。

谢壮吾拉着黄包车奔了过去，问："要车吗?"

裘小越一开始发现谢壮吾说话的口音，不是地道的北平人，不禁警觉，说："我就到了。"

谢壮吾抬起头，说："不要钱。"

裘小越一看，肩上的宣纸掉了下来，说："是你?"

谢壮吾上前一步，顺手就接住宣纸，说："是我!"

就这样，裘小越与谢壮吾再次重逢，差点当众哭出来。

谢壮吾跟着裘小越进入了办事处，办事处领导没有时间接待他，但同意裘小越请一小时的假。

裘小越带谢壮吾到附近一家江南风味的饭馆共进午餐。谢壮吾抬头看，惊异店名居然叫孔乙己，说："这不是鲁迅笔下的人物吗?"

裘小越突然挽住他的手臂，走进这家北平绍兴会馆开的饭馆，说：“我梦里梦见过，我和你在这里吃饭。”

　　谢壮吾拉过她的手，说：“梦，变成现实了。”

　　裘小越点了一人一碗米饭，一盘蔬菜和一条鱼，再加几块臭豆腐，谢壮吾加了一小碗加饭酒给她，说：“你们家里都能喝酒。”

　　裘小越一口把一小碗加饭酒喝完了，说：“我以后也要学你，酒精过敏。”

　　谢壮吾还特意让店员到外面去买一份蛋糕，而且要求蛋糕上要加很多奶油，他回头对裘小越说：“要特别庆祝一下。”

　　蛋糕价格很贵，裘小越有点嗔怪，说：“你少爷派头还没有改呀！你都是老党员了，应该保持艰苦朴素。”

　　谢壮吾轻轻摇摇头，说：“因为你喜欢吃。”

　　裘小越认真了，说：“你哪里来的钱？”

　　谢壮吾神秘一笑，说：“这是秘密。”

　　裘小越生气了，说：“你不告诉我，我不吃了。我可不吃公款。”

　　谢壮吾舒出一口气，说：“这是路上的缴获。”

　　裘小越还是不肯放过，说：“缴获也要归公。”

　　两人说话间，蛋糕送到了。

　　谢壮吾动手切了很大的一块，说：“有点像以前我们在上海吃的蛋糕。”

　　裘小越也沉浸在往日的情景里，说：“就是奶油不够多。”

　　从前在谢公馆的时候，无论谢家还是裘家，每个人过生日，都要特地买回一份蛋糕庆祝。谢壮吾的生日蛋糕，似乎比谁的都大，奶油更多，因为是爷爷谢富光亲自订购的，大家都无话可说，但是后来谢壮吾表示自己不喜欢吃奶油，他把自己的那份蛋糕连同奶油分给了裘小越。

　　裘小越吃着奶油，眼睛里充满幸福的回忆。

　　谢壮吾也笑了，说：“以后，我们回到上海，天天吃。”

裘小越点点头，说："我们天天过生日。"

谢壮吾脑子里出现陶文给他写的条幅，闪现那十四个字，紧紧地握着裘小越的手，说："这一天很快就要到了。"

两人几乎是同时说出了当年他们的约定：等和平到来，人民当家做主，我们高举着红旗，走在前列，回到上海。

裘小越要赶回去参加在北平的最后一次组织生活会，临别时还展望今后会有自己的家庭党小组，说："你当小组长。"

谢壮吾笑笑，说："我还在考验期。"

裘小越愣了愣，轻声说："怎么可能？"

谢壮吾认真了，说："这是我的秘密。"

"你犯什么错误了？"

谢壮吾摇摇头，神情坦然，说："不过，我始终按照一个中国共产党党员的标准严格要求自己。"

裘小越松了一口气，接着是沉默，后来终于问出了谢壮吾到北平的目的，说："你有任务？"

裘小越一直在犹豫，是不是应该问，其实她隐约感觉到，谢壮吾出现在北平很可能与哥哥裘宝儿有关。因为说话之中，谢壮吾提到了几乎都可能提到的人，唯独没有提到裘宝儿这个名字，似乎在有意回避。

谢壮吾看出了裘小越的心思，说："我在找你哥哥。"

裘小越一怔，显得不安，说："你找他，为什么？"

谢壮吾站起来，说："你哥哥可能在北平。"

裘小越当然知道哥哥在北平，因为刚刚在琉璃厂见过，她不由得紧张起来，问："他怎么了？组织上难道不知道他的去向？"

谢壮吾连忙安慰裘小越，解释裘宝儿可能另有任务在身，至于自己到北平来找裘宝儿，是因为目前的工作与裘宝儿关系密切，希望裘小越如实告诉他的行踪。

裘小越的不安在加剧，说："到底发生了什么事？"

谢壮吾其实不想骗裘小越，但又不好说出真情，说："组织上有重要事情急需联络宝儿。"

裘小越盯着谢壮吾追问，说："他为什么不肯和组织联系？"

谢壮吾停了停，说："组织上要我和他一起马上回哈尔滨。"

裘小越心里已经很紧张了，但依然充满犹豫，她想把自己在琉璃厂遇到裘宝儿前前后后的经过告诉谢壮吾，又怕哥哥遇到了什么难事，被组织误解了，更怕哥哥和谢壮吾之间会产生冲突，因为，谢壮吾对哥哥的态度，不像是同志之间，更不像是亲人之间，言语之中藏着敌意。

裘小越沉默了许久，突然抱住谢壮吾，说："告诉我实情。"

谢壮吾又一次感受到裘小越由于恐惧而产生的呼吸，一阵比一阵急促，以至产生强烈的窒息感。这让他想起，一次过马路，一辆快速行驶的汽车差一点撞上裘小越，当时她因为害怕，紧紧地抱住了他，给他的也是这样的感觉。

谢壮吾与裘小越无声地拥抱着，坦言自己来北平是帮助裘宝儿脱离困境，说："他遇到了麻烦。"

裘小越身体明显打了一个颤，说："严重吗？"

谢壮吾不想把实情告诉裘小越，避重就轻，说："他只是一时糊涂。"

"什么一时糊涂？"

"他给组织上留下一封申请复员报告，不经同意就走了。"

裘小越呆住了，神情痛苦，摇摇头，说："这岂是一时糊涂。他这是叛党啊！"

谢壮吾看到裘小越如此难受，急忙安慰，说："他还没有走得太远，只要他回头，跟组织上说清楚，我相信还是有机会的。我们一起帮助他。"

裘小越擦了擦眼泪，说："真的还有挽回的机会？"

谢壮吾认真地点了点头，说："至少还没有造成严重后果。"

他轻描淡写，是因为他不想把自己心中的焦虑传递给裘小越，让她感到压力、感到痛苦。裘小越清楚哥哥的行为意味着什么，如果自己把裘宝儿拿走银元古画、组织上因此将予以严厉追究的情况全部告诉她，她将难以承受。过了一会儿，谢壮吾故作轻松，平静地叮嘱裘小越，如果再遇到哥哥，务必把他留下，并尽快让他们见面，说："我不会看到亲如兄弟的家人滑向深渊，只要他尽快回到组织怀抱，尽快补救。"

裘小越焦急得不住流泪，犹豫着是否把在琉璃厂与哥哥相遇的情况告诉谢壮吾，说："我告诉你，你能告诉我他到底怎么了？"

看到裘小越因为自己对她有所保留，难过得眼泪又流淌下来，谢壮吾不禁想到，裘小越冰雪聪明，很难对她有太多的隐瞒，于是只好透露了更重要的情况，说："还有，他拿走了一幅古画。"

裘小越此时突然明白，她看见过的那幅古画可能是至关重要的，只希望哥哥还没有将那幅画出手，还没有落入别人手里，说："一幅画吗？"

谢壮吾沉默了一会儿，认真地点了点头，说："那幅画必须还回去。"

裘小越抓住谢壮吾的手，说："得赶快阻止他！"

"怎么找到他？"

"还能挽救吗？"

"我们一起，帮他悬崖勒马。"

裘小越狠了狠心，坚定地选择了信任谢壮吾，坦白自己在琉璃厂见到了哥哥，就在刚才，自己要带哥哥去军调部代表处，他将古画藏回司的克，半路上离开了她。

谢壮吾一把拉起裘小越，说："你带我去找他。"

裘小越走了一段路，突然停了下来，说："见了他，你们都不能动手。"

谢壮吾保证，说："我们还是战友，不是敌人。"

裘小越不再担心了，说："相信我，相信我的党性，我站在组织一边，站在你一边。"

谢壮吾给她擦了擦泪，说："我当然相信你。"

之后，裘小越神情更加坚决，说：“他要是不肯回去，他要是先动手，你就还击。”

裘小越回到代表处续了假，出来时腰间多了一支枪，说：“我要亲手逮捕他，押他回代表处。”

谢壮吾愕然，劝阻说：“我奉命送他回东北。”

裘小越不理会他，拉着他坐上代表处专门派的车，直奔琉璃厂。下车后马上又找到了荣宝斋，里里外外看了几遍，问了问店里的伙计，伙计没敢多说。

裘宝儿当然已经没有了影踪。

后来伙计以盘存为由，把他们请了出去，关上门，挂上了打烊的牌子。

此时，依然人流不断，两个人在周边店里找了找，并没有什么发现，刚要离开琉璃厂，旗人大爷却转悠着从桥上走下来，四周顾了顾，然后急急忙忙回到了荣宝斋，他站在门口，回头张望了一下，似乎在等什么人。

裘小越看到，立刻警惕，前后寻找了一下，并没有发现裘宝儿，于是拉着谢壮吾，说：“我们跟着他。”

旗人大爷似乎没有等到人，自己敲开了门，先进了荣宝斋。几个伙计迎接上来，分外热情，又是给他掸尘，又是上茶，又是设座，掌柜也出来了，与他交谈，说：“大爷，如果真迹，我们好商量。您就帮着开个价，绝不亏待您。”

旗人大爷只是感叹：“怎么开价，无价！”

门稍稍开着，留着一条缝，掌柜的请旗人大爷喝了一会儿茶，一双眼睛却始终瞧着门外，等得着急起来，说：“那主顾还来不来呀？”

旗人大爷也急了，说：“说好了这会儿工夫就到，别遇着劫道的人。”

掌柜不快了，说：“此人底细您清楚？不会是敌伪资产？赃物？”

旗人大爷不乐意了，说：“我看人不会走眼，此人为避国共内

123

战，流落北平，走投无路了。但绝不是不良之辈。"

又过了很久，又续了茶，但他们等的人还是没有出现。他们等的人就是裘宝儿。其实裘宝儿跟着旗人大爷后脚就到了，只不过他远远地观察了一番，发现了谢壮吾与裘小越，迅速止步，转身闪进密密麻麻的人群中。

十、疑久成疑

几年以后的1950年，在上海的防空洞里，上官追问了北平二区地下党交通员巴音与谢壮吾交往的情况，因为他是裘小越受伤的目击者。谢壮吾趁着气氛融洽，提出了想去看望裘小越的要求，她的墓在张家口，他要把她迁回上海。

上官没有同意，认为在审查结论完成之前，谢壮吾不方便到张家口。

谢壮吾有些生气，坚持自己的意见，他坚信裘小越希望自己这么做。

上官摇摇头，对谢壮吾的理由不以为然，说："你就这么自信，她在天之灵也认错人呢？"

这句反问一下子又将谢壮吾打回了原地。

他明白上官说的意思。裘小越有可能把他认作谢壮尔。但他知道，裘小越绝不会认错他，在他们双胞胎兄弟之间，别的人都可能发生一时难以区分的情况，除了爷爷谢富光，只有裘小越会在第一时间第一眼就认出他，她永远不会发生误认、错认的情况，永远不会，即便在她意识模糊的情况下，也不会。

他们回到了正题，上官问他当时的情形，说："裘小越是怎么受伤的？"

谢壮吾不太愿意配合，说："我已经说过了。"

上官敲了敲桌子，说："你可以说得更清楚。"

自己怎么能说得更清楚呢？谢壮吾想了想，说："因为我当时并不在场。"

上官目光透过一丝怀疑，说："这么说你一无所知。"

谢壮吾沉默着，进入回忆状态，突然想到了什么，说："有一个人目击了当时的情况。"

上官翻了翻案卷，说："北平二区地下党交通员？"

谢壮吾脑子里努力搜寻着，时间并不久远，但巴音的形象居然并不清晰，只是忽隐忽现的一个影子，甚至现在见到了也不一定能马上认出他。朝夕相处了这么多天，自己忽略了他，谢壮吾不禁有几分内疚，说："是的，他叫巴音，是一个蒙古族同胞。"

上官观察到了谢壮吾细微的情绪变化，不禁感慨，说："算你还记得他。"

谢壮吾平静下来，问："有他的消息吗？"

上官犹豫了一下，说："我们已经联系了华北军区有关部门。希望能找到他。"

谢壮吾这时忽然像一个恢复了记忆的人，开始积极提供线索，描述巴音的个头很高，很壮，是一个很好的摔跤手，是包头县九原镇人，但一直在草原上生活，后来当兵参加了二十九路军，七七事变后，因负伤流散北平，经人介绍，加入了我党的地下组织。

上官看着卷宗，说："这些我们都知道。"

谢壮吾还清楚记得，巴音与裴宝儿在琉璃厂发生冲突，当时伤了小臂，说："应该落下了后遗症。"

巴音是被裴宝儿所伤的，当然，巴音也重重地摔了裴宝儿，但所伤部位不详。几年后，谢壮吾在重庆遇到裴宝儿，略过几招，发现裴宝儿右臂气运不足，出拳不力，判断肺腑似有旧伤，不由想起巴音当时曾豪言自己与裴宝儿肉搏数个回合，将其举过头顶，掷于地上，其上身右侧碰到假山石，石头粉碎，裴宝儿剧烈疼痛，顷刻间满脸黄豆大的汗珠。

巴音所言不虚，但也是在这同时，裘宝儿运气止痛，突发狠招，一肘过来，打断了巴音的小臂。

自从遇到裘小越之后，谢壮吾分析出一些蛛丝马迹，判断裘宝儿一定急着想把画出手。如果真发生这种情况，自己也一定要尽快阻止，别的办法没有，只有在琉璃厂守候，一步不离，尤其要紧紧盯住荣宝斋。

他坚信裘宝儿还会出现在那里。

北平二区地下党交通员巴音主动要求跟他轮流守候，并保证自己有能力管住裘宝儿，会有办法让他老老实实来见谢壮吾。

谢壮吾没有同意，因为巴音并不熟悉裘宝儿，说："我能马上认出他。"

巴音提醒他，说："那他也能马上认出你。"

谢壮吾想想巴音说得有道理，就把裘宝儿的长相及特征作了详细描绘，并叮嘱了注意事项，特别提醒他裘宝儿拳脚功夫如何厉害，务必要加以提防，不要贸然与他发生冲突，说："由我来对付他。"

不想巴音不乐意了，说："你以为我只会在草原上骑马？我父亲我兄弟，都是摔跤手，在九原，在包头，没有输过。我也是。鬼子进北平城，我一个人在东直门，还带着伤，撂倒他们五个人。"

谢壮吾连连点头，表示相信，随后上下打量着巴音，突然出手推了他一把，但巴音纹丝不动，说："再来，用点力。"

谢壮吾不禁赞许，心想如果自己和巴音合力，裘宝儿这一次怕是逃不过去了。

但裘宝儿迟迟没有现身，连旗人大爷也没有露过头。巴音急了，想请示上级，发动北平地下党掌握的力量，在相关地方进行地毯式查找，说："他能够躲避到哪儿去？除非离开了北平。"

谢壮吾劝巴音不用着急，更不要发动什么人，那反而会造成裘宝儿警觉和误解，一旦他认为真把他当成了敌人，他一定如同受惊的野马，逃离北平，完全消失了。

巴音不了解其中情况，问裘宝儿到底犯错误了没有，错误是什么性质，说："到时候见面也好让我掌握分寸。"

谢壮吾当然不能透露具体内容，只是表示目前还属于人民内部矛盾，说："只要他跟我回东北，跟组织上说清楚，就还是同志。"

巴音还是开始怀疑了，说："这事奇奇怪怪的，好像挺复杂的。"

谢壮吾不想被套出更多的情况，说事情确实不太简单，现在形势复杂，执行好任务就行。

巴音忍了忍，又说："代表处的那个女同志对你不错，你有工夫跟她多处处。"

裘小越跟谢壮吾一样，也想赶快找到裘宝儿。

裘小越一直犹豫，去不去找哥哥。其实她已经知道哥哥落脚的地方，至少，她有找到哥哥的线索。她想到谢壮吾跟哥哥如果见面，如果发生冲突，双方都可能受到伤害，对她来说，都是难以接受的。

遇见旗人大爷之后，裘小越暗中进行了观察，发现他在附近一带是个地道的名人，因此很容易就能打听到他的来路。简单地跟踪后，果然知道了他的住地。过不多久，在胡同口，她发现旗人大爷正准备与人见面，而这个人正是她哥哥裘宝儿。

她抢先拦住了哥哥。

裘宝儿似乎料到妹妹会找到自己的，并不感到吃惊，说："我也想找你呢。"

裘小越看到旗人大爷正往这边走过来，也不再说更多的话，赶紧告诉裘宝儿，谢壮吾正在找他，希望哥哥跟她马上回到代表处，有什么事情，大家到代表处面对面说清楚。

裘宝儿显得镇静，说："什么事情我要说清楚？"

裘小越语气严肃，说："你说他找你什么事？"

裴宝儿怔了怔，但很快反应过来，说："他找我不过想见面叙旧，我们各自有任务。"

裴小越一把抓住哥哥的手，说："那你跟我回代表处再说。"

裴宝儿觉得好笑，说："我有任务！不能随便去你们代表处。"

裴小越不相信，说："什么任务？"

裴宝儿看了看旗人大爷，低声说："我不能告诉你。"

裴小越也压低声音，说："那阿吾找你为了什么？"

裴宝儿拉下脸，一边迎接旗人大爷，一边挣开妹妹的手，说："你只相信他，不相信我。"

裴小越上前堵住，说："我都相信。到协和医院见我们首长。"

裴宝儿将她拉到一边，说："我不归你们代表处管呀。"

裴小越更着急了，说："如果说清楚了，你不肯回东北，我会请求首长带你一起回延安。"

裴宝儿停下来，神情有所缓和，告诉裴小越，他很想回延安，因为他在东北水土不服，工作上感到受排挤，发挥不了作用，等自己在北平的任务完成之后，可以考虑去拜访代表处首长，说明情况，另外再争取得到东北联军领导许可，留在关内或回延安工作，说："最后还得听组织的。"

裴小越将信将疑，说："什么时候去？"

裴宝儿想了想，说："让我考虑考虑，总不至于现在就去。"

裴小越再一次拉过哥哥的手，说："现在就去。代表处首长会欢迎的。"

裴宝儿感到妹妹是有意纠缠，但不忍心跟她发作，回想兄妹之间的感情，他甚至有些感动，妹妹是为了他好，在为他担心，但他不想把实情告诉妹妹，不想妹妹因此牵扯进来，更是怕妹妹因此为难，最后不得不选择。上次路过北平之后，他感到了妹妹的变化，妹妹的成长，如果说她知道实情，知道谢壮吾为何而来，她将不得不站在自己的对立面，不得不做出同胞兄妹反目成仇的事情，这对自己而言，尤其是对妹妹来讲，都将是一个难以承受的痛苦。

他不愿意看到妹妹承受这样的痛苦。妹妹不知情是最好的，他要在妹妹知道更多之前，赶紧把画出手了，然后赶紧离开北平，一走了之，等以后形势明朗了，事态趋缓了，在别的地方，在上海，和妹妹再见面，那时候一切已成为过去，成为故事。

现在他只能逃避，只能使缓兵之计。他拥抱了一下裘小越，说："好妹妹，这样吧，你先回办事处汇报，如果首长觉得没有问题，我马上跟你过去。"

裘小越看到哥哥诚恳的样子，不禁流下泪水。眼前的人毕竟是自己唯一的亲哥哥，是从小到大，一起生活过来的亲哥哥，是多少年没有见到，她多么想念的亲人啊。如今兄妹相见，何况又是同志，本来应该快乐无比，有说不完的话语，有诉不完的亲情，而她却是怀疑、责问、逼迫，如此这般对待，自己是不是委屈了哥哥，是不是太无情了？

情绪波动的裘小越迟疑了一会儿，觉得自己应该相信哥哥，随即变得高兴起来，说："哥哥，我一会儿就回来。"

等裘小越一消失在胡同口，裘宝儿就催促着旗人大爷领着自己赶紧离开。

旗人大爷木木地站着，还问："弟弟，你不等你妹妹了？"

旗人大爷叫了他一声弟弟，裘宝儿愣了一愣，显得突兀和不习惯。之前，旗人大爷表现出性情中人的特点，主动提出与他结为兄弟，以便能够在北平好好照顾他，其实论年纪，旗人大爷至少长他二十岁，应该是叔侄辈，但旗人大爷不计较年纪大小，主动降低辈分，一则因画结缘，满心抬举他生平所见最高价值的古画；二则对南方人的裘宝儿充满新奇，带有好感。昨晚提出结拜，见裘宝儿也没有反对，于是在他族祖清初摄政王多尔衮画像前，义结金兰。

裘宝儿并不十分情愿，但想想自己有许多用得着旗人大爷的地方，再加上此人有些大大咧咧，似乎没有多少算计，与他结为兄弟有利无害。心想等画出手之后，他就离开北平，回到上海，天南地北，也不会再见面，所谓结义兄弟不过是暂时的。这样一想，他也跟着在极为陌生的多尔衮画像前跪了下来，磕了头。爱新觉罗·多尔衮是努尔哈赤第十四子，皇太极之弟，少年时多次随父出征，屡建功勋，成为正白旗旗主。皇太极死后，多尔衮以摄政王身份辅佐皇太极第九子福临即帝位，并于第二年率八旗军入关。他是确立清初政权及清廷各项政策的最重要的决策者。顺治七年冬死于塞北狩猎途中，追尊为成宗义皇帝，庙号成宗。然而不久，追论其生前谋逆罪，被削爵。直到一百多年后的乾隆四十三年复还亲王封号，追谥忠，配享于太庙。

祖上如此荣耀显赫，旗人大爷却一路上一口一个弟弟，但裘宝儿什么话也没有说，一路急步，走在前面，在胡同口消失了。

裘宝儿显然比较着急，让旗人大爷叫大马车，但一时又叫不到，只好叫了人力车，而且一人一辆，这样脚力可加快一些。旗人大爷垫付了车钱，还答应人力车夫额外给赏。

两辆人力车并驾齐驱，中间稍作停歇，很快就出现了琉璃厂。

此时，谢壮吾前脚刚刚离开。

因为几乎在同时，巴音急急忙忙找过来，通知谢壮吾赶紧去一趟协和医院，说代表处在找他。

谢壮吾不太相信，说："我去代表处干什么？"

巴音告诉他，这是代表处正式通知，一定有急事，说："可能发现了什么情况。"

谢壮吾迟疑着不想离开，说："他来了怎么办？"

巴音怕他不一定认路，给他叫好了人力车，让他坐车走。谢壮吾上车前，还是不踏实，总觉得裘宝儿有可能这个时候出现在这里，说："你要特别关注，我马上回来。"

人力车过桥的时候，不知从哪儿拥出来的一群拿着照相机的外国人，他们由中国军官、中山装笔挺的干部，还有部分穿着旗袍的时髦女子陪同，往琉璃厂而来，正因为这股人流恰好挡住了谢壮吾的视线，使他与裘宝儿同时经过桥上却擦肩而过。

分别被警察挡在两边的谢壮吾与裘宝儿听得懂这群外国人说的英语，显然他们是美国人，其中既有军事人员，又有外交官，也有商人。这群人到琉璃厂不是来参观，而是准备大买一些古玩宝贝，他们兴高采烈，口中嚷嚷着，说得最多的词是"china"。谢壮吾同裘宝儿都知道，他们指的并非是"中国"，而是在说瓷器，因为两个词的发音是一样的。也有热心的中国陪同着急了，告诉他们，这里有更好的东西，大力推荐说："画，Chinese painting，中国画，Chinese painting！"

耳朵边刮过这个词，人力车上的谢壮吾和裘宝儿的心都扑扑猛跳了几下。

谢壮吾又一次迟疑了，下了车，四处察看了好一会儿，然后才坐上车离开了琉璃厂。

裘宝儿则是既高兴又不安。如果画能趁机出手，换得一大笔美金，那岂不是主客两利，天助我也。但是如果不慎，引起陪同人员注意，生出枝节，画被白白扣下，人也遭遇危险，岂不落个人财两空。他这样一想，开始犹豫是要过桥，还是离开。

旗人大爷仿佛看出他的心思，笑话裘宝儿见得少了，不知道北平仍然京城气派，琉璃厂天天都在交易天下珍奇，就一幅画，即便是皇宫里偷出来的，陵寝里盗得的，或是祖上传下的，也没有人问你来路，只管买卖，各自走人，说："弟弟，如此好机会，不能错过，正好问美利坚的人开个高价。"

裘宝儿鼓起勇气，跟着旗人大爷过桥之后，脚步又急起来，想跟上那群外国人。刚才旗人大爷说他们是美国人，他突然想到了比尔，比尔会不会也来了？面对目前的处境，比尔可是自己的救星啊！

裘宝儿眼看快要跟上他们了，但被一群警察挡下了。情急之下，他几乎忘记了自己的身份，他奋力推开他们，继续往前挤。

几个表情凶狠的便衣围了上来。

旗人大爷从后面一把抱住他，说："弟弟不看看，他们腰上都别着洋枪！"

裘宝儿还是用英语高声叫了比尔的全名。

声音够响，其中的中国陪同都停了下来，回头看他，但没有一个外国人回过头来。

没有比尔。

裘宝儿瞬间冷静下来，连连后退，避开了那几个便衣对他的突然包围。

由于旗人大爷及时打马虎眼，那几个便衣及警察随后都继续往前走了，没有再关注裘宝儿。

人群中的巴音注意到了他的反常举动，悄悄挤了过去，靠近他，细看之后，断定此人正是谢壮吾迫切寻找的裘宝儿。再看后面跟他说话的旗人大爷，手中拿着司的克，更相信自己的判断无误。

巴音走到前面，高大的身躯挡住了他，说："谢壮吾在找你。"

裘宝儿一怔，迅速往四周张望，随即又显得平静，冷冷地审视着巴音，说："你是什么人？"

旗人大爷已经发现来者不善，掸了掸袖子，一边示意裘宝儿闪人，一边挡在中间，说："这位爷，改日有空喝茶，今儿我们有事要办。"

巴音不理睬旗人大爷，径直走过来，一把拉住裘宝儿，说："我说了，谢壮吾在找你。"

旗人大爷再要挡，被巴音的另一只手推了一把，打了个趔趄。

裘宝儿一心想离开，被巴音牢牢抓住手，心中早已不快，又看到旗人大爷险些跌倒，不禁火冒三丈，于是臂膀一转，从巴音的大掌上滑出手来，又马上握成一个拳头，也没有收回，而是顺势一击，巴音挨了一拳。

趁巴音还没有反应过来，裘宝儿另一只手已经扶住旗人大爷，一拉，两人就往人群钻去。

巴音很快意识到自己已经挨了一拳，而且周围这么多人都看到了，自己岂能放过他们。他仗着个儿高，看到了两个人急匆匆上了桥，就迈步追了过去。

巴音人高马大，步伐果然也快，很快就在桥下拦住了他们。

裘宝儿知道巴音不会轻易放他们走，于是叫旗人大爷帮他拿好司的克，退到自己身后，然后迎着巴音，说："我不认识你，别拦着我们。"

巴音此时已经在气头上，也不想再多说什么，挥拳就打了过去。

裘宝儿没有回避，抬起胳膊肘，断住了直面过来的拳头。

巴音第二拳过来，又被断开了。

两人的突然交手，引来了更多围观的人，包括早已经过桥的外国人，他们听到叫声，再看到两人交手的场景，以为是什么武术比赛，也兴冲冲地重新转了回来，将他们团团围住。

看到这种情形，巴音和裘宝儿都想着尽快把事情结束，早点脱身，但都认为唯一的办法只有把对手尽快击倒。

巴音又一次先出手，突然靠近裘宝儿，将其用力一抱，然后发力，再吼一声，又把他高高举过头顶，在半空中转了几转，手一松，欲将他掷于地上。但裘宝儿身体绝不肯轻易落下，他在头朝下即将触地的瞬间，将两条小腿夹住巴音的脖子，夹得死死的，任巴音怎么甩也没有甩下来。

然而裘宝儿突然上身朝前一挺，腰一转，拳头击向巴音的头部。巴音歪了歪头急避，身体不由自主地打了个转，就是这个突如其来、毫无套路可言的打转，使得裘宝儿猝不及防，上身右侧猛然碰撞到旁边的假山石，假山粉碎，残片四射，击中多名旁观者，但也使裘宝儿大为疼痛，满脸的汗珠溅洒出来。

外国人手中的照相机一齐对着他们，闪光灯不停地发出刺眼的光亮。

裘宝儿滚落在地上，巴音屹立不动，胜券在握。巴音想再次将裘宝儿抱起，然后摔倒，不想裘宝儿就地滚了几滚，迅速站立起来，同时运气止痛，主动接触巴音。

巴音喊叫一声，伸出手试图抓住裘宝儿，裘宝儿并不躲闪，而是略微护了护受伤的身体右侧，接着左腿往地上牢牢一踩，突发狠招，紧接着一拳跟着一拳击打过来，而且拳拳向上，每拳都对着巴音的太阳穴而来。

就在巴音举着双手紧急护住头部之时，裘宝儿突然手臂一曲，胳膊肘儿如一把锤子，狠狠地敲击了一下，只听到"咔嚓"一声响，巴音的半只手臂垂了下来。

裘宝儿刚才一击，正打中巴音上下手臂之间，巴音顿时筋骨断裂，小臂仿佛就要掉下来，痛得他转着圆圈双脚乱跺。

等巴音停止转圈，定睛看时，裘宝儿和旗人大爷已经不见踪影了。

这时警察和那几个便衣冲了上来，推开围观的人群，试图控制住巴音。巴音发觉情况不妙，捧着随时要掉下来的小臂，假装追击裘宝儿，混进人流，离开了琉璃厂。

那边谢壮吾离开琉璃厂，赶到办事处，见到了神情紧张的裘小越，然后两人一起到了东便门外的胡同口，发现空无一人。四周再找，没有裘宝儿和旗人大爷的踪影。

裘小越生气了，说："说好他在这里等的。"

谢壮吾想了一想，说："他一定去琉璃厂了！"

谢壮吾顾不上埋怨，心急火燎地赶到琉璃厂，但巴音和裘宝儿都已离开多时了。

谢壮吾再见到巴音时，巴音半边手臂缠着石膏，躺在协和医院的病床上。

巴音的领导，也是北平地下党二区负责人告诉谢壮吾，经过与医院的疏通，由最好的骨科医生主治，巴音的筋骨已经暂时接好固定，但由于伤势复杂，可能要留下后遗症。

巴音见到谢壮吾，气愤得坐起来，誓言再遇到裘宝儿，就不会客气了，但自己不会用枪什么的，就用拳脚，断他两条腿。

谢壮吾不知怎样才能安慰巴音，说："论力量，他不是你对手。我会替你教训他的。"

这一说，巴音还是不肯罢休，开始不断讲述当时的情形，说明主要怕自己如果太用力，会把裘宝儿摔个半死，心里想着毕竟还是自己的同志，出手重了不好交代，说："下次不会手下留情了。"

第二天，北平报纸刊登一条琉璃厂发生斗殴的消息，错把他们当成两个日本遣散军人。报纸这一宣传，组织上担心巴音身份会暴露，不让他继续在北平工作，要马上送他到根据地医院进行治疗。巴音不愿意走，非要帮谢壮吾找到裘宝儿不可。但几天后，报纸上登出了两人交手时的照片，照片是一位在场的美国人拍的，裘宝儿照的是侧面，而巴音则是正面，脸部比较清楚。

巴音只能离开北平了。但组织上答应了他的要求，同意他马上回到张家口的冀察热辽军区，加入作战部队，跟国民党反动派面对面进行战斗。

离开那天，巴音这口气有些咽不下，面对着谢壮吾，难受得差点哭了出来。

谢壮吾不好说更多，只是劝他好好养伤，日后让裘宝儿当面向他道歉、认错，说："你把他重重摔倒在地。"

巴音一听，仿佛裘宝儿就在面前，不禁对天吼叫了一声。

裘小越知道北平地下交通员被裘宝儿打伤了，深感内疚，要到医院看望巴音，并替哥哥道歉。代表处领导问明情况，没有同意，认为事情复杂，裘小越不宜露面。北平地下党二区负责人也没有允许，因为共方代表处的人如果前去看望，那就等于公开了巴音的身份。

裘小越无奈，问同事借了津贴，买了几盒宫廷配方的糕点，托谢壮吾带给巴音。不想巴音竟然有些起疑，问糕点是谁送的，谢壮吾想了想，决定如实相告，说："她是好意。"

谢壮吾离开时，巴音闭上了眼睛，在后面嘀咕了一句令人难过的话，说："一家人，到底不一样。"

十一、恶人造恶

1950年，一场暴雨过后，微风吹拂的夏日傍晚，上官请谢壮吾离开防空洞透透气，享受一下雨后的凉爽，说："这一刻是上海人最惬意的时候。"

朝向花园的阳台上摆了一张小桌子，上面铺着花布。上官又告诉他，想趁天气好，继续聊聊。为此，他事先已经泡好一小壶咖啡，谢壮吾一坐下，上官就亲自给他倒了满满的一杯，说："加了点糖。"

谢壮吾尝了一口，就知道咖啡是巴西产的，但因为好几年没有喝咖啡，怕自己的鉴别力有误，因此没有把感受说出来。

上官证实了他的判断，说："这是巴西进口的。"

阳台正对着花园，落日余晖，景色清晰，但对面有一片茂密的树林，挡住了视线，只能从枝叶的缝隙中看得见远处教堂的蒜头顶部。显然那是一座东正教堂，以前他应该去过那里，而且有深刻的印象。在多数中国人看来，信奉基督的教堂都是一样的，谢壮吾也是在和安德烈交往之后，才慢慢地区别开天主教堂、新教教堂和东正教堂。

整个上海有两座东正教堂，其中一座就是现在看到的，在离谢公馆四五条马路的一条街上。谢壮吾看着教堂的蒜头顶部慢慢变得模糊，发了一会儿愣，不由得想起了安德烈，想起以前安德烈到谢公馆做客，喜欢喝的是茉莉花茶。

但上官提起了比尔，说："你应该是很早就认识比尔？"

谢壮吾享受着咖啡的回香，沉思了一会儿，想起比尔特别喜欢喝从南美进口的咖啡，到谢公馆喝过几次，都是裘继祖出面邀请的，借了谢公馆的花园或者客厅款待这位儿子的洋师傅。

"很早认识，但总是很陌生。"

上官需要的是比尔的话题。他也是喜欢喝咖啡的，哪怕是在盛夏季节，而且不加糖。他一口就喝下大半杯，又马上喝干剩下的小半杯，没有什么更多的闲话，就进入了工作状态。

他将桌子稍加清理，变戏法似的变出了一份卷宗，好像都是关于谢壮吾的，而且好像里面什么都有。

谢壮吾看了看，呷一口咖啡，感觉到上官又有什么惊人的发现，淡淡地冒出一句："问吧。"

上官打开卷宗，似乎在想着应该从什么地方开始，但很快，他就摊开卷宗里面的材料，轻轻从里面抽出一张纸，放到谢壮吾面前，问："认识这个人吗？"

谢壮吾打眼一看，这是一份判决书，上面有获刑人的照片，照片有些模糊，但他还是认出照片上的人正是北平前门警察所的所长。他一直不知道对方的名字，又详细看了一眼，有些疑惑，说："他怎么叫端木秀？"

上官觉得他问的问题可笑，说："他怎么不能叫端木秀。"

谢壮吾还是疑惑未解，而且有些不快，说："又是复姓，而且是名秀。"

上官表扬谢壮吾能知道端木是复姓，已经算不错了。随后给他普及了有关姓氏知识。端木是中国第三大复姓，历史悠久，但源流单一，早在东周时期便有此姓，据记载，端木一姓的祖宗为孔子弟子端木赐，就是子贡。

谢壮吾恍然了，但接着也表现了自己并不是没有所学的。他知道子贡是孔子的得意门生，孔门十哲之一，以言语闻名，善于雄辩，后来死于齐国。《论语》中对其言行记录较多，《史记》对其评价颇高。

上官略略感到惊异，说："中学课本上应该没有这些。"

谢壮吾不禁有几分得意，其实在他很小的时候就知道这位孔子弟子了，谢公馆曾经挂过他的画像。子贡因为擅长货殖，有君子爱财，取之有道之风，是孔子弟子中的首富，为后世商界所推崇，被奉为财神。

上官不免有些意外，说："原来如此。"

谢壮吾想起了爷爷谢富光，说："小时候，我是从爷爷那里听来的。"

上官诡秘地笑了笑，指着桌子上的卷宗，摇摇头，意思是谢壮吾说起这些头头是道，别人真的会误认为他就是他的双胞胎弟弟，是那个懂得财务，担任新一军中校军需官的谢壮尔。

谢壮吾愕然，表情停顿了一下，不愿再说什么，站起来，准备回到防空洞。

上官给他续了咖啡，说："我没有把你当谢壮尔，花这么多时间陪着你，说明组织上愿意相信你。"

谢壮吾重新坐下，上官意犹未尽，继续有关复姓的话题，但主要谈的是自己的上官姓氏。上官一姓古老，出于卫国芈姓，春秋时楚国有上官大夫，后来以邑名为氏。楚怀王封他的次子子兰为上官邑大夫，子兰的后代子孙就以邑名为姓，称上官氏。

对于上官滔滔不绝的讲解，谢壮吾不由得心生佩服，赶紧喝完咖啡，强调自己的观点，说上官无愧于自己的姓氏，但可惜了端木这个姓，还有这个秀字。

上官差点笑了出来，表示自己也有同感，但认为端木秀的父母最初肯定希望儿子将来做个君子。

北平前门警察所所长，也就是端木秀，后来因为袭击美国军官比尔被捕，但一年后即重获自由，复职警察所所长，新中国成立后充任敌特组织联络组负责人，意图破坏新政权，被捕后不思悔过，已在一个月之前被镇压。

谢壮吾沉默良久，苦笑说："人都死了，还能说明什么。"

上官又阅读了一遍判决书，希望谢壮吾说说当时的情况，说说这个端木秀。

言归正传。

其实这个端木秀顶多算一个半路杀出的程咬金。

快到7月，北平军事调处执行部所在的协和医院突然热闹起来，进进出出的人流和车辆比以往多了许多。

美方代表处除了原来留守的几个士兵，基本上已经没有什么人，但这一天忽然来了一大群军阶很高的官员，其中包括马歇尔。

他在重庆和国共双方摊牌之后，最后一次来北平，算是告别，之后他将再飞重庆，然后回到美国。

马歇尔先上了六楼跟国民党方面首席代表郑介民进行私下会谈，时间只有十多分钟，接着下楼到中共代表处与叶剑英见了面，裘小越当翻译。马歇尔发了一通牢骚，主要是抱怨蒋介石，同时批评中共方面也不相信美国，致使和谈面临失败。

叶剑英当场进行了反驳，说了很长一段话，说明调停没有进展是因为美国方面偏袒国民党造成的。

马歇尔没有更多辩解，一味推卸责任，只是希望中国人的事自己解决，美国管不了。随后说了一句谚语，裘小越愣了愣，没有翻成，希望马歇尔再说一遍。

这时，一直站在门外的比尔走了进来，解释马歇尔说的是一句爱尔兰谚语，意思是自己家里的屋顶半夜里漏水自己修补，不要惊动邻居。

裘小越看了看比尔，但没有相认，淡淡地说："谢谢！"

比尔走上前，握住她的手不放，说："美丽的女少校，你英语很好，而且有爱尔兰口音。"

裘小越站起来，把手抽开，看看叶剑英，不知如何解释，顿时显得不安。

叶剑英有意替她解围，因此主动上前与比尔握手，说："比尔中校，我们又见面了。"

比尔这边与叶剑英握手，但眼睛仍然盯着裘小越，说："我敢肯定我们认识。"

叶剑英把马歇尔放在一边，介绍起裘小越，说："裘少校，上海人，从小在教会学校上学，后来参加革命，投身抗日，是个资深的共产党人了。"

其实比尔早就认出了裘小越，但他此时才表现出惊愕的样子，说："想起来了，裘宝儿的妹妹。"

裘小越对于比尔故作姿态的幽默感到不满，不愿意接他的话。去年10月，他们也是在协和医院见的面，一年时间还不到。当时美方代表团举办酒会，路过北平的裘宝儿和谢壮吾大闹现场，被宪兵扣押，比尔出现，从国方宪兵手中解救了他们。正在现场的裘小越见到了哥哥，同时见到了比尔，并表示了谢意。比尔称赞了她的美丽，询问了她与谢壮吾之间的关系。

对于裘小越的有意冷淡，比尔并不尴尬，仍然兴致勃勃地说起了裘宝儿的许多往事，希望有一天战事缓和，国共和解，和平到来，大家在上海一起见面。

到了晚上，比尔拿着一张报纸，从六国饭店驻地跑到协和医院找裘小越，问裘宝儿的行踪。原来报纸上登了巴音和裘宝儿在琉璃厂交手的照片，虽然照片上裘宝儿侧着脸，但比尔还是非常肯定地认出了他，断定她哥哥人在北平。

裘小越也是第一次看到报纸登出了哥哥与巴音发生冲突的照片，心中一阵紧张。哥哥人在北平，谢壮吾专门从东北跟过来找他，其中的原因已经令人担忧，现在再登出照片，作为一个东北民主联军的军官，脱离了组织，身处敌占区，迟早会被人关注，身份迟早会暴露。她看着照片，不由得担心起哥哥的安危，但更担心哥哥从此走上自己难以把握、难以回头的不归路。

裘小越也担心比尔找到哥哥。去年与哥哥见面，因为国共谈

141

判破裂的可能性很大，哥哥提到了比尔，说比尔答应过他，帮助他到美国留学，并要求她为今后早作打算。她当时对哥哥的态度感到诧异，进行了反驳。后来谢壮尔请他们兄妹在全聚德吃烤鸭，哥哥说了许多豪言壮语，打消了她的疑虑。

现在想起来，哥哥裘宝儿那时候思想已经起了变化，如果他这次遇到比尔，会发生什么事情？

比尔显然也在替裘宝儿着急，说："他在北平，你让他来见我。"

裘小越此时有一个强烈的念头，就是不能让比尔找到哥哥。她把报纸还给比尔，说："他不是裘宝儿。"

比尔又看了看报纸，耸耸肩膀，说："是裘宝儿。而且你一定见过他。"

裘小越神情肯定，说："他在东北，不在北平，不可能。"

比尔挥了挥拳头，语气坚定，说："我带他离开中国，我答应过他。战争就要爆发了。"

裘小越神情严肃，说："人民必胜，中国共产党必胜。"

比尔勉强点点头，似乎表示附和，但没有再理会裘小越，拿起报纸离开，一边走，一边说："他会找到我的。"

当天正好是巴音要离开北平去张家口，谢壮吾到协和医院对面的胡同口与他告别。裘小越不顾纪律，从代表处出来，拦下谢壮吾，说："我们得赶紧找到裘宝儿。"

谢壮吾手中拿着与比尔同样的一份报纸，挡着裘小越的脸，拉着她快步走到电线杆后面，说："你没有发现，特务把协和医院的门都堵住了。"

裘小越推开他，说："他们不敢公开对我们怎么样！"

谢壮吾仍然举着报纸，说："你哥哥现在很不安全。"

裘小越把比尔在找裘宝儿的事说了，说："你一定要带他离开北平。我们现在就去找。"

尽管后面有人盯梢，裘小越和谢壮吾这一对恋人，手挽着手，从大街上一直走着，等盯梢的人觉得无趣，开始松懈的时候，闪身进入了旗人大爷所住的胡同。

报纸照片还引来其他方面的关注。

其中一个就是前门警察所所长，也就是谢壮吾后来才知道叫端木秀的人。裘宝儿被当作逃兵被警察所收容，为求脱身，不得不用谢赛娇赠送的怀表买通了端木秀。不料端木秀不仅拿了怀表，还索要了司的克，于是出狱后的裘宝儿把他一顿暴打，夺回了司的克和怀表。

端木秀原以为这口恶气要带到棺材里去了。

之前他听说琉璃厂发生两个武林高手过招的事，打听了一些细节，也没有在意，之后又有消息传出这两个人可能是共产党内讧，他一笑置之，共产党怎么会火并呢，即使火并也不会在琉璃厂这样的地方公开吆喝，招来观众的。不过他因为胸口堵着一口恶气，处处在意，因此还是留心了一下，专门到琉璃厂向目击者作了调查，但没有了解出更多的名堂。后来发现报纸上登出了在场外国人拍的照片，他左认右看，越来越觉得侧脸的这个人就是半夜袭击他，抢回怀表和司的克的那个人。

端木秀专门去了一趟报馆，看到了照片原件，顿时眼睛瞪大，热血涌遍全身。他强行要走照片，随后直接来到国民党北平市党部执委会调查统计科，也就是俗称中统的北平站，一五一十地报告了情况，说："此人十分危险。"

跟当时许多公职人员一样，端木秀还有一个领薪水的身份：中统北平站普通组的成员。

其时，国共双方谈判破裂的消息在国民党相关部门作了秘密传达，中统作为专事防共、反共的重要部门，作为处于国共双方斗争前沿的中统北平站，必须时刻充满斗志。即将面临裁撤的中统北平站负责人表扬了端木秀，称赞他有警惕性，并许诺会特别报告上峰予以嘉奖。

端木秀精神振奋，请求允许他把其他事务放下，组成一个专门小组，追踪照片上的人，查明案情，说："此事令人费解，背后必有隐情，希望有重大破获。"

中统北平站负责人同意了端木秀的要求，端木秀趁机领取了一笔经费之后，马上赶回前门警察所，召集所有人员包括编外闲差，作了广泛动员部署，给每人分发了照片，安排在火车站、六国饭店等地重点布守，附近的街口、胡同、旅社等处，则安排日夜两班巡逻。

很快有人就认出了巴音。端木秀在最短的时间内，带着人到人力车夫中进行调查，不过知情者报告巴音一天前离开北平，去了张家口。端木秀后悔迟了一步，张家口是共军的重要防区，巴音逃往张家口，是共产党无疑了。端木秀其实把目光集中在裘宝儿身上。因为裘宝儿的照片毕竟是侧着脸的，辨认难度较大，但端木秀认定此人就是自己要找的人，于是在明岗暗哨之间来回奔跑，特别嘱咐认错人不要紧，但不能放过，提醒说："此人功夫了得，如遇抵抗，开枪就是。"

谢壮吾同裘小越到胡同口外，遇到了许多持枪警察和一些看起来是闲差的盘查。他们手拿照片辨认过往行人，一个个口气严厉凶恶。

裘小越穿着少校衔的美式军装，他们纷纷向她敬礼，但谢壮吾因为穿着便衣被拦下了。

谢壮吾拿出了证件，警察怀疑他是逃兵，说："新一军在东北。"

谢壮吾神情冷冷的，说："我是军需官。"

趁着盘问，谢壮吾贴近看了看他们手中的照片，发现正是报纸上登过的那张，说："这是谁呀？"

其中一个警察眼睛一瞪，说："他们是共产党！"

裘小越看到照片，心里一紧，看起来情况很糟，他们也在找哥哥，而且哥哥的身份已经被他们掌握了。

谢壮吾怕裘小越紧张，抓住她的手，准备离开，但裘小越突然难以控制自己的情绪，责问他们，说："现在是国共和谈，你们怎么在大街上公开抓共产党?"

这时端木秀正好经过,听到裘小越的声音,走了过来,说:"国共和谈破裂了,抓共产党还不是迟早的事!"

裘小越上前,说:"你这是在挑衅!"

端木秀打量着裘小越,知道她是军调部的,看了看她一身的美式军服,搞不清她的具体身份,问:"请问你是哪一方的?"

裘小越还要继续表达抗议,谢壮吾一急,连忙说了一句英语,提醒她不要冲动,不要随便向他们表露身份。

裘小越回了一句英语,表示她不怕这些人,她就是要亮明自己是共产党人,亮明自己是共方代表处的人。

谢壮吾就这样一边你一句我一句用英语跟裘小越争执着,一边挟着她往回走。

端木秀侧着耳朵,跟上来,认真听着,仿佛他能听懂他们说的话,说:"你们不要以为我听不懂你们说的暗语。"

谢壮吾停下来,问:"我们在说什么?"

端木秀想了想,突然一把扯住裘小越,说:"你们是共产党!"

裘小越甩手就给端木秀一个耳光。端木秀大怒,掏出手枪来对着她。

裘小越没有示弱,也拔出枪对着端木秀,而且冷冷地逼近一步,拉动枪栓,子弹上膛。

局面突变,显然是把事情搞大了,端木秀竟然有些后悔,有些心虚,他希望裘小越被吓住,也不敢再强硬下去,然后暂时结束眼前的危机。于是他后退一步,说:"你也不看看北平是谁的天下!"

这句话更激怒了裘小越,她逼上一步,声音更响,说:"北平是人民的天下!"

端木秀看到许多围观的人,恼怒自己没有退路,急于要把裘小越的气势压下去,神情凶恶了许多,说:"你真是共产党!"

裘小越毫不退避,义正词严,说:"我就是共产党!"

端木秀认为自己被逼到了绝境，情急之下，枪上了膛，说："你今天回不了协和医院了，跟我去一个地方！"

　　围观的人越来越多，谢壮吾虽然认为应该赶快离开，但更认为走之前必须要灭一灭端木秀的嚣张气焰。于是他将裘小越挡在身后，左脚一晃，端木秀突然站立不住，身体一歪，便要往后倒去。谢壮吾左脚轻轻一扫，端木秀整个人又直了回来，但接着就往前一扑，跌倒在地，吃了个嘴啃泥。

　　旁边警察和闲差虽然人多，但都愣愣地看着，没有人敢上前相帮。刚才听到英语对话，他们已经担心端木秀惹的人，可能是美军翻译官之类的，这时又看到谢壮吾当众出手，三两下就把人踢趴下了，如此在大庭广众之下胆大敢为，不跟美国人有关系才怪！

　　端木秀倒在地上，大声呼救。

　　谢壮吾抬脚踩住端木秀，说："我是怕你后脑着地，性命不保。"

　　此地正好是十字路口，连着四五条胡同，谢壮吾并不知道的是，如果不是遇到端木秀纠缠，完全可能在胡同里碰上裘宝儿。

　　旗人大爷一早约好了荣宝斋的伙计，然后又一起折回来，带上裘宝儿从别人家院子里穿过，抄近道到前门，在附近的一个茶馆见面。按照预先设计好的路线，三个人刚要出胡同，就发现路口围了几堆人，并传出吵闹声，裘宝儿看到的情景是，那个前门警察所所长正拿着枪对着妹妹裘小越，不禁急了，便要冲出去，刚抬脚，突然看到了谢壮吾，怔住了，往回就走，退回到胡同里面。

　　旗人大爷觉得奇怪，拉了拉裘宝儿，劝他过去帮助自己妹妹，说："那个警察所所长可不是善人。"

　　裘宝儿停了下来，刚才他看了个模糊，认为自己看到的是谢壮吾，于是转身就走，这时一想，他看到的这个人应该是谢壮尔。

　　但裘宝儿不想冒险，没有再回去，走得更快了，说："他哥哥在，她出不了事。"

当晚，端木秀带着更多的人围在协和医院门口，声称要惩办破坏地方治安的凶徒。事前，中统北平站听了他的情况汇报后，唆使他带头到协和医院抗议共产党。还说，几天之前，国共两党的军队在湖北、河南交界爆发了大规模的武装冲突，内战将就此开始，希望他不要害怕，争取立个头功。

负责协和医院警卫的宪兵把他们拦在门口，但端木秀不依不饶，还要带着人往里面冲。这时比尔正好来接裴小越到六国饭店吃饭，经中共代表处领导同意后，裴小越答应前往，她刚从里面出来，端木秀上前，一把扯住不放。

警卫副官看到场面一时混乱，连忙上前解围，竟被乱拳殴打。

裴小越想挣脱，端木秀索性抱住了她。

对于端木秀死硬的敌对举动，戴着礼帽、穿着短袖的比尔勃然大怒，举着拳头对着端木秀的脑门，威胁说："放开这位小姐！"

端木秀此时一心以为自己对付的是共产党，背后又有党部撑腰，本来有恃无恐，不想突然杀出个外国人，不知道什么身份，顿时吓了一跳，连忙解释："她是共产党！"

比尔挥了挥拳头，说："我知道她是共产党！"

端木秀举了举枪，说："你们是一伙的？"

比尔继续挥舞拳头，说："我们是朋友！"

端木秀此时有了一个自以为是的判断，认为比尔一定是苏俄人，上级告诉过他，正由于苏俄支持，中共才敢跟国民党对抗，所以也是敌人，如果今天连这个苏俄人一块收拾，那岂不功劳更大！这样一想，端木秀胆子一壮，朝天开了一枪。

枪声还在响着，比尔已经一拳将端木秀击倒，同时护住裴小越回到了楼内。

端木秀爬起来，不管三七二十一，朝比尔开了一枪。就是这一枪，几乎给他招来杀身之祸。

子弹穿过了比尔的白色礼帽，礼帽飞了出去，后被端木秀捡到，并当作战利品戴到自己头上。当时有不少人看到了端木秀吓走美国军官的得意一幕，有的人还为此鼓掌，对他竖起了大拇指。

这时医院大楼的警报响了起来，大批宪兵冲了出来，迅速排成几列，阻挡了要往里冲的端木秀一伙人，局面暂时得到控制。

第二天，端木秀拿着有弹孔的白色礼帽向北平站负责人请功，还没有进门，就被六个荷枪实弹的美国宪兵上了手铐，旋即连同包括白色礼帽在内的罪证，押送到一个临时军事法庭，半天不到，就被认定意图谋杀军事调处北平执行部美军军官，判处了死刑，等候核准后执行。

端木秀发现自己闯下大锅，每天在死牢里号啕，大呼冤枉。不久，案子又移交到北平地方法院，法官以民间抗议不断为由，将其改判有期徒刑一年。

由于和荣宝斋的交易接近谈妥，裘宝儿准备几天内就离开北平，他在报纸上看到比尔遇袭并有惊无险的消息，喜出望外，急着想联络上比尔又无办法，只有找到妹妹帮忙。

妹妹中间隔着的人是谢壮尔，但万一是谢壮吾呢？他不得不防，于是他装扮成一个医生，在警戒森严的协和医院门外徘徊了一个上午，但还是没看到裘小越出来。无奈之下，他只好让旗人大爷到里面找裘小越。

旗人大爷登记之后，经过严格的检查，获准进去。

裘小越见到旗人大爷，得知哥哥要见比尔，不露声色，没有说出比尔的去处，只答应从中联络。

旗人大爷一离开，裘小越就设法通知了谢壮吾。她要劝哥哥主动交回古画，希望谢壮吾像对待自己的同志那样，把自己的哥哥从悬崖边上拉回来。

到了下午，旗人大爷再次来到协和医院，得到准信之后，与裘宝儿赶到见面地点，等待他们的却只有裘小越一个人。

裘宝儿着急，说："比尔呢？"

裘小越指着裘宝儿手中的司的克，说："把它给我。"

其实裴小越在荣宝斋与裴宝儿意外相遇，就已经感觉到古画可能隐藏着秘密，因此她提醒哥哥，务必交回古画，越早越好，不然会造成重大损失，说："哥哥，那将万劫不复。"

裴宝儿仿佛听不懂妹妹的话，神情闪过一丝茫然，把司的克牢牢拿在手中，说："比尔呢？"

事情发生得很仓促。

谢壮吾出现的时候，裴宝儿很快就发现面前的中校军官不是谢壮尔，于是他对妹妹的怨怒到了极点。而且让他无法容忍的是，妹妹分明设了圈套骗自己的亲哥哥，正因为是他的亲妹妹，他也居然受骗了。

他真的恨这个妹妹了！

局面看上去对他极其不利，因为谢壮吾还带来了一群剽悍的陌生人，看起来没有任何留情的余地。

他将被瓮中捉鳖。

谢壮吾示意裴小越退后一步，摆出事情由他接手的样子。为了使谢壮吾顾此失彼，气愤之极的裴宝儿对妹妹下了重手。裴小越后脑着地，当场昏迷，送进医院后短暂醒来，已经言语困难，很快重新昏睡过去。

几天后，形势更加严峻，代表处决定马上将裴小越先撤回张家口，然后再设法送回延安。

谢壮吾以谢壮尔的身份与裴小越作了告别。

十二、旗人大爷

1950 年夏天的晚上，上官借着防空洞白炽的灯光，递给谢壮吾一张不久前出版的报纸，内版登着首都文教界人士举行庆功会的消息，上面有数张发言代表的照片。上官指着其中一个穿着中山装，举着手呼口号的中年男子，提示谢壮吾，说："你认识他的。"

谢壮吾扫了一眼，十分肯定，说："旗人大爷，他戴上眼镜了。"

上官纠正他对旗人大爷的称呼，说："是白多同志。"

谢壮吾觉得奇怪，当时在北平那么多天，他从来没有深究过旗人大爷的姓名，只知道他与末代皇帝同姓，姓爱新觉罗，怎么叫白多了呢？

上官又一次发挥了自己的专长，解释白多本姓爱新觉罗，这名字是他于新中国成立后取的。按照推断，可能因为祖上出身正白旗，故取姓白，取名一个多字，很有可能是为了纪念他的远祖多尔衮。谢壮吾想起自己在旗人大爷家里看到过供奉的多尔衮画像，点了点头，同意上官的推断。

上官情绪不错，又继续他的推理。清初正白旗旗主多尔衮死后，正白旗由皇室接管，所以白多算是正统的皇家后人，说："一个皇室后人，积极投身新中国的文化事业，很好。"

谢壮吾又拿起报纸细看，照片上旗人大爷振臂一呼，表达决心的样子，心想这真不太像他认识的那个旗人大爷，差点失笑。

上官收回报纸，称白多为同志，何况他现在是政务院文物所的研究员，说："时代变了，人也会变。"

谢壮吾想起在北平的往事，说："他还是裘宝儿的结义兄弟。"

其实谢壮吾已经说到了上官想要的正题，但上官好像对旗人大爷的兴趣不减，提示他多说说他在北平时跟白多交往的情况。

谢壮吾断定上官之前一定派人联络过白多，从他那里取得了相关的证明材料，但鉴于自己与白多相处时关系并不好，很难说这些材料会对自己有利，至少不会有帮助。因为白多开始时对自己并不信任，即便他后来与裘宝儿发生矛盾之后，自己从中帮助他，白多虽然没有得到那幅画，但他还是没有否认和裘宝儿是结义兄弟。

最重要的，自己在和旗人大爷的交往中，始终是用了新一军中校军需官谢壮尔的身份。

1946年7月初的一个傍晚，北平下了一场大雨，潮热得让人透不过气来。谢壮吾焦虑之中，冒险用新一军留守处的电台向东北的总部请示下一步的任务，但迟迟不见回复。正当他怀疑杜代司令是不是把自己忘了时，北平二区地下党转来一份电报，共八个字：任务取消，等待指示。

对于取消任务的命令，谢壮吾当然心存不甘，仍然想着赶快找到裘宝儿。北平二区地下党负责人虽然不太清楚其中的内情，但看到谢壮吾着急，十分想助一臂之力，表示只要他提供线索，愿意多派些人手，帮助他找人，说是死是活，只要人在北平，一定会找到他。

谢壮吾拒绝了北平二区地下党提供的支持，因为他明白，一旦他们介入，会使事情变得复杂。自从巴音吃了裘宝儿的亏，他们一直耿耿于怀，伺机找裘宝儿算这笔账，让他们找人，中间让裘宝儿伤了死了，什么事都可能发生。

谢壮吾对北平二区地下党方面的热情表示了感谢，说："任务取消了。"

很快，杜代司令又来了电报，也是八个字：海路归队，择机回哈。

谢壮吾明白其中的意思，杜代司令要他如1945年那次，坐船渡海到大连，然后回哈尔滨。向上峰请示同意后，谢壮吾以回重庆与陶文千金、未婚妻陶含玉见面为由，向新一军留守处预支了路费，实际上暗中准备取道天津，然后搭乘苏联的货船，前往大连。

当天，谢壮吾到前门火车站购买了火车票，一路又来到琉璃厂，在四周转了很久，希望能遇到裘宝儿或者旗人大爷，但没有任何发现，就直接到荣宝斋向伙计打听。

伙计见他是国军中校军官，腰间又别着枪，有些害怕，只好告诉他，旗人大爷来过，但那幅画的生意取消了，那位朋友要回重庆或是上海，找别的主了。

谢壮吾心里一冷，心想裘宝儿如果离开北平，能到哪里去？完全可能到重庆或者上海去了。现在任务虽然取消，但就这样不明不白地让裘宝儿走掉，自己还真的无法交代，向组织，向杜代司令，向巴音，向裘小越，可能包括更重要的人，如陶文，也可能包括裘宝儿本人，都无法交代。

当天气温升到三十九摄氏度，到了晚上，留守处又遭遇停电，谢壮吾辗转反侧，久久没能入睡，心情变得恶劣，变得烦躁，决定再出去找一找裘宝儿。

他没有从正门离开，而是从窗户跳到墙外，故意多转了几条街，然后直奔通往旗人大爷宅第的胡同口守候。比起江南，比起上海，北平的盛夏并不是最煎熬的，昼夜温差较大，尤其是夜深之时，会时不时有凉风吹过来，吹走白天积累起来的炎热，还给人们一丝丝凉快和舒适，可以美美地一直睡到天亮；然而北平的太阳也出来得早，而且光芒炽烈，比起江南，比起上海，提前开始了新的一天，但更多人选择在室内待着，避免由于在阳光下承受酷热，大汗淋漓，需要冷饮凉食降温，补充水分，从而造成花费的增加。

因此，一到夏天，北平一般百姓的生活似乎有些颠倒，白天见到的人，往往没有夜晚见到的多。

虽然已近半夜，路上行人还是不少，特别是月光皎洁，给人们围坐在一起喝酒打牌、耍弄逗唱带来了方便。

胡同里又是另一番安宁的景象。

灰灰的两边住户都开着门，大致能看得到院子里，光着膀子纳凉的男人睡在最外头，里面则是小孩和妇女。也许因为星月洒落进胡同的时候已经变得暗淡，有的索性裸着身体，仰天躺着，角落里有夜不归宿的青年男女还赤条条抱在一起。

也许这是最后一次机会，谢壮吾怀着一丝希望，在夜色中独自疾走。他要碰碰运气，万一裘宝儿没有离开北平呢？

一直守到天亮，裘宝儿没有出现在胡同口，但旗人大爷却出现了。

旗人大爷手中挥着司的克，从外面回来，他似乎一夜未睡，却精神饱满，神情快乐。一个陌生人在这样的胡同里显得触目，很容易被认出，他看到谢壮吾，想折回去，谢壮吾上前，主动打起招呼。

旗人大爷认清是谢壮吾，脸色忽然变得紧张，侧身闪进另一人家的院子，说："你哪位？"

谢壮吾一心希望旗人大爷能帮助自己找人，因此对他表示友好，说："不要误会。"

旗人大爷看着谢壮吾，呵呵了两声，好像明白了什么，指着手中的司的克，说："你说的是我兄弟。"

谢壮吾有些吃惊，说："你兄弟？"

旗人大爷握紧司的克，说："我们义结金兰了。"

谢壮吾一听，不动声色地观察着。旗人大爷承认跟裘宝儿结为异姓兄弟，说明两人的关系已经非同一般，可知旗人大爷尚沉浸在此前不久与裘宝儿的交往之中，两人之间一定发生了更进一步的事。

那是什么事？

谢壮吾十分肯定地说："你刚刚见过他。"

旗人大爷诧异，说："你跟踪我？"

谢壮吾进一步印证自己的推断，说："而且是因为那幅画。"

旗人大爷两只手同时抓紧了司的克，没有再说话，突然转身，快步离开。

谢壮吾跨过一步，拦住了他。

旗人大爷又转回身体，往另一个方向走去。

谢壮吾左右闪了几步，在旗人大爷摸不着头脑的时候，已经伸手将他手掌上微微颤抖的司的克一绰，拿在自己手中。

旗人大爷顿时紧张，也不顾斯文，撩起长衫就扑上来，要夺回司的克。

谢壮吾退后几步，迅速拧开司的克，一看，里面塞着一卷纸，他又急忙奔到胡同口外，在旗人大爷看不到的地方，把纸卷小心地从空管里抽了出来，想抓紧看个究竟。

旗人大爷很快跟过来，又气又急，声音一下子高了几倍，说："你抢啊！"

声音传到院子里面，几个头大腰壮的膀爷提溜着裤子冲到胡同口，吆喝着上来摩拳擦掌，要帮旗人大爷对付谢壮吾。

就在他们认为谢壮吾在劫难逃的时候，一队巡查的宪兵经过，看到一群人围着一个军官，好像要生事端，于是上前盘查。

谢壮吾掏出证件自我介绍，说："新一军中校军需官。"

宪兵稍微一看，还向他敬了军礼，然后就马上检查那几个膀爷，几个膀爷怕的是被抓壮丁，慌了，推说回家拿证件，一个个都躲进了胡同里，暂时不敢出来了。

宪兵们离开之后，谢壮吾将司的克扔还给旗人大爷，拿好纸卷，说："这是别人的东西，我要物归原主。"

154

旗人大爷也不去捡地上的司的克，上来就拉住谢壮吾不放，说："这是我兄弟的东西，还给我！"

此时那几个膀爷偷偷看到宪兵已经走远，又一齐从胡同里冲出来，重新围住谢壮吾。刚才他们因为已经回到过院子里，都操着刀棍出来，上前示威，逼迫他交还东西。

谢壮吾因为画已在手，必须尽快脱身，于是先将旗人大爷轻轻绊倒在地，然后又对着一位叫唤得最凶，使三节棍的小伙子脸上虚晃了一拳，这边腿往后面一扫，一位最壮实的膀爷被击中了小腿，身体一软，蹲了下来。

其他人见他们吃了小亏，犹豫起来，谢壮吾趁机脱身离开胡同。不知旗人大爷从哪里来的力气，奔上来，紧紧抱住谢壮吾不肯放开，说："把东西留下！"

谢壮吾正犹豫有没有必要下重手摆脱他的时候，只见旗人大爷突然伸手抓住那纸卷的另一半，做出准备撕画的举动，他怒道："你这是要毁了它呀！"

旗人大爷以毁画来迫使他让步，来威胁他的行为，使谢壮吾深感愤怒。他迅速运了一口气，身体一蹲，把腿伸过头顶，瞬间就要落下，这一脚，或是踢旗人大爷头部，或是伤到肩膀，目的就是要使他由于突然而来的疼痛把手松开。

突然间，旗人大爷大叫了一声，随即双手一缩，身体一瘫，坐到了地上。

就在同一时间，谢壮吾也发现其中有诈，大吃一惊，那纸卷掉了下来。

风吹过来，纸卷松开了一半，一看，哪是什么画，分明是一张折叠而成的《北平日报》。

谢壮吾俯下身子，将报纸摊开，里面什么也没有，他一把抓住旗人大爷，说："画呢？"

旗人大爷眨着眼睛，呆着一动不动，似乎在迅速过滤之前发生的所有事情，过了好一会儿，他才端起了架子，冷冷笑了笑，告诉谢壮吾，说："东西被带走了。"

谢壮吾当然不相信，旗人大爷眨着眼睛发呆的工夫，一定闪过许多连他自己都需要弄清楚的问题。他刚才拼命要夺回纸卷的举动，明明也是把报纸当成那幅古画的。

谢壮吾抓着旗人大爷的手不放，说："你也被人骗了。"

旗人大爷怔了怔，仍然嘴硬，说："我知道里面衬着报纸。"

谢壮吾把报纸撕成几半，说："你说实话！"

旗人大爷此刻哭丧着脸，嘴上骂骂咧咧的，听不清在骂什么。

站在胡同口的膀爷们看到地上一片一片零落的报纸，不知道发生了什么事情，又不敢上前跟谢壮吾较劲，只好站成一圈，远远地你一言我一句地安慰旗人大爷。

谢壮吾平静了许多，一边捡起报纸碎片，一边耐下心来，等待旗人大爷尽快恢复正常。

旗人大爷骂着骂着，口齿清楚起来。

谢壮吾终于听明白了，旗人大爷骂的荣宝斋，那几位膀爷仿佛明白了什么，跟着他一块骂，骂荣宝斋骗了旗人大爷。

谢壮吾当然表示出怀疑，荣宝斋怎么会把字画换成报纸？于是说："如果这样，我和你去找他们。"

旗人大爷这时清醒了许多，解释说他对荣宝斋的指控并不严重，主要是埋怨荣宝斋在交易过程中竟然怀疑是赝品，以此来压低价格，说："真是欺人太甚。"

谢壮吾觉得旗人大爷好像有意转移焦点，将他拉到一边，说："画呢？"

旗人大爷面无表情，继续回避问题，只说自己一气之下，劝裘宝儿取消交易，到别的地方，找别的主顾，拿到更高价再出手，说："现在的琉璃厂已经堕落了，荣宝斋也已经堕落了。"

那几位膀爷看到两个人和平地交谈着一个听起来有些混乱的话题，不会再有什么冲突，顿时觉得无趣，先后都回到了胡同里，继续睡觉。最后那个要三节棍的小伙子媳妇跑出来，警告谢壮吾同旗人大爷别再吵了，说："一会儿天亮就没法睡了。"

东方吐白，胡同内外又恢复了宁静，好像什么事情都没有发生。

巡逻的宪兵显然是刚换岗的，还要再检查谢壮吾的证件，旗人大爷替他回答，说："新一军中校军需官。"

后来想起，谢壮吾不得不佩服旗人大爷控制情绪的能力，发现古画被报纸替代之后，仍然没有指责裘宝儿半个字，使谢壮吾几乎认为此事与裘宝儿没有什么关联。

在巡逻的宪兵离开之后，旗人大爷突然想起什么，说："你是我兄弟的妹夫，我在协和医院见过你。"

原来裘宝儿打伤妹妹裘小越以后，心中慌张，委托旗人大爷想办法到医院探视，看看妹妹是否脱离生命危险。乔装成病人的旗人大爷走到医院里，刚好看见裘宝儿妹妹抓住一个青年军官的手，在上面写着什么。

现在回想起来，这个青年军官正是谢壮吾。

谢壮吾作了解释，说："我是他妹夫的弟弟。"

旗人大爷恍然大悟，松了口气，连连点头，说："他说起过，孪生兄弟。"

后来，神情失落的旗人大爷请谢壮吾回到他的四合院。旗人大爷可能是太累了，也不顾别人在场，居然一个人进卧房躺了起来。

谢壮吾耐心等待了一会儿。

旗人大爷离开床，恢复了精神，领着谢壮吾到了正房，指着墙上的一幅画像，介绍说这是大清开国之初的摄政王多尔衮，说："我们在他像前跪下，磕了头，结成了兄弟。"

旗人大爷沉默了许久，后来终于失控，哭了起来，哭到一半，突然大骂裘宝儿骗了他，说自己给了他一个祖传宝贝明成化斗彩鸡缸杯，让他顺利离开北平，回去过自己想过的好日子，但他居然不遵守约定，把一张旧报纸塞进司的克来骗他。

旗人大爷骂了一个多时辰。

谢壮吾从旗人大爷口中得知，昨天裘宝儿来找他，为尽快离开北平，找到了一个叫比尔的美国人，要坐飞机去重庆。对于裘宝儿脱离中共军队，自行到重庆，比尔有些担忧，裘宝儿称自己已经得到复员的批准，到重庆是与未婚妻团聚结婚。比尔表达了祝福，却不料因为大量美方人员要同时撤离，飞机座位紧张，比尔找马歇尔帮忙，但马歇尔早已忘记了之前去哈尔滨途中答应过裘宝儿的事情，推说自己管不了太具体的事情，要他找能负责的官员。

比尔直接找到一位负责安全的上校，这位上校以审查为由，叫裘宝儿来见了面，但迟迟没有表态同意。

旗人大爷看到这位上校，想起自己在琉璃厂见过他，于是悄声告诉裘宝儿，自己听见他问别人有没有明成化鸡缸杯，说："他知道这个物件值钱。"

裘宝儿此时已经长了许多这方面的见识，知道鸡缸杯不便宜，但离开北平又是那么迫切，只好求旗人大爷帮忙，说："在北平我只有你一个兄弟。"

旗人大爷家中藏有多个鸡缸杯，也在裘宝儿面前炫耀过其中一二个，因此不好回绝。于是由比尔做中间人，替那位美军上校看货，比尔眼毒，一眼就看中了最好的一个。

旗人大爷不答应了，说："那是我祖上传下来的，价值连城。"

飞机天亮就要起飞，这是比尔最后一次在中国的飞行。裘宝儿坐不上了，只好想别的办法离开北平，坐车乘船缓慢曲折，中途又会有多少风险变故，加上战事将起，回到重庆，或者上海几乎变成了危途，甚至变成不可能。裘宝儿越想越心急如焚，什么都不顾了，说："鸡缸杯比起我那幅古画呢？"

旗人大爷明白裘宝儿想做交易，犹豫了很久，才答应用鸡缸杯交换那幅古画，再三声明，说："不要反悔。"

昨天半夜，鸡缸杯送到了比尔手中的同时，裘宝儿把用来藏画的司的克交给了旗人大爷，比尔同时把通行证交给了裘宝儿。

裘宝儿拿到通行证，跟着比尔进入了戒备森严的机场。

旗人大爷送裘宝儿时，比尔不让他们与那位美军上校见面，而且要他们封口，不要跟任何人提起用鸡缸杯换取通行证的事。旗人大爷一听心里就明白了，悄声告诉裘宝儿，说："你这位洋人朋友把鸡缸杯私吞了。"

旗人大爷因为得到画，也没有再心痛鸡缸杯落在比尔手里，不等飞机起飞，拿着司的克，兴冲冲赶回城里，还没有来得及走进家里，就被谢壮吾堵住了。

谢壮吾与裘宝儿的这场冲突似乎难以避免，天亮透时，突然起了云层，随后下起雨来。

谢壮吾从旗人大爷家里出来，回到新一军留守处，强行借了一辆准备运送药品的卡车，冒着泥泞和暴雨赶到了机场。

机场宪兵拦住了卡车，任由谢壮吾怎么说，宪兵都没有让他进去，说："马歇尔将军马上来了。"

谢壮吾一听，知道马歇尔还没有走，那么意味着裘宝儿还在里面，而且还没有走，自己必须进去。他远远地看到CD军用运输机已经停在跑道上，随时准备起飞，心下一急，就要往里面闯。

宪兵举枪对准了他。

这时，一个车队开过来，停下，从里面走出马歇尔和一位国军高级将领。看样子，这位高级将领是来送行的，他回过头来的时候，谢壮吾怔住了。

这个人正是陶文。陶文看见了他，马上认了出来，

一时间，谢壮吾手足无措，他想不到会在这里遇到陶文。因为之前没有听到过任何陶文在北平的消息，在谢壮吾脑子里，所有临变的应对方案中，都没有预见过眼前突如其来的这种情形。

陶文走过来，打量着谢壮吾，也有些诧异，说："你怎么会在这里？"

谢壮吾没有马上回答陶文的话，因为他无法确定此刻陶文把他当成谁了，是他女婿谢壮尔，还是他在哈尔滨见过的谢壮吾。但他马上作了决定，后来情况表明，他的决定是正确的。他先敬

了一个军礼，然后显示激动的样子，说："岳父！是我！"

记得谢壮尔提到过，他叫陶文岳父，而不是上海人习惯的叫阿爹。

陶文显然把谢壮吾认作谢壮尔了，用英语把他介绍给了马歇尔。马歇尔此时情绪并不怎么好，他与谢壮吾轻轻握了握手，就直接走进了机场。

陶文跟着进去，匆忙之中告诉谢壮吾，他昨天刚到北平，北平警备司令的任命即将公布，明天就可以到警备司令部找他。

谢壮吾跟在后面，但被站在门口迎接的一个美军军官拦住了。

这个美军军官打了他一拳，谢壮吾及时地后退了几步，避开了对方打过来的第二拳，等他认出此人正是比尔的时候，他假装站立不住，倒在地上。

比尔上来，一把拉起他，用英语说："你有点像你哥哥了，经得起我的拳头。"

谢壮吾擦了擦身上的泥浆，略显不快，说："你小看我，我也是练过的，从军之后，我又练了。"

比尔摇头，连声"NO、NO"，表示不信。

谢壮吾伸了伸胳膊，说："我也会拳术。"

比尔推了他一把，说："你跟你哥哥差得太远了。"

两人搂着肩膀，进了机场。正在等候的裘宝儿看到他们，吃了一惊，赶紧背过脸去，躲到别人的身后。

比尔走过来，把裘宝儿拉到谢壮吾的面前，说："谢壮吾的弟弟。"

裘宝儿直直地盯着谢壮吾，伸出手，说："你是阿尔？"

这时，谢壮吾的军帽掉在地上，他俯身去捡，避开与裘宝儿握手。他知道，只要一握手，裘宝儿就会知道他是谁，很可能对自己做出危险举动。

但裘宝儿坚持要与他握手，这时刚好陶文从另一边走过来，谢壮吾不能再退缩了，一把抓住裘宝儿的手，一边迎了过去，说：

"我岳父陶文。"

裘宝儿被谢壮吾一抓，已经认定他见到的人不是谢壮尔，而是谢壮吾。谢壮吾也太胆大妄为了，居然敢混进到处是军警的机场，当着这么多人，当着熟人比尔，冒充自己弟弟的身份。但他看到谢壮吾与陶文交谈甚欢，裘宝儿不由感到不安，担心谢壮吾会利用陶文阻止他登机，会对他进行攻击。他意识到，自己正处在危险的境地当中。

裘宝儿跟着提前登机的比尔，匆匆离开候机厅。

谢壮吾快步跟了上去，在飞机舷梯下拦住了裘宝儿。

裘宝儿一把推开他。

谢壮吾一步不退，说："跟我离开这里。"

裘宝儿忍住怒火，说："你是我妹夫啊！"

就是你妹妹裘小越希望你回去的啊！谢壮吾伸开双臂，挡住裘宝儿，说："向组织承认错误，接受最严厉的处分。"

裘宝儿心急如焚，但又不想与谢壮吾发生冲突，低声恳求说自己的所作所为没有挽回余地，还有虽然打伤的是妹妹，但也是伤害战友，组织上绝不会宽宥他的。

两人说话间，负责安全的美军上校带着一列荷枪的士兵从候机厅走过来。裘宝儿起了狠心，想推开谢壮吾，但谢壮吾反而缠得更紧更近了。谢壮吾知道已经无法阻止裘宝儿登机了，于是要求他交出古画。

裘宝儿早已知道了古画的价值，相信它是自己和谢赛娇以后的生活保障，断然拒绝，说："这也是我不会投靠敌人的原因。"

争执间，比尔从飞机上下来，拉住双方的手，先看着谢壮吾，不管他承认不承认，他都先把他当成谢壮吾，于是提出一个建议，说："你们要完成比赛。"

见谢壮吾没有反对，比尔又宽慰有些惊慌的裘宝儿，说不管结果怎么样，自己一定会带他上飞机，带他一起走。

在比尔的主持下，谢壮吾与裘宝儿在停机坪上交起手来，当时在场的人，都见证了这一场临时举行的比赛。

一开始，谢壮吾出手就重，心神不宁的裘宝儿略居下风。但因为陶文在场，谢壮吾醒悟过来，很快选择了主动退却。

裘宝儿也停止了攻击。

陶文上前打圆场，对谢壮吾说："你就是三板斧，怎么是你妹夫的对手。"

之后，裘宝儿堂而皇之地登上了飞往重庆的CD军用运输机。

十三、心机在心

说起三年国共内战也就是解放战争，任何一个共产党人，包括绝大多数中国老百姓，都会眉飞色舞。1950年夏天的上海，尽管天气闷热，令人透不过气来，上官回忆起1947年以来中国共产党军队取得的胜利，像一个单纯的孩子，喜形于色，显得无比欢畅。

谢壮吾的感受却比较复杂，因为在整个解放战争期间，除了四平之战，他没有在前方打过仗，严格意义上，他也不算在隐蔽战线上战斗。在这个伟大时代的开始之初，他一个人在北平，执行一项目标混乱、进展困难、性质模糊却又是极其重要的任务。他背负着这项重任，一直延续到整个解放战争结束，他都没有上过战场，以后也就没有资格参与到绝大多数同事和战友关于解放战争的主流话语之中。

他感到自己被遗忘了。

当上官说起这方面话题的时候，谢壮吾表现得十分木讷，不要说有什么共同语言，连一句比较合适的话都很难插上。

其实，解放战争开始之初，形势并不乐观。正如安德烈告诫他的，中国共产党方面未必有取得胜利的把握。

如果1946年春天四平之战为标志的东北战事是国共内战的前奏，那么，从谢壮吾当时所得知的情况判断，开始于这年夏天国民党军队对共产党控制的华北解放区展开进攻，则是全面内战的开始。

陶文到达北平的第二天，谢壮吾接到北平二区地下党联络站转来杜代司令签署的电令，催促他即刻动身，最迟于8月底前回到北满的东北民主联军总部。至于如何回去，北平二区地下党联络站负责人出于好意，建议他转道张家口，经赤峰，从辽西进入东北，一是因为这是由华北军区控制的广大解放区，路程虽然说远了一点，但相对比较安全，一路上能得到交通给养方面的帮助；二是谢壮吾可以借此探望裘小越，因为革命队伍里也要讲感情的，对她恢复健康会有帮助。

请示迟迟没有得到回复，时间紧迫，谢壮吾决定动身前往张家口，不想刚出北平城，就被拦了回来，拦他的人还是那个给他出主意的联络站负责人。他解释担心谢壮吾的安全，更担心因为没有征得同意，万一在华北军区范围内出了事，不好向东北民主联军首长交代。

谢壮吾不想改变既定的行程，说："我自己负责。"

那个负责人死活不同意，说："你负责不了。"

原来，新一军中校军需官在机场与裘宝儿当众搏击的照片在全国多家报纸刊登，连人在北满的杜代司令都看到了，为此十分生气，认为他有可能暴露身份，所以电令他立即赶回哈尔滨，听候处分，并驳回先前的请示，要求他按照原来的计划，从天津登上苏联货船到达旅顺。对此，北平二区地下党联络站负责人也很不理解，认为杜代司令管得太细太严了，不近人情，但他也知道，杜代司令这样做不是没有根据的，其时国民党军队重兵压境，正准备合围谢壮吾可能经过的张家口地区。抗战胜利后，华北军区主动缩编，减员最多，战斗力当然受影响，杜代司令曾经预判过，国民党军队在四平之战后，知道一时碰不了东北这块硬骨头，就会对付华北，说："柿子会捡软的捏。"

谢壮吾勉强回到北平，从报纸上看到，国民党对华北解放区志在必得，军事行动大张旗鼓。北平行辕集中第11战区孙连仲部会同第12战区傅作义部，共十一个整编师七万人，从东西两面沿平绥路集结，准备向张家口进攻。谢壮吾并不知情，只因担心恋人裘小越的安危，他甚至产生不惜违抗杜代司令命令，离开北平径自奔往张家口的冲动。

北平二区联络站负责人虽然一步不离监视着他，但是他仍不太理解，既然不去张家口了，那么谢壮吾以新一军中校军需官的身份，可以大摇大摆地回东北，为什么还要费这么多周折。

谢壮吾什么都不解释，他似乎在等待什么，迟迟没有动身。

自从在机场与裘宝儿发生公开冲突之后，谢壮吾发觉自己果然引来多方关注，新一军留守处主任对他也多了照应。此外，旗人大爷带着几个壮汉到留守处拜访他，过问裘宝儿的行踪，同时也催促他，因为他答应过，把旗人大爷的成化鸡缸杯从美国人那里要回来。

更糟糕的还有，北平二区地下党得到情报，端木秀提前释放了，而且正专注调查旗人大爷，企图顺藤摸瓜，届时将会带来麻烦。同时，暂时还在履职的北平市中统方面善后人员已经在监视新一军留守处，明显是针对他来的。联络站负责人催促他说如果再不走，就难以脱身了。

正当谢壮吾犹豫的时刻，他见到了傅作义。

陶文派人通知他，从前线回来的第12战区司令傅作义设家宴接风，请他陪同参加。谢壮吾此时又明白过来，自己的另一个身份是陶文女婿。

宴请并不豪华，但全都是地道山西酒菜，其中还有谢壮吾小时候在谢公馆见到过的汾酒，但还是第一次喝到。他敬了傅作义一杯之后，看到陶文惊诧的神情，猛然想到弟弟谢壮尔是滴酒不沾的，于是夸张地伸了伸舌头，就坚决不肯喝了。

果然，陶文向傅作义解释，说："小婿以前从不喝酒的。"

傅作义听说了机场发生的事，多问了几句，谢壮吾显得有些醉意，表示对方是和自己从小玩到大的，故人意外相见，一高兴，重复起小时候的游戏，闹着玩的。

傅作义不信，指着报纸上的照片，说："这一拳一脚，动真的了。"

谢壮吾心想傅作义真是个行家，看出了他们的招式。开始时自己心急，想一脚制住裘宝儿，裘宝儿也抽身心切，想一拳击中要害，这一瞬间被美联社记者的照相机抓住了。

陶文看了看谢壮吾，解释说："我知道此人，他们都是一家子的。"

傅作义仍然细看着照片，说："这可都是伤人的招式。"

谢壮吾怕言多必失，只回应了半句，说："都没有伤着。"

席间饮了数杯的傅作义兴起，说要与谢壮吾切磋几拳。谢壮吾再三示弱，但傅作义抓住不放，说："我们也是玩玩。"

傅作义使的是山西六合形意拳，其太极风格，形状雄丽，虎虎生风，招招有力。谢壮吾招架时，突然想起安德烈曾经说过，像中国的太极拳，如果你恋战，必然被缠住，想脱身都难，最后败在其耐力之下，因此唯有正面速战，一决速胜。他思量着要使出拳击，力求一拳破解，但又怕用力过猛，伤到对方，于是有意避让，回拳时减少了一半的力量。

傅作义停下手，表示了不满，说："你让我。"

谢壮吾故作惊诧，喘着气，表示自己拼了全力了，说："我不是傅将军的对手。"

陶文表情惊奇，在他印象中，女婿学过一阵子拳术，但没有真正学会，最多只是三板斧，那天机场比武，可能是裘宝儿手下留情，但今天还是这样表现，确实让他感到意外，于是又想到一个理由，说："军营锻炼人啊。"

傅作义向陶文抱怨，说："你女婿给我留余地了。"

陶文感到女婿已经尽了力，绝不是傅作义对手，但没有想到会让傅作义这么认为，于是鼓动谢壮吾，说："你要尽力。"

谢壮吾又喘了一口气，说："以后让我哥哥跟傅将军比。"

傅作义一听，问："你有一个更厉害的哥哥？"

谢壮吾看了看陶文，说："我岳父教了我哥哥很厉害的腿功。"

陶文没有搭理女婿的意思，自己教过谢壮吾几招腿上功夫，只是事隔多年，不足与外人道，更不愿意的是，他不想让女婿提到共产党队伍里的哥哥。

不等傅作义再问，陶文连忙端起一杯酒，递给谢壮吾，说："向傅将军赔礼。"

傅作义神情怀疑，觉得扫兴，不想再理会谢壮吾，说："不会喝酒就不要逞能了。"

告别之际，傅作义还是对谢壮吾表示了好感，关心地问了问他以后的打算，又叫戴眼镜的副官送给他一张名片，说："我不敢挖新一军的人，有机会合作。"

戴眼镜的副官看着他收好名片，然后低声补充了一句，说："在北平，你就是傅将军的客人。"

当晚，陶文还和重庆通了电话，把见到女婿的事情告诉了在重庆军委会图书馆上班的女儿，陶含玉要和丈夫说话，陶文找人时，谢壮吾连忙躲开。陶含玉恳求父亲把他留在身边，不要让他去东北打仗，并说要赶来北平和丈夫见面。

陶文问谢壮吾的意见，谢壮吾说新一军催促他回到东北前线，他不能再拖延了。

一番争论之后，谢壮吾提到另外一个回东北的理由，说东北目前停战了，想找机会见到哥哥，好向爷爷交代。陶文神情有些黯然，提起在东北见过他的哥哥，如果不是目前的形势，本可以兄弟相见，一起回去与爷爷团聚。

说到这里，陶文不好再坚持，但要求等到陶含玉来北平见面之后，再决定是否回东北。陶文又要求谢壮吾搬到中南海，与自己住在一起，好有个照应，同时也可以避免旗人大爷他们的纠缠。他指着面前的一片山海宫阁，希望等陶含玉过来，小夫妻在这里待上几天，说："国共一旦开战，谁输谁赢很难说，有机会与含玉一起读书、经商。"

虽说是初秋，但天气仍然炎热，陶文注视着身形变得强壮的女婿，又重复了一句已经说过的话，说："军营锻炼人。"

趁此话题，谢壮吾再次提出自己接到命令，要经山海关回到驻扎长春的新一军，说："军人要服从命令。"

他显然不能等到陶含玉真的出现在北平，出现在自己面前的这一天。如果那样，自己的身份暴露不说，弟弟目前的处境又怎么向弟媳陶含玉交代，最后又会闹出什么事情来就更难说了，自己唯一的选择就是马上离开北平。

陶文不高兴了，看谢壮吾的目光有些陌生，明确表示必须等陶含玉来了再作决定，说："新一军方面我去说。"

但机会还是来了。

第二天一早，陶文和谢壮吾沿着水堤散步的时候，突然接到通知，要他当天马上赶到南京，参加蒋介石亲自主持的军事会议。

陶文原以为可能留在南京，不会再回来，就想带谢壮吾一起去，顺便让女儿一块来南京，但没有获准，陶文无奈，因为他自己很快还要回到北平。

谢壮吾问他，说："为什么还要回来？"

陶文无奈，吐出一口气，说："可能与华北东北有关。"

陶文离开北平，谢壮吾自由了。他跟新一军留守处联系上，打算乘坐第二天的军需专列回到东北，但一出中南海大门就遇到旗人大爷在等着他，非得请他吃饭。谢壮吾怕他纠缠不休，在就近的老字号吃了便宴，并主动付了账。

旗人大爷索性赖上了，放言要天天找他吃饭，说："等你要回我的鸡缸杯，我请你吃满汉全席。"

谢壮吾最后立下了字据，才暂时摆脱了旗人大爷，等他赶到前门火车站，开往山海关的军列已经出发了。他又去买到天津的火车票，却遇到了端木秀。

轮到谢壮吾买票的时候，售票窗口突然关上了。

端木秀出现在他面前，旁边还跟了一圈人，每个人都带着枪，试图带他到前门警察所讯问。

谢壮吾掏出了新一军留守处通行证，说明自己的身份。端木秀不买账，坚持怀疑他是擅自离队的逃兵，必须带回去审问清楚。

谢壮吾清楚端木秀所谓的怀疑是怎么回事，裘宝儿就吃过其中的苦头，如果落到端木秀手里，弄不好生死难料。但他很快想到了脱身的办法，这个办法还亏得端木秀的提醒。

"咋的，怎么不搬救兵呀！"

端木秀这句话让谢壮吾首先想到了傅作义。新一军留守处牌子不好用，提陶文也不能吓唬他们，而傅作义长期经营华北，又是战区司令，算得上是地头蛇，如果他们认为他有傅作义这样的靠山，就不敢太过分，自己反而可以放胆搏一把。

端木秀那帮手下掏枪的掏枪，亮手铐的亮手铐，步步紧逼地围了上来。

谢壮吾看到一时难以脱身，答应跟他们走，同时取出一张名片，要求去打个电话。

端木秀顿时警惕，瞄了瞄名片，一怔，说："你认识傅将军？"

谢壮吾冷冷一笑，坚持要打电话，不想端木秀急了，伸手就来抢名片，谢壮吾手一缩，臂肘顺便在端木秀脸上一捅，端木秀痛得大叫一声，指挥手下拥上来。

谢壮吾趁乱想尽快离开，但外面又冲进一班警察，拦住出口，其中胆大的朝着天花板开了几枪，枪声引来更多的军警，还有一批特务冲了进来，再次围住了谢壮吾。

仍然处在疼痛中的端木秀一手捂着脸，一手指着谢壮吾，将指控升级，说："他是共党嫌疑！"

此刻在售票室内的有各路人马，但以国民党特务居多，因为他们一听到端木秀说谢壮吾有可能是共产党，争先恐后地要上来抓捕他，有的甚至表现出要立刻将他枪决的样子。

谢壮吾处在危险之中。

但最终控制局面的是带着重武器的傅作义所属13军的官兵，这批军人坐着数辆军车进入火车站，原本是准备乘火车离开北平，前往张家口前线。来送行的正好是傅作义那个戴眼镜的副官，他听到枪声，知道一定发生了什么严重的事情，于是他对全副武装的军人说，北平是我们的防区，特别是火车站这样的重地，必须对任何突发事件有所反应，不然就是严重失职。

戴眼镜的副官带领着这支部队围住了售票处，他见到谢壮吾，马上明白了什么。他怕谢壮吾不记得自己，于是提醒谢壮吾，他和傅作义切磋拳艺的那天，自己刚好在场，而且，他知道谢壮吾还是国军上将陶文的女婿。

谢壮吾握着手里的那张名片，声明自己正想打电话求助他，却被阻止了，说："他们并不尊重傅将军。"

不管端木秀如何歇斯底里地阻止，不管在场的军警特务们如何威逼对峙，戴眼镜的副官还是把谢壮吾接走了，因为有重武器对着他们，其中还有一辆刚刚进口的美式坦克。

事后戴眼镜的副官并没有把他送上去天津的火车，而是把他带到了北平地下党联络站。原来这位副官还是地下党负责人之一，他之所以这样大动干戈把谢壮吾拦回来，是因为情况突然有变，东北民主联军首长发来急电，命令他继续执行原来的重要任务。

北平二区地下党负责人受民主联军总部领导人和政治部门的委托，郑重其事跟他谈话，话题极其重要，内容极其机密，谈话气氛极其严峻。

这位主要负责人并不清楚具体情况，只是按照要求作了转达。其中一条讲的是国共军事部署的最新动态。据刚刚获得的情报，陶文将被任命为新组建的支援兵团司令，下属两个军，三个独立师，共十万人，将驻守冀北辽南，等待时机进军东北，届时，将成为国民党军在东北的主力之一。二是鉴于陶文将军的地位和作用将发生重大变化，延安方面研究东北民主联军的意见后，要求务必尽全力追回所赠礼物，最严厉地制裁叛徒，消除有可能对客人造成不利的任何隐患，以确保其绝对安全，任务所到之处，当地组织尽全力支持配合。

这位主要负责人说完，观察着谢壮吾，说："明白了？"

谢壮吾没有流露出内心的震惊，认真点了点头，表示已经明白。陶文去南京开会，受到蒋介石的重用，接受了最新任命，将成为东北民主联军的主要对手之一；所赠礼物就是那幅古画，现在看来，这不仅仅是一件值钱的文物了。至于到底是什么样的画，他也不清楚，因为他从来没有真正见过这幅画，但一定极其重要，不仅仅关乎陶文的生命，关乎东北的战事，更关乎整个战争的输赢。

命令很明确，他必须追回这幅古画，而且要坚决处置已经被定性为叛徒的裘宝儿。之前，裘宝儿不过是一个卷走财物的逃兵，中间做了许多错事、恶事，但并没有投靠敌人的迹象，因此他是来抓逃兵的，任务只是把裘宝儿从悬崖边上拉回来，带回去，接受严厉的处分，然后视其认错态度给予机会，有可能凭本事上战场杀敌，重新做人，再次归队。

但是现在，裘宝儿没有机会了，这是一道死命令。

这位主要负责人说了一个多小时，其实并不清楚谢壮吾的具体任务是哪些，但又不便问，只是强调说："党中央很重视。"

谢壮吾沉默了很久，当这位主要负责人问他有什么要求时，他只提了一条，就是希望他们想办法帮助他尽快赶到重庆，说："坐飞机去。"

听说要坐飞机，而且是去重庆，这位主要负责人显然感到为难，别的交通工具都没问题，可以搭火车送他到武汉，然后坐船到重庆，但飞机有困难。

谢壮吾摇摇头，那样太晚了，说："我自己想办法吧。"

这位负责人认为他要找傅作义，连忙劝阻，说："傅作义也没有办法。"

次日，端木秀带人突袭了北平地下党二区联络站，此后谢壮吾再也没有北平二区地下党的消息。北平地下党二区方面因为损失较大，也暂时切断了与外界的一切联系，包括那位戴眼镜的副官也暂时消失，也再没有露面。

谢壮吾回到新一军留守处，等待陶文回北平。不想端木秀知道后亲自盯在门口，一旦谢壮吾出现，就准备强行动手。但谢壮吾还是趁着夜色，从后面跳墙离开了。

他去找旗人大爷，想搞清楚那幅画。

旗人大爷在睡梦中被谢壮吾叫醒时，以为有了关于鸡缸杯的消息，喜出望外，光着身体从床上下来，使劲拉住了他。

谢壮吾推开旗人大爷，告诉他自己决定去重庆找那个美国人，帮他要回鸡缸杯，这次不过是来告别的。

旗人大爷本来低落的情绪又开始激动起来，连声表明自己早就看出来了，谢壮吾是个一言九鼎的壮士，其人品远在裘宝儿之上，如果能帮他找回鸡缸杯，他一定重谢，说："这院子给你也可以。"

谢壮吾其实急于打听的是古画的情况，表示担心说："只怕美国人已经离开中国，但我会尽力而为，至少要回那幅古画。"

一提到画，旗人大爷更加兴奋，真实想法脱口而出，说："如果能拿到那幅画，鸡缸杯就归你了。"

谢壮吾一脸的不解，说："画比鸡缸杯值钱？"

旗人大爷猛烈地点点头，但马上又吞吞吐吐起来，声明鸡缸杯也是价值连城，但是既然裘宝儿答应交换，所以他只好忍痛割爱，不过画当然就得归他了。

谢壮吾犹豫了一下，说："我会尽力。"

旗人大爷兴奋起来，鼓励谢壮吾，说："你一定能拿回来，我早看出来了，他怕你。"

谢壮吾似乎鼓起了信心，表示自己想做更有把握的事，如果拿不回鸡缸杯，至少替他找回那幅画，也算是给裘宝儿兑现承诺的机会，但问题是自己没有看到过那幅画，怕到时候被裘宝儿骗了。

旗人大爷表情变得谨慎，仿佛怕被别人听到，先是试了试门窗有没有关好，又给谢壮吾倒了茶水，然后绘声绘色、详详细细地讲起了那幅古画。

谢壮吾也听得极其认真，之前如果自己有所疏漏的话，就是对古画了解不多，或者说根本没有想到去了解，现在，这是必补的一课。旗人大爷神色陶醉，沉浸其中，仿佛那幅画就展现在眼前，仿佛那幅画是他最钟爱的情人，久久没有回过神来。直到此刻，谢壮吾终于知道这古画名叫《归来图》，旗人大爷认为是宋徽宗赵佶作于宣和元年，距今已经八百多年，画中有古树四五株，飞鸟两只，其画意取陶渊明诗意。

旗人大爷还感叹此画辗转收藏，历经八百余年，保存完好，实在难得，当年乾隆皇帝思谋此画而不得，视为遗憾，之后听说曾在海外出现，众说纷纭，不知所踪，说："想不到让我遇见了。"

至此，谢壮吾仍然听不出有特别的地方，但他相信，此画的价值远不在这里，其中一定还有什么不为人所知的特别之处，不然怎么会连延安的党中央都盯得这么紧。

还没有等到谢壮吾提问，旗人大爷已经说到了重点。

旗人大爷用手指蘸了蘸茶水，在桌子上一边画，一边说，奇绝的是，这幅画最后被一个自称是陶渊明三十七世孙的人收藏了。

谢壮吾为之一怔。

旗人大爷接着说，这位三十七世孙，重新修复了此画，并请成都一个著名裱匠精心装裱，随后他自己在画外裱纸上题写六句陶渊明诗句。

谢壮吾已经猜到了大概，说："陶渊明的田园诗。"

旗人大爷嘿嘿一笑，说："他只取六句，哪六句?"

谢壮吾想了想，背了起来：

> 少无适俗韵，性本爱丘山。
>
> 误落尘网中，一去三十年。
>
> 羁鸟恋旧林，池鱼思故渊。

旗人大爷称赞他，说："你一介武夫，能熟记诗文，不简单。"

谢壮吾承认小时候就会背了，所以没有忘记。其实，他之所以在上学之前就知道陶渊明其人其诗，是因为自己的奶妈，也就是裴宝儿母亲屠媚娘。早在乡下唱戏时，屠媚娘就演过隐士之类的戏，当然，陶渊明的《归去来辞》是讲得最多的，后来他稍稍长大，屠媚娘再讲起陶渊明时，就说比较复杂的，有一阵子，不知道什么原因，她用嵊县腔念起了这首诗，一直念了好多天，在旁的谢壮吾也听会了，然后背给爷爷听，爷爷赞扬他的同时，专门安抚了裴继祖夫妇。

现在想起来，屠媚娘是在向谢家表达心中的不愉快，那时裴继祖正在闹情绪，要带着老婆孩子回嵊县老家，回归乡野隐居。

旗人大爷又说："这六句陶渊明的诗是用瘦金体写的。"

"瘦金体不是宋徽宗自己开创的吗？"

旗人大爷点点头，但相信是后人题写的，说："此人擅长瘦金体。"

旗人大爷的话让谢壮吾想起了陶文，想起了陶文给他写的条幅，那十四个字又一次在他脑子里一个个闪现过去，一笔一勾，模糊而又清晰。

旗人大爷看到谢壮吾走神，说："你知其一，不知其二。"

谢壮吾连忙回过神来，说："请指教。"

旗人大爷压低声音，提醒谢壮吾千万要留心一个特别的地方，这样到时候见到这幅画才会知道是否真迹。

谢壮吾听完旗人大爷最后的解释和指点，看到了陶文和这幅古画之间的秘密，不禁恍然大悟。

旗人大爷告诉谢壮吾，这个没有署明姓氏的陶渊明三十七世孙，是故意还是笔误，写错了一个字。

谢壮吾又背了一遍，刚要说什么，旗人大爷已经抢先了，说："一去三十年，他写成了一去二十年，少了十年。"

为什么少十年呢？这是他接下去要搞清楚的一个秘密。

陶文回到北平，果然出任支援兵团司令，并亲自跟新一军孙立人打电话，得到同意后，谢壮吾赶到机场飞抵重庆。

临走前，陶文忽然出脚向他的腿部踢过来，谢壮吾情急之下，还了一记鞭腿。

陶文停住，说："你怎么会的？"

谢壮吾正视着陶文，说："岳父，小时候您教我哥哥，我看到了。"

陶文笑了起来，没有再说什么。

后来，到了9月，人在重庆的谢壮吾从报纸上看到一条旧新闻。包括张家口在内的一百多座华北城镇被国民党军占领，华北共军"被击毙二万多人，随后分三路逃窜，萧克窜至三地，贺龙窜至张家口，聂荣臻向北窜去"。国民党傅作义部进入张家口时，共军一枪没有放就撤走了，傅作义因此受到蒋介石的特别嘉奖。

真实的情况是，华北军区方面虽然有些松懈，但在组织张家口保卫战中，所谓的弃城而走，不过是主动撤退，有明确的战略意图，是有意保存军事力量，不与国民党军争一城一地，后来证明这是正确的。

谢壮吾在重庆还知道了另一个重大消息：中共在苏北打了大胜仗。

苏北战役的指挥官是华中野战军的粟裕，当年谢壮吾跟随杜副司令活动于江苏山东之间，与粟裕见过很多次，也曾有多张合影。想起过往岁月，谢壮吾不禁更加思念，更加敬佩。那份重庆地下党传单列举了多个数据：苏北战役从7月13日到8月27日，共历四十五天，国民党军六个旅和五个交警大队被消灭，共五万多人。

美联社的英文消息证实了传单所言不假，同时也报道了共军方面伤亡一万五千人的数字。

其间，东北无战事。

但国共双方都准备在东北打最具决定性的一仗。

十四、烈士老杨

　　谢壮吾滞留北平的那些日子，他的双胞胎弟弟谢壮尔却正在东满一个叫牡丹江的地方优哉游哉，流连忘返。去牡丹江的行程是杜代司令亲自安排的，其用意是让谢壮尔这个不是在上海就是在重庆高高在上的富家公子亲眼看看东满解放区以及那里美丽的北国风光。

　　谢壮尔没有想到，在牡丹江遇到的许多事情，影响甚至改变了他的人生态度。

　　杜代司令特别指示牡丹江方面，由他以前的警卫排长老杨专程陪同这位重要客人。杜代司令之所以指定老杨陪同，一则为了保密，老杨是个口风很紧的人；二则因为老杨是谢壮尔哥哥谢壮吾在山东解放区时的老战友，会对这个双胞胎弟弟感情深厚，会格外关照。

　　一下火车，老杨就直接奔到他面前，叫出了谢壮尔的名字，打量了半天，用浓重的胶东口音说："你跟谢副官一个模样。"

　　老杨与护送过来的人交接之后，就领着他坐上一辆马车，一路上都跟他谈谢壮吾，说："初入东北时，你哥哥差点也来牡丹江工作。"

　　牡丹江是 1945 年 8 月 14 日，日本天皇宣布无条件投降的前一天，由苏联红军解放的。抗联干部组成的队伍随之解散了伪东满牡丹江市公署，成立了牡丹江市地方治安维持会和卫成司令部。随后延安高级干部团到达牡丹江，团长张闻天担任中共中央驻东北及牡丹江地区代表。但一开始面临匪患猖獗的严峻形势，由于牡丹江森林密布，河湖交错，地形复杂，不利于大部队行动，张闻天特别致电刚刚组建的东北人民自治军，要求在从山东过来的军事干部中抽调精干力量，负责剿匪工作，说："我们要保证一个稳定的大后方。"

东北人民自治军最早拟定的名单中有谢壮吾，他知道后也表明了服从组织的态度，并且开始了解牡丹江的基本情况。但最后时刻，当时的杜副司令当着张闻天派来的代表的面，把谢壮吾的名字画掉了，而且态度坚决，说："告诉张闻天同志，此人我不会放他走。"

杜代司令换了另一个顶替谢壮吾，也是自己特别喜欢的人，警卫排长老杨。

老杨也是1945年秋天从山东渡海过来的，其时二十五岁还不到，因为长了一脸的络腮胡子，大家都叫他老杨。

谢壮吾虽然没有去成，但由此对牡丹江这个地方留有了深刻印记和美好想象。临别之前，谢壮吾把安德烈送给他的一把崭新苏制手枪赠予了老杨。老杨会双手使枪，枪法又好，一直就很喜欢枪，谢壮吾连同枪套给了他，说："红粉赐佳人，宝剑赠烈士。"

虽然那时谢壮吾所指的烈士，并不是老杨后来理解的烈士，但一语成谶。

1950年夏天，谢壮吾从上官查到的资料中获知，老杨于1947年初牺牲在牡丹江专区的新林县。他捂着脸沉默许久，欲哭无泪，向上官问了许多关于牡丹江的问题。

无所不知的上官谈起牡丹江，也仿佛身临其境，其中许多知识性的问题，谢壮吾闻所未闻。

如同之前，谈话一开始，上官总是像老师向学生提问那样，先问一个问题，而且问得比较突兀，常常把人问住了。他问："唐朝的时候，牡丹江属于哪个国家？"

对此，谢壮吾并没有被问倒，因为这个问题，他在哈尔滨的时候就知道了肯定的答案。

张闻天与人民自治军交涉的来往电文中提到过"渤海盛国"四个字，以期引起重视。杜代司令当时语调有点讽刺，说："什么渤海盛国，牡丹江就是牡丹江。"

谢壮吾还是犹豫了一下，回答说："渤海国。"

对于谢壮吾的回答，上官是满意的，却并不感到过瘾，于是以自问自答的方式，进行了更深入的、让人感到生僻的解答。他如同一个充分备课的老师，摊开一张事先准备好的全国地图，指着黑龙江东北部的地名、山川、河流等，神情自豪，有理有据，强调了渤海国与中原王朝之间的关系，一是渤海国与唐朝往来密切，广泛接收和吸纳了中原文化，汉字是渤海国的通用官方文字；二是渤海国的政治、经济、文化、艺术、宗教、科学技术等各个领域都与唐朝相近，并一一举例；三是位于牡丹江畔的首府叫上京，其建制和规模完全仿唐都长安城。

假如在课堂上，这一定会引起掌声。上官讲得动情，手掌抚摸着地图，充满感慨，说："这里成为中国不可分割的一部分，天经地义，谁也夺不走它。"

尽管后来上官说得比较学术，谢壮吾仍然听得入神，恍然大悟，真切地认为自己获得了更多的知识。

上官还没尽兴，说完才喝了一口水，用手指画出了渤海国大体形状，其经纬度，统辖的地域，从更大范围看，牡丹江处于东北亚中心位置，东南是海参崴，西南是长白山，西是哈尔滨，说："当然最有名的是镜泊湖。"

谢壮吾点点头，他知道镜泊湖。

虽然上官自己也从未去过牡丹江，更不用说去过镜泊湖了，但他还是替谢壮吾感到惋惜，说："你不去牡丹江，没有饱览镜泊湖风光，真是可惜了。"

真正去了牡丹江，饱览镜泊湖的是弟弟谢壮尔。

当谢壮尔站在镜泊湖畔，在陪同他的牡丹江专区警卫排长老杨那里得知，他哥哥谢壮吾没有来成牡丹江的事，他说了同样一句话："他不来牡丹江，没有饱览镜泊湖风光，真是可惜了。"

当晚他们住在水文站的木屋里，亢奋的谢壮尔未能入睡，趁老杨睡熟之际，写了一封激情洋溢的长信。

这封信是写给远在重庆的陶含玉，在信的末尾，写下"深夜，在镜泊湖畔"。

他把信折叠好，希望找到信封，心想如果能找到地方寄出，他将陆续写出许多封。

在这封写于镜泊湖森林木屋的信中，他大大称赞了镜泊湖这座世界最大的高山堰塞湖，描述湖光山色，有火山口的地下原始森林、地下熔岩隧道等地质奇观，及唐代渤海国遗址等历史人文景观，原始天然，风韵奇秀，山重水复，希望有一天，自己能和最亲爱的人一起，重游此地，云云。

老杨半夜起来，问他在写什么，谢壮尔仍然沉浸在对陶含玉的思念之中，目光含泪，说自己在给妻子写情书，说："你可以看。"

老杨不太识字，但他看了几眼，他相信只是情书，于是放了心，把信还给了他，说："先留着吧，反正没地方寄。"

第二天，他们在水文站吃了早饭。水文站只有一个叫多田的日籍工程师和他的中国妻子。多田在水文站已经二十多年，记录了大量的资料，每个月定期寄回日本的一所大学研究所，从无间断。日本战败后，他非但没有回国，反而把住在牡丹江市区的妻子接到镜泊湖，作长期留下去的打算。

中午阳光明媚，多田脱下宽松的和服，一头扎进碧湖水里游泳。谢壮尔看着心痒，脱了衣服也要下湖。老杨上前，看着他的雪白身体，阻止说："你哥哥身子骨比你强壮。"

谢壮尔展开双臂，说："我哥哥说我是浪里白条。"

老杨嘿嘿一声，说："你哥哥说过，你们从小就会在浅水池里玩耍。"

谢壮尔显出自得骄傲的神情，辩驳老杨的话，说："我们上海人当年经常游苏州河。"

老杨不知道苏州河，说："这里不是南方的河。"

这时多田上岸，帮谢壮尔证明，苏州河是上海的一条河，水很深，用于航行，说："我看过八百壮士的电影。"

谢壮尔一听，顿时觉得找到知音，大谈当时他偷偷拿出家里的单筒望远镜，亲眼见到女童子军杨慧敏身上裹着国旗游过苏州河，给国军送旗助威，说："上海连女孩子都能游泳。"

后来在多田的支持下，老杨同意谢壮尔下水，但不许游远。

谢壮尔跳进湖里，果然水凉浸骨，扑腾了一阵子后连忙上了岸。多田又游了好几圈，穿好了和服，在一片泛黄的草地上躺下，叫妻子送来一瓶清酒和几条烤得半生不熟的鱼，与谢壮尔和老杨一边喝酒一边交谈。

谢壮尔望着湖面，虚心讨教了一些问题，并用笔记录下来。多田兴致勃勃，详细地跟他作了讲解，而且讲的都是谢壮尔喜欢听的数据。镜泊湖南北长45000米，东西最宽处6000米，最窄处300米，最深处70米，水域面积79.3平方千米，蓄水量约16亿立方米。说起水位年内变化的特征，又是一连串数字。八九月份是镜泊湖水位最高的时候，有350多米，最低水位多出现在三四月间，但也有340米，多年平均水位为347.95米。

谢壮尔记下了所有的数字，他心想真正的旅行家就应该这样，不仅欣赏景观，关注风情，还要像西方的旅行家那样，有科学的态度，比如用数字的方式描述你看到的景色，让别人了解更多的知识。

他一边记录，一边鼓励自己，说："我会去更多的地方，比别人知道更多。"

多田称赞了他，说："共产党有你这样的人才！"

老杨一旁听得不耐烦，开始闭目养神。

多田指着远方，说："大好河山啊！"

老杨睁了睁眼睛，说："那也是我们中国的！"

多田嘀咕了一句类似东亚共荣的话，接着一口气讲了下去，使听者谢壮尔很快就对东满的山水形成了一个完整而准确的概念。

镜泊湖水源于牡丹江，牡丹江发源于长白山牡丹岭，镜泊湖距牡丹江源头约3000米，落差达750米。镜泊湖水系包括大小30多条河流，呈向心式汇入湖中。这些河流多属山溪性质，水流湍急，径流集散速度很大，具有含沙量小、年径流量大、流量季节变化明显、冰期较长等特点。

讲到这里，多田停了停，说："可惜了。"

谢壮尔心想，多田作为一个日本人数十年扎根于此，对此一山一水如数家珍，确是敬业而又精明，不禁心生敬佩，但对多田说可惜了这话的意思感到不解，问他："什么可惜了？"

多田脸上掠过一丝奇怪的笑容，说："你们中国人没有利用好。"

老杨一直在听，这时反应很快，站了起来，说："现在回到中国人民手中了。"

多田不想引发争论，不反驳也没有赞同老杨的话，只是含含糊糊地说了一句英语。老杨一听，有些生气，放下酒杯，回到了木屋。

谢壮尔也觉得多田这句话太傲慢，收起了对他的敬佩之情，用英语跟他交谈起来，问他为什么不回到日本去。

多田没想到谢壮尔会说英语，而且口音纯正，顿时神情紧张，猛地喝了一杯清酒，似乎给自己压惊，说："我在这里生活了几十年，已经是中国人了。"

谢壮尔感到多田的气焰只是稍稍被压下去一点，还得继续打击他，于是又问他，日本人为什么对镜泊湖的水文资料这么感兴趣，有什么目的？

多田看着他，认真地想了想，但最后只是轻描淡写，说："科学研究。"

谢壮尔哈哈笑了起来，指出多田的行为也可以理解为间谍行为，说："水文资料是战略情报。"

多田脸色变了，笑了又笑，以缓解气氛，过了好久，才说："你不像共产党。"

谢壮尔想说明自己的身份，说明自己在国民政府军委会工作过，但又怕多田会告诉老杨，因为老杨再三吩咐过，为了确保他哥哥的安全，不到万不得已，不能暴露自己，他现在的身份是谢壮吾。

他作自我介绍，说："我是民主联军总部的副官。"

多田眨了眨眼睛，好像不太相信，但没有多问。因为谢壮尔刚才指出了一个会给自己带来极大麻烦的问题，令他深感紧张，他脸带微笑，称谢壮尔为首长，说："确实是科学研究。"

谢壮尔因为有求于多田，没有再为难他，问他现在获取的水文资料是怎么邮寄的。

多田松了口气，神态突然变得殷勤，但看到老杨在木屋里面注视他们，又改用英语，轻声告诉他，自己每个月去一次牡丹江，通过苏联人开办的邮局，经过海参崴，最后寄达日本。

趁老杨注意力有所分散，谢壮尔悄悄把写给陶含玉的情书交给多田，请他把信寄到重庆，说："上面有地址。"

多田没有多问，也没有拒绝，也许双方默认这是一个交易，他帮助谢壮尔做了这件事，就能相安无事，说："明天就是我回牡丹江寄资料的日子，不会耽误你和妻子飞鸿传书。"

第二天早上，多田和妻子坐上火车回到牡丹江，却再也没有回来。后来知道，多田一个人回到了日本，他的中国妻子因为间谍罪被人民政府抓了起来。

至于谢壮尔托他寄的信有没有寄出，也就没有答案了。

离开镜泊湖之后，老杨接到电报，由于情况发生一些变化，命谢壮尔暂缓回到哈尔滨，继续在牡丹江休息好，游玩好，至于情况有什么变化，电报里没有多讲。

于是老杨陪着谢壮尔坐着森林火车一直往北，前往五林县的莲花湖风景区游览。此地风光显然不及镜泊湖，本来想一带而过，但中间谢壮尔听说这里曾发生过八女投江的故事，于是向老杨提出，他一定要去看一看她们的殉难地。

到了乌斯浑河边，什么都没有，当地一个年长的渔民，以目睹者的身份，有声有色地把当时的情景描述了一番。谢壮尔听了为之动容，流了许多眼泪，又请老杨帮他点了三根芦苇，当作香火，认认真真进行了祭拜。

谢壮尔从河边回来，心情郁郁，脑子中一连串疑问和愤愤不平。国民政府宣扬了多少抗战英烈，却从没有看到八女壮烈之举见诸报纸电台，没有听到流传于官民口中。因为她们是地位卑下的穷家女子？因为她们是共产党东北抗日联军的普通一兵？因为她们死得太早，太过久远了？谢壮尔想了大半夜，又是难以入眠，借了纸笔，再次给陶含玉写了一封长信。

信中他把八女投江的事迹讲述了一遍，感叹八名女战士为中华民族的解放献出了她们年轻的生命，谱写下英雄的壮丽篇章，可歌可泣，必须让世人知道，希望她通过父亲，呈情国民政府军事委员会，追认八名女子为烈士，从厚抚恤。

并附件如下：

> 1938年10月，东北抗日联军八名女官兵，由为首者冷云率领，主动吸引日伪军火力，使主力得以摆脱重围。其与日伪强敌展开激战，因其势单力孤，陷困河边，于是抱必死之决心，背水一战，直至力竭弹尽。她们面对日伪逼降，誓死不屈，毁掉枪支，挽臂如归，涉入刺骨之乌斯浑河中，高呼打倒日本帝国主义之口号，集体沉江，壮烈殉国。八女名姓如下：东北抗日联军第2路军第5军妇女团指导员冷云，班长胡秀芝，班副杨贵珍，士兵郭桂琴、

黄桂清、王惠民、李凤善，被服厂厂长安顺福，其中年龄最长者冷云二十三岁，最幼者王惠民十三岁。

信尾发出感叹，说八名女子行为之烈，堪比自己亲眼所见的淞沪抗战四行仓库之八百壮士。

这封信后来从一个叫横道河子镇的地方发出。

在谢壮尔以后的信中是这样描述横道河子镇的：镇的名字来源于横道河子河名，河名来自早年有一条南北道路横穿河流。这里是牡丹江通往哈尔滨的必经之路，战略地位十分重要。清代，隶属宁古塔副都统管辖。世纪之初，沙俄修筑中东铁路，横道河子划为铁路附属地，因地当要冲，设有铁路交涉分局等重要军政机构，后又将铁路交涉分局改为横道河子市政分局。东北沦陷时期，改设横道河子村，隶属宁安县管辖。光复不久，划归新海县管辖，设置横道河子镇。

1950年夏天，上官在上海对这段文字赞誉有加，评论说："谢壮尔看起来性格随意，其实严谨、细致，是个能做学问的人。"

而谢壮吾感到难过的是老杨的牺牲。

按照牡丹江专区的指示，由于形势变得困难，老杨临时加入特别小分队，并将驻扎于横道河子镇，因此这次他就留下来。谢壮尔在牡丹江之后的行程，将由其他人陪同。谢壮尔在横道河子镇转了小半天，惊讶不已，这不仅仅是一座繁华依旧的古镇，而且到处都是俄罗斯风格的建筑，充满着浓郁的异国风情，于是他跟老杨要求也要住下来，并指着那座显眼的木制东正教堂，说："它使我想到了家乡上海。"

从上海老家谢公馆的阁楼看出去，就能看得见一座东正教堂的蒜头顶部。哥哥的师傅安德烈是个虔诚的东正教信徒，曾经有一次兄弟俩跟着他进入过教堂，里面有些阴暗，老牧首长得有些可怕，一脸灰白胡子，眼神锐利，能够穿透你的内心，谢壮尔还因此做了一个噩梦，后来他再也没有进去过。

此时谢壮尔站在边远小镇的木制教堂门口，犹豫着没敢进去。

老杨却径自推开门，先进去看了看，随后出来招呼他进去喝茶。

里面住着一个年轻的牧首，也姓安德烈，他披着一件苏联红军的呢大衣，请他们喝的居然是茉莉花茶。谢壮尔发现他长得有点像安德烈，想起以前安德烈到谢公馆做客，就喜欢喝茉莉花茶，因此并不感到奇怪。

这个像安德烈的年轻牧首说一口地道的东满话，他已经听说老杨将出任横道河子的军事长官，态度更加友好，提出了很多建议，满心希望他能在遏制匪患方面做一些事情，作一些改变。话虽如此，但他仍然感到悲观，认为积累了一百多年的问题，清朝就出现的胡子，日本人没有想过要剿，国民政府又剿不了，共产党有办法，但不会很快成功，哪怕有苏联人帮助也不行，要完全消灭他们不太可能。

老杨听了十分不服，大声宣示不用苏联人帮助，中国共产党自己就能彻底根除匪患，而且不用大部队，只要充分发动群众，一个小分队，几十个钢铁战士就完全可以做到。

年轻牧首似乎被感染，点了点头，表示自己也是群众中的一员，说："如果需要我，我会感到很荣幸。"

过了几天，小分队的人陆续到达。老杨急着想走马上任，就动员谢壮尔跟接手的一名保卫干部回到牡丹江，说："这里马上要打仗，不安全。"

谢壮尔与老杨相处有一段时间了，舍不得离开老杨，希望自己能在横道河子多住些日子，至少到明年春天，而且自己可以在后勤军需方面出点力，说："几万人马吃住行账目我都不会有差错。"

老杨这时得到情报，几股土匪一时半会儿不敢下山，就同意谢壮尔再住几天，但时间到了必须走，总部首长已经来电催了。

四五天之后，一班火车在镇子上停下，老杨和年轻牧首送谢壮尔上车。谢壮尔看到小分队的人卸下一批苏联红军送的滑雪板，又不愿走了，说："至少让我学会滑雪。"

于是，谢壮尔又在横河道子留了下来，后来就看到老杨打死一只东北虎的精彩情景，后来又目睹了老杨的牺牲。

老杨原来也不会滑雪，但上手很快，第二天就开始教其他人，包括谢壮尔。接近傍晚的时候，他和老杨滑进了一片树林，险些迷了路。左寻右找之际，谢壮尔看到了一只老虎伏在雪地里与自己对视，顿时吓得一动不敢动。老虎好像并不想吃他，伸开四肢站起来要离开，但走了几步之后，突然转身，向他扑了过来。

事后谢壮尔回忆当时的情景，远看的时候，仿佛是一只假虎，如同在戏台上和大世界娱乐场看到的，是纸和布做的或者是人扮成的，三拳即可以打死。但老虎逼近的时候，看到的是真实的死亡和杀戮。虎口张开，完全能把自己整个儿都吞进去；虎牙像两把弯刀，随时可以插进自己的肚子或者胸口等要害部位，瞬间夺人性命；虎眼是血红血紫的，强烈地表现出将无情对待异类，没有一丝怜悯或者商量余地的那种无比的恐怖。

谢壮尔没有想到自己会死于虎口，几乎空白的脑子中，什么都没有想，只想到自己如果是哥哥谢壮吾就好了。那样，就能重演一出武松打虎的壮举。凭哥哥的力量和拳艺，即使三拳没有打死老虎，至少不会被老虎伤到。

意外的是老虎突然倒地，而且鲜血喷了他的全身。他起初怀疑血是从自己身体里流出来的，直到同时听到两声枪响，他才看到原来是老杨双枪齐发，撂倒了老虎。

老杨举着枪走近老虎，确定老虎已死，又看看周围，观察是否还有别的老虎，最后伸手拉他一把，说："我们把它抬回去。"

虎头由老杨全力扛着，谢壮尔只不过是拽住尾巴，两人抬一段，拖一段，快到镇子时，年轻牧首和小分队其他人纷纷端着枪奔了出来。原来他们刚才听到枪声，以为是土匪来了，准备固守镇内，想不到是老杨打死了老虎，于是争先恐后地过来抬虎。镇子上的老百姓听说后，也都各自从家里跑出来看热闹。谢壮尔借助老杨的光芒，得到了许多敬佩的目光和称赞的话语。

老杨本人非常镇定，好像老虎不是他打死的。商量几句之后，小分队对老虎进行了简单的分配。虎肉分给大家吃，每人有份，虎骨带回牡丹江，送给杜代司令，老杨自己只要了虎皮。

晚上人们吃了虎肉，喝了酒，沉浸在狂欢之中。谢壮尔应邀到教堂喝茉莉花茶，趁老杨不在，托年轻牧首帮他寄信，说："我上海家里的一个朋友就叫安德烈。"

年轻牧首一看是寄到重庆，表示为难，担心共产党和国民政府军队现在打仗了，恐怕寄不到重庆。

一趟运送木材的火车在横道河子镇停靠，虽然老杨没再催他，但他觉得自己应该走了。一早，气温急剧下降，但他仍然一个人到外面好好看了看炊烟缭绕中的镇子，然后又写了一封信，向陶含玉描绘自己的所见所闻。讲到中东铁路，讲到俄罗斯老街，讲到东正教堂，讲到森林覆盖率，讲到草原，当然也讲到了老杨。

这天，老杨追赶袭扰的土匪，一场激战之后，人们在西边岭脊树林里发现受了重伤的老杨，老杨临死前嘱咐，把虎皮送给谢壮尔兄弟俩。

几天后几股土匪合伙洗劫横道河子，谢壮尔跟着年轻的牧首安德烈一路逃向东南，最后进入苏联境内的海港城市符拉迪沃斯托克。

年轻的牧首安德烈骄傲地说："你看，伟大的苏联。"

谢壮尔又一次想起了《中俄北京条约》，说："我们叫海参崴。"

十五、雾都雾夜

　　心有不甘的端木秀因为坐了几个月的牢，对北平市党部和中统感到失望，知道中统已经失势，处于解散瘫痪状态，于是赶紧把希望寄托在军统身上。他没有敢去找人在北平军调执行部的郑介民，而是想尽办法，大着胆子，把北平发生的可疑事件直接通报给重庆的军统总部。

　　他整理了材料，并附了裘宝儿的照片，通过邮局寄到了重庆，希望军统方面监控其人，尽快以共党嫌疑予以逮捕，但重庆军统方面似乎迟迟没有反应。

　　端木秀写了"戴笠亲启"。

　　戴笠已经死了好几个月，军统由郑介民接管，对此，端木秀不是不知道，但他要了孤注一掷的小聪明，认为写了戴笠，一定会引起重视，尽管戴笠已故，威望仍在。

　　但他不知道，戴笠死后，军统已经分崩离析，其组织也将不复存在。

　　1946年的重庆有一个比较特别的上半年，首先因为有一个热闹的春天。国民政府于5月还都南京之前，高层内部矛盾日益突出。3月份的国民党六届二中全会开了近二十天，二百七十名中央执行委员和监察委员，对战后有关方针政策问题展开激烈辩论，尤其是质问关于取消特务机关的决议为何没有得到贯彻实施时，还有人喊出了打倒特务的口号，这一口号得到大多数人出于不同目的的赞成。很多人对特务统治不满，尤其对戴笠和他的军统局心怀厌恨，为一些稍有正义感的国民党人士所不齿，连孔祥熙、陈诚等军政大员，尽管拥护蒋介石，但极端仇视军统。至于其他与戴笠有刻骨仇恨的陈氏兄弟等，必欲除之而后快。所以，几乎全体执委和监委，此时分外团结，一致提出打倒戴笠。

蒋介石居然也持赞成态度。

抗战结束之初，戴笠负责肃奸和接收事务，趁机扩大实力，以至于蒋介石也感到了威胁，于是借国共谈判的"双十协定"，明里向戴笠发出指示，要求他撤销军统局，化整为零，以减少中共及民主党派攻击的口实，使他在国人面前有履行协定的信誉，以争取舆论。暗地里，蒋介石又指示成立专门小组，对戴笠进行监视，加以控制和削弱，伺机准备彻底解决。戴笠权力很大，却没有资格参加会议，他不是中央委员，也不是政府官员，六届二中全会传来的呼声，形成了巨大的舆论力量，使他寝食难安。

可是戴笠并没有绝望，他知道"狡兔死，走狗烹；飞鸟尽，良弓藏"的道理，抗战虽然胜利了，但如今共产党力量犹在，而且有坐大之势，蒋介石对自己一定有用得着的时候，他考虑以退为进，开始四处奔忙，交代后事，但没有想到，自己已经踏上了死亡之途。

他先是赴北平，约见军调部的郑介民，把军统家底和善后事宜作了交代，又到医院秘密看望了杜聿明，商谈有关军统在东北地区工作配合问题，随后从天津到达青岛，继飞上海，起飞不久，即遇大雾，上海龙华机场也下大雨，不能降落，戴笠决定直飞南京。

飞机坠落于雨花台。

听到戴笠死讯，蒋介石一开始如释重负，但是很快，感到了巨大的损失。

谢壮吾不止一次听杜代司令谈起戴笠。杜代司令承认戴笠是个有能力的人，是个特工奇才，蒋介石的江山得以暂时稳固，戴笠是立下汗马功劳的。戴笠非常符合蒋介石的用人标准，就是人才加奴才，其才干在蒋介石心中比任何一个国民党官僚都不逊色。而且戴笠能了解、揣摩、执行蒋介石的任何意图，防患于未然。他已成为蒋介石的心腹，军统也成为蒋介石须臾不能离开的工具。

戴笠一死，军统的接班人郑介民、唐纵和毛人凤都不能与他相比，工作处处被动，不仅不能开拓发展，稳固蒋的统治，反而连维持现状都颇为困难。戴笠死后，共产党地下组织的发展，民主党派的活动，都使蒋十分恼火。他认为，这是军统接班人不具备戴笠那样的政治头脑和政治手腕所致。因而每逢遇到棘手的麻烦时，蒋介石总想起戴笠，想起他处理事情干净利落、思考周全却不给自己带来政治后果，处处秉承旨意，时时体念自己苦心，双方默契协调几乎天衣无缝的种种长处。越到后来，蒋介石越感到戴笠的才干无人可以取代，因而不时后悔把戴笠逼得太急。蒋介石的后悔心情反映在他对戴笠悼念活动的态度上。

戴笠的悼念活动，在国民党的历史上几乎是空前的，其规模、声势，大得令人吃惊。

1946年4月1日，西方愚人节，军统在重庆隆重举行了追悼会。蒋介石亲自到会主祭，并在讲话中流下眼泪。在祭礼完成后，蒋介石又慰问军统烈士家属，大概是想起戴笠，再次含泪以泣。蒋介石很少流眼泪，这很可以说明他的心情。没有了戴笠，原来的特务王国发生剧变，原在全国各地都有布置的特务处遭到缩编，由原本的两万人缩编至几百人，加上内部斗争剧烈，国民党的特务系统陷入平庸无序的状态。

人在北平的端木秀自然不会知道，1946年的下半年，人去楼空的重庆仿佛成了清静之地，他提供的情报已经在原军事调查统计局传达室的茶几上搁置一个多月了。

裘宝儿到达重庆那一天，正是最炎热的时候，裘宝儿考虑到古画的安全，于是跟着比尔住进了原美国大使馆的房子。来往的美国人还有不少，比尔逢人便炫耀鸡缸杯，裘宝儿几次劝他，要提防别人惦记，后来果然被一个即将回国的上司拿去欣赏，差点带回美国，比尔掏了枪，翻了脸，才硬要回来。比尔有此教训，鸡缸杯就被老老实实地锁进了保险箱。

使馆里有重庆电话号码本，裘宝儿查询到了谢家的地址，但没敢马上打电话，也没敢马上找上门去。

他担心的是那幅古画。

一到重庆，他要做的第一件事情就是给古画找一个安全的藏匿之所。比尔希望他把古画悬挂起来，让眼睛能经常看到，说："这里有美国士兵警戒，很安全。"

但他害怕比尔或者别的美国军官一旦知道画的价值，会像拿走鸡缸杯那样，把画据为己有。他犹豫再三，觉得随身携带才是最安全的，他悄悄把画缝进比尔送给他的绿色卡其布风衣里面，穿在身上，伺机去谢家。想到思念的人，恋人谢赛娇，父亲裘继祖，裘宝儿禁不住地思念。黄昏时分，他先打了一个电话，接电话的居然是父亲，依然是一口夹杂着嵊县口音的上海话。父亲听到他的声音，静默了片刻，随后咳嗽了一阵，再清清喉咙，问："你人在哪里啊?"

其实近在咫尺，都在沙坪坝，却没能马上相见。裘宝儿听到父亲的声音，再也难以抑制自己的激动，告诉父亲，他在重庆，又重复了几遍，说："我在重庆，我会过来。"

但重庆的高温使得他无法穿着一件风衣出门，那会引人注目，招来麻烦，但如果把风衣留下又不放心，万一被比尔或者被别的什么人拿走，那损失太大了。

他盼望着天凉下来，哪怕降一点点温，或是下一场雨，他都可以穿着风衣出去了。

裘宝儿正在焦虑的时候，当夜的重庆起了一场大雾。

重庆不愧为雾都。

重庆的多雾是由于它特别的地理位置。长江和嘉陵江在此处汇合，提供了源源不断的丰沛水汽，全城充满了潮湿感。从大处看，重庆地处四川盆地的东南边，周围高山屏遮，地面崎岖不平，风速缓慢，风力微弱，水汽无从散发。阳光之下的白天，地面积起的高温不断蒸发，从而使重庆的上空聚集了许多水汽，到了夜间，尤其是秋季的夜晚，开始渐渐变得漫长而晴朗，地面的冷却作用开始变得明显。与此同时，盆地边缘山上的冷气沿着山坡下沉，使接近地面的空气产生剧烈的降温，最终导致空气中能够容纳水汽的能力不断降低，而多余的水汽就会凝结而形成雾。

看到夜雾弥漫，裘宝儿赶紧穿好风衣，在伸手难见五指的混沌中，一路疾行了很久，黑暗中听到滔滔江声，再走近些，看到了隐隐约约的灰白色江面，不禁吃了一惊，原来自己走反了，走到了嘉陵江边，离目的地歌乐山更远了。

所幸到天亮的时候，雾还没有散去，面对面走过，依然看不清人脸，因此没有人能注意到别人，雾给了他最好的掩护。

裘宝儿放慢步伐，在浓雾中小心摸索着，终于看到了山峰耸立的轮廓，他确定就是歌乐山，于是加快脚步，越走越近，双脚不由自主地迈上了一条陡坡。在陡坡的尽头是地势平缓的半山腰上，他盲人摸象般一处一处寻找，仔细确认门牌号码，最后在一处奶白色的楼房前停了下来。

还没等他敲门，门就开了。

开门的是父亲裘继祖，他已早早等候在门口，隔着一层雾，父子相见，久久没有说话。

雾，顷刻间消散了。

裘继祖发现裘宝儿穿着厚厚的卡其布风衣，突然有些紧张，上前就要给他脱衣服，说："当心别闷出痱来。"

裘宝儿不肯脱，说："我在北方习惯了。"

裘继祖坚持要为儿子脱掉风衣，裘宝儿只好解开几粒扣子，看上去显得透气许多，但没有脱下。

晨光下，裘继祖的脸上平添了许多皱纹，一双原本锐利的眼睛已经显得有几分混浊。裘宝儿看到强壮的父亲竟然也会慢慢变老，身体也会微微弯曲，心里一酸，流下了眼泪，说："阿爹！"

裘继祖眼睛一瞪，突然提高了声音，说："别哭！丈夫有泪不轻弹。"

裘宝儿马上止住了泪，心里不禁又一阵宽慰，父亲中气还很足，而且还像以前那样，不喜欢自己的儿子掉眼泪。自己从懂事起，强悍的父亲从不许儿子当众流泪，说得最多的就是丈夫有泪不轻弹这句话。

裘宝儿正想着，裘继祖突然左手一伸，就来脱他的风衣。裘宝儿急忙防备，身体一曲，连退几步。裘继祖紧跟上来，右脚一挡，又将他拦住，右手扯住了他的衣领，说："脱了。"

裘宝儿这时明白父亲要与他过过招，急忙说："我自己来。"

裘宝儿将风衣小心脱下，挂在离自己最近的树上，且目光前后能及，然后伸展手臂，做好应战的准备。

裘继祖双拳已经过来，一拳快过一拳，双腿步步紧逼，一脚胜比一脚。裘宝儿见父亲招招凶狠，分明在试自己本事，不由得为父亲的依然健壮敏捷感到高兴，不免有些分神。

裘继祖大怒，厉声大叫，说："用全力！"

父亲的一声猛喝，使裘宝儿精神一振，他展开身肢，开始拆招反击，几个回合后，父子二人很快出现持平和对峙状态，但过不了数秒钟，裘宝儿猛然发力，一连打出十七八拳，拳拳不断，行云流水，天衣无缝，而且其中隐含的力量，没有依次递减，而是一拳更比一拳强劲有力。这一路过来的紧张和烦闷在突然激发出来的拳路中得到瞬间的宣泄，淋漓尽致，奔腾千里，势不可挡。

儿子的这套拳路显然不在裘继祖的预料之内，惊愕之中，他挨了几记重拳，脚步踉跄，倒坐在地上。

裘宝儿停下来，愣了许久，才上前扶住父亲。

裘继祖兴奋中忘记了疼痛，使劲站立起来，推开儿子，说："我自己来。"

裘宝儿此刻完全清醒过来，意识到自己面对的是父亲，不禁害怕起来，说："伤到您了？"

裘继祖摆手阻止，双脚迈得有些沉重，似乎需要人搀扶才能向前走动，说："你伤不到我。"

裘宝儿没有上前扶持。

裘继祖缓缓走着，脸上泛过喜悦，多年不见的儿子有此长进，让他得到安慰，说："这些年谁教你的？"

裘宝儿摇摇头，说："这些年没人教过。"

裘继祖看了看儿子，相信了他的话，大笑起来，说："我儿子天下无敌。"

裘宝儿笑不起来，但也努力挤出一些笑容。

父亲这句话，使他突然想到了一个尽力想忘记，或者暂时忘记的人，这个人就是谢壮吾。如果说什么天下无敌，如果说以往算是没有胜负的话，他不敢确定自己现在和今后能否打赢谢壮吾。这么多年来，他和谢壮吾的名字总是分不开，现如今竟然越来越近，在很大的世界里，在很多的人群里，竟然时时相遇，难以摆脱，从上海到哈尔滨，又到北平，谢壮吾的身影总是挥之不去，那么会不会又在重庆相遇呢？

裘宝儿发现儿子神情烦躁起来，急于想弄清情况，来不及继续来一番悲喜交集，也没有马上让儿子进门，也忘记了拳头给他带来的疼痛，他把儿子拉到门外残存的花园里。

裘宝儿回身穿起了风衣，跟着父亲一起走了几步。

裘继祖看到儿子突然出现在重庆，现在又看到儿子穿着风衣，第一眼就有所怀疑，逼问之下，得知儿子果然已经离开了共产党队伍。

气氛顿时变得凝重起来。

裘继祖感到失望，更担心儿子前程，抗战以来，在上海，在逃难路上，在重庆的所见所闻，使他跟其他许多看穿时局、洞察世事的人一样，认定国民党不会赢，担忧地说："以后共产党不会原谅你。"

裴宝儿坚定而又耐心地作了解释，表示自己是复员回来的，没有背叛共产党，也没有投靠国民党，无非是想过平民生活，无非是不想参加内战，想继续读书，甚至有了比尔的帮助之后，可以到美国深造，然后讲出了父亲最爱听的话，说："今后出人头地。"

裴继祖沉默片刻，叹了口气。

父子二人默默地走着，雾已经完全散去，太阳已经很高，行人明显多了起来。巡警和军人不断经过，目光都集中在裴宝儿的风衣上，但可能觉得这是美制军服，也就没有人上前盘问。

裴继祖闪进门内，裴宝儿跟着进去，顺手把门关好。

裴继祖突然指着他的风衣，说："里面是什么？"

裴宝儿捂着风衣，说："这是比尔送给我的。"

裴继祖盯着儿子，又问："里面藏了什么？"

裴宝儿知道瞒不过父亲，说："一幅古画。"

裴继祖顿时恍然，明白儿子藏了什么宝贝，没有继续追问，说："好好保管。"

公馆里没有别人，裴继祖有些疲惫，给儿子倒上一杯水之后，在沙发上坐下，开始询问他急于想知道的事情。

按照他关心的次序，先问了女儿裴小越的情况，说："你们都在一个队伍里，没有她的消息吗？"

裴宝儿没有防备父亲会首先问起妹妹，一时说不出话来。这是他想竭力回避而又不能回避的话题，妹妹怎么样了？如果父亲问起，自己应该怎么回答？这一路过来，他居然没有想过妹妹的境况，没有想过妹妹是凶多吉少还是平安无事，更没有想过如何回答。

裴继祖又提高了声音，眼光严厉，说："你妹妹怎么样了？"

裴宝儿掩饰着心中的不安，说："妹妹应该在延安。"

裴继祖几乎很肯定，说："你在北平见过妹妹。"

裴宝儿心想自己见过妹妹的事情，可能是谢壮尔告诉家里的，这样父亲当然也就知道了，但之后发生的事情，他们一定不可能知道。于是他缓和了神情，告诉父亲，自己确实在北平见过妹妹，也用肯定的口气编了假话，说："她很好，后来回延安了。"

女儿裴小越在裴继祖心里也占据着特别的位置，在很多时候，女儿有如他的妻子屠媚娘，给他美好回忆，带来感情寄托。而且随着他年龄的增大，这种寄托将越来越强烈，说："她寄过照片，更像你妈了。"

裴宝儿勉强笑了笑，说："她更美丽了。"

裴继祖精神振作起来，听到女儿回了延安，放了一大半的心。今后共产党胜利了，尽管儿子脱离了共产党，但女儿仍然在共产党，而且在延安，裴家仍然牢牢地占着一头，在共产党队伍还是有人，他非常清楚，在共产党描述的新社会里，裴家这样的出身背景，应该是扬眉吐气，甚至出人头地。

再说，裴家还有一个共产党的女婿。

裴继祖问起的第二个人就是谢壮吾，满意地称赞女婿，一定会有大的出息，说："你去过东北，怎么没有见到他?"

裴宝儿点点头，说匆匆见过一面，他不想多谈论谢壮吾。裴继祖对此也明白，但他不肯打住话头，说："他将来是你妹夫。"

裴宝儿还是不愿意多说谢壮吾。

裴继祖对儿子与谢家大公子一直以来的较劲十分理解，于是摆摆手，说："我们说别的。"

裴宝儿内心在极力抵抗因为父亲提到谢壮吾而产生的恶劣情绪，开始左顾右盼，寻找着什么，说："他们呢?"

裴宝儿说的"他们"就是谢家的人。

裴继祖捂着腰从沙发站起来，指着空空荡荡的房子，说："上个月，谢家的人都回上海了。"

裴宝儿心里一凉，问："赛娇也走了?"

裴继祖拍拍儿子的肩膀，表情得意，居然笑出声来，裴家的媳妇，怎么会走呢，说："她在等着你。"

如果没有记错，谢赛娇应该读到大学三年级了。

裘继祖告诉儿子，暑假期间学校就从重庆回迁上海，再过一年，谢赛娇大学就要毕业，现在她还跟名家学习书画，还主动在学校做一些善后工作，如果她知道他到了重庆，她一定会回来的。

裘宝儿给学校打了电话，传达室的人去找谢赛娇的工夫，裘继祖问儿子怎么打算。裘宝儿想了想，决定把自己的计划告诉父亲，他要和谢赛娇结婚，一块到美国留学，如果可能，直接从重庆走。

裘继祖感到突然，说："走那么急？"

裘宝儿看着父亲，神情焦虑，说："我得马上离开。"

裘继祖怔了半天，他看到儿子如此没有安全感，心里痛了一阵，但很快理解了儿子目前的处境，说："去美国也好，天高路远。"

学校传达室的人没有找到谢赛娇，裘宝儿留了口信。等到晚上，还没有消息，一直到深夜，他刚要离开，谢赛娇出现在门口，兴冲冲地过来抱着他，哭了。

在父亲一旁敦促下，裘宝儿按照计划，先是提出了和谢赛娇结婚的请求。

谢赛娇一听，愕然得不知所措。

裘继祖连忙提了一句，说："你们都年纪不小了。"

裘宝儿尽管没有再说话，但神情十分认真、诚恳、固执，完全不容她犹豫，更不容她说出不字。

早在自己十五岁那年，当谢赛娇拿着千方百计得到的一副红色拳击手套送给自己，谢赛娇生气，哀求，自己勉强收下时，他就知道自己能够控制她；当他知道谢壮吾听到妹妹说希望取胜的是他，继而以断绝兄妹关系相威胁，谢赛娇依然坚持希望他赢得冠军时，他就知道自己在她心里的分量比谁都重。

谢赛娇当然不会说不字，心扑扑直跳，又看看裘继祖，也没敢犹豫，抹着泪水，点头答应了裘宝儿的求婚，只是声音低低，甚至有些胆怯，说："该跟爷爷说的。"

爷爷谢富光不在，谢赛娇似乎感到无助，此时此景，她选择了夫家这个依靠。但对于裘宝儿要求即刻在重庆举办婚礼的计划，她因为家人都不在重庆，没有敢答应，说希望回到上海后，在谢公馆举行婚礼。

看到谢赛娇显出几分茫然，裘宝儿只得实情相告，这次自己复员后专门来重庆，是想通过比尔的关系，直接申请到美国留学，如果结为夫妻，两人就可以一起走。

裘继祖一旁赞同，说："机会难得，千载难逢。"

裘宝儿极力催促着，说："那是美国啊！"

裘继祖接着安慰，说："远是远了点，我也不想你们走那么远。"

无论父子二人怎么说，怎么劝，谢赛娇还是坚持要请示远在上海的爷爷，说："爷爷一定要同意。"

裘继祖当场打通了上海的电话，并与谢富光说了一阵子话，然后把话筒递给谢赛娇，说："你爷爷答应了。"

电话那头，谢富光许久没有说话，叹了一口气，说："你愿意的？"

谢赛娇从来没听到爷爷这样叹过气，不禁难过，连忙安慰，说："愿意的。"

谢富光声音也爽朗起来，连声说好，还交代孙女，说："你们先在重庆举办洋婚礼，回到上海再举行中式婚礼。"

谢赛娇听到爷爷有了赞同态度，当时对着电话哭了起来，好不容易止住，又征求留学的事情，谢富光笑了笑，说："留学要很多钱，没有那么简单，回上海后，爷爷帮助你们。"

谢富光这个态度，让裘继祖对留学美国的事也犹豫了，也提出回到上海再办，说："毕竟是终身大事。"

裘宝儿这时已有自己的盘算，只想尽快完成结婚手续，但又不愿多费口舌解释，于是先答应了谢赛娇回上海的要求，说："我们先举行教堂婚礼，请比尔出席并证婚。"

但婚礼举行的前一天，情况突然发生了变化。

比尔答应了裘宝儿请他证婚的要求，但对于安排两个人直接去美国留学的事，感到为难，说："除非有一大笔钱。"

比尔对留学的事，一直大包大揽，似乎会全力支持资助，并没有提过要多少钱，如今突然改了口气，说到了钱的问题，而且是一大笔钱，这让父子俩一时没有了主张。裘继祖显然无力负担巨额的出国费用，想了想，准备请求谢家支持，把留置在重庆的生意抵押了，但裘宝儿怕谢赛娇知道实情后会极力反对，由此节外生枝，带来麻烦，说："不能让更多的人知道。"

比尔归国的日子越来越近，裘宝儿知道对于自己来说，这个机会无法错过，情急之中，他想到了古画。

裘继祖联系了几个买家，不想还没有成交，却引来重庆各方势力的关注。先是军警上门盘查，接着地方官绅前来索赏，裘宝儿都设法一一躲过。

但他更怕的是自己的身份暴露，于是就回到了比尔这里。在当时当地，还是美国人这里最安全。

比尔看到古画一时难以脱手，就开出条件，建议把古画转让给他，他保证他们顺利飞到美国，但到美国以后的费用，他们还得自己想法解决。

裘宝儿拒绝了，他不能让比尔巧取豪夺，趁火打劫。他知道古画的价值远不止两个人飞一趟美国的机票。除了路费、学费、膳费，还可以在美国买一套豪宅，一家人甚至几代人衣食无忧。

他要找到最好的买家把古画出手。

十六、婚前婚礼

在预先制订的计划中，北平是最后一站，如果不能在北平截住裘宝儿，取回《归来图》，任务就自动取消。因此，谢壮吾重庆之行，并不在预计之中。谢壮吾向杜代司令和上官提到过重庆，认为裘宝儿的目的地可能是重庆。但上官依据形势得出判断，国民政府回迁南京，当年随迁的人都会跟着一起回来，裘家也一定会跟着谢家回来，因此裘宝儿会直接回到上海等候。

出乎意料的是，裘宝儿去了重庆。

自称是新一军中校军需官的谢壮吾乘坐华航飞机来到重庆的那天，正值抗战胜利一周年的纪念日。

同机的有几位国民党高级将领，军阶最低的也是少将，傅作义和陶文亲自到机场来送行，一直到飞机起飞才离开，他们中大多是转道重庆，处理好事务后就飞往江西庐山，参加蒋介石亲自主持的军事会议。

谢壮吾记住了其中的几位，如国防部次长秦德纯、侍从室少将秘书邵毓麟等人，有名的是东北行辕主任熊式辉，后来在东北损兵折将，由杜聿明、卫立煌取而代之。

他们一路上都在谈论、批评抗战胜利后的政治腐败，对国共战局颇为不满，还时不时问谢壮吾是否赞同他们的意见。

其实谢壮吾心里不由得讽刺他们本是局中人，还好意思指责别人。既然问他，谢壮吾索性也跟着批评了几句，并代表一些青年军官，对内战即将爆发表示了忧虑和不满。他们听了，感叹了几句青年人激进是好事，党国需要改革等无关痛痒的话。让谢壮吾印象深刻的还有一个胖胖的四川籍将领，他似乎懒于参加他们的讨论，一直一个人呼呼大睡，别人都叫他范哈儿。

川将范召土后来一度成为他的朋友。

到了重庆之后，他才知道绰号范哈儿的人正是大名鼎鼎的范召土。范召土十三岁入袍哥，加入过同盟会，参加过反袁护国战争。抗战爆发后蒋介石任命他为第88军军长，让他自募兵员抗日。范召土率88军出川抗日后，创下击毙日军第15师团长酒井中将、击伤日军第40师团的少将旅团长河野的战绩，轰动全国。但他虽在前线打了胜仗，却被调任虚职，一气之下，回到了重庆。

全国解放前夕，范召土反对蒋介石，在重庆通电起义，则是后话了。

飞机上另外有几名比较神秘的人物，他们闭目养神，不参与讨论，也没有阻止讨论，其中包括后来成为保密局局长的毛人凤。毛人凤知道谢壮吾是陶文的女婿，途中与他有过交流，还跟他握过手，但谢壮吾反应迟缓，好像不太能听懂他讲的浙江话。

后来范召土告诉他，毛人凤是戴笠的江山同乡，他们说的话不容易听懂。

刚刚改任国防部保密局副局长的毛人凤到重庆是为了处理戴笠的私人事务。毛人凤与戴笠是同乡而且是小学同学，学习成绩一直领先，从浙江省第一中学毕业考入上海复旦大学，后来转学黄埔军校第四期，不久因病休学。回家后动员戴笠投奔南方去报考黄埔军校，并以家中钱财资助戴笠。戴笠发达后没有忘记毛人凤，多次致信派人，邀请他出任自己的助手。抗战爆发，毛人凤主持军统局情报作业，掌握核心机密，并担任局本部秘书。抗战胜利后，升任军统局副局长。不久前，军事委员会改组成国防部，军统局亦改国防部保密局，郑介民兼任局长，毛人凤为副局长。

飞机上，谢壮吾还想起上官分析敌情的一次会议上，提到过这位毛人凤，曾与他同过事，至于何时同事，却没有再讲，说："不过是在二十多年前。"

当时上官不以为然，甚至讥讽毛人凤乡音浓重，无论如何也学不好语言，与自己虽有同校之谊，但专业不同，选择道路更不相同，说："没有更多交集，最后还成为敌人。"

谢壮吾其实听得懂毛人凤的江山官话。

上了飞机，毛人凤跟他握手之后，多次称赞他手臂非常有力量，又听他是上海口音，细问之下，得知他祖籍是绍兴嵊县，算是浙江老乡，更主要的是他早年在上海时曾有做客谢公馆的经历，在重庆期间还经常派人购买谢记酱菜和黄酒，因此对谢壮吾如故人相见一般。

一路上毛人凤跟他说了较多的话，中心意思是勉励他，希望他在军中立功，为祖上争光，为浙江人争光，为岳父陶将军争光，正值国家用人之际，青年才俊有为之时，说："时势造英雄。"

坐在旁边的范召土从睡梦中醒过来，提醒谢壮吾不要贸然离开新一军，说："他要拉你当特务。"

飞机在重庆九龙坡机场降落，毛人凤的态度突然冷淡起来，既没有邀请他加入保密局，也没有留下任何联络方式，甚至连招呼都没打，就坐上一辆半封闭的吉普，消失了。

谢壮吾下了飞机，抓住帮范召土提行李的机会，跟着他住进了朝天门附近的一家高档旅馆。虽然国民政府已经迁都南京了，但重庆的军警还是不少，警戒措施也十分严格，仍然有很多随机检查。不过这家旅馆属于四川省政府，门口还设立了警卫，没有人会进来查验旅客的身份。

范召土没有回自己在重庆的公馆住，主要是因为这家旅馆的吃住只是象征性收费，几乎是白吃白喝。

旅馆的对面就是国民政府军委会图书馆。

按照军委会的命令，国民政府回迁之后，各军事部门的机构和人员都应该撤回南京。但此时图书馆大门开着，而且人来人往，好像还在办公，还在开放。后来一打听，原来军委会一些辅助性单位还没有回迁，其中包括图书馆。谢壮吾原本心存侥幸，认为陶含玉应该回南京了，但现在看来，单位还没有撤走，正如陶文所言的，陶含玉既然没有来北平，那她一定还在重庆，在等他。

他想当晚就搬走，范召土非得让他一块住着，说："毛人凤不会招待你。"

谢壮吾几乎是在旅馆里躲了几天，生怕出门后万一碰见陶含玉，自己不知道如何应对。不想重庆的袍哥兄弟来请范召土吃饭，范召土一定要带他一起去，保证大家都会喜欢他，还悄悄告诉他，说："袍哥里面说不定还有共产党呢。"

喝酒之前，一位年壮的袍哥有意在他们面前显摆，袒胸露背，连续摞倒了好几个大汉。范召土看不过去，鼓动谢壮吾上场对付，说："你别谦让了，我听傅作义说你是狠角色。"

年壮袍哥又上来挑衅，谢壮吾只想尽快了事，于是脱掉军装，迎了上去。对方来势凶猛，腿脚并用，不留半点情面。谢壮吾避开攻势，着手反击，以最快的速度击败了对方。

首先以左直拳虚击对方面部，紧接着再用右直拳重击其下颌，看到对方身体晃了晃，不等对方坚持住，他右脚上步，别住对方双脚，右手顺势大小臂箍住对方颈部，上下用力，干净利落地将年壮袍哥摔倒在地。

范召土劝阻了其他要跟谢壮吾过手的袍哥，说："胜负已分，到此为止。"

第二天，范召土的一个姨太太找到旅馆，一定要丈夫回自家公馆住。范召土请谢壮吾帮他送行李，顺便去范公馆看看，还请他吃了中饭。等下午回来，旅馆经理告诉他，对面军委会图书馆一位陶姓小姐来找过人，还查了登记名册，因为客人都没有登记，也没有查到名字，但据她描述的样子，找的人很可能是他，因为还问了问有没有姓谢的客人。

"你姓谢?"

谢壮吾愣了愣,说:"你问这个干什么?"

旅馆经理解释,说:"她找的是姓谢的。"

谢壮吾否认,说:"我姓谢,但不是她要找的人。"

旅馆经理诡秘地笑了笑,说:"她明天还要来找人。"

谢壮吾不快了,说:"明天我不住这里了。"

话虽这么说了,但谢壮吾并没有想好明天搬到什么地方去住,中午在范公馆吃饭时,范召土倒是很客气,要留他住宿,他谢绝了,这时想想不免后悔。

当务之急是找到裘宝儿,完成任务,尽快离开重庆,可怎么样才能找到裘宝儿呢?谢壮吾正在犯愁时,他在服务生送来的报纸中,意外地发现了裘宝儿的线索。

报纸的最后一页,登出"双喜临门"四个特别醒目的黑体字,下面一行标题:

谢家小姐出阁并将偕新郎远赴美利坚

消息来源于基督堂牧师的披露,周日有一场婚礼,证婚人是一位美国飞行官。记者深入采访,原来是谢公馆千金小姐结婚,婚后即与新郎去美国。短短几行字的花边新闻,没有透露更多的细节,既没有说谢家小姐的名字,更没有说新郎姓甚名谁。

谢壮吾陡然产生不安,并且越来越强烈,连忙找到旅馆经理,请他打电话给报社,询问更多的情况。

旅馆经理一看报纸,嘀咕着你们都姓谢,难道是一家,说:"不用打到报社,直接问谢公馆就行了。"

旅馆经理打通了谢公馆的电话,接电话的是一个上年纪的男性,谢壮吾抓过话筒,说话故意夹着东北腔调,以报社记者的身份,采访了几句。谢壮吾虽然有不祥之感,但还是心存侥幸,希望是一种巧合,因为重庆这么大,每天都有许多人结婚,希望是同样姓谢的人家有一位女儿出嫁，谢姓虽然不太多，但也不是稀少，当他听到裘继祖既陌生又熟悉的声音，顿时确定了谢小姐就是自己的妹妹谢赛娇，仍然深深感到了意外。

为了掩饰自己，他搁好话筒，呆立着，脑子里不断闪过一个问题：新郎是谁？

电话中的裘继祖充满了喜悦之情，对来自一个报馆记者的祝贺感谢不已，那新郎不是裘宝儿还能是谁？

再回想起来，裘家和谢家本来就有婚约。

在哈尔滨杜代司令给他下达命令的那一刻起，谢壮吾已经将裘宝儿排除在妹夫这个称号之外了。妹妹终身依靠的男人不可能再是裘宝儿这样的人，裘宝儿也应该知道，自己出局了。

此事突如其来。

裘宝儿还在重庆，并且在谢公馆，万万没有想到的是，他几乎是在亡命天涯的同时，要完成结婚大事，而且马上要当新郎，正式成为谢公馆的女婿，成为自己的亲妹夫，成为真正的一家人。

谢壮吾越想越感到不安，越想越觉得自己必须阻止这场婚礼，否则就是害了妹妹，否则今后就无法向爷爷交代。这真让他没有想到，到了重庆之后，自己又多了一个艰巨的任务。

当晚，范召土派车到旅馆，请他到范公馆搓麻将。谢壮吾以前在上海跟别人玩扑克牌，但从来没有搓过麻将，想婉拒又觉得盛情难却，同时还可以暂时避开陶含玉，他略作犹豫便同意了。到了范公馆，范召土与分别从各地赶过来的姨太太们搓麻将正在兴头上，就叫跟谢壮吾交过手的那位袍哥领着他四处转转。他们来到了楼上一间卧室，居然看到一部崭新的短波电台，那位袍哥解释是范哈儿做生意用的，说："上面有天线。"

谢壮吾停了下来，说："跟我们军部电台同一型号，美国产的。"

那位袍哥好像懂行，接上电源，建议他跟军部联络联络，说一说自己正在范将军府上做客，说："信号能跳到万里之外。"

谢壮吾将信将疑，坐下来调试了频率，又说："会给范将军添麻烦。"

袍哥极力鼓动，而且主动退了出去，到楼梯下替他看着。

就这样，谢壮吾一边听着楼下繁杂的麻将牌碰撞声，一边迅速跟远在东北的上官进行了联系。上官简洁地转达了一个半是明码半是密码的电令，电令不是来自杜代司令，而是直接来自延安，要求他不惜一切代价拿回古画，为此，可以采取最严厉的手段。

谢壮吾作了精心的准备，他通过范召土，了解到了所有相关的情况，例如爷爷谢富光已经回到上海，妹妹谢赛娇还在学校等待回迁，歌乐山上的谢公馆住着裴继祖，而裴宝儿先是跟比尔住在以前的美国大使馆，现在已经住进了谢公馆，等等。他判断那幅古画极有可能藏在谢公馆，于是没有任何迟缓，就开始了行动。

当晚的重庆又继续起雾，但不太大，薄薄的几层，雾与雾之间有一定的间隔，因此能看到若隐若现的行人和暗淡的灯光。

谢壮吾蒙面潜入谢公馆的时候，裴宝儿和谢赛娇正好被比尔叫走，到朝天门国泰电影院看通宵电影去了。

公馆里只有裴继祖一个人。

裴继祖本来已经睡下，因为晚饭时喝了点黄酒，有些口渴，起来喝水的时候，打开了客厅的灯，看到墙壁上有一个影子闪过去，上了楼。他一急，嘴里的茶水一口喷出来，赤着双脚，追了上去。

楼上裴宝儿和谢赛娇的新房被打开了。

这间房子原来是谢富光的卧室，现在准备借用来当新郎新娘的爱巢。此人上楼后直接打开并进入了这间房子，着实让裴继祖吃了一惊。当年地处山区的嵊县老家，强盗出没，发生最多的就是抢劫新婚人家，半夜摸进新房，将新娘子绑票，然后索取赎金，有少数也被劫色，做了压寨夫人。裴继祖功夫了得，凭着名望，处理过几起此类事件，只花了少许的钱，就把新娘子救赎回来。

但这里是堂堂陪都，是满城军警的重庆，不可能发生这样的事情。裴继祖迅速作出判断，来者不善，只会是两种人，国民党

206

或者共产党，但绝不是强盗或者土匪。

接下去的事情证明了裘继祖的判断。

他进去的时候，这个影子正好要拿下墙壁上的一幅画，听到声音，停了下来，回过身看着他。

裘继祖操起一把沉重的红木椅子，威胁着要砸过来，说："你是谁？"

这个影子放下画，向后退了几步，随时准备闪避砸过来的红木椅子。

这时窗外那棵大树的枝叶摇动了几下，裘继祖看见树上也有一个黑影，居高临下。再细看，发现黑影举着一杆枪，枪口发着亮光，对着房间，对着自己。

原来还有同伙，裘继祖放下了红木椅子。

谢壮吾也回了回头，发现了举枪的影子，估计是重庆地下党的人，也许是正准备采取最严厉手段来的。他不希望他们开枪，况且面前的人不是裘宝儿，他站到裘继祖面前，挡住了树上的枪口。

谢壮吾不想暴露自己，于是急中生智，模仿了范哈儿口音，简单说明了自己的来意，希望他儿子裘宝儿赶紧将拿走的东西还给他。

裘继祖感觉到来人有几分熟悉，但想不起来到底是什么时候见过，问他是不是共产党派来的，都是自己的同志，有事好商量，只希望能放过他儿子一马。

谢壮吾表示只要裘宝儿归还拿走的东西，他可以代为陈情，争取从宽发落。裘继祖承认儿子在东北取走过几块银元，但绝不是偷，只是当复员费，既然索还，一定连本带利全部归还。

"不只几块银元。"

"还有什么？"

"一张画。"

裘继祖好久没有说话，半晌才表示会问问儿子，如果有这事，一并帮助索还。说话间，裴继祖突然伸手要扯蒙面人的面具，蒙面人避开，也没有与他交手，推开窗户，跳了下去，离开了公馆。

裴继祖追赶了几步，马上回到楼上查看有什么损失。被扯动过的画还挂在那里。这其实是一幅再普通不过的祝寿图，是谢富光七十岁生日时别人送的。蒙面人显然对画感兴趣，裴继祖不禁恍然，他肯定是冲着儿子身上的古画来的。

当晚裴宝儿把画带在了身上。

因为是坐比尔的车子，裴宝儿怕风大，离开的时候，穿走了绿色卡其布风衣。谢赛娇觉得奇怪，但没有劝他脱下，加上车窗开着，风吹进来，一阵阵的凉爽，裴宝儿裹着厚厚的风衣就显得不那么奇怪。

谢赛娇偷偷看着裴宝儿，看着看着，神情透出几分茫然。几年没有见到的这个男子，是她的未婚夫，变化很多，变得更加成熟，更加内向，但也更加陌生，更加沉闷。从很小开始，在上海，在谢公馆，以及后来在重庆，她都视他为家人，为另一个哥哥，幼小的心思中，盼望着谢家和裴家成为真正的亲人。真如奶妈屠媚娘常说的，两家是一家，永远不要分开。所以当她看到两家的差别，两家的不平等，并由这种差别和不平等带来的隔阂，常常会感到同情和不安，甚至自责，以至于她坚信弥合两家隔阂，消除两家不平等最好的办法，唯有联姻，就是屠媚娘盼望的那样，裴家女儿嫁给谢家儿子还不够，还要让谢家女儿成为裴家的儿媳妇。

十五岁那年，她悄悄地将隐藏的心念付诸实施，从同情开始，一颗心往裴家靠了靠。

同样是十五岁生日，两个哥哥有隆重家宴，而裴宝儿只在自己的平房里吃了一碗面，只不过面里多了两个鸡蛋。哥哥们得到美国进口的红色拳击手套，裴宝儿只有羡慕落寞的神情，她想方设法去买、去求，终于拿到同样的礼物送给了他，不想两个亲哥哥最终收到的是德国照相机和美国小汽车这样的稀罕礼物。为此她愤愤不平，就在拳击决赛之前，裘宝儿问她希望谁能赢得冠军，谢赛娇为了不使裘宝儿伤心，作出了足以宽慰他的回答，因为她很清楚哥哥不会为此生她的气，因为她到底还是谢家人。

现在，她将完全靠过去，成为裘家的人，但矛盾的是，突然的重逢，即将举办的婚礼，又让她感到恐慌。

眼前的这个裘宝儿，再次出现的时候，自己却没有好好看过他，没有问他更多的问题。她计算了一下，加起来，他跟她说的话没有超过十句。

现在他还是沉默寡言，好像有什么重重的心事。她努力地跟他笑一下，他也只是嘴角一抿，就马上收起了似有似无的笑容，好像并不感到快乐或者喜悦。

这不得不使她产生了疑问，他为什么要急着结婚呢？

裘宝儿的答案是为了两个人能同去美国留学。

比尔热情地跟谢赛娇交谈着，回忆了以前在上海的许多趣事，以此打破裘宝儿带来的沉闷气氛。

下了车，裘宝儿还是没有脱下风衣，说："戏院有冷气。"

谢赛娇提醒他，戏院里并没有冷气，说："里面很热。"

十年前，花了十几万银元的国泰大戏院终于建成。开业当日，闪烁的霓虹灯吸引了成百上千市民前来看热闹。国泰大戏院同紧邻的夫子池展览馆成为重庆的新标志，以至于被称为抗战大后方的文化圣地。戏院有一千五百个铁背靠椅，天花板上有六个磨砂大吊灯，两边高墙各安了四个排风扇。戏院主要是白天放电影和演话剧，话剧四大名旦舒绣文、白杨、张瑞芳、秦怡都成名于此。重庆大轰炸期间，警报一响，正在演出的国泰大戏院立即关闭，空袭一过，演员和观众又回到剧场，演出和放映也从未中断。

比尔停车的时候，谢赛娇走到旁边的照相馆，看着橱窗里的照片，指着里面最大的一幅婚纱照，对裘宝儿说："彩色的。"

裘宝儿站在背光处，说："我们进去吧。"

谢赛娇步子慢慢移开，心里面却是一声苦笑。她想起以前在上海谢公馆，在某个暑假，她从外面回来，发现裘宝儿一个人站在客厅里，愣愣地盯着墙上她父母的西式婚纱照看，她走过去，说："好看吗?"

裘宝儿回过头来，满脸通红，说："总有一天，我要和你照相。"

这一天，应该是来了。

但裘宝儿似乎忘了，在即将举办婚礼的时刻，记不起要和她拍结婚照的诺言了。

裘宝儿走在前面，她跟在后面。快进戏院的时候，裘宝儿突然停下来，对她说："我们去美国拍婚纱照，拍许多张。"

谢赛娇嘴角掠过一丝略带苦涩的笑容。

裘宝儿还回忆起什么，说："还要拍电影。"

观众大多是青年人，看的是美国原版电影，讲述的是男女爱情故事，许多人流了泪，以绢拭面，许多人触景生情，挽臂拥抱，只有裘宝儿牢牢抓着风衣，那件绿色军呢大衣让谢赛娇感受到什么叫拒人于千里之外。

比尔仍然开车送裘宝儿和谢赛娇回谢公馆，一起商定教堂婚礼的有关细节。裘宝儿听父亲说有人来找过自己，心里一紧，也没有多问，突然改变主意，要马上跟比尔一起回美国大使馆住。

临走前，裘宝儿上厕所，裘继祖跟进来，关上门，说："他是找你要账来的。"

裘宝儿解好手，把风衣穿上，问："说是什么人了吗?"

裘继祖劝儿子，说："把东西还给他们。"

裘宝儿不快了，说："他们到底是谁?"

裘继祖烦躁了，说："我看像共产党。"

听到共产党三个字，裘宝儿情绪激动起来，说话声音颤抖，坚称自己没有欠共产党的，凭什么跑到重庆找他，凭什么上门来要债。

裘继祖拉着儿子的手，又是安抚，又是请求，说："还给人家。"

裘宝儿抽出手，哭丧着脸抱怨自己不过是拿走了几块银元，也是自己为共产党辛苦工作多年应得的报酬，他们何苦抓住不放。

裘继祖指着儿子身上的风衣，说："把画还给他们。"

裘宝儿猛地抓紧风衣，神情又变得坚定，多少还有些愤愤起来。真是太过分了，重庆又不是共产党根据地，他们无法把东西拿走，也无法处置自己，他过几天就跟比尔去美国，远走高飞，说："他们敢派人到美国？"

当晚裘宝儿跟比尔住回美国大使馆，谢赛娇没有一起去。第二天她回学校拿东西，离开的时候，一辆军用吉普车停在门口，车上下来一位军人，拦住了她。

这人正是谢壮吾，谢赛娇一看，自然认为是谢壮尔，高兴极了，话也没说，就呜呜哭起来。等她哭完，谢壮吾叫她上了车，车子一直开到了范召土的宅子里。

上车的第一句话，谢壮吾就劝妹妹不要与裘宝儿结婚，据他所知，裘宝儿擅自离开共产党队伍，人家不会放过他，后面恐怕不会有好结果。

直到此时，谢赛娇才开始怀疑眼前的这个人不像是二哥谢壮尔，而是大哥谢壮吾，因为二哥与裘宝儿关系很好，始终支持自己嫁给他，更主要的是刚才讲的话，完全像大哥的口气，直接而又明确。

但大哥是共产党，而且远在东北，怎么会突然出现在重庆呢？

谢赛娇贴近细看，问："你到底是大哥还是二哥？"

谢壮吾指了指自己的军装，表情平静，说："新一军中校军需官。"

谢赛娇眨眨眼睛，充满怀疑，说："你怎么回重庆了？"

谢壮吾悄声说："我不想参加内战，所以擅离战场，是岳父让我偷偷回来的。"

接下去由于兄妹意见不一，发生了争吵，不欢而散。感到委屈的谢赛娇回到了谢公馆，躺在床上，不肯说话。裘继祖连忙打电话叫回儿子。经不住再三盘问，谢赛娇把见到哥哥的事告诉了裘宝儿，但她同时也说出自己的怀疑，说："他去了东北，人就变了。"

裘宝儿极力掩饰心中的不安，表现出极大的镇静，说不管是谢壮尔或是谢壮吾，都务必要作为女方家长出席婚礼。

谢壮吾为了伺机要回古画，也为伺机阻止妹妹和裘宝儿的婚礼，早早到了教堂门口。他到的时候，婚礼还没有开始。裘宝儿站在教堂大门前的柱子后面，远远地观察着谢赛娇迎接的这位妻舅，竟然也一时难以判断是谢壮吾还是谢壮尔。

裘继祖看出了儿子的担心和疑虑，突然挽起衣袖，上前对着谢家公子就是一拳。

谢壮吾像是猝不及防的样子，向后猛退数步，随即倒地。

裘继祖伸出手，一把拉起他，说："看花眼了，以为你哥哥来了。"

比尔跟着得意，站在一边哈哈大笑。

谢赛娇给哥哥拍去身上的灰尘，那挨了重拳的身体，那宽大结实的后背，再一次让她心头涌现不安，这是二哥吗？

尽管父亲作了试探，柱子后面的裘宝儿仍然疑惧不减，他细细往四周扫了几遍，以确定还有没有别的人，如果是共产党，他还是能看出来的。显然，一切似乎正常，谢赛娇的这位哥哥是只身前来，哪怕他是谢壮吾，自己也不需要害怕，再说，这里是重庆。

他安慰着自己，刚从柱子后面走出来准备迎接，几辆奔驰的军车突然停下，大批军警冲下来，将教堂团团围住。

他们带走了新郎裘宝儿。

原来，与谢壮吾同机到达重庆的毛人凤，在处理戴笠私人物品时，发现了端木秀寄给戴笠的信件，他觉得信件十分奇怪，因为寄信的日子是在一个月之前的7月，其时，戴笠已经死了三个多月了，寄信人在北平，不可能不知道戴笠已死，这样做，是何用意？

心思周全的毛人凤细阅了材料。

里面是裘宝儿的照片以及报纸，上面有他和另一个人在机场比武过招的图片，并指证他是共产党，另一个人也有共党嫌疑。由于提到了裘宝儿的名字以及可能人在重庆等具体线索，再加上教堂婚礼上了花边新闻，毛人凤叫人一查，很容易就查到了这天的教堂婚礼，查到的新郎正好就是裘宝儿。

十七、夜霭夜浓

　　1950年夏天，上官在上海问了一个比较感兴趣的问题，1946年谢壮吾在重庆待了这么多日子，直到1947年年初才离开，中间他跟上级保持联系，也没有脱离组织，但既然跟陶含玉见面了，为什么没有被识破，他是怎么瞒过她的？

　　虽然不太容易说清楚，谢壮吾仍作了说明：

　　到重庆之后，他认为自己最主要的任务就是找到裘宝儿，跟他接触，等待机会，拿回他手里的东西，并且，尽最大努力，把他本人带回去，带不回去，也会按照组织的命令，坚决处置他，说："这是我真正的使命。"

　　裘宝儿于8月份被国民政府军委会重庆行营二处的余无兴带走了，后来的情况表明，他很快就被放出来了。

　　裘宝儿在教堂婚礼上被带走的前一天，毛人凤就离开了重庆。他临走之时，把端木秀的检举材料交给了余无兴，但没有特别的叮嘱，只是由他随机判断，是否有价值深入一步。

　　余无兴马上采取了行动。

　　后来一些见过国民党高级特务余无兴的人，都评价此人不简单，因为他年纪轻轻就得到机遇，尤其西藏之行，使他年少成名，得了一个"西藏通"的称号。1934年年底，国民政府组建护送九世班禅回藏行署，戴笠指派年仅二十岁的余无兴到行署任政治指导员和军事参谋，护送班禅回藏行署从北平出发，经陕西、甘肃、青海、西康进藏。由于达赖根本不愿意班禅回藏，经常派出藏军化装成马匪沿途阻碍骚扰，直到两年后，班禅才到达青海玉树的藏民区。班禅因回藏受阻，气病交加，在青海玉树逝世，中央政府的进藏计划也就此破灭。

余无兴虽然没有完成护送班禅回藏任务，但他在路途的几年中，学会了藏民礼仪习俗和藏语，二十五岁不到的余无兴，被派任军统西昌站中校站长兼西昌行辕情报处长，后又兼任西昌行辕禁烟督察专员。经过艰苦条件和复杂环境下的历练，余无兴不仅积累了资本，实际才干和能力也得到大大提升。1946年5月中旬国民政府回迁南京后，在重庆设置了军事委员会委员长重庆行营，何应钦挂名主任，代理主任职务的张群指名调人在北平的余无兴任重庆行营第二处处长，专门负责情报以及宪兵调度，同时还兼管国防部保密局在重庆、四川及西康的特务工作。其时的重点，是监视中共在重庆的代表、新华日报社及各界民主人士的活动。

余无兴也是7月刚刚到任，当毛人凤交给他端木秀的信件和材料时，他精神一振，因为自己在北平时已经有所耳闻，断定内情不单纯，当时只是碍于与中统的关系，没有介入，既然今天碰上了，他决定亲自调查、处置此事。

正因为此人不简单，谢壮吾算是遇到了对手。

尽管比尔努力阻止，还叫嚷着拿左轮手枪朝天开了数枪，但余无兴还是坚定地带走了裘宝儿。

裘宝儿没有反抗，面对荷枪实弹，他认为展露自己的拳脚功夫不仅无用，而且会给自己带来生命危险。临走前，在余无兴眼皮底下，他把卡其布风衣交给了父亲，然后安慰了新娘谢赛娇，说过不了几天，我们还是要去美国。

谢壮吾趁乱离开了。

作为新一军的中校军需官，面对如此场面，本来也做不了什么，但作为陶文的女婿，作为谢公馆的二少爷，至少应该交涉一番，不让余无兴那么容易就把裴宝儿带走，但他没有那么做，因为他是冒牌的谢壮尔。

但他是谢赛娇哥哥这一点是真的。

他发现了让他惊讶的情形。当他看到妹妹心思恍惚，神情游离，好像眼前突然发生的事情跟她有些距离，好像她是一个旁观者，最多像是一个伴娘的角色，他忽然觉得，婚礼戛然而止也许是件好事。

无论如何，妹妹有可能被吓着了，作为哥哥应该做些什么。谢壮吾刚想上前安慰可怜的妹妹，却发现教堂对面的马路上走来一位女宾客，他连忙又退了回去。

他走到几位身材高大的宪兵后面，从他们的缝隙间细细观察之后，急忙转身，寻思脱身的办法。

他断定，这位迟到的女宾客一定是陶含玉。

之前在上海谢公馆，陶含玉跟裴宝儿并无多少交往，因此印象模糊。但她得知即将被带走的人是新郎时，拦了上去，并跟宪兵争吵起来。余无兴从车里钻出来，非常有礼貌地向她解释，此举不过是核实一些情况，并不是什么抓人。陶含玉不肯罢休，并试图阻止他们，但在余无兴果断的命令下，裴宝儿还是被推上了吉普车。

混乱结束之后，陶含玉转过来开始劝慰谢赛娇，但谢赛娇却四处张望着，寻找着，说："人呢？刚才还在。"

陶含玉知道她要找的是谁，说："他不会被吓跑了吧。"

谢赛娇微微点点头，说："他一定以为在抓逃兵。"

陶含玉其实更急，四处张望着，说："我爹爹让他回来的，他又不是逃兵。"

在重庆，当街抓人的事不断发生，以前抓帮会抓土匪，后来抓间谍抓汉奸，现在抓异党抓帮会，市民们见怪不怪，围观者包括宾客很快就各自散去。教堂的门关上了，连做礼拜的人都不让进去。

陶含玉随谢赛娇一起回到了谢公馆，等着谢壮尔的出现。到了晚上，还是不见人影，到了半夜，大家都急了，担心会不会连谢壮尔也一起被抓走了。陶含玉沉不住气了，不知从哪里借了一辆车，跑到警察局找人，吵醒了什么都不清楚的局长，又赶到了警备司令部，刚好一个热情的副司令在值班，并愿意帮助查询，因此陶含玉才知道负责教堂行动的是重庆行辕二处的人，于是求军委会一位留守长官亲自出面交涉。

余无兴在电话中确认他们没有抓过谢壮尔。

陶含玉犹如热锅上的蚂蚁，一直折腾到天亮，仍然没有谢壮尔的消息。

谢壮吾自认为当时身处困境，匆匆离开教堂之后，就回到了范公馆。范召土刚好不在，但给他留了一个地址：曾家岩50号。

那位袍哥告诉他，说："就是周公馆。"

1938年冬天，中共代表团由武汉迁至重庆，时任中共南方局书记的周恩来以个人名义租下了曾家岩50号一楼和三楼，作为起居和办公地点。当时，左侧49号是重庆市警察局，右侧51号是军统局局长戴笠寓所，显然是陪都的一个重要地段。也因此在一年后，这一带遭到日军飞机的多次轰炸，曾家岩几次毁后重建。到了1945年抗战胜利，曾家岩50号成为外界了解和接触中共的重要场所。重庆谈判期间，毛泽东在一楼会议室举行过记者会。谢壮吾到重庆的时候，尽管国共谈判实际上已经破裂，双方大战在即，但这里仍然是中共代表团的驻地。

只不过，前往曾家岩50号的人都会受到最严格的监视。

那位袍哥开着范召土的专车送谢壮吾进入曾家岩50号。

范召土与进入川内的各路神仙都有来往，他与中共代表团的来往几年前就有了，也不是什么秘密。作为四川地方将领，作为重庆袍哥前辈，不过是尽地主之谊，显好客之道，时不时送一些江鲜山珍之类，何况，国共还没有完全撕破脸。

接待谢壮吾的是一位穿着朴素，戴着一副宽边眼镜的女子，虽然年轻，皮肤晒得有点黑，像是陕北人。一见面，她居然哼起了电影《桃李劫》的主题歌《毕业歌》：

> 同学们，大家起来，
> 担负起天下的兴亡！
> ……
> 我们今天是桃李芬芳，
> 明天是社会的栋梁；
> 我们今天是弦歌在一堂，
> 明天要掀起民族自救的巨浪！
> 巨浪，巨浪，不断地增涨！
> 同学们！同学们！
> 快拿出力量，
> 担负起天下的兴亡！

谢壮吾听到她唱歌，想起弟弟有一段时间经常哼这首歌，不禁特别注意了一下，觉得她有些面熟，但一时又不好判断。

"怎么？我江北扬州口音不难听了？"

谢壮吾愣了愣，不知道她说这话的意思，可能因为自己在苏北待过几年，所以她故意这样唱的，于是连忙说："怎么难听呢，很亲切。"

她哼了一声，带他上了一间小阁楼，并用自己的茶缸给他倒了一杯水，一板一眼地问了几个问题之后，说："新一军军需官？"

谢壮吾点点头，又看了看她。

她神情有些平淡，甚至冷漠，说："上官授权我与你联系。"

谢壮吾仔细听她说话，问了一句，说："你是上海人？"

"明知故问，我是江北扬州人。"

她不再多说别的，就一字一句地传达了上官的指示：克服困难，完成任务。

谢壮吾面露难色，表示自己不怕困难，最怕的是怎么跟陶含玉见面，又怎么解释。

她脸上掠过神秘的笑容，正面打量了他一下，她并不想知道更多，也没有追问什么，好像对此无能为力，只是笼统地鼓励了他几句，表示他不是一个人在战斗，他一定会得到组织上的支持和帮助的，说："你应该能把握得好。"

见面十分钟不到，茶缸里的水还没有凉下来，她陪谢壮吾下了楼，领取了几样不同的身份证件和一些钱，低着头递给他，说："省着点。"

谢壮吾没有拿钱，钱自己有办法解决，不如留下来交党费，表明自己还跟组织保持联系，至于在证明各种身份的证件中，他只取了其中的伤员证，证明自己在东北攻占四平街时负过伤。

她表示了送客的意思，去忙别的事去了。

"我真想听你们跟我讲讲形势。"谢壮吾说着跟了几步，停下来，在门口木椅上坐下来，依依不舍。里面的人都忙着各自的事情，没有谁注意到他，连过道上和门口的警卫也没有来问他。快到吃晚饭时，他不得不准备离开。

想不到她拿着饭盒出来送他，但没有留饭的意思，解释周公馆都是集体食堂吃饭，一人一份，说："你一个大少爷，外面吃吧。"

谢壮吾本想驳回几句，自己革命多少年了，过惯了艰苦日子，喜欢的就是集体生活，但想想她也只有一份饭，自己不能占她便宜，于是闭了嘴，把要说的话咽了回去。

她看到他不肯再说什么，好像不高兴，也不愿意再理会他了，说："我很忙。"

"我将就吃点。"他多想再留一会儿啊，于是看着她手里的饭盒，说："我吃不了这么多，一口就够。"

她忍不住想笑，把饭盒给他，说："我听到你饥肠辘辘了。以后照价还我。"

于是两个人面对面坐下，她看着他吃，原本不想多讲话，在他的要求下，还是讲了很多。

谢壮吾带着周公馆送给范召土的一大袋延安苹果，离开了曾家岩50号。

上车前，她跑出来，原来根据上官要求，留给他一个紧急联系方式，这时，她原来的口齿伶俐突然变得有点语无伦次，告诉他周公馆的同志们可能随时离开重庆，说："这个电话号码也许用不着。"

谢壮吾一听，不免感动，表示真希望能和他们一起回去，说："真想到延安看看。"

她眼圈湿润了，伸出手来，说："那我们延安见。"

谢壮吾跟她紧紧握了握手，也激动得一时说不出话来，眼前的她突然变成了另一个女子，这个女子就是裘小越。

小越，你在哪里？你在延安吗？

她显然发现他走神了，问："你在想什么？"

谢壮吾没有马上从自己的思绪中回来，说："我在想念我的一个战友。"

她看着别处，轻轻追问，说："女孩子？"

此时，裘小越的身影在他脑子里跳跃着，他相信，裘小越已经回到延安了，正在自己的岗位上紧张工作着，她也正时时刻刻思念着自己，盼望着中国革命早一天取得胜利，彼此能早一天相见。想着想着，谢壮吾的内心再次积聚起强劲动力，那就是竭尽全力，尽快完成任务，然后离开重庆，回到组织，回到自己的队伍里，尽快见到自己的亲人，见到小越。

谢壮吾镇定下来，没有再跟她说更多，但她意犹未尽，挡着车门，说："她很特别吧？"

谢壮吾点了点头。

她好像要摘下眼镜但又没有摘，说："她也在延安？"

谢壮吾沉默片刻，说："现在，我不知道她在哪儿。"

她感到了他语气里的沉重，没有再问，帮他开车门，说："别忘了联系方式。"

谢壮吾脑子里突然浮现出上海的情景，而在这情景里出现的居然是货场工头龙阿大的太太，一个小脚女人，还有他们那位年纪与裘小越相仿的女儿。

他想起来，在苏州河边曾经见过他们的女儿，只不过当时炮火连天，场面混乱，自己可能忽略了她。中间听谢壮尔说过，后来他们居然还去看了电影，路上还一块唱过歌，唱的正是《毕业歌》。

谢壮吾上了车，又想下来，说："贵姓？"

"免贵，姓龙。"

谢壮吾一愣，刚想再问什么，她已经把车门关上，说："谢少爷再见。"

他依稀想起，原来她有点像年轻时的龙太太，不过自己最后见到龙太太抱着女儿来谢公馆，已经过去二十年，这么久远，这么模糊，让他觉得自己的联想有些可笑，有些突兀。

唯一清晰的是，龙太太把谢家赠送的红花小棉袄给女儿穿上的情景。细算一下，她女儿已经二十五六岁年纪，不知是否婚嫁如意郎君，过上了自己满意的生活？

谢壮吾看着车窗外来来往往的各色人等，看着一队队经过的军警，感到危险将至，对于龙阿大一家的追念，对于当年弟弟关于他们一起唱《毕业歌》的描述，对于周公馆遇到她的联想和猜测，特别是龙阿大女儿穿上红花小棉袄的记忆，只好暂时放在心里了。

他要尽快完成任务。

由于陶含玉到处询问丈夫的去向，引起了余无兴的关注。他详细研究了端木秀提供的材料的每个细节，试图找出其中的关联，于是拿着《北平日报》向裘宝儿求证，照片中跟他打斗的人到底是谁。

裘宝儿想了想，一时不知道应该怎么说，但很快发现自己不能说真话，说真话会引来麻烦，会害了自己，于是他骗了余无兴。

他看了看照片，不假思索，说："他是新一军的，叫谢壮尔。"

余无兴似乎相信了他的话，说："陶文的女婿。"

不等余无兴再问，裘宝儿继续回答，说："我们是闹着玩的。"

余无兴指着照片上的裘宝儿，盯着他，声音柔和，语速缓慢，说："那么，你又是谁呢？"

裘宝儿尽力回避余无兴的问题，延迟暴露自己的身份，因此，表现出不配合，说："我没有什么好告诉你的。"

余无兴审视着一身新郎服装的裘宝儿，一时不敢有结论性的判断，不得不从可以确认的方面开始，然后徐徐推进，说："你是个军人。"

裘宝儿承认自己当过兵，说："我参加了抗战。"

余无兴沿着自己设计好的程序继续盘问，说："也是新一军的？"

裘宝儿心里打了一个嗝，但迅速感到意外和惊喜，认为这个问题就会这样过去了，随口就答，说："还能是八路军的？"

余无兴也没有深究的意思，态度有所缓和，为了表示友好，拍了拍他的肩膀，说："你会得到优待的。"

裘宝儿本来以为轻易躲过了余无兴的审查，因为之前跟每个有关的人都统一了口径，自己是新一军的人。

裘继祖上门要人的时候，也是这样跟余无兴说的："如果不相信，可以派人到东北问问。"

要向正在打仗的新一军问清楚，需要很长的时间，而且难度极大，余无兴本事再大，一时半会儿都难以证实。

但想不到的是，没有等到余无兴展开新一轮侦讯，比尔已经出面交涉，同时以美国人的思维方式，将裘宝儿真实身份和事情的来龙去脉，一五一十全部告诉了余无兴：裘宝儿已经脱离共产党，是个平民，不应该受到追究。

比尔给了余无兴一个大大的收获，不过以他的经验，裘宝儿既然是共产党资深军官，以其家人背景，加上有美国人撑腰，一定不那么容易对付。但让他惊愕的是，裘宝儿得知比尔前来交涉过，马上承认了自己的身份，但坚持认为自己是一个主动复员、回归社会、支持政府的前抗战军人。

因为类似的情况并不多，其复杂性更是出乎余无兴的意料，随后他马上质疑裘宝儿所交代的一切，产生了一系列疑问。

裘宝儿脱离共产党，以平民身份，大摇大摆从剑拔弩张、烽火正起的东北跑到重庆，而且公开举行婚礼，岂不令人费解？他了解中国共产党，这是世界上最严密、最坚实、最讲纪律规矩的组织，不是随随便便说脱离就脱离的，况且国共对决随时爆发，已经是公开的秘密，在如此敏感的时间节点，中共方面能这么容易任凭他离开？万一裘宝儿负有特别使命呢？他长期在中共首脑所在的延安，又到即将成为主战场的东北，靠近中枢机要，万一他是一条大鱼呢？

不等余无兴施展手段，再费周折，比尔已经鼓动准备启程回国的马歇尔出面，向国民党高层施压，迫使人在重庆的张群亲自打电话，命令余无兴马上释放裘宝儿。

余无兴答应马上放人，但条件只有一个，裘宝儿必须登报声明脱离共产党，说："我也好向上峰交代。"

根据他的长期研究，中共对叛徒绝不饶恕，尤其是对公开叛党的人，无论地位多高，资历多深，功劳多大，都会被坚决抛弃。即使是身负重大使命，以这样的苦肉之计，潜入敌方阵营，一旦公开叛离，告示天下，其中的风险无法控制，因为任何一级中共组织或个人，都可以实施除奸行动，而不必对其中的什么隐情、什么机密负责。

这绝不是中共的做派。

在余无兴看来，这种与自己的组织脱离的决绝方法，是对裘宝儿最可靠的检验。声明一经发表，裘宝儿名节既失，就是隐姓埋名，远走他国，也难以逃避危险，终其一生都必须死心塌地依赖于党国保护，受到党国掌控。

裘宝儿不仅没有马上签字，而且愤怒地把声明撕成了两片，大声进行了抗议，说："没有必要！"

余无兴反而踏实了许多，在他看来，裘宝儿的反应是比较真实，符合逻辑的。裘宝儿要是痛痛快快就把声明签了，或许其中有诈，而他怀有恐惧的激动，多半证明，他确实是脱离共产党了。

　　在又一次得到比尔尽快帮助他到美国的保证之后，裘宝儿在次日报纸排印之前，在脱党声明的文稿上签上了名字。

　　次日一早，余无兴把散发着油墨味的报纸放到裘宝儿面前，希望他看看，说："一个字都没有改。"

　　裘宝儿目光避开，手臂一扫，报纸飞到了很远的地方，说："我永远不会看。"

　　余无兴捡起报纸，说："所有的报纸都登了。"

　　"重庆所有的报纸？"

　　"上海、南京、北平，所有的报纸。"

　　裘宝儿捂着脸，抽泣起来。

　　中饭是余无兴宴请，裘宝儿吃了几口饭，便再也吃不下了。然后余无兴亲自驾车，把裘宝儿送回了谢公馆。

　　裘继祖早就等在路口，看见余无兴把车停在有坡度的地方，车往后滑了一段，他急奔几步，挡住了车，用石头垫住车胎，然后一把拽住余无兴伸过来的手，把他从车里拎了出来，责问："为什么要登报？"

　　裘宝儿摇下半个车窗，说："我自己同意登报的。"

　　余无兴顾不上检查车轮，赶紧解释，说："现在夫妇离婚、父子脱离关系都要登报的。"

　　裘继祖放开手，但马上又捏紧拳头，神情极其不安，说："你们要保证我儿子人身安全。"

　　余无兴称赞裘继祖刚才的举动功夫了得，称赞有其父必有其子，说："在重庆，谁敢伤害你们。"

　　"你们能。"

　　"我会派人保护的。"

　　裘继祖看看四周，发现周围多了几个拿枪的警察，哼了一声，表示不满，拉着裘宝儿下车，说："别人靠不住。"

走进谢公馆，谢赛娇在房间里等他，先是送上热毛巾让他擦了擦汗，接着从棉被里拿出一样东西，递给他，说："快吃吧。"

是一块冰激凌。

裘宝儿没有吭声，咬下一口，含在嘴里，舍不得嚼碎，一丝冰流渗进了身体，他的眼圈红红的，差点落泪。

谢赛娇也没有说话，走出去，引着陶含玉一起进来看他。

陶含玉也不问候，直接就问谢壮尔的下落，说："怎么回事呀？他人呢？"

这一问，裘宝儿顿时想到了谢壮吾，全身感到一阵寒意，不禁一个又一个地打冷战。

谢赛娇看到，问："怎么怕冰呀？"

裘宝儿脑子里想着人在重庆的谢壮吾，没有听到谢赛娇的话，怔怔的，呆了好一会儿，直到手中的冰激凌化开，奶油滴湿了一大块地毯，他都没有回答陶含玉的问题。

陶含玉又问了一遍，说："谢壮尔人呢？"

裘宝儿摇摇头。

谢壮吾在范公馆。

他翻着当天的报纸，没有留意到广告栏中的声明。

范召土端着茶壶进来，给他倒了一大碗茶，开始摆龙门阵，先提了话题，还用抑扬顿挫的川音读了一遍，说："一个共产党声明脱党了。"

这时，谢壮吾才拿起报纸细看，不禁震惊。但范召土认为可能是造谣，是国民党特务使的离间计，共产党得民心，得天下，现在谁都这么看，说："只有傻人才会在这个时候脱离。"

谢壮吾没有跟范召土多讨论，他在惊愕失望之余，紧急联系周公馆，接电话的人答应转告，并同意晚上在范公馆见面，但见他的人却是那位袍哥。

"她离开了。"

谢壮吾略显失望，说："组织决定怎么处置他？"

但那位袍哥似乎一无所知，只是转达东北方面上官的意见，根据目前的形势和掌握到的情况，不宜马上惩处。

谢壮吾沉浸在痛苦和气愤之中，说："他这是叛党呀！"

那位袍哥好像受人之托，只是奉命而来，向他简要转达了两点：一、对方没有暴露在东北取走的财物一事；二、没有说出谢壮吾的行踪，说明留有余地。

"当务之急是逼他交回财物，然后再决定如何处置。"

谢壮吾明白所谓财物，主要指的是那幅古画，因为这是高度机密，那位袍哥当然不知情。

那位袍哥说完就立刻回到麻将桌上了。

第二天，谢壮吾在学校门口找到了谢赛娇，直截了当，希望她转告裘宝儿，归还属于别人的东西。

谢赛娇因为怀疑得到了证实，大哭起来，抱住谢壮吾，说："你是大阿哥！"

谢壮吾给妹妹擦了擦眼泪，说："你还能认出你大阿哥。"

"你真是大阿哥啊！"

"哪能骗自家的亲妹妹。"

谢赛娇哭了一阵，不由担心起他的安危，说："重庆太危险了。"

"我拿到东西就离开。"

谢赛娇点点头，说："我马上叫他还回来。"

看到妹妹天真的神情，谢壮吾感到了不安。妹妹当初爱上裘宝儿，包括爷爷谢富光在内的谢家人虽然没有任何反对，但都心有忐忑，只是没有人说出来。现在真的要嫁给他了，也没有人表示异议，更没有人出面阻止，尤其是自己，明明知道这桩婚姻充满了危险，却没有任何作为来拯救妹妹。

他伸手帮妹妹整了整衣服，认真起来，说："阿哥有话要跟你说说。"

谢赛娇望着他，点点头，说："我听着呢。"

谢壮吾多半是劝阻，多半是警告，希望妹妹慎重，说："毕竟他有债要还，能不能还，说不好。"

"不就是一幅画嘛。"

谢壮吾摇摇头，说："岂止是画。"

谢赛娇呼了呼气，说："他都已经离开了，还了东西，就两清了。"

谢壮吾耐着性子解释，说："清不了。再说，现在战争状态，你们结婚真不是时候。"

"又不是我们想打仗的。他不想，所以要离开，到清静的地方去，过我们自己的生活……"

谢壮吾有些激动，对着妹妹提高了声响，说："国民党、蒋介石点燃的战火，很快会蔓延到全国，哪里有清净的地方？他们发动的内战，得不到人民的支持，必然会失败。不用多久，一定到处是红旗飘扬，那时，他躲到哪里？你难道要做什么患难夫妻，一起毁灭吗？"

"毁灭？"谢赛娇听得呆呆的，眼睛红红的。大阿哥说了重话，就是不想她嫁给裘宝儿，但是自己做得到吗？她想着，心里凄凄的，说："小辰光，爷爷教背唐诗说，兔丝附蓬麻，引蔓故不长。嫁女与征夫，不如弃路旁。就是不叫我嫁给当兵的人，现在他脱离军队，少了更多的危险，我嫁给他，有什么不好的。"

听到妹妹提到了爷爷，谢壮吾更慎重了，不得不把话再说重一些，说："他是逆势而行，玩的是更危险的游戏！我怎么能看到你后悔，看到爷爷为你难过……"

"唐诗还说，父母养我时，日夜令我藏。生女有所归，鸡狗亦得将。你当阿哥的，把我嫁出去了，嫁给我自己喜欢的人，也算帮帮我了。放心好了，我不会让爷爷看到后悔的一天。"说着，谢赛娇眼泪流了下来，说："大阿哥，我晓得你为我好，你就成全我吧。"

听了这番话，谢壮吾鼻子酸酸的，正难过时，妹妹却平静下来，开出了条件，说："让我们离开，去美国。"

十八、天门朝天

那段时间，谢壮吾在重庆遇到的麻烦一个接着一个，几乎每个麻烦都隐藏着危机，每个危机都使他陷入极大的困境甚至绝境。

暂时的好消息是，陶含玉没有马上找到他，其原因是一个叫罗思国的人找了一个理由请她留了几天。

一天中午，陶含玉被叫到楼上军委会重庆行营的一间办公室接受有关讯问，而且连续七天，吃住都在内部招待所。

国民政府回迁南京，设置了国民政府军事委员会委员长重庆行营，还没有撤走的军委会的部分机关人员，如陶含玉所在的图书馆等辅助性的单位，暂时归属行营。行营确定了专人负责处理善后事宜，包括接收寄给军委会的信件等方面的机要工作。

找她谈话的是一位高军阶的年轻督察官，名叫罗思国。他曾在维也纳警察学院深造，抗战中期从欧洲回国，在印度就近加入了陶文负责的新编部队，在军法处担任军官。抗战胜利后的中秋节和春节，关系好的下属都被邀请到陶家做客，但罗思国只在圣诞节那天，带着他的洋人妻子登门拜访。

罗思国留给陶含玉最深的印象，就是他娶回一位奥地利姑娘的传说，因为这个传说让人羡慕，让人遐想。

据说罗思国在一次维也纳警察学院组织的舞会上，结识了年仅十六岁的院长女儿华格纳，舞曲未了，两人就陷入爱河。院长非但没有反对女儿与这位优秀的中国青年恋爱，而且想办法将罗思国留在奥地利，并把维也纳的一幢乡间别墅作为他们的爱巢。

但婚礼举行之前，罗思国选择了回国参加抗战，誓言把日本人赶出中国后，一定与华格纳结婚。

临别之际，罗思国神态激动，说："你爱我，请也爱我的祖国。"

谁都以为这段恋情就此了结。

一年以后，在维也纳的华格纳知道中国太远，也知道中国太穷太乱，但她难以割舍对罗思国的爱情，决定乘船到中国与罗思国完婚。

父亲也没有阻拦，但警告她，中国正在打仗，而且罗很可能已经有了一个中国妻子。在他看来，中国并没有严格遵守一夫一妻制。

华格纳态度坚决，她知道欧洲也在打仗，全世界都在打仗，但战争总有结束的一天，她更不相信罗会背叛爱情，违反誓言，爱上别人，跟别人结婚。

父亲送她到汉堡码头，给了她奥地利及德国驻上海领事馆的电话号码。

十七岁的华格纳只身一人，乘坐纳粹德国的轮船到达了上海。码头上尽管飘扬着太阳旗，但罗思国还是冒险前来迎接。他一身中国军人打扮，当着一群日本海军的面，向华格纳敬了一个军礼，然后两人紧紧拥抱、亲吻。

此后，罗思国奔赴战场，华格纳则辗转到了重庆，一个人独自在家，等待着战争的结束。

如此美好的爱情故事，怎能不令陶含玉这样的少女既感动又羡慕。

但现实却让陶含玉感到落差，如今真正与罗思国面对面，她再也不能把他跟维也纳舞会上的那个白马王子联系起来了。

由于事情比较严重，加上有别人在旁记录，罗思国态度冷淡，口气生硬，没有任何客套话，没有她想象中的他会给她冲上一杯咖啡，甚至都没有按照重庆当地的风俗给她泡上一碗茶水。

没有什么彬彬有礼，完全公事公办。

陶含玉感到不快，把脸板了起来，说："我还有急事，待不了几分钟。"

审问开始之前，罗思国交给她一封信，叫她当场看完后交还给他。

陶含玉接过信反复看了几遍，确定是谢壮尔的字迹，顿时目瞪口呆，满脸涨得通红，愣愣地坐了下来。

罗思国拿回信件，指着信封上不很清晰的邮戳，说："信是从东北发出的。"

陶含玉一听，反而恍然了，又站了起来，说："新一军是在东北。"

罗思国早有准备，摊开一张英文版的《中华民国全图》，伸出食指，一点，确定了发信的地点，说："那是共产党和苏联红军的控制区域。"

陶含玉心里又一阵紧张，但一想这说明不了什么，马上反驳，说："一定是那里刚刚有邮局，寄信方便。"

罗思国暗笑陶含玉不通地理，食指又往很远的地方一划，指着新一军所在的位置，又回手指了指发信的地方。

"横道河子在这里。"

陶含玉索性不看地图了，说："现在国共合作，他哪里不能去呀。"

罗思国又指着地图，说："东北已经是前线了。"

陶含玉停了停，一时说不出话来，过一会儿，突然想起以前听谢壮尔唱过《松花江上》这首歌，得意地敲了一下桌子，哼了起来，一会儿，又笑出声来，说："他游山玩水去了。他从小就想当旅行家。"

罗思国似乎惊愕于陶含玉的无赖态度，又觉得滑稽，也差点笑了，说："《松花江上》，我也会唱。"

两人唱了几句。

陶含玉以为问题很快迎刃而解，说："这首歌全中国的人都会唱，到美丽富饶的东北大地实地走走看看难道不行呀！"

但罗思国显然要言归正传，不想跟她闲扯，双手往后一背，身体一挺，神情严肃，提高声音，严厉指责谢壮尔竟敢公然呈情，要求国民政府军委会追认八个女子为烈士。

"他的立场已经站到共产党一边了。"

罗思国的指控很严重，但陶含玉并没有被这顶大帽子吓住。

她看完信之后，大概知道了八女投江的事迹，认为她们都是为了抗日，而且在1938年就牺牲了自己年轻的生命，让人同情惋惜，令人敬佩追忆。她们是烈士没有错，抚恤表彰没有错，何况那时国共一致抗日，两党都是同一个立场。什么立场站到共产党一边，真是牛头不对马嘴，罗思国的指责毫无道理。她表达了对丈夫的支持，说："换我，也会这样做。"

罗思国没有评价陶含玉的态度，突然提起了老上司陶文。

"你的vatar一定会感到奇怪的。"

陶含玉听他说了一句德语，说："中国话，父亲，英语father，什么vatar，希特勒才这么说。"

罗思国并没有生气，说："奥地利人也这么说。"

陶含玉哼了一声，说："希特勒不就是奥地利人啊。"

罗思国一时语塞，许久，才作了纠正，说希特勒只是幼年时期在那里上过学，不算奥地利人。

然后他又回到原来的话题，说："你的父亲一定会感到奇怪的。"

其实陶含玉也感到奇怪。

谢壮尔到底怎么了？

在她看来，写这封信的人与她熟知的丈夫很难是同一个人。丈夫虽然性情慷慨，时常想着帮助别人，但素来个性松弛，行为自我，在乌斯浑江边洒一掬同情之泪倒有可能，但居然有如此侠义之心，以超越党派政治的姿态，不计后果地从东北哪个角落里寄出这样一封信，为素不相识，死了快十年的八位年轻女子陈情请命，这太像一个谜，像一个美丽而奇妙的谜。

她得赶紧解开这个谜。

她得找他问问清楚，究竟是遇到什么事，什么原因让他性情发生了变化，继而产生了如此诡异的行为逻辑。

真不像她熟知的那个丈夫，她半是嗔怪半是疼爱地想了想。

陶含玉没有再坐下，她想马上离开，但罗思国告诉她，他在等待新一军的回复，在此之前，她吃住都得在招待所。

陶含玉拒绝，说："我想去哪里就去哪里。"

罗思国提醒她要认清此事的严重性，一旦有关部门，譬如新组建的保密局，知道了这封信，后果恐怕难以预料，会牵涉很多人。

"包括你自己。"

陶含玉自然不肯屈服于带有威胁性的语言，说："我怕什么！"

罗思国摇摇头，平心静气，问："你不怕给father带来麻烦？"

"跟我father有什么关系！"

陶含玉坐了下来，心里突然产生不安。

她尽管嘴硬，但也知道国共已经撕破脸了，这封信如果作为证据，被父亲的政敌，或者保密局诬陷通共，也是非常可怕的事情，正如罗思国所说，后果难以预料，谢壮尔出什么事，作为妻子当然会请求父亲帮助，作为岳父，父亲也必定会为谢壮尔出面周旋。

父亲尽管最近获得了信任，但有可能因此陷入一种困境。

事态完全可能朝不利的方向恶化。

她一把夺过信件，说信是写给她的，别人无权扣押。

罗思国便没有跟她计较，叮嘱她保管好信件，说："余下的事情日后追究。"

陶含玉得意，说："别小题大做了。"

罗思国突然改变口气，说："有一种可能。"

"什么可能？"

"他被共军俘虏了，被迫写下这封信。"

陶含玉一时哑了口。

罗思国送她出门，说："今天就到这里。"

"你真不放我走？"

罗思国摇摇头。

陶含玉想说什么，又住了口，她突然觉得事情有些蹊跷。难道谢壮尔真的到过共产党的地方，真的是被俘虏过，那他又是怎么回来，怎么出现在重庆，怎么不敢来见自己呢？

她决定先找到已经回到重庆的谢壮尔，问清楚这一切，然后决定怎么对付。

陶含玉回到招待所，又把信读了一遍，在感动八女投江的事迹，流了一会儿眼泪之后，疑问又越来越强烈，她必须尽快找到谢壮尔，把一切搞明白。

电话线被切断了，想写信也找不到人送，她显然被关禁闭了。

陶含玉一夜未睡，只等天亮之后，打算先委屈委屈自己，向罗思国求求情，放她出去。

但第二天罗思国并没有出现，也没有别的人过问她。陶含玉大怒，闹了一阵，终于有一个宪兵过来，告诉她，罗思国去南京开会了，要过几天才回来。

"让我走！"

但没有人再理她。

陶含玉被滞留在行营招待所的前一天，那位袍哥向谢壮吾转达一个通知，说："你要抓紧完成任务。"

谢壮吾表示了为难，说："陶含玉她人呢？"

"她不会见到你。"那位袍哥想了想，还是告诉他，据他们得到的消息，陶含玉在行营招待所，行动自由受到了限制。

"为什么？她怎么了？"谢壮吾又不免担心。

那位袍哥又想了想，说："什么原因还不知道，应该不会太为难她。我们会再了解清楚，你先不用多管了。"

后来，谢壮吾到了谢公馆，与裘继祖进行了开诚布公的交谈。

裘继祖盯着这位未来的女婿，为自己的怀疑得到印证而感到得意，说："你应该是阿吾，不是阿尔。"

谢壮吾希望归还古画，说："为了小越，也为了宝儿。"

裘继祖问起女儿裘小越的情况，说："你们在北平见过。"

看到裘继祖的神情，谢壮吾知道裘宝儿并没有把妹妹目前的状况如实告诉父亲，心中不免愤怒，但还是忍了忍，说："她回延安了。"

裘继祖笑了，连声叫好，因为以后共产党得了天下，女儿也算功臣，说："你们都是功臣。"

"那就把画还了，也是大功一件。"

"还给谁？"

"原来的主人。"

一会儿，裘继祖的脸耷拉下来，说："能将功补过就好了。"

"现在还来得及。"

"你能保证吗？"

谢壮吾还是点了点头。

裘继祖犹豫片刻，带着谢壮吾到了公馆后面的防空洞。防空洞里放了许多空酒缸，裘继祖用油纸包好古画，藏到其中的一个酒缸中。

裘继祖刚打开铁链锁住的门，又停住了。

谢壮吾上前，从门缝里探视黑黑的洞口，试图推开铁门。

裘继祖显然临时变卦，说："我担心因为你是共产党，万一遇到危险，可以在这里避一避。"

"谢谢！"

"谢啥？谁叫你是我女婿呢！"

"画呢？"

"我不知道画在哪里。"

裴继祖往回走。

谢壮吾追上去，说："画呢？"

"问宝儿要吧，他是你将来的妹夫。"

"我怎么见到他？"

"我来安排。不过这几天我也找不到他。他一直没有回来过，也没有跟我联系。"

几天以后，裴继祖终于拨通了一直没有拨通的一个电话，先埋怨了几句，又听儿子解释了几句，心里有了些底，鼓励儿子与谢壮吾见面。

见面的地点在重庆最热闹的朝天门码头。

按照裴继祖的说法，朝天门人多杂乱，容易躲，容易逃脱，最安全。

朝天门地扼黄金水道要冲，是重庆的水上门户。

左侧嘉陵江纵流于此，注入长江，碧绿的嘉陵江水与褐黄色的长江水激流撞击，漩涡滚滚，清浊分明形成"夹马水"风景，其势如野马分鬃，十分壮观。

明初扩建重庆旧城，按九宫八卦之数，造城门十七座，其中规模最大的一座城门即朝天门。1891年，重庆辟为商埠，始设海关。又于1927年，因修建朝天门码头，将旧城门撤除。朝天门由此以两江枢纽，成为重庆最大的水上码头。

重庆的繁荣昌盛，在一定程度上，集中表现在朝天门，也是来重庆的必看景点。

谢壮吾放眼望去，只见江面樯帆林立，舟楫穿梭，江边码头密布，人流如潮。又清楚看到，沿两边江街巷，棚户、吊脚楼紧邻无间，层层交叠，密密麻麻，热闹成市，尽显繁盛。

人，很容易消失在这样的情景之中。

但谢壮吾一开始就发现周围出现了一些穿着中山装的可疑人物，因此他一见到裴宝儿，就提议换一个地方。

裴宝儿看看四周，果然有许多双眼睛在监控他们，于是连忙解释自己不认识他们，说："我不认识他们。"

"他们都带着枪。"

"不一定冲我们来。"

谢壮吾一把抓住他，说："把画给我。"

裘宝儿态度坚决了，抽开手，说："我不能给你。"

"那你跟我回去，自己交出来。"

"我不会回去的，你知道回去的结果。"

"画是别人的，你不能偷别人的东西！"

裘宝儿拿出一张纸，说："这个你带回去。"

谢壮吾接过匆匆一看，原来是一份关于脱党声明的说明报告，随手一揉递还给他，说："报纸上看过了！"

裘宝儿一把拉住他，说："报纸上有歪曲，我这里有解释！"

"都一样，还解释什么！"

裘宝儿压低声音，展开纸快速念了一遍：

"本人裘宝儿已提出复员申请，离开军队，过平民生活。因与共产党理念不相一致，不愿成为其拖累，自动脱离中国共产党，自此不加入任何党派，两不相欠，互不干扰，并保证绝不做任何对之前投身之军队、组织不利之事。声明人裘宝儿。"

"有什么区别！"

"报纸上登的与我自己写的并不一样。"

"把东西交还组织！"

两人拉扯之际，同时数条客船到达，一上一下的人流拥挤在一起，把他们拱到了最旁边的石阶上。

两人就借着人流的掩护，在石阶上动起手来。

站在上台阶的谢壮吾本想就势抱住裘宝儿，将他挟持到停在石栏处的一顶封闭轿子内，说："换个地方说话。"

裘宝儿发现抬轿子的四个壮汉正虎视眈眈，他急于脱身，就势右脚一蹬，身体重心却移向左脚，脚掌在坚硬潮湿的台阶上一踮，左手臂又朝外一旋，已蓄势待发。

谢壮吾身后这一阶台阶特别陡峭，挡住了他的退路。

如果在一个高度上，裘宝儿这一招本是要打击对方面部的，但他凭着在下面的位置，由下向上伸直，猛然一击，拳面朝上，拳心朝右往内，对着谢壮吾的小腹部，给出一记出其不意的左勾拳。

看到拳头过来，谢壮吾扭腰急避，不轻不重挨到了一记的同时，身后又碰撞了一下坚硬的石板台阶，等于一前一后受到两下重击。

裘宝儿趁势又使出右勾拳，而且更加凶猛。

于是变成了拳与脚的较量。

谢壮吾身体挺直，利用自己站在高处的优势，不等裘宝儿的拳头到达，就朝低处踢出连环腿。

第一脚是正蹬，出脚之前，身体重心移至后腿，后腿略略一屈，左腿屈膝往上一抬，脚底朝前，随即左腿由屈而伸，向前下方蹬出，刚好接住裘宝儿的拳头。

紧接着第二脚是侧踹，谢壮吾将重心移至后腿，脚尖向外展开，左腿屈膝一抬，高过腰际，同时脚尖勾起，脚底朝外一侧，随即小腿向外翻脚，挺起膝盖重重踹出。

但裘宝儿还是避开了。

裘宝儿勉强避过一踹之时，谢壮吾已使出第三脚鞭腿，只见他重心移到右腿，屈膝向上一抬，左腿侧转略略一倾，小腿略略外翻，随即挺起膝部，小腿形成弧形，借助拧腰切胯之力，加大力度，以脚掌为轴，在半空中一蹀，击倒了裘宝儿。

此时，在那位袍哥的率领下，轿夫们一拥而上把裘宝儿抬了过去，要把他塞进顶着布帘的竹轿子里。裘宝儿奋力挣扎，与那位袍哥和轿夫们扭打起来。

这时，原来在上面监视的那帮穿着中山装的人纷纷掏出枪，来救援裘宝儿。

那位袍哥见状不妙，叫轿夫们扔下竹轿子挤进人流之中。

混乱中，裘宝儿得以逃脱。谢壮吾还想追过去，这时有人先开了一枪，裘继祖突然从后面抱住他，顺着人群，拐了几拐，进入下坡处的一间茶馆里。

外面枪声大作。

茶馆里，谢赛娇正在等他。

裘继祖抱住谢壮吾不肯松手，说："你要是出了事，宝儿在共产党这里就算结仇了。"

谢壮吾态度冷冷的，说："这些国民党特务难道不是他叫来的?"

谢赛娇递过一杯已经凉下来的浓茶，说："是他们跟踪宝儿，宝儿不知道的。"

谢壮吾脸色铁青，端起茶杯喝了几口，又放回谢赛娇手中，说："你不知道我不喜欢喝茶!"

谢赛娇心疼哥哥，赔着笑脸，说："回公馆喝，喝咖啡。"

谢壮吾朝外面看了看，想了想，又站起来，坚持要找到裘宝儿本人，说："他投靠国民党了，我要阻止他。"

裘继祖忍着一肚子的不快，脸一沉，说："他都被你打伤了，能投靠什么国民党。你先让他治治伤。"

谢壮吾这时才感到小腹部和背部下方隐隐作痛，掀开衣服一看，满是瘀青，往身后一摸，发现手上沾了血渍，伸手递给裘继祖看，说："伤的是我!"

裘继祖看也不看，刚才的情况他都看到了，说："他拳你脚。你那是皮外伤。"

"他也不是内伤。"

谢赛娇不禁心疼起哥哥，说："都出血了，还皮外伤!"

裘继祖叹了口气，瞪了一眼儿媳，说："到底是一家人，都姓谢。"

谢壮吾冷静下来，神情认真，对裘继祖的态度也缓和下来，说："我们都是一家人，不能眼睁睁看着宝儿走到死路上去。"

谢赛娇急了，说："我们离开，到美国去，不要掺和国共两党争来争去的事!"

裴继祖也答应再做做裴宝儿的工作，动员他交回古画，但能不能做到，他不敢保证了，说："事情已经闹大，他怕回不了头了。"

谢壮吾犹豫了一下，还是把裴宝儿在北平伤害裴小越的事说了。裴继祖虽然一开始不肯相信，但马上变得极其难受，说："小越是他亲妹妹呀!"

"但愿她能平安。"谢壮吾安慰道。

"如果小越有个伤痛，我不会饶过他!"说着，裴继祖的眼泪在眼眶里打转，但没有流出来，他不禁又担心起裴宝儿，说："共产党不会放过宝儿的。"

"把东西交回去。"

裴继祖此时替儿子感到恐惧，说："交回去还不是一样?"

"不一样。"

"让你为难了。"

"不为难。"

谢赛娇急得差点哭起来，说："阿哥，你就让我们去美国吧。"

谢壮吾更加坚决，说："把东西还给人家。"

裴继祖说："眼前你自己很危险。"

裴继祖的话让谢赛娇担心，她又不禁哭了。

谢壮吾神情淡然，说："我为此牺牲生命也值得。"

十九、赝品时刻

陶含玉离开了重庆行营招待所，但她并不知道自己将要面对什么样的命运。未来的日子，对她来说，时间和空间，都变得不可捉摸，安全与危险，都变得难以预料。

接着，谢壮吾决定要离开重庆，临走前到范公馆给东北发了一封简单密电。他确定会拿到那幅万里追寻的古画。

而裴宝儿与妻子谢赛娇、父亲裴继祖，先于谢壮吾一步，坐着比尔的飞机去了上海。

起先，比尔开始留恋起重庆的生活，而且想私下里做几笔生意，拖着不肯马上离开重庆，甚至不想再开飞机，准备做一个专职商人。

后来比尔突然改变态度，急着要走，其中的原因是怕鸡缸杯被人要回去。

之前裴继祖听儿子说过鸡缸杯的事，心里一盘算，就找到比尔，晓之利害，告诉他，明成化鸡缸杯是无价之宝，如果别人知道了它的踪迹，即便国民政府愿意让他带出国门，民间也不会答应，各路江湖人士一定会找上门来索要，甚至抢夺，特别是重庆袍哥素有奇人，到时候无痕无迹，把它拿走了也不知道，说："三十六计，走为上计。"

比尔焦虑起来，答应丢下几单马上能获得丰厚利润的生意，尽快离开重庆。

接下来的问题是怎么对付谢壮吾。

为此，几个人商量了半天，出现了争执。

裘继祖自然要老成持重一些，想得也更多更周全。毕竟谢壮吾是自己女婿，所以他主张把画还给他，认为这样一来，谢壮吾回去也好交账，共产党那里也就对儿子不至于再深究，尤其是女儿裘小越也不会因为这件事受到连累，三全其美，没有人会受到伤害，说："他们只是要把画拿回去。"

但裘宝儿坚决不同意，说事已至此，已经晚了，他的前程都已经押在画上了。

裘继祖看了看儿媳妇，有些无奈，说："都铁了心。"

裘宝儿神情热切，拉着谢赛娇的手，但说的话却让谢赛娇感到不快，感到恼怒。

裘宝儿竟然说如果谢壮吾再要纠缠下去，就让国民党的人对付他。

谢赛娇哼了声，说："现在国共合作了，你说对付就对付。"

裘宝儿深深不以为然，虽然是国共和谈期间，其实早就撕破脸了，国民党方面绝不会容许一个共产党干部在重庆如入无人之境，目无法纪，肆意妄为，说："谢壮吾的行踪如果给余无兴这种反共分子知道了，那就麻烦了。"

裘继祖立即表示反对，说："余无兴是抓过你的人，不提他！"

谢赛娇摆脱了裘宝儿的手，谢壮吾是她亲哥哥，怎么能把他出卖给国民党特务，那不是害死他。

裘继祖也对儿子如此绝情的主意感到不安，如此下策，会把大家都害了，除了都死路一条，还落下个不忠不义、六亲不认的名声，说："不能做绝了，都是一家人。"

裘宝儿见得不到赞同，就退缩了，说："我也是提醒而已。"

但谢赛娇也反对把画还回去，要保证以后在美国的生活，还要支付她继续学习美术的费用，都需要这幅画作为物质支撑，说：

"不能再问爷爷要钱了。"

裴继祖感叹了一句，说："你们也要替阿吾和小越想想。"

最后，谢赛娇想出了一个点子，她临摹一幅给哥哥，说："不就是一张画。"

裴继祖吃了一惊，一半是对儿媳妇的主意感到意外，一半是怀疑她能不能画好一幅如此重要的古画，说："你看过画？"

谢赛娇自信地点了点头，说："我不就是学画的？"

裴继祖父子二人怔怔地相互看着，一时不知道怎么说才好，只好听谢赛娇认真地描述让别人听起来十分荒诞、十分唐突的计划：她画好同样的一幅画，交给哥哥带走，到时候哥哥回到东北交差，他的上级能看出是假的？就算发现不是真画，再责怪哥哥，哥哥大不了复员当平民，回到上海，正好回到他最敬爱的爷爷身边，继承家业。

裴继祖愕然的神情渐渐释然，居然觉得计划可行，随后替谢壮吾侥幸起来，设想共产党也会晓得谢壮吾已经尽力了，不至于因为事情败露而加罪于他。

谢赛娇看了看一脸生疑的裴宝儿，希望他能支持自己的计划。

"为了我们。"

裴宝儿心里十分清楚这个想法太幼稚了，也太冒险了，他知道一定会害了谢壮吾。谢壮吾很有可能背上一个欺骗组织的罪名，处分降职？开除党籍？都有可能，甚至被打成敌人，比如叛徒、特务。

想想都感到恐惧。

谢壮吾成了自己的替死鬼。

但既然是谢壮吾自己的亲妹妹想出来的，他就用不着反对了，当然也不要多说什么，他必须鼓励新婚妻子实施这个计划，让她坚信这是一个完全可行的上策，这一切都是为了他们这个小家有一个更好的未来。

让他更加高兴甚至感动的是，谢赛娇这个计划充分证明她对自己的爱没有变。这使他想起十年前上海大中学生拳击决赛，她坚定地站在自己这边的情景，今天再一次面临选择，她依然站在自己一边，为自己着想，为他们共同的未来着想，为此不惜牺牲自己的亲哥哥。

毕竟是自己的妻子。

裘宝儿不由得心里涌上一股暖流，突然紧紧拥抱谢赛娇，趁势继续鼓励，说："可以试试，至少先应付过去再说。"

裘继祖也被感动了，他居然以公公之尊，向谢赛娇作了个揖，一阵语重心长的拜托，虽然一边是她哥哥，但这里是她丈夫，一个娘家，一个夫家，以后跟谁的路走得长，一个明白的女人，都应该清楚的。

谢赛娇似乎有些醉心于自己的画艺，马上想付诸行动，于是提出要看看那幅画，说："我还没有看过画。"

裘宝儿看了看父亲，稍加犹豫之后，欣然同意。

当天晚上，在父子二人的严密监视下，谢赛娇在公馆后面用于藏酒的防空洞里，看到了《归来图》。

开始临摹的时候，谢赛娇希望他们离开。

"让我一个人。"

其实谢赛娇对这里并不陌生。鉴于上海"八一三"事件中双胞胎兄弟父母被炸死的悲痛记忆，早在重庆遭遇大轰炸之前，谢家就在公馆后面的山下挖了这个几百平方米的深洞，里面辟了几个房间，可以住人，洞顶上有钢条做成的百叶窗，光线和空气可以透进来。每逢日机轰炸，这里都是谢家上下和附近居民的躲避场所。后来形势好转，日机再无力量进犯重庆上空，这里被改成酒窖，专门收藏陈年绍兴酒和进口葡萄酒，谢富光说过，藏酒比在银行里放金条还要好。

"酒越陈越香。"

谢赛娇看到满地的酒坛，想起爷爷说的这句话，木木地发了许久的愣。如果爷爷在，他会说什么，做什么呢？有一天回到上海，见到爷爷，自己又怎么解释今天的行为呢？

思绪有点乱，她一边想着，一边看着那幅真画，同时，她借着眼睛的余光，看到父子二人搬来一张条凳，坐到洞口外守候，并盯着她看，一直没有离开。

她动手画了起来。

在弥漫着酒香的环境下，谢赛娇的头脑虽然有些犯晕，但她借着两盏汽油灯，靠着一盆凉水不断地敷脸，用了一个通宵的工夫，将画中四五株古树、两只飞鸟一一描就，大致完成了临摹。

一抹晨光涌进洞内，天已经大亮，同样一夜未眠的父子二人进来，送上新鲜的牛奶和面包，还有当时重庆难得一见的南洋水果，以表示对谢赛娇热切的慰问。

裘宝儿还流泪了。

谢赛娇顾不上吃东西，就睡了下来。她片刻打盹的时候，父子二人细细看了画，不由得惊叹她的临摹惟妙惟肖，几可乱真。为了表达兴奋，父子二人挥起拳脚，舒展身体，认真地过了几招。

谢赛娇睁开眼，说："还不到庆祝的时候。"

父子二人的拳脚同时停了下来。

谢赛娇喝了一大口牛奶，说："还没有裱。"

父子二人才知道他们的高兴早了一点，一时不敢说话。洞里面安静了好一会儿，裘继祖突然眼睛一亮，猛然想到山下一条街上有一家裱画店，马上就要出去请裱画师傅。

裘宝儿拦住父亲，说："不能让别人知道了。"

父子二人正在争议时，谢赛娇收好画，要离开防空洞，说："还是我来吧。"

原来谢赛娇想到公馆的大餐桌刚好用来裱画，只要到裱画店里买回一些糨糊就行了，说："我一手到底了。"

但裘宝儿仍然坚持在洞里把画裱好，说："上面不安全。"

谢赛娇急了，说："难道把桌子搬到洞里来？"

不想裘宝儿与父亲一起，用尽全力，一步一挪，把公馆一楼

244

的大餐桌抬进了洞里。

谢赛娇等裴继祖买回糨糊，就支开他们，开始动手裱画。

裴宝儿心疼谢赛娇，劝她回到楼上："到床上好好睡会儿。"

谢赛娇打起精神，睁大眼睛，说："睡不着。"

又是用了一天的工夫，到了天黑，精疲力竭的谢赛娇终于把画裱好，但发现画太新了，然后开始做旧。先是抹了一把酒坛上的陈年灰尘，撒满画纸，又吐着气，一点点吹干净，接着又撕下封坛口的油糙纸，点上火，燃烧一半后，用干裂的封泥将火扑灭，让冒起的泥烟熏起，渗透在画上、轴上。

当黑夜再次临近，谢赛娇把一切都打扫干净，然后挂起画，把父子二人喊了进来。

"好了！"

父子二人奔进来，一起细看新裱好的画，只见严丝合缝，无半点破绽，卷开之后，古色古香，完全是一幅古画，霎时怔住了。

裴宝儿当然兴奋，再次拥抱谢赛娇，但马上又充满疑问，说："你怎么做到的？谁教你的？"

谢赛娇似乎不想好好回答，只淡淡地应付了一句，说："这不是谁能教的。"

裴继祖对儿媳妇高超的画艺深感敬佩，叫儿子不要多问了，说："神授神授，天机不可泄露。"

谢赛娇抛下他们，跌跌撞撞地回到楼内，一头倒进卧室，呼呼大睡。

望着几乎完全一样的仿真古画，父子二人对如何打发走谢壮吾有了足够的信心，在喜悦之中沉浸片刻之后，马上开始实施接下去的行动。

一回到楼内，裴继祖急着联络谢壮吾，换了件衣服准备离开。

谢赛娇突然从卧室里奔出来，抓过自己临摹的那幅画，展开，指着空白处，说："陶渊明六句诗，瘦金体，谁来题写？"

裴宝儿这时发现画上新裱的空白处应该还有后来题写的几行

诗，回过头来，说："画都临了，字也可以临呀。"

不想谢赛娇却是一脸没有把握的神情，说："我临不了这样的字。"

裘宝儿看着原画上的诗句，发出一连串的问题，说这些字到底是谁写的？到底是什么意思？到底是画好还是诗好？

谢赛娇卷起画，岔开裘宝儿的话题，说："问太多了，不过是几句诗。"

"怎么办？"

裘宝儿又焦虑起来。

谢赛娇这时想到了一个擅长瘦金体的人。

这个人就是陶含玉。

有一次青年救国会举行抗日宣传集会，组织者专门挑了几个书法好的学生写标语，会画画的谢赛娇也名列其中，但陶含玉一手细细的刀刻一般的瘦金体，出人意料地好，得到大家的一致称赞。

一位教授问起渊源，陶含玉说是临了父亲的字。

父亲为了让她练习毛笔字，找了好几本名帖让她选择，但她坚持要学父亲写的那种字体，笔画里都是刀钩，纤细中藏着坚韧，美观而有力，说："太特别了。"

父亲专门制作了一本字帖送给她，说："你就学瘦金体吧。"

谢赛娇当时亲眼看到陶含玉写的标语，她的字跟画上题诗的字体风格完全相同，如果由她来写，那这幅画就完全乱真了。

为了打消父子二人的疑虑，谢赛娇提起了几年前的这件往事，建议把画拿给陶含玉看一看，请她题诗，说："她一定写得跟原来的一样好。"

裘宝儿犹豫了很久，想来想去还是不想让陶含玉介入，万一她见到了谢壮吾或者谢壮尔，说出去怎么办？搞不好前功尽弃，谢赛娇一番心血白费不说，如此弄虚作假搞欺骗，共产党饶不过自己，罪加一等不说，到头来，自己辛辛苦苦的谋划落得一场空。

这画的秘密绝不能让更多的人知道了。

但谢赛娇在另外的纸上临摹了几次，基本的笔画虽然有几分相像，但其中细处的勾画，字与字之间，行与行之中的构架，如比较再三，虽然相差微毫，但难掩区别，尤其是整片笔墨透出来的气韵，差距更是显而易见。

裴继祖也只好感叹，说："仔细看看，不一样啊。"

谢赛娇把笔一扔，说："不用仔细看就发现不一样了。"

到此，裴宝儿对这个即将进行到最后的计划几乎失去耐心了，于是按照自己的逻辑认为，谢壮吾不一定会细看，就是细看，也不一定看得出来，就是看得出来，他也只好带回去交差了。

裴继祖于心不忍，说："也不能让阿吾吃亏了。"

此时，谢赛娇叹气，说："陶含玉一定能写得这么古里古气，古色古香。"

裴宝儿一听，愣住了，随之脑子里蹦出一个大大的疑问："会不会就是陶含玉的父亲陶文题写的？"

谢赛娇似乎被问住了，神情紧张，脸色又红又青，说不出话来。

裴宝儿继续自己的疑问，说："这几句诗是什么意思？"

谢赛娇终于对裴宝儿这么多的疑问表达了不满，激动起来，说："什么意思？画意，画里的意思！"

但裴宝儿并没有理会谢赛娇关于意境之类的说明，而是继续怀疑，而且越怀疑越感到焦虑不安。

因为他首先想起来，陶文去过哈尔滨。

陶文率领的国民政府军委会巡视团离开哈尔滨之后，他向谢壮吾打听过陶文的情况，谢壮吾讲到过陶文赠送了礼品，是一幅画。

如果就是这幅画呢？

当时裴宝儿谋划离开东北，离开共产党军队，主动要求看管保险柜，为了复员后的生活保障，不得已拿走了存放在里面的几十个银元，顺便还拿走了柜子里的一幅画。没有想到，这幅画居然价值连城，给自己带来意外收获，带来巨大财富的同时，也带来了麻烦和危险。

如果这幅画是陶文送的，那他为什么要送这么贵重的画？资助共产党？以他对共产党的了解，似乎不会接受这样的资助。因为与中共高层的私人之谊而慷慨赠予？但这明显违背共产党的传统和纪律，似乎更不可能。

那到底为什么？

裘宝儿开始注意六句题诗，口中喃喃自语，一遍一遍，每读完一句，算一算其中的数字，想一想其中的内容，最后，猛然间醒悟到什么，口里抽着冷气，不敢说话。

裘继祖其实知道儿子怀疑什么，但他认为这样的怀疑很荒唐，也很危险，劝儿子不要胡乱猜疑，当务之急就是怎么把临摹的画抓紧还出去，说："就是一幅古画！"

裘宝儿身体轻轻颤抖了一下，说："如果就是一幅画，他们何苦死死不肯放过我！"

谢赛娇觉察到裘宝儿内心的恐惧，想安慰他，但没有找到合适的话，最后说："只有赶紧把画还了。"

因为事情紧迫，也因为裘宝儿横竖想想世上不可能有这样巧合的事，最终同意赶快找到陶含玉，请她题上六句瘦金体。

其实他们在防空洞的时候，陶含玉已经到过谢公馆，她当然是来寻找谢壮尔的。

她发现所有的门都上了锁，守了大半夜，问了路过的邻居和附近巡逻的警察，都不知道人的去向。

陶含玉找遍了该找的地方，不见谢壮尔的踪影不说，她被关在行营招待所的一星期里，该走的人也都走了，连原来的不太往来的亲戚熟人也突然消失了。

她不禁替丈夫担心，慌乱之中，只有找父亲求助。

行营电讯部门一位接线员得到她一串珍珠项链的贿赂之后，帮她接通了北平的电话，但接电话的一名副官告诉她，陶司令带领着十万大军开往秦皇岛了，现在人在前线无法联络到他。

气愤难平的陶含玉只能找罗思国算账，同时希望能从他那里打听到谢壮尔的下落。

罗思国已收拾好行李，准备第二天上午到南京。

他热情地接待了陶含玉，给她冲了一杯咖啡。

陶含玉很想把热气腾腾的咖啡泼在罗思国的脸上，但碍于他的太太在场，勉强克制了心中的怒火。

"谢壮尔在哪里？"

她抿了一口咖啡问他。

罗思国告诉她一个不太好的消息：谢壮尔因为是私自离开前线，已经被勒令立刻回到新一军。

"现在可能在东北了。"

陶含玉当然不信，说："他既然回到重庆了，怎么不见我就走？"

"那你问他。"

"他都被你们赶走了，我怎么问，你们简直没有人性，法西斯！"

陶含玉一肚子的愤怒和委屈爆发出来。

华格纳虽然对陶含玉的谩骂不满，但出于息事宁人，也表示了同情，帮着她指责罗思国，说："出于人道，你们应该让他们见面。"

罗思国很无奈，说："我也没有见到他。"

陶含玉抹了抹眼泪，说："这是政治迫害！"

罗思国深表歉意，安慰她，说："只要他按时回到东北，不会有任何事。"

"他要有事，你是罪人。"

华格纳此时也控制不住了，神情急躁地说起了奥地利语，而罗思国则像是在劝她。

陶含玉猜出华格纳可能在责怪她，骂她得理不饶人，于是感到这对夫妻在合伙欺侮她，心里涌起一阵委屈，想着应该用最恶毒的语言大骂这对夫妻，而不是当着华格纳的面号啕大哭。

有一年圣诞节，罗思国夫妇到陶家做客，有几分酒意的华格纳发表了一个论调，说中国妇女喜欢当众大声号哭，看上去十分悲痛，但好像是哭给别人看的，内心可能并非如此。

当时陶文表达了不同意见，说不能一概而论，东西方文化不同，放声大哭，当然是悲痛所致。

陶含玉觉得华格纳说的有几分道理，但她不愿意表达出支持。

罗思国打了圆场，提到他家乡农村的妇女中有华格纳所说的情形，许多情况下只是风俗。

此刻，陶含玉不想被认为自己是那种当众号哭的农村妇女，于是在情绪崩溃的最后一刻，离开了罗思国的家。

陶含玉再一次来到谢公馆的时候，发现楼上楼下亮着灯火，霎时眼泪夺眶而出，在门口大哭起来。

出来开门的是谢赛娇，是她的一个亲人，此刻她真想喊她一声小姑子，但又怕太正式太生分太别扭，因此从来没有这样叫过，"小姑子"三个字堵塞在喉咙里无论如何吐不出来，又咽不下去，只是哭泣着，一时不明白叫什么才好了。

不想谢赛娇拉着她的手，叫了她一声二嫂。

陶含玉从来没有听到过别人这么称呼她，尤其是想不到如此相熟的谢赛娇此刻会这样叫她。

她难道不是谢家二儿媳，难道不是谢赛娇的二嫂吗？

她想搂着她亲爱的小姑子好好哭一顿，但她马上发现谢赛娇却镇静异常，没有接受她的拥抱，也没有掏出真丝手绢给她擦拭泪水，更没有马上将她让进门，而是伸手关上门，把她拉到树底下，说："二嫂，有事相求。"

由于谢赛娇不想让裘继祖父子跟陶含玉见面，她把自己临摹的画拿到防空洞里，交给了陶含玉。

看着《归来图》，陶含玉心中顿时不安。

去年深秋，父亲陶文接到前往东北视察的命令，临行前，她发现父亲从原来打包运送南京的行李箱中取出一幅珍贵古画，题上六句诗，然后放进皮箱，随身携带。当时她问情由，父亲一句"不足与外人道"就结束了话题。

她知道这可能是父亲的一个秘密。

此时她感叹谢赛娇的临摹，但更多的是疑问。

谢赛娇有自己的解释，但没有说更多，最后她只给出了一个理由：为了谢家，也为了你父亲。

事情很快就结束了。

裘继祖到防空洞找过来的时候，陶含玉已经离开了。

看到已经题上诗句的画，裘继祖不停地称赞，说："再仔细看，也都一样啊。"

裘宝儿知道陶含玉来过，想去找她问一些事情，谢赛娇拦住他，说："你找不到她的，她已经离开重庆了。"

两幅画放在一起，几乎分不出哪幅是真的。裘宝儿着急了，埋怨父亲不应该放一块，说："万一拿混了怎么办？"

但裘继祖认定没有放混，说："我眼睛没花，手脚不糊涂。"

裘宝儿不放心，让谢赛娇确认，她当然一眼认准，拿起其中一幅，露了句上海话，说："侬爹爹没弄错。"

裘宝儿虽然相信谢赛娇，但还是再次确认，说："真没有弄错？"

谢赛娇轻轻嗯了一声，点点头。

二十、陶氏有女

　　重庆行营正式通知军委会所有留守陪都人员即日起前往南京报到。陶含玉意图脱离军职，打算与谢壮尔会合后，到上海或者武汉某个地方暂避几天，但前提是找到他。按照命令，军委会图书馆已经移交给重庆市政府，但陶含玉迟迟没有把钥匙交出去。接受完罗思国的审查，她每天仍然去上班，目的只有一个，希望谢壮尔会乔装打扮成一个阅读者或者借书人，到图书馆找她。

　　罗思国催促她办理交接手续时，交给她一个沉甸甸的信封。信又是谢壮尔写来的，令她感到震惊的是，信封上的邮戳十分醒目，樱花配着日文，居然是从日本东京寄来的。

　　没有任何拆封的痕迹，陶含玉暗暗感到意外，随后小心地揭开了信封，取出厚厚的一叠信纸。

　　她目光匆匆掠过激情洋溢的内容，迅速翻到信的末尾，看到"深夜，在镜泊湖畔"几个字之后，确定是谢壮尔写的，但不禁陡增更多的疑问，回头把信再细细看了几遍，终于搞清楚，这封信是在他为八个投江的抗日女英烈申诉信件前，写于镜泊湖森林木屋中。

　　谢壮尔在信中热情洋溢、毫无保留地赞美了镜泊湖，热切盼望有一天陶含玉能和他一起，重游此地，相信她一定会用画笔把美丽得难以形容的景色描绘下来。

读完信，陶含玉整颗心扑扑跳动着，呼吸急促，几乎就要窒息了。

激动的同时，更多的是惊诧。

怎么回事呀？

谢壮尔怎么会在镜泊湖？镜泊湖在遥远的东北满，距离重庆远不止几千公里，他从镜泊湖又到乌斯浑河，这么久的时间，一直在共产党的地盘上游山玩水，写了一封封饱满热情的长信。而且奇怪的是，信从东京寄到重庆的同时，人又出现在重庆。难道他分身有术，难道他腾云驾雾，如孙悟空，一个筋斗十万八千里？

他真是谢壮尔吗？

一时间，她仿佛坠身迷雾之中。

站在一旁的罗思国并不想问她什么，只是指着信封，说："情书吧。"

陶含玉已经忘记罗思国还在，冷静了一会儿，把信放进信封里，说："他到底在哪里？"

罗思国说："他没有联络你？"

陶含玉神情有些求助。

罗思国表情惊讶，说："难道他在重庆？"

陶含玉一怔，顿时间，给她的感觉是，罗思国好像从传达室里拿到了信，只是顺便转交给她，不知道信里的内容，也不知道信是从东京寄过来的。既然是这样，她就没有必要说更多，或者问更多，一切都等尽快见到谢壮尔，带着所有的疑问，向他问个清楚。

陶含玉克制着心中的焦急与不安，把信收到手提包里，说："他在哪里？"

罗思国笑了笑，说："明天你一定能找到他，就等他约定时间地点吧。"

陶含玉又是一怔，不敢相信，又希望罗思国没有骗她，于是强忍着眼泪，说："你不要骗我。"

罗思国此时认真起来，看了看四周，快速把一张第二天中午重庆开往上海的船票交给她，说："民生轮，二等舱。"

陶含玉半信半疑，接过船票，正要问什么，罗思国已经离开了。

陶含玉追上去，说："你到底是什么人？"

罗思国头也不回，说："就说军委会命令，你不回南京了。"

"为什么他自己不来找我？"

罗思国越走越快，说："别忘了，他是擅离前线的逃兵。"

陶含玉紧追了几步，但没有快过罗思国的步伐。只小小的一段路，罗思国就消失得不见踪影了。

这时，突然下起雨来，雨点很大，但并不稠密。

雨点三三两两滴在陶含玉消瘦的脸庞上，分不清是泪水还是雨水，只有她自己感觉到，冷的是雨水，热的是眼泪。流泪也分不清是因为酸楚还是激动，如果是酸楚，是因为她父亲不在身边，使她感到孤立无助，任凭罗思国这样的人摆布命运，她只能相信，只能听从；如果是激动，是因为终于有了谢壮尔的更多消息，哪怕他是在镜泊湖，哪怕是在日本东京，天上地下，飘忽不定，但他是活着的，她没有办法不相信。关于他在重庆的确切行踪，除了罗思国，许多亲近的人都一口咬定看到过谢壮尔，夫妻如果终究团聚，哪怕这是在梦中，美好就行。

江风吹来，情景恍惚，陶含玉一遍遍看着手中的船票，终于相信，明天就能见到谢壮尔了，自己的心境将是迷雾澄清，晴空万里。

秋天的重庆太美丽了，将来的生活也太美好了。

陶含玉遐想着，脱下身上的美式军服，轻轻丢在江堤上，离开了一会儿，又马上折回来，重新穿上。她想，至少要穿到明天登船之前。

在1946年秋天的重庆，谢壮吾有过无数次想象，想象自己一见到上官或杜代司令时，会提到发生的许多事情，会认真追问他们一个重要的问题：《归来图》到底有多重要？

他们显然知道《归来图》真正的重要性，但他们可能认为依然需要保密，特别是其中最重要的部分。但他们也许会这样回答谢壮吾，他们并不知晓更多，《归来图》确实是很值钱的古画，尤其从文化的角度看，是一件极其珍贵的文物，不可多得。

对于他们的轻描淡写，对于对《归来图》重大隐情的回避，谢壮吾也许会很不满意，他还会认真地问下去，甚至质问。

因为许多人为它付出了太多。

想起陶含玉的惨痛遭遇，以及后来弟弟谢壮尔的不幸结局，谢壮吾心痛难忍。

上官和杜代司令也神情严肃地安慰他，付出太多也是值得的。

谢壮吾为此付出了太多，他一直想知道关于《归来图》的最真实情况，但迄今为止，组织上没有告诉他最核心的部分，这也许关系到高度的机密，关系到纪律。到了那天，他应该问更多，知道更多，说："应该还有别的意义。"

他们一定会这样回答，当然有，因为是陶文赠送的。

他坚持问下去，说："他借画表明心志？"

回答也许含糊其词，说："中国有很多古画都是表达意境的。"

陶文直到1949年率领一个军在西南宣布起义，被定性为起义将领，但这是后话了。谢壮吾为了《归来图》，消耗了比整整一个解放战争还要多的时间，他想知道《归来图》与陶文的关系，尤其是因为《归来图》，陶含玉付出了生命。

他们会给予更多鼓励和安抚，以平息谢壮吾心中的不满，说："陶文是个了不起的人，他贡献太大了。"

"陶文到底是个什么样的人？"

"一个思想进步的富有正义感的爱国将领。"

"仅仅是这样？"

"还能怎么样？"

最后他被告知，等到有一天解密，但这一天也许要等到几十年以后，也许永远等不到。

谢壮吾忍住了，不敢再追问这个话题，他知道，如果他想从他们这里，尤其是上官这里知道更多东西，自己一定要保持平静，绝不能开口说话，哪怕真的等上几十年，等上一辈子。

上官一定不愿意上当，喝着茶，默不作声。

谢壮吾会用另一种方式打破了寂静，开始吹起口哨，旋律是苏联歌曲《喀秋莎》，曾经流落苏联数年的抗联老战士上官一定会受到感染，会马上用俄语跟着低声哼了起来，仿佛一个在唱，一个在伴奏，直到一曲终了。

这之后，《归来图》越来越回归一幅名画本身的意义。

再一天，谢壮吾趁着良好的气氛，漫不经心，持续着《归来图》的话题，说："能值多少钱？"

凭自己对上官的观察，谢壮吾发现对付希望自己今后当一个语言学老师的领导，还有一个更好的办法，就是以学生的姿态向他请教学习，从中获得更多的东西。

上官会怎么样？他也许果然来了兴致，迅即从《喀秋莎》的旋律中回来，说："如果是真迹，换一座谢公馆绰绰有余。"

谢壮吾感到诧异，问："难道不是真迹？"

上官怎么回答这个问题？无论如何，谢壮吾根本无法设想出他在那一刻的真实想法。

那是后来的后来，那是谢壮吾在重庆遐想了几年的后来。

关于是否真的《归来图》，其实没有什么好争论的，陶文本人也没有疑问。但上官在中央军委会总参谋部相关部门一间办公室偶然遇见此画，趁机细细欣赏过，当时他没有发表任何意见，因为军委会总参谋部相关部门的首长告诉他，这幅画是陶文第二次赠送的。所谓第二次赠送，是新政协开会期间，杜代司令亲自把《归来图》送还陶文，郑重表示，终于可以物归原主了。

陶文好好看了看画，一开始眼睛湿润，后来竟然克制不住，当着众人抽泣起来，在场的人，包括杜代司令一时手足无措，不知道用什么话安慰。

在杜代司令看来，陶文的激动，虽然略显有点过度，但其中原因，只是不方便问明。

陶文心境平复之后，当时就谢绝了，正式声明，这幅古画属于中华民族，应该由国家保管。

说完，陶文没有再看一眼画，就匆匆走了，连和杜代司令握手道别都忘了。

整个过程中，《归来图》没有经过他人之手，陶文时隔几年又一次亲眼鉴识画，也没有任何异议，负责接收画的故宫博物院几位字画专家更是赞不绝口。

政务院正式颁发嘉奖令褒扬陶文，并让筹建中的故宫博物院专家接收了这幅画。

专家中还有旗人大爷，他没有透露自己几年前与此画有过交集，但显然比别人感慨更多，说："终于回到新中国手里了。"

后来认定题诗者就是陶文，陶文擅长瘦金体，他在画的下方题写了陶渊明的诗。对于陶文的情绪失控，他们猜想，因为他是题诗者，可能感怀诗的意境。

谢壮吾知道的是，对此，有一个人怀疑过，这个人竟然是对字画一窍不通的裘宝儿。但他都只是怀疑罢了，无法确定。

"因为他不知道题诗者丹阳唐陶是谁。"

在1950年夏天的上海，上官在讽刺裘宝儿的同时，把谢壮吾也讥笑进去，挖苦他们这些上海西式学校培育的学生，传统文化知识很不全面。

谢壮吾接受了上官的批评，表示自己对陶姓很有好感，希望上官给他普及关于陶姓的姓氏知识。

上官说："陶文是尧的后代。"

谢壮吾虽然读的是教会学校，但从小就得过爷爷的启蒙，听过许多中国古代故事，恰好他知道尧的传说，而且印象极深，此刻他惊讶于陶文居然和尧帝有关系，开始认真倾听起来。

上官点破谢壮吾知道的不过是传说，而不是正史，说："司马迁知道吧？"

谢壮吾郑重地点点头。

他想到了毛主席《为人民服务》中的一段话：古时候有个文学家叫司马迁的说过，人固有一死，或重于泰山，或轻于鸿毛……于是说："毛主席提到过他。我很敬佩他。"

"谁？"

谢壮吾敬佩的是司马迁还是毛主席，上官有些不解。

"司马迁。"

上官愣了愣，微微点了点头。

谢壮吾想到了裘宝儿的死，自言自语："真是轻于鸿毛。"

上官问："谁？"

谢壮吾从回忆中醒过来，连忙解释，自己指的是裘宝儿，说："他太不值了。"

上官皱了皱眉头，感到扫兴，挥挥手，意思是不要提裘宝儿了，说："言归正传。"

谢壮吾神情怅然，似乎还沉浸其中。

上官表情严肃，提醒他："裘宝儿的问题已经定性了。"

谢壮吾听到上官关于定性的话，想到了陶含玉，因为迄今为止，还没有对她定性。如果陶文在杜代司令那里失态，一定是因为想到了自己的女儿，对他来讲，这是他巨大的隐痛，一辈子不能弥合的伤痕。

谢壮吾为此感到自责，说："我没有把她带走。"

上官知道谢壮吾自责的是什么，安慰他，说："不完全是你的责任。"

裘宝儿在1946年10月30日中午联系上谢壮吾，表示同意把画还给共产党，约他次日一早，到纪功碑取走《归来图》。谢壮吾兴奋之余，不敢相信，但还是通过范公馆的电台联系了东北方面。杜代司令指示他拿到画后，与周公馆的人一起迅速回到延安，然后择机回程东北。

谢壮吾在回来的路上，发现被人跟踪。在一个偏僻处，他不等此人掏出手枪，就出手要将其制服。此人却主动举起手，表示愿意投降，说："谢少爷，我不是你的对手。"

谢壮吾并没有见过他，问："你是什么人？"

此人自我介绍，说："我是罗思国。"

谢壮吾仔细辨认之后，依然感到面孔生疏，但他没有将心中的疑惑表现出来，也没有说话，只是警惕地退了一步，以便一拳能将这个自称罗思国的人击倒在地。

罗思国仍举着手，说："谢少爷，你把陶含玉带走。"

谢壮吾显然遇到了新的情况。之后，谢壮吾按照罗思国的提示，从他精美的公文包里找出一张这几天重庆到上海的通用船票，并听他转达了来自延安的命令：将陶含玉带到上海，然后从上海坐苏联高加索号货轮到大连。

谢壮吾握了握拳头，神情充满了不信任。

但罗思国后面的话打消了谢壮吾的怀疑。

"上级的意图，陶含玉到东北，跟她最亲的亲人团聚。"

谢壮吾明白罗思国这话的意思，但还是颇感意外，因为很少有人知道陶含玉的丈夫，也就是自己的弟弟谢壮尔在东北某处。但他还是摇摇头，说："我听不懂你的话。"

"你当然懂。"

"我另有任务。"

"这个任务最重要。"

"许多事都很重要。"

"这件事最重要。"

罗思国继续讲述计划，说："你作为新一军中校军需官，与陶含玉同船前往上海，合情合理，我想，她应该信任你。"说完，他这才放下举着的双手，从公文包里取出一张通行证，说："你现在不是逃兵，而是执行军委会的使命。"

"我怎么核实？"

"你必须相信，必须执行。"

后来上官拿着卷宗问过他，1946年秋天他在重庆是怎么脱身的。

10月底那天，天气很凉爽，江面很平静，街上来往的人也很多。谢壮吾一早就接到裴继祖的信，可以取回《归来图》了，但地点改在纪功碑旁侧的望江茶楼。

后来证明这是一个打乱计划的消息，但对于谢壮吾来说，却是惊喜，他因此有了自己的如意算盘：他必须把画取回来，假如罗思国说的属实，他马上转而与陶含玉会合，取道上海，回到东北，在途中，他向陶含玉说明一切。

谢壮吾要一举两得，但面临的却是多事的一天。

此前，在谢公馆，对于裴家父子，由谁把画交给谢壮吾，却成了一个难题。

裴宝儿拿定主意，自己在离开重庆之前不能再见别的什么人，特别是谢壮吾，更不能见。

裴继祖想到一个主意，指了指正在楼上的谢赛娇，说："由她去。"

但裴宝儿也不同意由谢赛娇出面，他不是不相信妻子，是怕横生枝节，万一兄妹相见，亲情使然，逼问不过，挡不住说出实话，那不是白费了那么多苦心？

裴继祖想来想去，认为自己才是把画交给谢壮吾的最合适的人。

"他是我女婿。"

本来一切都会顺利进行，但因为陶含玉的突然遭遇，搅乱了谢壮吾的计划。

保密局重庆站接到南京密电，要求对开赴东北前线的长官家属进行保护监视，其中就有陶文的女儿陶含玉。

余无兴丝毫不敢耽搁，立即作出周密部署。监视陶含玉的人假装重庆市政府接收图书馆的工作人员，以十分敬业的态度，一直在纠缠陶含玉。

陶含玉要去纪功碑参加活动，此人也是执意随同，寸步不离。

走了一段路，陶含玉微微冒汗，就脱去了外衣，衬衣有些紧身，也略微有些透明，里面漂亮的、从美国进口的文胸，清晰可见，加上她走路的姿势，尽显时尚而美妙的体态，有如正在上映的美国电影《出水芙蓉》的女主角。

恰好跟踪她的这名保密局毛姓特务已经看过很多遍《出水芙蓉》，邪火难耐，更严重的，他是一个有恶劣前科的年轻坏蛋，此前因为强奸一位女同学被学校开除。加入保密局之后，又猥亵一名被捕的女性游行抗议活动组织者，致使她撞墙自尽，如果追究，他将因此坐牢，但他只被处以留用察看一年，因为他可能是毛人凤的一位族弟。

不知余无兴是疏忽还是故意，居然派出了这样的一个人，对陶含玉进行所谓的保护性监视。

这名毛姓特务走着走着，经过江边树林时，猛然抢到前面，要求与陶含玉找个地方商谈军委会图书馆交接事宜。陶含玉对这位油头粉面、冒充文雅的毛姓特务心生厌恶，想尽快摆脱他，答应先交出钥匙，于是把钥匙递了过去。然而毛姓特务突然紧紧抓住她的手不放，并企图拥抱和接吻，企图迫使她因为他炽烈的求爱方式而不能拒绝，因为美国电影里面有很多类似的情节，而且都得以成功。

陶含玉打了他一个嘴巴。

毛姓特务承受了这个巴掌，继续自己的激烈举动。

陶含玉取出一把随身匕首，在毛姓特务脸上划了一刀，血顿时从他的脸上渗了出来。

毛姓特务显然对自己有可能破相大为恼火，掏出了枪，拉了枪栓，准备随时开枪。

谢壮吾因为要避开行人，也正好经过树林，看到两人一个拿着匕首，一个拿着枪，一时判断不出什么情况，是情侣吵架，还是某种势力之间的冲突？但在他看来，背对着自己的是个女子，尽管手持匕首，但处境危险，拿枪的人很可能要开枪。

毛姓特务用枪抵住女子胸脯，枪口在双乳之间来回移动。

显然是一个恶棍。

谢壮吾从一棵大树的后面跳了出来，横在毛姓特务前面，一把抓住他拿枪的手。

毛姓特务来不及开枪，手一松，枪掉落在草堆里。

谢壮吾回头看时，陶含玉已经逃走了。

毛姓特务害怕谢壮吾会狠狠揍他，甚至杀了他，连忙求饶，反复说明自己是一个被情所困的学生，既然已经破了相，也不想活了。

谢壮吾看着毛姓特务一脸的血，又看了看地上，没有发现枪，虽然并不相信他的话，但问题是自己有要事在身，不能再耽搁。他迟疑了一会儿，顺势一推，趁毛姓特务倒在地上起不了身，迅速走开了。

此后不久，传来枪响。人们纷纷跑到江边，但谢壮吾没有看到这一幕，没有看到脸上扎着绷带的毛姓特务，对着漂在江面上的美式军装和船形军帽不停地开枪。

后来的消息是，一个时髦漂亮的年轻女子跳进了江里，被一个男子开枪打死了。

事情发生不久，一辆美式吉普停在江边，下来一个人，拦住了毛姓特务，然后驱离了围观的人，说："跳江的是共产党。"

当然，当时的谢壮吾并不知道跳江的女子是陶含玉。

直到后来，谢壮吾研究过陶姓。陶姓源头有两支，其中一支出自唐尧。陶唐氏就是尧，尧是黄帝的玄孙，他为什么还要称陶唐氏？尧的最初封地在陶丘，据《说文》考证，就是现在的山东省定陶县，后来又从最初的封地陶丘，迁徙到一个叫唐的地方，尧的子孙有的以陶为姓，有的以唐为姓。唐朝初年，陶姓分支又在丹阳繁衍，成为当地的望族。一百年前，一小支陶姓迁移绍兴，时间不过三代，这支陶姓大都认为自己是山阴陶氏，但很少人知道，也有人自称是丹阳唐陶。陶文的爷爷告诉过孙子，自己是丹阳唐陶。

　　谢壮吾恍然，绕了这么多弯，能把丹阳唐陶四个字跟陶文联系起来的人能有谁，别人怎么能知道丹阳唐陶是谁。

二十一、纪功碑下

重庆居民听到广播发布一遍又一遍公告，蒋委员长和国民政府决定，在市中区都邮街广场，也就是"精神堡垒"原址上，开工建设"抗战胜利纪功碑"。

1938年国民政府从武汉迁都重庆当日，为了动员民众抗日救国，凝聚精神人气，各方一致要求在市区中心地带建造一座具有象征意义的公共建筑。于是在1940年3月开工，续建续停，直到抗战最艰苦阶段的1941年12月31日终于落成，命名为"精神堡垒"。建筑为四方形炮楼式木结构，共五层，有旋梯可达顶端，碑顶设时钟、方向标志和风速风向仪，高七丈七尺，象征"七七"抗战，为防日机轰炸，外表涂成黑色。

由于是匆匆建成，工程质量不尽如人意，不到两年，由于日晒雨蚀，雾困风侵，"精神堡垒"就自行崩塌了。

抗战胜利，国民政府回迁南京，仍然决定在"精神堡垒"原址上修建"抗战胜利纪功碑"，以纪念全国军民浴血奋战之功，同时也给战争时期承受巨大负担和牺牲的陪都留下一点纪念，给重庆人民一个心理上的缓冲，避免因国民政府回都南京，而造成事过境迁、人走茶凉的观感。

报纸上描述，市民们热盼，纪功碑建成，将是重庆一景，其象征意义巨大。

但因为有关方面终因回迁事务繁忙，七拖八拖，一直拖到1946年下半年才呈报蒋介石，待其亲自审定建设规划之后，才筹集工程预算，并最终选定10月底的一天，在建设现场，即"精神堡垒"原址上，举行纪功碑奠基仪式。

这天果然是个好日子，秋天的重庆难得的阳光灿烂，山风和煦，江水平静，人流有序，洋鼓洋号阵阵响起，鞭炮声此停彼起，传到每个人的耳朵里，没有间歇。前一天晚上，国泰戏院上映了一部新片，这部由美国记者拍摄的纪录片，记录了蒋介石乘"美龄号"专机离开重庆，途经西安、汉口，抵达南京的全过程。银幕上的南京处处张灯结彩，旌旗招展，一派节日景象，在各界庆祝国民政府还都典礼上，蒋介石身穿特级上将制服，佩戴五枚勋章，精神焕发，偕身穿黑底紫花绸质旗袍的宋美龄走上国民大会堂主席台，向与会者颔首致意，南京市临时参议会议长陈裕光恭请蒋介石致训辞。与此同时，在声音尖厉、激动得有几分颤抖的解说声中，中央广播电台所在的祠堂巷警卫林立，一个庞大的车队鱼贯而来，进入中央广播电台大门，蒋介石亲临中央广播电台，将他在上午"首都各界庆祝国民政府还都大会"上的训辞向全国军民广播。

看到这里，戏院里重庆观众纷纷起立鼓掌，仿佛蒋介石夫妇的真人就在眼前。

除了看电影，许多人还看到九龙坡机场停靠多架美国新式飞机，据此传闻蒋介石偕夫人宋美龄已经飞抵重庆，将亲自到场为纪功碑剪彩。因此一大早，迫切希望再瞻领袖和夫人风采的党政各界和自行前来的普通市民，挤满了都邮街广场的坡上坡下，街里街外，整座城市处于沸腾之中。

当时的重庆人对蒋介石的感情仍然处在高点，即使离开之后还十分想念，毕竟一起度过了一段患难与共的艰难岁月，尤其是大轰炸此类巨大国难发生时，宋美龄不惧危险慰问死伤者的细枝末节，普通民众更是历历在目，感念至深，并愿意为此添油加醋，推波助澜，广为传扬。如今，美好的机会突然来临，共同烘托某种热烈的气氛，找回举世无双的陪都感觉似乎是每一个重庆人的集体祈求，尽管有些白日梦幻，有些昙花一现。

都邮街广场早早戒严。

然而，蒋介石、宋美龄伉俪并没有现身，但临时搭建的广播电台放送了一段录音，代替真人莅临现场。

欢呼声沉寂，电台传来了蒋介石浓重的浙江口音：

"……赖我全国同胞始终一致拥护抗战国策，服从中央命令，百折不回，浴血牺牲，卒能获得今日最后胜利，而且取消了一切不平等条约，涤除了我们中华民族百年来的国耻。但是回想到民国二十六年十二月十三日南京沦陷时，首都同胞惨遭大屠杀的悲剧，我们就应该痛定思痛，时时不忘我们八年来在敌人铁蹄之下所受的奴隶牛马暗无天日的生活，更不能不警惕黾勉、自立自强了。抚今思昔，务希我国全体同胞，同心一德，共同一致，务使我中华民族黄帝子孙，永永远远不再受过去八年间那样异族侵凌蹂躏的惨祸与耻辱。"

随后广场一片沸腾。

红光满面、表情夸张的美国特使和他南亚血统的夫人从车上下来，接受重庆女学生的献花之后，又与依次迎候的国民政府重庆行辕主任何应钦、张群代理主任等军政长官握手，谈笑，合影。

上前围观的是童子军队伍，他们分别用中英文高呼口号：

"中美两国万岁！"

"蒋委员长万岁！"

如此热情澎湃的场景下，人们不再关注别的任何事情。

身处外围的谢壮吾听到广播，以为蒋介石真的来到现场，于是挤进人群，想看一看蒋介石本尊。杜代司令几次跟他说起蒋介石，在北伐战争中，他在蒋介石身边工作过，评价是四个字：徒有虚名。毛主席去重庆谈判，杜代司令曾经发密电劝阻过，电文中又加了四个字的评价：睚眦必报。杜代司令还告诉他，抗战结束，国内的矛盾焦点由全国共同抗击日本侵略者转为战后国民党政权维护一党独裁专政，武力消灭共产党与人民渴望建立和平、民主、自由、富强的新中国的矛盾斗争，说："蒋介石必定会发动内战。"

谢壮吾还在范召土这里听到过传言，毛泽东到达重庆的第二天，蒋介石就翻出当年进剿江西红军时的《剿匪手本》，让何应钦重印下发，其用意十分明显，同时还密谋罗列中共十大罪状，企图扣押和审判毛泽东。

谢壮吾当然震惊，说："他敢吗?"

范召土使劲摇头，一脸讥笑，说："我看也不敢。"

因为扣留毛泽东，美国人首先会翻脸。当初在延安，赫尔利就以美国的国格担保毛泽东到重庆谈判的人身安全，一旦蒋介石扣留了毛泽东，美国必定加以阻挠，说："他怕美国人，没有敢。"

谢壮吾并不完全赞同范召土的说法，因为美国人本质上是支持蒋介石反共的，如果要阻止，也只会做表面功夫，不会真的怎么样。

范召土承认可能是鸿门宴，但表示如果蒋介石不讲信誉，他们袍哥也不会袖手旁观，说："这里不是他的地盘。"

"最后他会成为项羽。"谢壮吾预言。

他想起在周公馆跟龙姓女子第一次见面，硬是留下来吃了她的饭，在交谈中，就讨论过这件事。

龙姓女子一边看着他吃饭，一边应他的要求讲形势，于是告诉他当时的情形。认为蒋介石没有借谈判的机会扣留毛泽东，表面上的原因是中国刚刚打败日本，蒋介石觉得自己正处于事业的顶峰，不相信毛泽东可以成事。他有四百万军队，想怎样就怎样，哪怕把毛泽东放回去，甚至再发给他一枚胜利勋章，来日沙场上见，照样能稳操胜券。

"太自大了!"

"他不敢对毛主席怎么样，"龙姓女子声音低沉，说，"最主要的原因是他害怕人民，人民绝不会答应。"

此时他已经把饭全部吃完了，说："谢谢你的饭。"

龙姓女子收回饭盒，说："我不该跟你讲这些。"

谢壮吾替毛泽东后怕，说："重庆不能久留，蒋介石随时会变卦。"

龙姓女子忍住笑，安慰谢壮吾，告诉他，周公馆当时敏锐地感觉到了重庆空气中弥漫的火药味，向国民党代表提出，毛泽东主席来重庆已经有一个多月了，在某些问题上国共双方短期很难达成一致，我方决定让毛主席先行返回延安。"毛主席平安离开了重庆。"

谢壮吾松了口气，说："这就好。"

龙姓女子又笑他这是在替古人担忧，说："事情已经过去了，毛主席这会儿在延安，好好着呢。"

想起这些，谢壮吾不禁对眼前的景象感到不满，但马上感受到此刻他人在重庆，这里是曾经的陪都，是国民党的核心统治区，人们会被蒙蔽，会盲目拥护蒋介石，也没有什么好奇怪的。

这时，一支由青年军组成的游行队伍过来了。他们看到身穿中校军服的谢壮吾，兴奋地把他拉进来，要他跟着他们一起朝广场进发，说："我们向领袖致敬去！"

谢壮吾当然不想去向蒋介石致敬，但看到进入广场的路口都有检查，只对有组织的队伍放行，闲闲散散的人都被挡住了，于是也没有拒绝，就跟着青年军一块，喊着口号进入了广场。

青年军得知蒋介石并没有来重庆，热情一下子熄灭，都散了伙，逛街的逛街，喝茶的喝茶，各自离开了。谢壮吾望着眼前渐稀的人群，他相信重庆人民会有觉悟的一天，不久的将来一定会看清蒋介石政权的真实面目和反动本质，很快会靠向共产党一边，他想着，朝着上空重重地挥了几拳，吐出一口气，胸中重新舒展开来。

眼前最迫切的是抓紧完成任务，早一刻回到东北，投入战场，为推翻蒋介石为首的剥削阶级罪恶统治，消灭一切与人民为敌的反动派而战斗。

他不由得加快了脚步，走到纪功碑后面的坡道上，观察四周。

朝下望去，就是码头，一条大轮船已经开始有旅客检票登船，很可能就是开往上海的客船。谢壮吾看了看手表，离开船还有一小时，他收住视线，急切地寻找裘继祖与他约定的地点。他本来应该等到陶含玉之后，直接去码头，但他坚持要拿回《归来图》，因为这是他最初的任务，也是他一直努力在做的事情，绝不能半途而废，于是他决定还是冒险从裘继祖那里拿到《归来图》。

他看到了望江茶楼的招牌，正要走过去，身后的一声喇叭使得他停了停，回过头来。

只见一个美国军官躺坐在美国特使专车的前座上，喇叭声很可能是从这辆车上传出来的，搁在方向盘上的双脚可能触碰到了喇叭。这个美国军官正是比尔，他怀里捧着一个军用皮包，打着呼噜睡觉。

谢壮吾缓缓地走过去，突然身体一闪，在车窗前停下步来，静静地等候着。

机会随后出现了。睡梦中的军官此时转了转身体，似乎想把皮包换换手，谢壮吾乘机手一伸，一把取了过来。

后面出现了那位袍哥，接过了谢壮吾手中的皮包。

谢壮吾抓着皮包不肯马上松手，叮嘱道："小心，是易碎品。"

袍哥点点头，双手捧着皮包迅速消失了。

军官继续打着呼噜，但双手却不停地摸索着，似乎在寻找什么东西。

谢壮吾快步离开，他还有更重要的事情要做，他还在想，喇叭声也许是从另一辆停在高坡上的卡车中传出来的。

他细看了一下，只见一个远征军装束的中国军人，头上顶着美式钢盔，肩上背着卷成圆筒的军毯，坐在卡车上，面容模糊，身体一动不动。

其实此人正是裴宝儿。

就像重庆街头许许多多常见的景象，一切看起来都很自然，谁也不会怀疑军毯里面藏着《归来图》。

卡车是比尔帮他借来的。裴继祖生怕登机时会遇到麻烦，在卡车上装了几坛绍兴陈酒，当然无法跟谢富光秘藏的古法绍兴陈酿相比，但也是好酒，万一遇到什么麻烦，也可拿来派上用场，用于赠送机场宪兵和美方人员，说："打通关节用得上。"

裴宝儿没有看到谢壮吾，他正全神贯注地看着坐在望江茶楼上的父亲，父亲的眼睛须臾不离站在茶楼门口的谢赛娇。父亲似乎很满意儿媳妇的表现，称赞她嫁鸡随鸡，嫁狗随狗，在同胞哥哥与丈夫有冲突、有矛盾的时候，基本上站在了夫家一边，父亲叮嘱儿子："你以后发达了，好好待你老婆。"

父亲的计划是，等他们兄妹一见完面，马上安排谢赛娇先一步离开茶楼，与在卡车上等候的裴宝儿会合，直奔机场，后面由自己跟谢壮吾周旋，毕竟是自己的女婿，总是一家人，正好借此机会叮嘱几句，以示关心，然后亲自把《归来图》交给谢壮吾，今后万一有什么责怪，有什么后果，全由自己承担。

离见面的时间越来越近，但周边军警突然间增多，按预定时间，谢壮吾已经迟了半个小时。其间，裴继祖听到了阵阵的鞭炮声，他怀疑有几声枪响，不禁心生焦虑，怕谢壮吾遇到了什么麻烦。

正在担心时，谢壮吾穿着一身的美式军服，不急不忙地朝茶楼走过来。

看到谢壮吾突然现身，卡车上的裴宝儿连忙低下身体。

谢赛娇从茶楼走了出来。随后，几个学生模样的青年进了茶楼，他们举着青天白日小旗子，但神色紧张，脚步急促。

他们是川东特委那个外围组织的除奸队成员，作为第一批成员，率先开始了行动。

这也是裴宝儿登在报纸上的脱党声明给自己招来的杀身之祸。从有关秘密资料中查实，中共重庆川东特委这个立功心切的外围组织在1946年10月底实施过一次处置行动。在未报告上级同意的情况下，他们自作主张，将登报公开投靠余无兴的裘宝儿列入叛徒名单，加以清除。

经过一番并不严密的策划，行动地点选在了市中街都邮广场"精神堡垒"原址附近。

奇怪的是，川东特委这个外围组织居然还掌握到一个准确的情报：裘宝儿本来一早乘坐比尔驾驶的军机离开重庆，但由于国民政府方面邀请了美国特使参加奠基仪式，飞机推迟到下午离开，裘宝儿将跟随参加活动的比尔，出现在现场。

其时人山人海，借着热闹而混乱的场面，俟机下手，神不知鬼不觉，参与行动者可全身而退。

但余无兴已经掌握了情报，因为他认识这个外围组织的许多成员，他们许多人都会为了某个私人目的提供价值大小不等的情报。

余无兴刚到重庆时，因为著名教授李公朴、闻一多在昆明相继被刺杀，重庆和川康各界纷纷举行追悼大会，余无兴和毛姓特务冒充师生，进入会场，与集会者一起高呼口号，一起举旗游行，从中掌握了其中的活跃分子。这些活跃分子都是外围组织的骨干，而且正在设法与重庆共产党领导机构发生联系。

因为有很多年轻的女学生，毛姓特务主动要求负责对该组织的监视任务。

根据毛姓特务掌握的最新报告，该组织的许多成员一大早出现在都邮街广场，很可能要破坏纪功碑奠基仪式。

余无兴马上派人确认了毛姓特务提供的情报，迅速作了布置，又再三叮嘱毛姓特务，叫他别管学生的事，专注自己的任务，说："你别忘了，你有更要紧的事。"

想不到毛姓特务给他闯了祸。

奠基仪式包括美国特使在内的各界人士都将参加，党国高层关注，全国军民瞩目，一旦出事，余无兴会连带受到追究，因此他不敢掉以轻心，迅速带领一帮精干人员到达都邮街广场，准备对这个组织的成员进行抓捕。

经过江边时，余无兴发现毛姓特务正拿着枪追逐一位衣服凌乱的年轻女子，他想阻止时，年轻女子慌乱中跳入江中，毛姓特务对着江面连连开枪，要不是鞭炮声同时响起，枪声必然引来众多围观者。

余无兴看到江面上浮起的女式美军制服，而且肩章上的军衔是一个少校，不由得大吃一惊，意识到毛姓特务可能闯下大祸，于是一巴掌打在毛姓特务缠着绷带的脸上。

毛姓特务慌忙说明，甚至有点理直气壮，说："我没有错……"

"她是什么人？"

"我认为是冒充党国军人的共产党。"

短暂的思考之后，余无兴反应过来，很快作出部署：一是威胁所有的目击者，严令封口，否则以共产党同案犯论处；二是赶紧联系水警，派人寻找，活的抓回来，死的捞上来；三是今天任务结束之后，把毛姓特务送回行营秘密关押，不许他再见任何人。

这个突发事件很快得以暂时消弭，意图将功补过的毛姓特务带着余无兴，直接朝望江茶楼扑过来。

几乎在同时，谢壮吾见到谢赛娇。兄妹还没有说几句话，裘继祖手中拿着画，走了出来，挡在中间。

裘继祖在看到谢壮吾的那一刻，改变了主意。

他不能让兄妹单独见面，即使见了，也不能太长时间，时间一久，话一多，面对亲哥哥，谢赛娇势必露出破绽。此外，茶楼内外，可疑之人太多，如果不在最短时间内赶快交接，极有可能发生不测，谢壮吾，包括裘宝儿都有可能陷入险境。

谢壮吾上前，伸手就要接过画，裘继祖手一收，说："你迟到了这么久。"

"中间遇到了一些事，不说了。"

谢赛娇担心，神情顿时急切，说："出什么事了？"

谢壮吾当然不想解释为什么耽搁了，因为一时也难以解释。先是制止了某特务对一个年轻女子的伤害，随后听闻她被当成是共产党，跳江后被射杀。要不是中间他又着急赶回曾家岩50号，证实罗思国给他的指示是否属实，他也许能够阻止这场杀戮，他不禁后悔自己出手不果断，致使有人遭到伤害。直到后来，直到知道死者居然是陶含玉，一失足成千古之恨的感觉猛烈袭来，一次次侵蚀着他的整个身心。多少年以后，他都为此感到内疚，由于自己的一次偶然，一念疏漏，一时马虎，使陶含玉惨遭厄运，这是多么不应该，多么难以弥补，这种失败感、悔恨感在他内心深处，永远都无法抹去。

那天，他这一来一回，等他跟随青年军的游行队伍混进广场，赶到望江茶楼时，已经离约定晚了半个多钟头。

曾家岩50号的最新指示与罗思国所讲的吻合，护送陶含玉先到上海，然后到大连，将是他的主要任务，给他的一点余地是：如果可能，顺利取回《归来图》，一并带回东北。

谢赛娇担心，问："见到陶含玉了？"

谢壮吾想到陶含玉一定等急了，突然一阵不安，说："我立即就走。"

裴继祖拉住他，说："进去喝杯茶，看看画。"

谢赛娇哭了，说："哥！"

谢壮吾犹豫片刻之后，跟了进去，接过裴继祖递给他的画，把门一关，说："我要看看。"

裴继祖神情笃定，说："你看你看。"

"我当然要看。"此时他想起旗人大爷说给他如何辨别真画假画的诀窍，不禁心里有底，他要当面把画看得真真的。

不想这时谢赛娇拦着他，说："走吧！"

谢壮吾坚持要看一看画，刚刚瞄了几眼，谢赛娇一生气，开门离开了。这时从茶楼里面冲出来几个青年人，他们认为谢赛娇挡住了他们，粗鲁地将她撞倒在地上。

这几个青年正是那个外围组织的除奸队员，他们的目标是卡车上的裘宝儿。

　　谢壮吾见状，快速收好画，上前把谢赛娇扶起来，拉到身后，迎上数步，挥拳起脚，撂倒了前面的那个人。裘继祖看到他们都拿着枪，赶紧一把挟着谢赛娇回到了茶楼。

　　谢壮吾跟着人群准备离开，只听得有人掏出枪来，朝卡车射击。此时他发现这些人并不是冲自己来的，于是又停下脚步。

　　他看到卡车上跳下一个人，这人正是裘宝儿。

　　不想此时抢先赶来的毛姓特务突然回过头来，一眼就认出了谢壮吾，连忙向余无兴指证，说："就是他！"

　　谢壮吾一记猛烈直拳，连着凶狠的扫腿，毛姓特务顿时人事不知，仰瘫在地。

　　余无兴持枪上膛，枪口抵在谢壮吾脸上。

　　当时所有在场的人，包括裘宝儿，都认为余无兴不会轻易放走谢壮吾，但余无兴知道他的身份，并没有继续深究，反而指了指地上的毛姓特务，说："他该揍。"

　　但情况还是很严重，余无兴扣下了谢壮吾手中的《归来图》。

　　《归来图》落入保密局手中，陶含玉在开船的最后一刻也没有出现。谢壮吾拿着那位袍哥交给他的皮包，登船离开重庆一直到上海吴淞码头，心情都极度恶劣，只剩下他迈出一步，跳进滚滚的江水之中。因为他没有完成任务，无法回到东北，面对组织，向杜代司令交代。

　　当时真不知道应该怎么活下去，不知道如何面对明天，还有，不知道今后如何面对陶含玉，谢壮吾这样回忆自己当时的心境。

　　还有，他在茶楼匆匆看画的时候，虽然看不出画是假的，也不敢确认画是真的，有此疑问，他也真不应该就这么离开重庆。

　　但不管如何，《归来图》落到余无兴手中，确实是很严重的事，差点造成很严重的后果。

　　至于很严重的后果是什么，当时谢壮吾并不清楚，让他感到很严重的是陶含玉下落不明，他一遍一遍想的是如何找到她。

到上海后，在贝当公园塔楼洋房，爷爷谢富光跟他提到陶家父女，突然说了一句："陶姓了不起。"

谢壮吾愣了愣，为什么爷爷说陶姓了不起？因为陶渊明吗？似乎不会，因为爷爷对陶渊明的遁世哲学似乎从来没有欣赏过。爷爷推崇的是陶朱公，爷爷讲过他的故事，传说陶朱公帮助勾践兴越国，灭吴国，一雪亡国之耻。功成名就之后他急流勇退，化名姓为鸱夷子皮，遨游于七十二峰之间。后定居于定陶，三次经商成巨富，三散家财，自号陶朱公，是商人的祖师爷，而他的名字叫范蠡，是范氏先祖，并不姓陶。

或许是因为陶文。谢壮吾猜想道。

二十二、春风春港

一直等到1947年的秋天，谢壮尔被允许离开库页岛，也就是萨哈林岛的集中营，回到符拉迪沃斯托克，但并没有如安德烈二世（后来他知道在横道河子相遇的年轻牧首正是安德烈的侄儿，就在心目中称其为安德烈二世了）所承诺的那样，让他登上经大连开往上海的北方号轮船。

表面上的原因是台风来袭，其实是有关当局没有批准他离开，安德烈二世告诉他，有关当局不属于自己所在的苏军参谋部情报总局系统，而是之前把谢壮尔送往萨哈林岛集中营的太平洋舰队反谍机构。

那个大乳房女人以为只有她是苏联的坚定捍卫者。安德烈二世指的这个大乳房女人，是东方大学的党组织负责人，谢壮尔至今也不知道她的名字，音节太多，他难以记住，但她的胸脯很丰满，丰满得令人吃惊，让他的眼光久久难以移开。

他会躲她，他要离开这里。谢壮尔虽然感到恐惧，但脑子里却浮现出她的胸脯。

安德烈二世安慰他，好好欣赏过符拉迪沃斯托克秋天的风光，再离开吧。

符拉迪沃斯托克属于典型的温带大陆性湿润气候，也称之寒温带大陆性季风气候，全年四季分明，而秋季是符拉迪沃斯托克最好的季节，天气晴朗，阳光充足，适宜休养，让人焕发精神，感到快乐。

但秋天的符拉迪沃斯托克接连遭遇台风，安德烈二世安排他去上海的那条轮船，要等到春天才会出发。

"要等到春天啊？"谢壮尔几乎绝望了。

安德烈二世替他高兴，劝他亲眼见一见符拉迪沃斯托克的春天。

"我已经过了一个春天了。"谢壮尔沮丧得连话都不想说了。

安德烈二世有自己的理解，说："等你看到冬天怎么过去，春天怎么到来，你再回去吧。我保证，符拉迪沃斯托克会让你终生难忘。"

谢壮尔有些不以为然，说："我希望很快忘记。"

风吹来，掠过一阵寒意。

安德烈二世说了雪莱的一句诗：冬天已经来临，春天还远吗？

谢壮尔受到了震动，安德烈二世分别用俄语和中文说了一遍，他都听懂了，以前在哥哥谢壮吾那里听到过许多遍，其中也有用了俄语。直到此刻，安德烈二世在此时此情，突然冒出雪莱的一句名言，顷刻之间让谢壮尔明白了这句诗的意境和内涵，也明白了安德烈二世作为俄罗斯人对季节交替的特殊理解。就其生存环境而言，俄国人要经历漫长而严寒的冬天；就其民族历史而言，他们承受过巨大的战争和牺牲，但都在极其艰难中挺了过来：恰是因为他们在最困难最糟糕甚至最绝望的时刻，保持特有的坚忍，而这种坚忍是因为他们始终相信未来，始终对未来充满希望。

谢壮尔重重地点了点头，用英语重复，说："冬天已经来临，春天还远吗？"

记得春天在离开横道河子，进入苏联境内时，谢壮尔就领略了这里跟上海一样的浓浓春意。记得当时安德烈二世的表情自豪，说符拉迪沃斯托克的冬天比较漫长，但春天来得很早，看不到冬天过去的那一刻也是很遗憾的，就像没有在黑暗前夕迎接黎明一样。

谢壮尔既不明白又不以为然，他反而替安德烈二世担心，他知道十月革命后苏联把宗教人士当敌人，年轻的牧首很可能遭遇危险，黎明并不属于安德烈二世。

意外的是，安德烈二世回到母校东方大学当了神学助教，而且给谢壮尔找了一个学校图书馆看门人的工作，让他有了吃住的地方。

谢壮尔希望在符拉迪沃斯托克只是暂时的逗留，知道安德烈二世安排他去工作，害怕会长期留下，马上拒绝了，说："我可以借钱生活一段时间，当然会以几倍的利息偿还。"

安德烈二世哈哈大笑，给他讲道理，说这是苏维埃社会主义国家，不劳动者不得食，有钱人也得工作，否则会被当成资产阶级寄生者，受到蔑视，会被送到劳改营。

"我已经给你找到了很轻松的工作。"

谢壮尔愈加觉得不安，说："我想早点回上海。"

安德烈二世表示理解，并向他保证，等他享受一下寒冬过去，春天突然来临的美妙时刻之后，就帮他回上海。

但过不了几天，安德烈二世就离开了学校，并公开了自己是苏军总参谋部情报局大尉的秘密身份。

为了庆祝春天的来临，安德烈二世穿着一身漂亮的红军制服，开着一辆崭新的小汽车，接上谢壮尔，到维特兰那大街的维尔萨宾馆品尝大餐。维尔萨宾馆是符拉迪沃斯托克最高档舒适的旅店，只有特权阶层才能订到座位，沙皇时期是这样，苏联时期也是这样。所谓大餐，主要是各种各样盛产于日本海的鱼，喝了酸酸的红汤之后，至少上了沙丁鱼、鲭鱼、墨鱼和鲱鱼等四五种鱼。

谢壮尔小时候吃长江口的名贵鱼类河豚，一个小小的鱼骨卡住了他的喉咙，差点让他送命，从此他对所有的鱼极度恐惧，他要了一份蒜香红肠和几片土豆，说："我不喜欢吃鱼。"

安德烈二世把他的那份鱼和一杯伏特加也都消灭了，还批评他没有改掉资产阶级的坏毛病，说："这里的鱼是世界上最好的鱼。"

谢壮尔哼了一声，说："我吃过最好的鱼了。"

"上海的鱼？听说刺很多。"

外面的雨密密地飘散着，谢壮尔身体一阵热又一阵冷，眼前的这个情景，使他想起了上海。

维特兰那大街是符拉迪沃斯托克的主要街道，沿着金角湾海岸，延伸数公里，有各个时代修建的风格各异的建筑物，紧靠着一片海湾，漫天的雨丝中，很像上海的外滩。

"想念你漂亮的妻子陶吗？"安德烈二世喝完了最后一杯伏特加，似乎意犹未尽。

"陶应该回上海了。"谢壮尔心里猜想着，自言自语。

"你很快就能见到陶了，很快，我保证。"安德烈二世再要了一杯伏特加，又开始承诺。

谢壮尔没有控制思念之情，突然站起来，说："我要去邮局。"

安德烈二世紧张了，酒醒了一半，阻止他："你不能再寄信了，每封信都要检查。"

谢壮尔这时才知道，自己之前寄给陶含玉的信没有通过检查，每一封都被截获了。

最早的一封信是在海参崴火车站写的。

因为办理入境手续，他在火车站候车室住了几天，借着上厕所的间隙给陶含玉写了信。他在信中陈述了自己的境遇，叫她不要担心，因为一切都是暂时的。他顺便赞美了海参崴火车站，这里有一位一年到头都在火车站醉酒，会说一口中国话的女清洁工向他吹嘘，火车站与俄罗斯远东大铁路建设同步，于1912年建成，是海参崴这片土地上最具俄罗斯建筑风格的一座建筑，让人能联想起上几个世纪俄罗斯建筑艺术的代表作品。

因为女清洁工跟他谈话中，一直把符拉迪沃斯托克称为海参崴，让谢壮尔对她有了好感，用美金换了卢布，给她买了一瓶酒。女清洁工趁着酒兴，诉说了自己的故事，还给他看了她年轻时候的照片，由于照片上的人太漂亮，很难相信跟现在的她是同一个人。

"我不指望谁会相信我就是照片上的人。"

"我相信。"谢壮尔看着照片，仿佛找到了相似之处。

"我在彼得堡的时候有一打男人追求我，不是贵族，就是近卫军军官。"

谢壮尔又给她买了一瓶酒之后，她跟他说了更多。

她原来是沙俄贵族，在哈尔滨生活过，是一个画家，只不过她是个壁画艺术家，后来他才知道她叫安娜·卡察诺娜。革命发生后，她从遥远的圣彼得堡逃离，穿过了西伯利亚，是少数徒步越过贝加尔湖的幸存者之一。

后来谢壮尔在东方大学图书馆查到资料，"一战"时期，俄国爆发十月革命，布尔什维克领导的红军与白军进行了激烈的战斗。红军获得了最后的胜利，落败的白军与支持者们开始逃亡。一百多万人的逃亡队伍中，除了白军，有妇女和儿童在内的沙俄时代的贵族、牧师等七十多万人。他们带着原本用于复辟的罗曼诺夫王朝留下的几百吨金银财宝，用马车拉着粮食，向着贝加尔湖逃窜，开始了一次横贯八千公里的漫长迁徙。冬季的西伯利亚严寒逼人，零下二十摄氏度的气温让逃亡的人数从一百二十多万迅速降到二十多万。这二十多万人来到了已经冰封的贝加尔湖，当时湖面冰封厚度超过三米，越过湖面之后向南走，就能摆脱红军的追击了。但风云突变，大雪裹着一股冷空气袭来，气温骤然降到了零下七十摄氏度。二十万人就在这极端的温度内被迅速冻僵、冻死，最后只有两万多人越过了贝加尔湖。

女清洁工在哈尔滨停留了些日子，后来听到即将发生瘟疫的传闻，又乘火车来到符拉迪沃斯托克栖身，当然，希望已经远去，而且再也不会来临，说："再走，就是没有尽头的海洋了。"

女清洁工抽空给他当起了火车站建筑的导游，索要的报酬是他身上绿色的军呢大衣。

她发愁自己的体形正在变得粗壮，以前的衣服都将不合身，绿色军呢大衣正合适她，说："颜色很好看，真材实料。"

信中，他记录了女清洁工的描述：

火车站建筑外观精美古朴，充满贵族气息。主入口采用三联拱门形式，屋内为冰刀状屋顶，有许多小帐篷顶点缀其中，给人以复杂多变的视觉美感。车站内部布置很别致。首先是天花板上的棚画，是这栋建筑的特色之一，棚画的主题是"我们伟大的祖国"。上面有两组绘画，一侧画的是海参崴市容景象，有火车站、舰队、蒸汽机车，中间的两个人物是末代沙皇尼古拉二世和远东总督穆拉维约夫阿穆尔斯基；另一侧画的是莫斯科的城市景象，有瓦西里升天大教堂、莫斯科大剧院等，两个人物是俄罗斯的民族英雄米宁和波热斯基。墙上装饰为一个双头鹰的图案，下面的图案由铁锚和飘带组成，中间有一只前爪抬起的老虎，这是海参崴市徽。铁锚和流水是海港城市的象征。这从上到下、从小到大的三个半圆分别表示海参崴是由金角湾、阿穆尔湾和乌苏里湾组成的。站台上有实物蒸汽火车头，是为纪念刚刚结束的"二战"时期英勇的铁路工人设立的实物纪念碑。火车头由俄罗斯人设计，在美国制造，通过太平洋运抵这里。在"二战"期间，这台机车发挥了很大的作用。许多铁路工人在空袭中壮烈牺牲。这里有块碑石，上面雕刻的碑文是：献给1941—1945年卫国战争期间英勇的远东铁路工人们。还有一个标志物，顶端装饰着俄罗斯的国徽双头鹰，中部有一行数字：9288，表明从这里到莫斯科的距离是9288公里。

信写好，收件人地址写了重庆。谢壮尔把军呢大衣给了女清洁工，女清洁工答应会想办法帮他寄出去，说："你相信我吧。"

一周之后，安德烈二世拿到了有关证件，把谢壮尔接出了火车站，还带着他从女清洁工那里要回了军呢大衣。

"这是我送她的。"谢壮尔急忙解释。

"她这是敲诈，会被逮捕的。"安德烈二世拿出一本证件，在女清洁工面前快速晃了一晃。

女清洁工赶紧在胸前画了个十字，快步离开了。

"你给她看了什么？"谢壮尔又是不安又是好奇。

安德烈二世没有给他看吓走女清洁工的证件，只是应付他，说："党员证。"

谢壮尔还是十分吃惊，说："你是苏联共产党员？"

安德烈二世笑着摇摇头，说："我是因为接你，向别人借的。"

谢壮尔很想看看布尔什维克成员的证件是什么样子，但安德烈二世说什么也没有让他看，说："这是纪律。"

路上，安德烈二世提醒谢壮尔已经进入苏联符拉迪沃斯托克境内，说："在许多场合，你不能叫这里为海参崴。"

安德烈二世好像很少去学校，大部分时间是带着他游览，还半真半假告诉他，当局给了一个任务，对他进行教育，以苏联的名义给他洗脑，说："所有进入苏维埃社会主义共和国联盟的外国人，都要受教育。"

接连几天，安德烈二世穿着神职人员的衣服，但没有带他参观教堂，说："现在不能去教堂，因为没有教堂。"

符拉迪沃斯托克有的是炫耀沙俄和苏联红军的场所，显要的地段耸立着各式各样的纪念碑，每个都不一样，一个比一个壮观。

首先是涅维尔斯基将军纪念碑，这是符拉迪沃斯托克第一座纪念碑。安德烈二世介绍，它建于1897年，目的是为了纪念将军在1849年的一项所谓的重要地理发现，证明萨哈林岛不是半岛，而是岛屿，证明阿穆尔湾可以行驶海船。

安德烈二世神情肃穆，对这位将军赞美有加，认为他的发现帮助俄罗斯海员更好地了解远东的海域，从而精确标注了地图，为俄罗斯在远东的发展打开了一个全新的世界，说："他是了不起的人。"

其时，谢壮尔并不知道这个萨哈林岛将与自己结下不解之缘，因此对安德烈二世推崇的表情不太理解，心想，发现半岛和岛屿的区别不应该很困难，为何就成了不起的人了？

安德烈二世耐心地劝他有机会可以去看看，契诃夫专门到那里生活过，写了一本书《在萨哈林岛》。

谢壮尔知道契诃夫，回到图书馆之后，找到了这本书，但因为只有俄文版，翻了几页，看了看里面的钢笔画插图，就放下了，他想自己永远不太可能去萨哈林岛。

再就是马卡罗夫将军纪念碑。

马卡罗夫将军是俄罗斯声名显赫的舰队统帅，学者和爱国者，曾经多次来符拉迪沃斯托克巡视，在俄日海战中，由于他乘坐的铁甲舰爆炸而不幸阵亡。

安德烈二世感叹，说："如果他不死，俄日海战的结局完全可能改变。"

谢壮尔没有记住马卡罗夫将军这个人，也没有记住他的事迹，但注意到周边风景特别，纪念碑坐落在海滨路边，沿台阶拾级而上，到顶端广场，放眼望去，阿穆尔湾的美景尽收眼底。

"像吴淞口。"谢壮尔又想到上海。

接下来的战斗荣誉纪念碑广场有些令人难忘，因为广场上矗立着一艘真实的退役潜艇，显得突兀。

安德烈二世介绍，它是曾荣获红旗勋章和近卫军称号的"C-56"号潜艇，战争中，这艘潜水艇官兵英勇善战，共击沉敌舰十艘，重创四艘。旁边是黑色大理石砌成的纪念碑，碑文记载着从1941年至1945年，苏联红军海军在卫国战争保卫重要港口战斗中牺牲将士的事迹和得到中国帮助的史实。

谢壮尔听了，有了兴趣，说："中国是苏联的盟友。"

最后是符拉迪沃斯托克要塞，1899年，符拉迪沃斯托克被正式宣布为要塞，在第一次世界大战期间，要塞成功抵御了来自海上和陆上的攻击，坚不可摧。

"苏联不可侵犯。"安德烈二世引以为豪。

谢壮尔还是受到震动，于是在第二封信中赞美了符拉迪沃斯托克。

符拉迪沃斯托克位于太平洋沿岸穆拉维约夫-阿穆尔斯基半岛的南端，临日本海。城市依山建筑。符拉迪沃斯托克北部为高地，东、南、西分别濒乌苏里湾、大彼得湾和阿穆尔湾。城市及港区位于阿穆尔半岛顶端的金角湾沿岸。金角湾自西南向东北伸入内地，长约7公里。金角湾南侧间隔东博斯普鲁斯海峡，有俄罗斯岛作天然屏障。海湾四周为低山、丘陵环抱，形势险要。他在信中还写道，虽然符拉迪沃斯托克冬季结冰期长达一百至一百一十天，但并没有阻止通航，他亲眼看到一些船只借助破冰船驶离港口，通往南方，包括上海。

这封信他亲自到邮局寄出，地址写了上海，因为到上海的邮路可能更安全，上海的邮政系统更可靠，更有可能把信送到收件人手中。

出问题的是他的第三封信。

其实入境的第一天安德烈二世就警告过他，不要把符拉迪沃斯托克叫成海参崴，不要评价有关条约，但他忘记了。

借着在图书馆工作的便利，他看到了许多中文和英文资料，急于向陶含玉普及有关符拉迪沃斯托克的知识，洋洋洒洒写了好几页。一开始他拿上海作比较，介绍了符拉迪沃斯托克的气候情况，夏季受极地海洋气团或变性热带海洋气团影响，盛行东风和东南风，凉爽舒适，雨量适中，有时有雾。因为濒临日本海，冬、夏气温较同纬度的内陆地区变化较小，日温差很小，具有明显的温带季风气候特征。符拉迪沃斯托克南部的大彼得湾生活着两千多种无脊髓动物，约三百种鱼类、鸟类，以及约二十种海洋哺乳动物，最常见的海洋动物是海豹。

沿海的岩石上栖息着各种海鸟，人们称这里为鸟市，他写道。

信被扣查的最直接原因是他在上面画了地图，标注了符拉迪沃斯托克的具体位置，由此引起了审查员的特别关注。审查员仔细看了信件的内容，发现写信者猛烈抨击了1858年签订的《中俄瑷珲条约》和1860年签订的《中俄北京条约》，因为这两个条约，使中国失去了乌苏里江以东至日本海约四十万平方公里的领土，海参崴也被划入俄国版图，并将海参崴改名为符拉迪沃斯托克，意图控制东方。

谢壮尔还在信中强调，苏俄这个远东的基地，风光旖旎的不冻港，与中国大陆紧紧联在一起。

谢壮尔在信中说，他收集了很多资料，并仔细进行研究，发现海参崴名字的由来是当地曾经是盛产海参的地区，而崴是指洼地的意思，海参崴这个名称至今仍被中文使用者熟知，而且许多英文著作里也称其为海参崴。

令审查员生气的是，谢壮尔还在信中引述历史，加以论证。

历史上，海参崴自唐、辽、金起，这里已渐见人类活动，元时称为永明城，清时该地被划为吉林将军的领地。自17世纪中期，沙俄伺机东侵，寻求在远东地区开拓不冻港口。俄国和清朝曾有着多次领土上的纠纷。虽然在清康熙年间，清政府和俄国签订的《尼布楚条约》中明确海参崴属于中国，但是，清朝中叶国势日衰，鸦片战争后，在1858年清政府和俄国签订不平等的《中俄瑷珲条约》，规定包括海参崴在内的乌苏里江以东地区为中俄共管。两年后，在第二次鸦片战争中，俄国又与清政府签订了不平等的《中俄北京条约》，第一条就是中俄东段边界以黑龙江、乌苏里江为界，黑龙江以北、乌苏里江以东划归俄国；原住这一地区的中国人，仍准留住。清政府割让了乌苏里江以东包括库页岛和海参崴在内的约四十万平方公里的领土。随后其成为俄国在远东地区的一个重要的军事基地，不过由于距离俄国本部太远，所以该地的发展缓慢。在1891年西伯利亚铁路开通至此，始有海运路线由其往返日本神户、长崎及中国上海等地。

审查员把信交给了政治委员，政治委员马上认为写信者是一个间谍，于是直接报告了莫斯科总部，总部下达了逮捕令。

电报员下班早了半小时，准许逮捕的命令到次日中午才发出，让谢壮尔躲过此劫。

安德烈二世及时得到了消息，赶紧为谢壮尔进行申辩，在内部会议上指出谢壮尔信中有对苏联友好的部分，并写下保证书愿意为他担保，证明谢壮尔绝对不是中国间谍。

原来谢壮尔信的最后一段引用了官方资料，1904年至1905年日俄战争中，海参崴曾被日本海军的分遣舰队突袭，由于俄军巡洋舰队的坚守，使日本海军转移目标攻击辽东半岛和大连。俄国十月革命后，海参崴逐步发展成为有数十万人口的海滨城市，并建成军港。由于苏联国内战争的混乱情况，反共产党的势力在此向远东地区渗入，当中包括一些外来势力如英国、美国和日本。日英联军在1918年4月借口当地有日资设施被袭，进驻金角湾和海参崴，1920年远东滨海地区建立所谓远东共和国，至1922年由苏联收复。

远东总部提出拘押审讯谢壮尔，让他讲实话。

安德烈二世当然不相信谢壮尔能经得起刑讯，再三解释谢壮尔的许多亲属都是国民政府高级官员，说："这会引起外交纠纷的。"

不过远东总部仍然认为，谢壮尔即便不是间谍，也完全像一个忠于蒋介石国民党政府的反共反苏分子，必须随时予以逮捕审查。

同时，安德烈二世私下里用一支野生人参疏通了关系，谢壮尔才没有被送到萨哈林岛的集中营劳改。

远东总部虽然作了让步，不再马上追究，但准备采取的下一步行动，是将谢壮尔驱逐出境。

但苏联相关反间谍机构并非只有一家，安德烈二世无法保证其他部门不会追查谢壮尔，如果以驱逐出境的方式将他送走，对谢壮尔来说，也算是一个好结果。

不幸的是，谢壮尔又被海军反间谍机构盯上了。

谢壮尔认为自己既然要离开了，就要带些纪念品给陶含玉，于是到火车站找了女清洁工，还郑重地问了她的名字，知道她叫安娜·卡察诺娜，并请她画一幅最能代表符拉迪沃斯托克的风景画。安娜·卡察诺娜建议到金角湾作画，最好是他本人能在画中。

金角湾是符拉迪沃斯托克最美丽的海湾，站在高处俯视这海湾的全景，这座海湾的大陆架就像一只弯弯的牛角，岸边高低起伏的山峦，覆盖着浓浓密密的树林，一片片紧紧依偎着海的边缘。牛角内的水面上，泊满了大小不等的船舶和军舰，湾岸边稀稀拉拉的楼群和零零星星的尖顶木屋，构成了这座海湾重镇的轮廓。

海湾的中心是胜利广场，广场上有一座引人注目的建筑物，就是太平洋舰队驻地的海军大楼，大楼正面门上悬挂着一只军舰的模型，是1860年第一艘从这里登陆的木制军舰。

花了将近一天的时间，安娜·卡察诺娜把画完成了。谢壮尔出现在画中，穿着军呢大衣，笑容灿烂，金角湾作为远景，接向天际，直入云端，近景是海军大楼，整幢建筑物充满质感，如同照片。

安娜·卡察诺娜如释重负，说："没有画好。"

谢壮尔看着画，一阵兴奋，连声称赞是杰作，说："谢谢！"

安娜·卡察诺娜身体颤抖了一下，先是用俄语说了一句，然后又用中文说："请拥抱我。"

谢壮尔停了片刻，看着画中的自己，用力拥抱了安娜·卡察诺娜。

安娜·卡察诺娜眼中闪耀着光芒，又说："吻我。"

谢壮尔不由自主，轻轻地吻了吻安娜·卡察诺娜。

但是第二天，安德烈说安娜·卡察诺娜由于在海军大楼前作画，属于间谍行为，已经被捕，生死不明。

二十三、萨哈林岛

当时情形特别严峻，严峻得分秒必争，似乎马上就陷入困境，但就是这最危险的时刻，由于安德烈二世的阻挠，海军反间谍部门暂时表现出网开一面的大度，使安娜·卡察诺娜的案子暂时没有牵连到谢壮尔。

为了表示感谢，还是在维特兰那大街的维尔萨宾馆，谢壮尔请安德烈二世吃了一顿丰盛的午宴，点了最名贵的鱼子酱、从中国东北走私的松茸以及酒店珍藏的法国红酒。

谢壮尔决定把身上的美金全部花完。

安德烈二世一口气喝了大半瓶红酒，咂着嘴唇，感叹不已，说："你真是个彻头彻尾的资产阶级。"

"是呀，我们谢家在上海有很多资产。"

"共产党会打败国民党，建立无产者的中国。"

"美国人承诺过，他们能制止战争，中国很快会出现和平。"谢壮尔充满自信。

"希望你回到中国之后，不会饿死。"安德烈二世悲观地摇了摇头，举杯庆祝，说，"今天我是为你送行的。"

谢壮尔一听，不禁兴奋，说："我可以离开了？"

安德烈二世举杯，一饮而尽。

谢壮尔站起来，说："我发电报告诉陶，就现在。"

安德烈二世伸手扣下谢壮尔仅有的那件军呢大衣，不让他出去，说："今天礼拜天，电报局休息。"

他坚持要去，哪怕出去会马上冻死，说："我希望陶马上收到我的电报。"

安德烈二世放下酒杯，严厉警告他，说："你会被立即逮捕的。"

谢壮尔还是马上奔了出去，安德烈追到门口，把军呢大衣丢过去时，他已消失在雨中了。

因为跑得太快，谢壮尔在积水的洼地上跌倒了几次，但他欣喜地看到，电报局的门开着，里面亮着灯，有人在值班，于是他一头冲了进去。

年轻漂亮的女报务员面无表情，把他当成日本人，说了一通日语，意思是今天不营业，你怎么进来了，你赶紧离开。

谢壮尔大致听懂了，连忙用英语请求，说："就几个字。"

报务员沉默，充满同情地看了他一眼，递给他一张纸。

谢壮尔热泪盈眶，又用俄语连声道谢。

当他快速拟好电文，交给报务员时，两个穿着海军制服的大汉从里面走出来，一人夸张地举着轮盘冲锋枪，一人过度用力，直接给他戴上了手铐，当场宣布："你被捕了。"

谢壮尔突然遭到逮捕，并不是因为安娜·卡察诺娜在海军大楼前给他作画，也不是之前他在邮局寄的那些信，或者这天发电报这样的举动，而是因为对一个叫列夫托娃的党组织负责人不敬。

列夫托娃认为自己是个百分之百的布尔什维克。

谢壮尔交接完图书馆的工作，与东方大学的一个日本学生交谈，说到了海参崴属于中国这样的话，这位日本学生马上报告了学校党组织，党组织负责人列夫托娃很快赶到校门口拦下谢壮尔，和颜悦色地对他进行了批评。

"你不应该这么说，这是极其错误的。"

谢壮尔没有注视她慈祥的面孔，而是盯着她丰满的胸脯，说："我是说实话。"

"亲爱的中国公民，你要赶紧认识错误，作出检讨。"

谢壮尔神情开始紧张，但眼睛始终没有离开列夫托娃那高耸的胸脯，自己也不知道为什么还要继续说当时其实不应该再说的话。

"这是两个不平等条约，应该废除。"

"你对苏联很不友好。"

"我把苏联人当朋友。"

"很快中国也要加入苏联。"

列夫托娃真的生气了，慈祥的脸孔顿时怒容满面，在她看来，随着国际共产主义运动的胜利，整个世界、整个地球都将实现社会主义，都将成为共产党阵营，具体地说，都将属于苏联。

对于列夫托娃说出中国居然很快就要加入苏联的话，让谢壮尔不知所措。他愣愣地望着列夫托娃起伏的胸脯，大气都不敢出，喃喃地声明自己的立场，说："不可能，中国是独立的主权国家。"

列夫托娃很气愤，回家之后把谢壮尔的表现告诉了担任太平洋舰队后勤基地司令的丈夫，称谢壮尔像一个反革命分子，说："真不像话。"

她的丈夫是个强壮的高加索人，原本是一个不关心政治的人，听到此类的话，无动于衷，劝妻子不要多管闲事，还举例他们油料仓库的那个女政委，看谁都是反革命分子。

列夫托娃看到丈夫反过来挖苦自己，泄了气。

但丈夫多了一个心眼，问了一句，说："是个小伙子？"

列夫托娃一听，想到怎样激怒丈夫的方法，于是重新燃起斗志，说："这个看上去英俊的中国青年有双色眯眯的东方男人的眼睛。"

素以高加索硬汉自居的丈夫神情不屑，说："中国人都是小眼睛，就像一条缝。"

列夫托娃接着耍了个心眼，一把托起自己的胸脯，描述谢壮尔如何不礼貌，说："细小的眼睛没有离开过它。"

她的丈夫听完描述，尽管知道妻子的话不能够当真，但他还是觉得受到侮辱，火冒三丈之际，拿着一支左轮手枪要去寻找从未见过的中国青年决斗。

列夫托娃看到了效果，又劝阻丈夫的莽撞，说："你打电话让海军反特部门逮捕他，我断定他是中国间谍。"

海军反间谍机构接到电话，与之前安娜·卡察诺娜在胜利广场作画事件进行了联系，相信了举报，充满兴致，但担心遭到安德烈二世所在部门的阻止，因此在行动上比较慎重，没有立即去逮捕谢壮尔，而是希望通过跟踪等手段掌握到证据之后，再进行具体明确的行动。

比如发现谢壮尔进入电报局发电报时，就可以当场逮捕。

安德烈二世在维尔萨宾馆的餐厅等谢壮尔回来付账，过了一会儿，觉得事情不妙，连忙赶到电报局。电报局正要关门，报务员悄悄告诉他，说："那个年轻的中国人被海军抓走了。"

安德烈二世担心海军把谢壮尔当作安娜·卡察诺娜的同伙，不进行任何审判就加以处置，譬如戴上手铐丢进大海之类的惩治。情急之下他找了特别的关系，以最快的速度从总参谋部情报局驻远东机构申请到驱逐令，然后直接赶到海军司令部带人。

安德烈二世晚了一步，谢壮尔已经被一架押送日本和伪满洲国战犯的飞机送往萨哈林岛了。

安德烈二世与海军反间谍机构的交涉没有任何结果，无奈之下，他鼓起勇气向远在莫斯科情报总局的叔叔安德烈发了一封求助电报。

一直拖到夏天，才收到了叔叔安德烈将军的回电。

谢壮尔并不像其他流放的犯人那样持续地绝望，反而是连应有的焦虑也很快消失了。因为他始终相信安德烈二世会到萨哈林岛找他，把他接回海参崴，送上去上海的轮船。

他开始喜欢萨哈林岛了，尤其是夏天快要到来的时候。

萨哈林岛，也就是库页岛，在划归沙俄之前，应该算得上是中国最大的岛屿。

　　在首府萨哈林斯克附近的一个集中营，谢壮尔作为一个候审的流放者，迟迟没有排上审判的名单，于是过起了一段自由轻松的日子，他利用自己善于打发时间的专长，关注周边一切新鲜的事物。

　　他看到食堂墙壁上一幅手绘的萨哈林岛全图，每次吃饭时，他就端着饭碗仔细研究。这座岛屿正好位于黑龙江出海口的东边，面临鄂霍次克海，西面隔着鞑靼海峡与大陆相望，南面隔着宗谷海峡与日本对望。

　　"南北狭长，形状像一条鱼。"他发现。

　　同房间的是一个正等待遣返消息的伪满洲国战俘，姓爱新觉罗，他告诉谢壮尔，地图是他画的。

　　原来他是"满洲国"驻桦太省的第一任代表，也是唯一的一任，他到任后的第二天，就在墙壁上画了地图。

　　沙俄时期，食堂原来是跳舞厅，很多流放到此的贵族不忘圣彼得堡的生活，自费建造了这个可以举办舞会和晚宴的交际场所；日本占领后，改为军官俱乐部；之后，"满洲国"代表处将其租用，并加挂"日满友好会馆"牌子，用于社交活动；苏联占领以后，建起了战俘营，将这里辟为食堂。

　　爱新觉罗学识渊博，喜欢给谢壮尔上课，说库页岛英文Sakhalin，俄译名"萨哈林岛"，在历史上曾先后为唐朝、辽朝、金朝、元朝、明朝、清朝统治。

　　"你知道《尼布楚条约》吧?"

　　"我知道，康熙皇帝时中俄两国签订的。"

　　"是清俄两国。" 爱新觉罗马上作了纠正，神情颇显骄傲，说，"条约明确黑龙江和乌苏里江流域包括库页岛在内的广大地区属于大清领土。"

　　谢壮尔顿时不快，说后来迫使中国割让库页岛的《中俄瑷珲条约》《中俄北京条约》等一系列不平等条约也是清王朝签订的。

爱新觉罗涨红了脸，叹口气，说："我知道。"

"知道就好。"

爱新觉罗忽然激动起来，声音越来越高，几乎对着谢壮尔吼叫了。

"我还知道，同治十二年，库页岛上的原住民首领最后一次派遣代表团向大清皇帝称臣纳贡，此后为俄国所阻，臣属关系断绝。"

"轻点，轻点。"他露出了上海话。

但爱新觉罗越说越气，说："我还知道，日本赢了日俄战争，有了《朴次茅斯条约》，日本统治了库页岛，叫桦太省。"

"你不是伪满洲国驻桦太的代表吗？"

空气突然凝固了。

谢壮尔这句话让爱新觉罗平静下来，但他嘴里并没有停下来，说："1945年，苏联发动八月风暴行动，占领了'满洲国'，控制了库页岛。"

"你希望日本人统治？"

"我不希望苏联人统治。"

"我也不希望苏联人统治。"

"应该由我们'满洲国'统治。"

"应该由中华民国统治。"

爱新觉罗呆呆地沉默了片刻，点点头，说："总比被外国人统治好。"

吃饭之后就要劳动，这时可以在附近走动，由此谢壮尔熟悉了岛上布满河流、湖泊和丰富植被的自然环境，熟悉了美丽富饶、物产丰裕但少有人迹的寂静景象，并一一记录下来，准备与陶含玉分享。

用了几个晚上，谢壮尔写了一封长信，又抄了数份，分别写了重庆、上海和南京的地址，都是寄给陶含玉一个人。

但找不到邮局。

爱新觉罗答应他离开之时，把信带走。

但也有令他恐惧的事，就是要经常观看或陪同审判，其中一些重要犯人，大多是苏联的军官，有的是刚刚打了胜仗的高级将领，突然遭到审查，被押到岛上，或者很快判刑，关进条件最恶劣的集中营，或者被拉到海边的刑场，被执行死刑。

谢壮尔他们看完行刑队枪决犯人全过程之后，负责掩埋尸体。

第一次回来，他害怕马上会轮到自己，吃不下饭，睡不着觉，还准备写遗书。

爱新觉罗看他折磨够了，才安慰他，判处重刑，被枪毙的都是苏联人，不是共产党员就是军官，俄国自己清洗自己人，尤其残酷，这是有传统的，革命之后变本加厉，说："看到哪个日本人被枪毙了？都像我们一样好好地在战俘营享受优待。"

谢壮尔看到遭处决的苏联人越来越多，但没有日本人或伪满洲国人被枪毙，惊魂方定，吃睡明显好了很多，但很快让他感到失落的是，爱新觉罗得到了遣返通知，要离开萨哈林岛了。

爱新觉罗准备回到北平，用他的话说是北京，投靠在故宫博物院做事的堂兄，他还请谢壮尔到食堂吃了顿加了鱼虾的饭，算是话别。两人把身上一点值钱的东西互换了一下，相约以后走动，他到上海找他，或者他到北平找他。

谢壮尔对爱新觉罗再三拜托，说："你得保证把信寄到收信人手里。"

"我拿到北京，让以前邮传部的朋友派信差专程送到上海。"

谢壮尔喉咙哽咽，说："我如果出不了这个岛，也要让她知道我在哪里。"

爱新觉罗留下一句让他重拾信心的话，安慰他，说："你苏联这边有人，很快就能离开。"

次日一早，谢壮尔远远地看到一架飞机升空，盘旋了一会儿，就往西南方向飞走了。

谢壮尔相信爱新觉罗就在这架飞机上，于是不停地朝上面挥手，希望他能看得见自己。

但到了傍晚，食堂里都在传一个消息，说一架飞机失事，在鞑靼海峡坠落了。

听到这个消息，谢壮尔情绪极其低落，脑子里尽是爱新觉罗的音容笑貌。没有几天，人瘦了一半，几次在劳动中跌倒，有一次，还被送到了驻军医院。

意外的是，他在驻军医院看见了卡察诺娜。

她负责打扫医院前面这条街，他从窗户上看得到这条街，一连几天，他都看到她一遍遍地扫地，地很干净，她还是扫个不停。

卡察诺娜远远地向他打招呼，他打开窗户看了她一下，发现是一个身材高挑的女子，由于隔得比较远，他看不出她的年龄。但显然是一个美丽的俄罗斯女子，尽管使用着笨重的劳动工具，但举止优雅而敏捷。

看守她的红军士兵讥笑她，说："春天来了，她在发情。"

对于和谢壮尔的再度重逢，卡察诺娜心情极度地兴奋，她千方百计地寻找两人单独见面的机会，利用极其有限的时间，告诉有关她的更多实情。

站在谢壮尔面前的安娜·卡察诺娜与之前在符拉迪沃斯托克见到的完全是两个人，原来的臃肿和粗俗全然不见了，展现出来的是经过努力掩藏之后的美妙和动人，青春已经回到她的身上，使她看起来像是还在恋爱中的年轻女人。

谢壮尔当然不敢相信，说："是你吗？"

卡察诺娜看着他，笑了，说："我的真实姓名是莲娜·沃尔康斯卡娅，你可以叫我爱莲娜。"

"莲娜·沃尔康斯卡娅……爱莲娜。"他避开她的目光，神情略显慌乱。

她送给他一件东西，说："这是我们沃尔康斯家族的族徽。"

虽然自称莲娜·沃尔康斯卡娅的她神情平和镇定，但谢壮尔还是进行了必要的观察和试探。

谢壮尔确定莲娜·沃尔康斯卡娅是一个正常和健康的人，甚至红军士兵送她回医院的那一刻，他坚决地相信她讲的都是事实，是可信的。

周边开了各种不知名的野花，每一样颜色都有，每一朵都鲜艳得让人眩晕。

她指着其中一朵，告诉他，说："这是红罂粟。"

她希望他采集一束鲜花送给她，作为回报，她会把一个极其重要的家族秘密告诉他。

"你知道十二月党人吧？"她像一个教师在考一个小男生。

他表情有些茫然，但仍然点了点头。

这次见面也到此为止了。

他回去的当晚，趁着送饭的机会，请教了一个戴着脚镣的苏联军官。因为这位红军大校第二天可能被枪毙，谢壮尔许诺收下他一枚勋章作为纪念品，以便可以怀念他，从而换取了关于十二月党人的知识。

这是一百多年前的一件大事，这件大事，谢壮尔从来没有听说过，即使以前在上海，安德烈可能讲起过，他也不可能记住陌生的俄罗斯发生的大事。

1825年12月1日，在温暖的南方视察的沙皇亚历山大一世突然病逝，按照皇统世系，原本可以继承王位的亚历山大一世大弟弟康斯坦丁，因为同一个与皇族没有血缘关系的波兰女子结婚，已宣布放弃皇位。亚历山大一世生前指定了第二个弟弟尼古拉为皇位继承人，但诏书在亚历山大一世生前并未公布，俄国形成了十余天皇统中断的混乱局面。

一批青年军官决定利用这样一种特殊的形势，赶在皇位继承人尼古拉举行宣誓继位之前发动军事行动，迫使新沙皇和枢密院宣布改制。他们选举了总指挥，拟定了《告俄国人民宣言》，宣布推翻沙皇政府，立即召开立宪会议，成立临时政府，同时宣布废除农奴制，解放全国农奴。

这天早晨，由军官带领的近卫军按计划开进彼得堡的枢密院广场，排列好战斗方阵，到下午起义军人数增至三千余人，周围还有数万名拥护起义的老百姓。然而尼古拉一世早有防备，调集了大量军队进入彼得堡，将枢密院广场层层包围，这时起义军总指挥临阵脱逃而不见踪影，起义军处于群龙无首的状态，因而延误了战机，起义最终被镇压。

沙皇成立了秘密审讯委员会，对参加起义者进行了审判，数千名起义者被处以重刑。

其中有一部分人被流放到人烟稀少、寒冷荒芜的西伯利亚服苦役。

红军大校简明扼要，说："事件发生在十二月，所以叫十二月党人。"

谢壮尔想了想，不禁恍然，说："有点像中国的辛亥革命。"

这位自己知道离生命终点不远的红军大校神情骄傲，说："许多十二月党人的妻子自愿抛弃优越富足的贵族生活，离开大都市，选择跟随自己的丈夫、情人，共度流放生活。"

谢壮尔感到惊愕，不停地点头，发自内心地表示赞许。

给他讲述十二月党人故事的红军大校虽然出现在死刑犯的名单上，但没有像其他人那样在半夜被处决，而是一大早被送往莫斯科了。

有人告诉他，说："斯大林要见他。"

两人第二次见面，是在天气很好的海边。

莲娜·沃尔康斯卡娅是从一群晒太阳、吹海风的病人中脱离出来，走到他身边的，就像美丽的画中人，让他感觉到有些虚幻，有些眩晕，有些紧张。

还像上次那样，周边开满了各种不知名的野花，每一样颜色都有，每一朵都鲜艳得让人心神不宁。

还像上次那样，她指着其中一朵，告诉他，说："这是红罂粟。"

还像上次那样，她希望他采集一束鲜花送给他，作为回报，她会把一个极其重要的家族秘密告诉他。

谢壮尔注视着她美丽而生动的脸庞，表示了期待。

带着暖意的海风吹过来，两人同时向着大海深深呼吸了一下。

她确定谢壮尔对十二月党人及其背景有所了解之后，又进了一步，给他讲了家族故事，其中令他感到震惊的是她的曾祖母沃尔康斯卡娅公爵夫人的传奇。

她表情有些娇媚，说："她是我的曾祖母，我跟她很像。"

沃尔康斯卡娅公爵夫人是第一个追随到西伯利亚去的女贵族，因为她的丈夫在流放名单上。

沃尔康斯卡娅公爵夫人的父亲拉耶夫斯基是彼得大帝手下的重臣，她丈夫沃尔康斯斯基公爵是沙皇亚历山大一世的侍卫武官。从法国远征回来的时候，他骑着马走在近卫军的最前面，最后成了一名国事犯，特等囚徒。

"我曾祖母是彼得堡著名的美人。"随后她说出了更让他感到震惊的秘密，说，"你不会不知道普希金吧？"

谢壮尔连连点头，说："我哥哥会用俄语背他的诗。"

"我曾祖母是普希金心中的偶像。"

谢壮尔脑子里嗡嗡响着，眼睛不知道往哪里看了。

莲娜·沃尔康斯卡娅为曾祖母感到万分的自豪，普希金跟很多女人有风流艳史，但是他心目中最倾慕的是沃尔康斯卡娅公爵夫人。

"因为我曾祖母不仅美貌温柔，而且聪明博学，精通五种欧洲文字，有极高的音乐天赋。"

经过莲娜·沃尔康斯卡娅的描述，当时的情景令人幻想：沃尔康斯卡娅公爵夫人从彼得堡中转莫斯科然后到西伯利亚。在莫斯科，成百上千的人为她举行盛大欢送晚会，气氛悲壮，普希金本人也到场了。

"真的?"谢壮尔还是问了一句。

"普希金写的《波尔塔瓦》就是献给我的曾祖母沃尔康斯卡娅公爵夫人的。"

莲娜·沃尔康斯卡娅手捧鲜花，向着大海朗诵了普希金的诗篇，为了能让谢壮尔听得懂，她用了英文朗诵：

> 西伯利亚凄凉的荒原，
> 你发出的最后的声音，
> 是我唯一的珍宝，
> 我心头唯一爱恋的梦幻！

从莫斯科到西伯利亚的路程将近六千公里，需要走一年多时间。沃尔康斯卡娅公爵夫人颠沛流离，万里迢迢，终于到了西伯利亚。她在法文日记里面写道：谢尔盖向我扑来，他蓬头垢面，衣衫褴褛，我突然听见一阵镣铐的声音，他那双高贵的脚竟然戴上了镣铐！我突然理解到他的痛苦，他的孤独，他的愤怒。我跪倒在丈夫面前，亲吻这一堆冰凉的镣铐，好久好久才站起来亲吻我的丈夫。

沉默了很久，手捧鲜花的莲娜·沃尔康斯卡娅低声告诉了谢壮尔一个秘密，说："你知道我是怎么穿过西伯利亚的？怎么越过贝加尔湖的?"

谢壮尔想了想，说："你是一个健康的人。"

莲娜·沃尔康斯卡娅笑了，摇摇头，说："靠男人的体温。"

谢壮尔表情有些惊异，点了点头。

"做爱，不停地做爱。"

谢壮尔怔住了，心想她讲的也许是爱情的力量。

莲娜·沃尔康斯卡娅指了指整个岛，说："在这里，靠做爱才能活下去。"

一个持枪的医生带着两个因纽特人脸孔的女红军突然奔过来

时，莲娜·沃尔康斯卡娅仍然脸腮鲜红，情绪激动，沉浸其中。

他们显然是要强行带走她。谢壮尔迅速在一个纸条上用英文写下一行字，叮嘱她，这是他在上海的地址，希望她来上海，谢家有用不完的钱，保证她过上她想要的生活，可以让她成为一个自由创作的画家。

她匆匆一看，把纸条吞了，说："我们同样属于资产阶级。"

谢壮尔没有再见到她。他一连几天都在回味爱莲娜，也就是莲娜·沃尔康斯卡娅，也就是安娜·卡察诺娜，关于靠做爱才能生存下去的话，然而他没有机会感受是否真的如此。因为时隔不久，安德烈二世带着苏军总参谋部情报局的信函，把他带回了符拉迪沃斯托克。

之前，安德烈二世的叔叔安德烈亲自给萨哈林岛司令官和政治委员分别致电证明，谢姓中校，中国军人，名壮吾，共产党员，中国东北杜代司令员的副官。

二十四、神鉴鬼赏

1950年上海的夏天，在与上官谈话的某个关键阶段，谢壮吾得知一个可怕的秘密：因为《归来图》落在余无兴手上，差点造成极其严重的后果。

"后果有多严重？"

"也许今天国共双方在战场上还没有分出胜负，战争还在继续。"

上官并非危言耸听。

谢壮吾离开重庆不久，第二次国共合作完全破裂。蒋介石下令驱逐各地中共代表的前一天，余无兴率先行动，带领军、警、宪、特等各方组成的精干人员查封了曾家岩50号，并以最快的速度，以礼送的名义，以武力的方式，把中共人员全部赶回延安。

也是在一个迷雾重重的早晨，余无兴突然接到通知，蒋介石秘密到达重庆视察，叫他即刻赶到某地共进西式早餐。

等候期间，侍从人员只准许他在开阔的露台上活动，面对屋内一桌子美食，他被允许可以先喝水。

情绪激动的余无兴端起白开水，猛地喝了一大口。此时他心怀忐忑，害怕自己因为没有扣留重庆办事处中共人士而被追究责任，因此急于表达自己的悔意。他一边来回走动，一边故意大着嗓门连声说"让他们走了，让他们走了"，试图引起尚未现身的蒋介石的注意。

浓雾中露出一张熟悉的脸，不是领袖蒋介石，而是早就在露台上等候的前任西南行政长官何应钦。

他摘下眼镜擦拭着气雾凝结的水珠，神情中闪过一丝夸张的神秘，嘀咕着，说："你很快就可以亲自到延安，请他们回来。"

"你们在说什么？"

原来蒋介石听到他们私下的议论，早已从屋里出来，借着浓浓淡淡的雾团，在隐身片刻之后，兴致勃勃地参与进来。

何应钦指着一脸惊愕的余无兴，说："他后悔放中共办事处的人回了延安。"

"后悔什么，我让毛泽东都回去了。"

蒋介石指的是重庆谈判期间，所谓的没有扣留毛泽东的君子之举，说："我们不当小人。"

余无兴顿时松了一口气，说："总裁仁至义尽，堪称当世楷模、古今圣贤。"

迷雾渐渐散去，蒋介石心情一舒畅，并不顾忌什么涉密，大声宣布，国军精锐之师即将对中共残余发动最猛烈进攻，其重点就是陕北延安与山东这两个共产党最重要的根据地，中共中央在延安待不长了，毛泽东将成为阶下之囚。

鼓掌声中，余无兴略感不安，小心地向随后出现的现任西南行营长官张群问了一句，说："东北呢？"

张群一时没有反应过来，方正的脸部现出不耐烦，斜眼看了看他，说："你扯到东北干什么？"

但耳尖的蒋介石听到了余无兴关心东北的话，有些惊奇，更多的是赞许，端着茶杯主动跟他碰了碰杯，说："东北迟早要大打，而且是决战之地。"

得到蒋介石的勉励，余无兴自然是热血沸腾，便想仿效历朝那些位阶不高，但忠心可鉴、青史留名的谏臣，向主公明君献上东北决战宜早不宜晚一类的谏言，以引起对东北的重视不说，还可留下急为党国大业所急的美名。但随着浓雾完全散去，他看到除了何应钦、张群，还有多位上将军阶的高官在场，顿时又分了分神，心想，他们难道不知道东北的重要吗？他们都不说什么，自己怎么能随便说话呢？这一犹豫，涌上喉咙的话又咽了回去。

情绪高涨的蒋介石似乎看出余无兴心中的疑问，破例拍了拍他的肩膀，得意地讲起了自己在东北的战略部署，其中一步重要的棋子，就是屯兵山海关一线的十万后备机动力量作为支援兵团，在关键之际随时出关，紧急时刻，作为雄奇之兵，加入与中共东北民主联军的决战，从而一举定胜负。

余无兴不禁急切地鼓起掌来，热泪盈眶地想着，总裁真是英明啊，自己刚才真是多虑，还想做什么谏臣，真是愚蠢了。

蒋介石话题一转，说："当然，这是在我们收复延安之后。"

余无兴激动之余，扭头向身边的张群和何应钦询问，说："十万大军的指挥官不知道是谁？"

还是蒋介石自己抢先透露，说："这不是什么秘密，是陶文将军。"

丰盛的早餐之后，余无兴乘兴而归。他吩咐毛姓特务订了一桌酒宴，以犒劳查封和驱逐中共重庆办事处的有功人员，一直持续到晚饭，大家一醉方休。

余无兴夜半酒醒，但因为对蒋介石屡次提起的陶文，似有不祥之感，终不成寐，半梦半醒，辗转反侧，直到快天亮时，疑似神鬼相助，脑子中出现了那幅《归来图》。

《归来图》在毛姓特务手中。

余无兴猛然想起，等不及天明，就找上门去，把睡梦中的毛姓特务从一个搂抱成一堆的女人身边拖起来，说："把那幅画给我。"

毛姓特务早就认为《归来图》值钱，已经盘算好占为己有，现在看到余无兴上门讨要，更说明是件宝贝无疑。于是他假装在房间里左右上下找了个遍，也没有找到，说："可能被偷了。"

余无兴二话不说，掏出一支袖珍手枪抵着毛姓特务的胸口，说："凭你杀了那个女军官，我就可以枪毙你。"

"她自己跳江，又不是我杀的。"一听余无兴提到此事，毛姓特务恐慌起来。

余无兴明显要扣扳机了，说："你知道她是谁吗？"

毛姓特务语气坚决，说："她是共产党。"

余无兴停了片刻，说："等你死了，你到阴间问她。"

毛姓特务这时候确定余无兴真的会杀自己，只好撬开斑驳的地板，取出了《归来图》。

余无兴拿着《归来图》，展开画看了看，枪口却仍然对着毛姓特务，犹豫着要不要开枪。

毛姓特务不服了，说："我已经给你画了。"

余无兴鼻子里哼出一股气流，说："问题是你杀了不能杀的人，到时候毛人凤也保不了你。你最好躲到外国去，别让人找到，否则法网恢恢。"

蒋介石上午就要离开重庆去南京，当余无兴拿着《归来图》赶到九龙坡机场时，飞机已经发动。

余无兴坚持要登上飞机，不惜与拦截他的侍从人员发生争执，说："我不是献画来的，我有重要的事情呈报总裁。"

蒋介石让他上了飞机，没有马上问他有什么事，而是先欣赏了《归来图》，连声说好诗好画好意境，清清喉咙，用宁波腔朗读了六句诗：

> 少无适俗韵，性本爱丘山。
> 误落尘网中，一去二十年。
> 羁鸟恋旧林，池鱼思故渊。

蒋介石读罢，对于三行用瘦金体写的诗，端详了半天，却没有半个字的评价，只是说："我也想做陶渊明啊。"

同机回南京的何应钦在旁边一下子认出，说："这是陶文的瘦金体。"

好不容易轮到余无兴，他提出了自己的怀疑，说："这句题诗是陶文写的。"

蒋介石脸色凝重起来，问："画从哪里来的？"

余无兴如实作了报告，说是从一个新一军中校军需官手上扣查的。

"叫什么名字？"

"谢壮尔。"

"查查新一军，有没有这个人。"

很快，一份电报传过来，证明确有其人，而且此人正是陶文的女婿。

余无兴鼓起勇气，说："听说陶文之前加入过共产党。"

蒋介石拉下脸，严厉斥责余无兴，说："这个不许乱说，他不是共产党。"

蒋介石之所以这么肯定，因为他至今记得，1926年中山舰事件后，共产党主要负责人陈独秀接受了自己在国民党二届二中全会上提出的整理党务案，交出了第一军军内跨党籍的三百多名共产党员名单，陶文不在名单上。

看到蒋介石这个态度，何应钦马上附和，证明陶文参加过北伐，原来是第一军的。北伐军到达福州时，陶文已经当上了国民革命军师党代表兼教导团团长，但是1927年2月，北伐节节胜利之时，由于家母病重，请假离队。

何应钦进一步证明，自己是东路军指挥，是他准了假。还知道抗战开始，陶文再次出现在战场上，抗战胜利时，他已升任军长，中将军衔，还兼任过北平警备司令。

余无兴怀疑的是陶文北伐中途请假之后较长的一段时间，说："是一个空白。"

蒋介石神情多少有点厌烦，说："回家尽孝道，时间长些，无可厚非。"

何应钦皱着眉头，想了想，替余无兴说话，认定画上的字确实是陶文写的，陶文早前给自己送过字，所以自己认得出，值得怀疑的是，陶文借画的意境想表明什么心志？

蒋介石脸色有了变化，但还是不以为意，说："中国有很多古画都借意境表达心志的。"

最后，大家都没有再说什么，蒋介石抬抬手，让余无兴下了飞机。

余无兴敬礼之后转身离开，半个身体已经离开舱门，又听到蒋介石叫他把画留下。

余无兴留下画，下了飞机，一直等候着飞机起飞。飞机在空中盘旋了数圈之后，才改变航线，向东北方向飞去了。他断定蒋介石没有回南京，而是去北平了。

飞机果然到了北平。

飞机降落北平之后，蒋介石没有离开机场，而是让接机的陶文先上了飞机。等关好舱门，他展开《归来图》，说："这幅画是你的？"

陶文看了看画，没有直接回答，说："总裁也有这样的画？"

蒋介石索性点明，说："在重庆，从你女婿谢壮尔手里拿到的。"

陶文顿时惊诧，说："我女婿人在东北。"

"女婿也有人敢冒充的？"

蒋介石看着窗外，看到一辆美式吉普正朝这边开过来，不觉心里有底，开始盘问最重要的部分，说："这几句陶渊明的诗是不是你题写的？"

陶文稍稍一看，说："这像是我的字。"

何应钦诡异地笑了笑，说："就是你的字。"

蒋介石没有完全听何应钦说话，但对陶文不那么严肃的态度显然不满，脸一绷，说："像你的字？答非所问嘛。"

陶文看到蒋介石愠怒的样子，立刻认真起来，细细研究了画上的题跋，然后说："几乎连我都看不出来。"

"什么意思?"

"我也不知道什么人写的字跟我如此相像。"

蒋介石早就预计过，陶文可能因为各种原因，为自己作一些辩护，例如不会承认《归来图》是自己的，题跋不是自己写的，声称女婿是假冒的，等等，要逼他说出实情最好的办法，就是让北平的专家当场鉴定，拿出结果。因此，从重庆飞往北平途中，他就直接让毛人凤通知北平警特系统，以最快的速度，秘密组织全北平水平最高的字画专家赶到机场等候。

那辆美式吉普中应该坐满了故都最顶尖的字画鉴定大师。

鉴定大师们得到的通知是，为了弘扬传统文化，国民政府要员将在北平主持一场古代名画鉴赏会。当他们知道这个国民政府要员是蒋介石时，竟然表现出十分的从容和淡定，让包括蒋介石本人在内的所有随同人员都大吃一惊，并对他们刮目相看，暗地里感叹北平到底是皇皇故都，鉴赏大师到底是见多识广，特立独行的清高风骨令人敬佩。

在机场休息室的秘密鉴赏会上，出现了让蒋介石和陶文都意想不到的结果。

拿着放大镜端详半天的旗人大爷，一直没有说话，他要等别人先讲，然而在场的人都等着他讲。虽然他在故宫博物院兼差多年，其实他不仅不是最权威的，甚至可能是地位最低的一个，正因为地位低，大家把这个难题交给了他。

旗人大爷原本还在为鸡缸杯一事纠结，当新近加入保密局北平站二区分站的端木秀心急火燎地找到他时，他心不在焉，连声推辞，说："除非你有本事把我的鸡缸杯从美国人那里要回来。"

端木秀言语神秘，告诉他可能会见到想都想不到的大官，如果这次帮大官做了事，回头说不定能帮他找回鸡缸杯。

旗人大爷不太相信，说："官再大，还不是也怕美国军官。"

端木秀得意地哼了一声，说："这不一定，要知道，毛人凤亲自给我打的电话。"

旗人大爷问清楚毛人凤的身份，得知他是跟戴笠一样有权有势的人之后，动了心，但仍存有疑虑，说："到底多大的官？"

端木秀其实心里也没有底，但还是夸下海口，说："至少是个上将。"

旗人大爷还在犹豫，精神仍然提不起来，没有急着要出门的意思。端木秀发火了，摸了一把腰间的手枪，催促他快走，明说找他去也只是充个数，是抬举他，别端什么架子。

旗人大爷被端木秀连拉带哄推上了车，一路上幻想着找回鸡缸杯，于是跟着几位字画大家乘坐美式吉普车来到机场，及至发现见到的人居然是蒋介石，暗暗惊愕之余，内心顿时升起希望，表现得比谁都积极。

蒋介石也把关注点放在旗人大爷这里，说："你说说看。"

旗人大爷环顾了一下，向蒋介石鞠了个躬，又看着陶文，久久说不出话来。

陶文面无表情，鼓励旗人大爷，说："看我做什么，有话直说。"

旗人大爷对着在场的行家有些吞吐，因为在北平文博古玩界，尤其是在字画领域，得由他们先给出意见，然后自己跟在后面，附和几声，但多数人此刻都表现得特别谦虚，反而推崇旗人大爷是天潢贵胄，又在宫里生活过，见多识广，而且这些年还一直玩着真东西，必须得先发表高见。

旗人大爷本来想推一推，躲到后面再说，但脑子里想着鸡缸杯，不禁鼓起勇气，说："画不是真迹。"

一阵沉寂之后，另外几个人都跟着点头，认可了旗人大爷的判断。

蒋介石用手背敲打着已经鉴定为假画的《归来图》，把问题引向重点，问："那这几句诗呢？"

旗人大爷不明白蒋介石的意思，小心地作了回答，说："诗是

308

陶渊明的。"

"是不是真迹？"

"陶渊明不会写瘦金体，瘦金体是后来的宋徽宗首创的。"

蒋介石醒悟过来，说："这我晓得。我是问这几句诗是不是陶文将军题写。"

"那陶将军最知道了。"

蒋介石笑了笑，说："陶将军自己都想不起来，看不出来了，你们帮他鉴定一下。"

"那得请陶将军写几个字。"

笔墨早已伺候着，陶文认真而又快速地在一张当天的《中央日报》上写下了那六句诗。

所有的人都围过来，轻轻叫起好来。

蒋介石拿起报纸上的字与画上的题跋一比较，又试图加以引导，说："一模一样，画是假的，字是真的。"

对陶文写下的一手好字，旗人大爷赞赏不已，顾不得想太多，伸手抓过报纸，说："慢着，让大家看看。"

在场的几位鉴定家把报纸上的字跟《归来图》上的题跋细细对照了一下，也都不说话。

蒋介石盯着陶文，说："我说错了？"

陶文摇摇头，手指着旗人大爷他们，没有发表意见。

球又踢到旗人大爷这里。

长久的肃静之后，旗人大爷目光扫了扫众人，又看了看陶文，真想感慨一番，两相比较，几乎乱真，如果没有点见识和功力，还真说不到点子上。问题是说错说对，都不知道是不是符合蒋介石的心意，这种事换成以前的皇上，搞不好要掉脑袋，如今是民国，蒋介石搞的是国民革命，当然不比以前的皇上，但此刻不是皇上的皇上，眉宇间藏着杀气，这种杀气似乎是对着陶将军的，自己应该怎么说呢？

旗人大爷头上冒出汗来，停了停，终于想到一句话，说："各位高人慧眼。"

蒋介石一怔，脸上掠过一丝说不清楚的复杂，说："不是陶文将军的？"

旗人大爷觉得蒋介石这一问更像是松了一口气，仿佛他也不希望真是陶文的题跋，不禁神情坦然许多，用十分肯定的口气作了定论，认为题跋上的字由一等的高手仿冒，简直就是陶将军本人，但差别在丝毫之间，气息细末不及陶将军仙风仙骨。

其中几个人都看着陶文，希望他来肯定或者否定，但陶文依然没有吭声。

旗人大爷大声宣布，说："有人把陶将军的字学到家了。"

这时陶文终于开了口，说："错矣，是有人把宋徽宗的瘦金体学到家了。"

之后，大家都抢着发表了意见，从一笔一画一勾，从一粗一细一点，纷纷证伪，一致同意旗人大爷作出的鉴定结论。

蒋介石木然良久，点了点头，表示了赞同，并向旗人大爷伸了伸大拇指，给出许诺，说："我会要求北平有关部门奖励你的。"

机会来了，错过了就再也没有，旗人大爷胆子一大，豁了出去，连忙结结巴巴地称呼了一声蒋委员长，作了一个长揖，说："小民有一事相求。"

蒋介石用的是开玩笑的口吻，说："你要官做？"

旗人大爷当然不屑做官，急忙摇了摇头，说："恳请蒋委员长帮我讨回明成化鸡缸杯。"

旗人大爷又费了一番口舌。

蒋介石弄清楚怎么回事之后，虽然面露难色，但还是答应了旗人大爷，当场叫何应钦回南京之后，跟美方交涉，问比尔要回鸡缸杯，说："国之文物，绝不能流失海外，落于洋人之手。"

旗人大爷告别时，蒋介石叫随从给每个人赠送了一百美金，作为酬劳，但也算封口费，等他们保证绝不对外张扬之后，才准许他们离开机场。

唯独旗人大爷生怕收下那一百美金之后，蒋介石就不欠自己的人情了，鸡缸杯的事会不了了之，因此坚持不肯收钱，说："我怎么找何将军？"

何应钦留下副官在南京的临时住址和联系电话，旗人大爷才肯拿走美金，追上其他专家一起坐车走了。

飞回南京途中，蒋介石心情好了很多，又心怀感慨，要不是自己对剿共大业切实负责，做事谨慎认真，差点冤枉了陶文，失去一位得力干将，这一定是敌人的离间计啊！

在陶文的任命正式下达之前，蒋介石还是不太踏实，希望何应钦亲自主持，将陶文在抗战之前的经历查查清楚。

于是何应钦带着委任状又亲自去了一趟北平，开门见山地向曾经的老部下询问了当年的一些情况。

陶文一一作了说明，而且说出了许多何应钦并没有听说过的事情，例如有人曾经怀疑自己在1925年，参加国民革命军第一次东征时就秘密加入中国共产党，还有鼻子有眼地传说自己站在潮州西湖笔架山上宣誓，共产党决定让他潜伏在第一军，等等，自己对这些无中生有、捕风捉影的谣传，一不理会，二不澄清，清者自清，浊者自浊。

何应钦认可了他的解释，也认为那几年时局复杂，没有人能说得清楚参加过哪党还是哪派，立场靠左还是靠右，只要以后跟共产党再没有瓜葛就行了。

但何应钦显然是叫他说清楚北伐时离队之后的情况，他冷冷地看着陶文，提醒说："难道有人张冠李戴？说你一直留在上海。"

"还真是张冠李戴，一定是搞错了，那是别人吧？"陶文大笑之后，也冷冷地说了一句。

如果1927年春天留在上海的是他，而不是并不存在的另外一个人，委任状不仅颁不了，而且人也要直接带回南京审查。

因为那另外一个人，也就是真真切切的陶文，居然在周恩来领导下，参加了上海工人第三次武装起义的策划和准备，担任总指挥部成员，并且于4月12日，蒋介石武力清党那天，在冲突中右胸中弹，负伤逃到武汉，随后加入贺龙的第20军，带领其中的军官教导团，参加了南昌起义。

因为这另外一个人后来又经香港到上海，不想此时发生了中共中央特科负责人被捕叛变事件，中共中央切断了一切组织联系，上海地下党人员全部撤往苏区或出走外地，这毫不知情的另外一个人犹如断了线的风筝，心急如焚，无奈地回到了绍兴老家。

他不断地提醒自己，无论如何都不能承认，那另外一个人就是陶文。

对此，陶文跟先前交代的一样简单：自己向北伐军东路军总指挥何应钦请假之后，乘船取道宁波，再换乘海轮抵达上海，几天后就回了老家，服侍患病的母亲，直到1933年，在国民党中央政治部任职的一名黄埔同学，派人找到他老家，动员他参军抗日。

"我有证人。"

陶文怎么会是另外一个人呢？何应钦想起来之前看到有关方面提供的材料，顿时觉得荒唐，说："证人，我也是。"

何应钦留下正式任命陶文为支援兵团司令的委任状，就回到了南京，向蒋介石复命。蒋介石说了句疑人不用，用人不疑，想把这件事情放过去。但后来联系美军方面的人报告称，比尔的鸡缸杯在重庆时就被人偷了，而且重庆方面提供的情报居然怀疑是陶文女婿偷的，蒋介石顿时又开始生疑，怎么都是陶文女婿？他马上给毛人凤打了电话，要他尽快找到陶文的女婿，查明情况。

毛人凤理了理头绪，联系了重庆方面的余无兴。余无兴当即派毛姓特务飞到南京，当面报告情况。毛人凤亲自到招待所见了毛姓特务，顺便谈起江山老家的情况，一番闲叙之后，正色问："你见过陶文的女婿？"

何止见过，两人还打斗过！毛姓特务想起当时自己被打趴下的窘境，胸中涌出一大股怨恨之气，激愤地描述了当时的情景，说自己痛恨逃兵，所以痛斥一番，教训一顿，嘲笑地说："不就是仗着自己是陶文的女婿嘛！"

毛人凤赞扬了毛姓特务的正义感，但他关切的是陶文的女婿离开重庆的去向，问："有没有可能回东北战场了？"

毛姓特务继续用嘲笑达官贵人的口吻，说："逃回上海了！"

毛人凤觉得毛姓特务是个可用之才，更有意于栽培他，让这个远房亲戚有一个立功受奖的机会，于是叫他带人专程去上海，寻找陶文的女婿，交代他找到人之后，不要得罪，客客气气地把他请到南京，自己要当面问他几句话。

二十五、追忆如梦

之后回忆起来，谢壮吾离开重庆时的情形和心境都显得有些混乱，甚至连具体什么时间，坐什么船离开的都有些模糊了。那些天，就像处在梦境，真实和幻觉，难以区别。

先是因为《归来图》意外落入他人手中，谢壮吾觉得无法向杜代司令交代，本来一心想在离开重庆之前找到余无兴，把画要回来。他甚至向范召土打听到了余无兴的身份和住址之后，准备只身在有些雾气的深夜单独行动，但半道上就被拦住了。

组织上第一时间给了他指令，叫他放弃寻找余无兴，不然会遇到意想不到的危险，造成不必要的损失。

谢壮吾打算不予理睬，挽着袖口，好像马上就要动手，说："我要把画拿回来。"

带头的是那位袍哥，显然是有特别身份的人，上前拦着谢壮吾，告诉他，自己不过是转达电文，原来的任务解除，因为已经没有必要了。

但谢壮吾牢记的是杜代司令的交代，这画很重要。

画不在裴宝儿手里，更不能白白落在一个大特务手里，因为凭他的直觉，这可能会带来更大的危险。

那位袍哥口气变得严厉，说："这是你的领导上官传达杜代司令的命令。"

又有几个黑影拦住了他，谢壮吾推开他们，继续往前。

那位袍哥也是个精明而有经验的人，告诉了他更多情况，据可靠情报，画经由余无兴交给蒋介石了，如果拿走的画是假的，那么一幅假画对国共双方都没有价值，画是真是假，还在确定中。目前，凭你一个人的力量，一定要做无谓的牺牲，只好请便了。但你要相信组织，相信我们。再说，你到了上海，会接到新的指示，你有自己的任务。

"我自己的任务？"

谢壮吾想拦住那位袍哥问个清楚，但那位袍哥已经带着人消失在迷雾之中了。他当时并不知道蒋介石亲自安排了一个《归来图》的机场鉴赏会，对那位袍哥的话茫然了好一阵子，他既不理解，又有所怀疑，更不相信这是杜代司令的意见，但因为无从查问，冷静了一个晚上，稍稍理了理思路，确定他是自己可靠的同志，而且只能够相信他，于是遵守了他转达的命令，更糟糕的情况是，组织上似乎把关于《归来图》的任务交给了别人，比如袍哥。

在那种情况下，他不知道是半夜还是凌晨时分赶到朝天门码头的，让他更加难过和不安的是，在开船的最后一刻，陶含玉也没有出现。

他有一种绝望而又孤独的感觉，而且越来越强烈。

一方面因为他认为自己没有完成任务，无法回到东北，面对组织，无法向杜代司令交代；另一方面因为没有把陶含玉一起带回上海，担心她的命运，以后怎么向弟弟、向陶文交代。

当时真不知道应该怎么活下去。谢壮吾向很多人描述过自己的心境，尤其是虽然当时并不知道陶含玉的遭遇，仍然长时间陷入深深的自责，心里反复地责骂自己不应抛下陶含玉一个人留在重庆，他应该留下来，等她，寻找她，知道她是生是死。

多重焦虑下，谢壮吾从登船离开重庆朝天门，混混沌沌，一直到双脚踩上黄浦江边的十六铺码头，一路上心情都极度恶劣，恨不能迈出一步，跳进滚滚的江水之中。

其时国共战场形势已经十分严峻，在国统区传开的都是有利于国民党方面的消息。由于长江水面几度军事管制，轮船在武汉滞留了几天，新到的报纸发行了胡宗南几十万大军迫使中共中央撤离延安的号外。到南京时，电台不断播放几十万国民党军齐头并进，围攻山东共产党占领区的所谓喜讯，为了让更多的人相信取得的胜利，还实况转播了蒋介石在临沂祝捷大会上的讲话。

谢壮吾硬着头皮听完了蒋介石的讲话，心中焦虑，一心想早一天赶回东北，参加战斗，在战场上比出胜负，见出高下。因为他坚信，有了强大的东北，有东北民主联军这样的精锐之师，共产党与国民党决战的资本就还在，最终一定能打败国民党，打倒蒋介石，取得在全国的完全胜利，实现人民当家做主的美好理想。

谢壮吾在长江上度过了有生以来最孤独、最无助的日子，直到轮船驶入黄浦江，熟悉而陌生的上海外滩隐隐约约出现在眼前的时候，他才重新振作起来。

他按照计划到达了上海，滞留了一些日子。十年后再次回来，就像一次路过。行色匆忙之中，他很快又得到了新的指示，有人会送他登上刚刚到达的苏联北方号轮船，前往大连，中间不得有半天的停留。

尽管他想早点离开上海这个既熟悉又陌生的凶险之地，但如果按照这样的计划，当然也不允许回到谢公馆与亲人有短暂的团聚，哪怕见一见十年未见的爷爷都不可能了。

但谢壮吾没有完全按照指示行动，思考了无数次，最后他改变了主意，决定应该按照实际情况行事。就他理解的组织原则，他接受的是杜代司令的指挥，执行的是杜代司令的任务。杜代司令再三交代过，带回画，带回人。如果落在余无兴手中的是一幅假画，那就是必须找到裘宝儿，找到真画，把裘宝儿这个人，把真的《归来图》带回东北，这是一件自己必须做的事情，这是杜代司令交给自己的主要任务，清晰而明确，没有改变，也从未取消。

想不到因为他的自作主张，到上海之后，他又多了一个对不起的人，而且也是一位女性。

远远地看到外滩的一片片灯火，跟十年前比，尽管暗淡了许多，但依旧如同一夜星空，依旧闪耀着密密麻麻的辉煌。热闹过后的十六铺码头上摇摇晃晃的灯光忽明忽暗，勉强照得见斑驳的潮湿的水泥路和稀疏的人影，放眼四顾，只有死一般的沉寂。

在抗战爆发前，谢家已经在这黄金宝地拥有十多间仓库和露天货场。

十六铺码头是上海的水上门户，也是远东最大的码头，流传着很多关于上海的历史人文记忆。清咸丰、同治年间，为了防御太平军进攻，上海县将城厢内外的商号建立了一种联防的铺保，负责铺内治安。从头铺一直划分到十六铺，而十六铺是区域内最大的。辛亥革命前夕，上海县实行地方自治，各铺随之取消。因为地处上海港最热闹的地方，客运货运集中，码头林立，来往旅客和上海居民都将这里称作十六铺。临江弄堂、老式石库门、欧式露台、官办招商楼和各家仓库等拥挤在一起，构成了一道道海派风景和传奇。

谢壮吾印象最深的一次是，爷爷谢富光带两个双胞胎孙儿，坐着洋人开的小汽车，招摇过市，来到谢字号仓库。那天还遇到了上海滩的名人黄金荣和杜月笙，他们与爷爷握手打哈哈，差点要一块儿吃上一顿丰盛的满汉全席，但没有吃成，因为爷爷找了一个理由，他要带孙子逛逛十六铺码头。

谢壮吾和弟弟难掩失望之情，因为当时他们已经饿坏了。

爷爷请他们到霞飞路吃了法国大餐，破例允许他们喝了一小杯红酒，自己则坚持喝绍兴黄酒，而且和他们碰了碰杯，再三叮嘱他们，要小心脸上有麻子的黄金荣和个子瘦削的杜月笙，说："他们不是你们的好榜样。"

谢壮尔急着表态，说："我长大要当旅行家。"

谢壮吾想了想，才表明志向，说："我要打败所有坏人。"

那次以后，他和弟弟没有再去十六铺码头。爷爷生怕自己前程美好的双胞胎孙儿遇到黄金荣和杜月笙这样的人物，生怕遭遇鸿门宴，被强认作干儿子，说："那岂不误入歧途。"

多少年过去，眼前的十六铺码头老了一点，但没有太大的变化，谢壮吾回想起当年的情景，爷爷的身影清晰浮现出来，仿佛就站在那儿，抓着他和弟弟的手，讲述十六铺的传奇的同时，嘱咐了许多做人做事的道理。

江风吹来，其乐融融。

码头上冷冷清清，连一辆接客的人力车也看不到。按照之前的计划，谢壮吾从重庆来到上海，接着他将从上海乘坐北方号回到大连，回到东北，回到杜代司令身边。对此，不管任务完成得如何，他都归心似箭，毕竟那里是他的部队，他的革命大家庭啊！他应该回到属于他的真实的、温暖的世界了。

当谢壮吾试图寻找北方号停泊地点的时候，一串脆亮的高跟鞋声传来，同时随风飘来一股时浓时淡的香水味，随后一个衣着华丽的年轻女子出现在他面前。年轻女子主动伸出手，向他打招呼，说："你在找北方号吗?"

谢壮吾一愣，快步离开，说："你认错人了。"

但她还是跟着他不放，高跟鞋的声音越逼越近。

谢壮吾此刻又想起小时候爷爷给他们的警告。

爷爷谢富光抓住一切机会，叮嘱正在长大的双胞胎兄弟，上海最危险的人物，就是晚上穿着漂亮衣服在外滩逛荡的各色交际花，如果一不小心搭理她，被她迷惑了，会遇上天大的麻烦，破财不说，甚至还有性命之虞。常见的路数是，一群无正当职业的坏人以交际花为诱饵，引良家子弟上当，敲诈勒索，个别的还谋财害命。不过随着年龄稍长，谢壮吾发现上海滩的交际花之所以盛装打扮，昼伏夜出，出没于上流社会，只不过是为了获取虚名和金钱，供其体面地生活而已，而背后的所谓坏人，也不过是些色厉内荏、虚张声势的赤膊党罢了。

爷爷显然是怕双胞胎孙儿染上恶习，更多的是在吓唬他们。

想到这里，谢壮吾环顾四周，看看有没有流氓恶棍从中操纵，暗地埋伏，伺机出击。

她看出了他的意图，脚步慢下来，说："我就一个人。"

谢壮吾停下来，想松口气，如果她真的只是一个交际花，倒也不怕，他警惕的是她另有来路，如果她是国民党特务，那麻烦就大了。

她忽然笑了，用嗲嗲的上海话说："半夜三更，为啥怕我，怕我想依钞票？"

谢壮吾一边暗中腾出双拳，以防范突发情况，一边转身离开，没有再理会这个希望被当成交际花的女子。

交际花快步跟上来，突然叫了他一个姓，说："谢!"

谢壮吾猛地止步，看了看她，稍稍一阵惊愕后，马上又平静下来，还冷笑了几声。这又使他想起爷爷曾经说过的话，上海滩上，靠瞎蒙骗钱的人很多，花样也很多，比如冲着陌生人，忽然叫出一个姓氏，碰巧对上了，然后就一步步地让人上当，往往叫出姓张姓李姓王的天下姓氏多的，因为叫中的十有八九。

但谢姓稀少，她一叫，不得不令他感到诧异，但正因为如此，更让他警惕她的身份，他不再理会，反而走得更快了。

交际花没有再追上来，远远地停在他后面，突然唱起歌来，而且用江北扬州话唱的：

> 同学们，大家起来……
> 我们今天是桃李芬芳
> 明天是社会的栋梁
> 我们今天是弦歌在一堂
> 明天要掀起民族自救的巨浪！

谢壮吾确定歌声来自身后的交际花，转过身，急步走了回来。

交际花情绪饱满，继续唱着，仰着头，还挥舞着戴着皮手套的小臂膀，声音也更雄壮更豪迈了：

> 巨浪，巨浪，不断地增涨！
> 同学们！同学们！
> 快拿出力量……

用江北扬州话唱歌的交际花正是已经离开重庆的龙姓女子，她不理会试图阻止自己的谢壮吾，坚持唱完了最后几句：

> 担负起天下的兴亡！
> 巨浪，巨浪，不断地增涨！

周边有巡逻的警察听到歌声，走了过来。谢壮吾没等她唱完最后一个音符，已经捂住她的涂着猩红唇膏的嘴巴，拖着她快步离开，走到两个仓库之间狭长的通道里。

"怎么是你？"

"怎么不能是我？"伪装成交际花的龙姓女子推开他的手，急促地呼吸着，改成上海话，说："才认出我！"

谢壮吾吃惊，问她："你怎么会到上海？没有回延安？"

"你不想见到我？"

龙姓女子走近他，背着越来越暗的光亮，浓妆艳抹仍然耀眼得令人不安，以至谢壮吾没敢正视她，低了低头，十分惋惜地表示，回延安多好，就在党中央身边。

龙姓女子莞尔一笑，笑声开朗地告诉谢壮吾，那个她已经回去了，眼前的她现在是另外一个人，说："等你登上了北方号，我就回延安。"

谢壮吾替她担心，也不知道组织上是怎么考虑的，说："你不怕别人认出你来？"

龙姓女子一乐，还谢谢他这么快就认出她了，接着又双手一摊，身体微微一倾，自嘲自己现在这副样子，别人很难把她和曾家岩八路军女干部联系起来。

谢壮吾提醒她，敌人并不都是愚蠢的，何况上海是军警特务密布的反革命大本营。但龙姓女子的状态放松自得，满不在乎，表示她当然也清楚自己处于白色恐怖的危险环境，知道上海是随时可能牺牲的战场，但她身负的使命值得她这样做，组织上这样安排自有道理，因此她充满自信，充满革命的乐观主义精神。

一比较，谢壮吾觉得自己显得紧张，远远不如年轻的曾经在延安、在曾家岩50号战斗过的老革命。他真想叫龙姓女子一声同志，但想到纪律，一冷静，心想还是继续称她为龙姓女子吧，模糊但不会忘记。

然而让他重新振奋的是，龙姓女子给他带来了新的任务。

"勿会啥新任务。"龙姓女子卖起关子。

谢壮吾神情一紧，眼睛一亮，说："关于《归来图》?"

龙姓女子笑了，说："你心心念念的吧。"

"是不是?"

龙姓女子又笑了，说："你好容易回上海，要多蹲几天了。走，先去吃饭。"

龙姓女子带他到码头不远的石库门里，几经转弯抹角，在一间简陋但洁净的小餐馆招待了他。开门的是一个裹着小脚的龙太太。

龙姓女子与龙太太对视了一下，说："谢少爷，正宗的上海菜。"

谢壮吾看看周围，说："我好像来过这里。"

龙姓女子把门关上，说："你谢公馆的小开做梦来过这里吧。"

谢壮吾不住地打量着，一时想不到更多的事情。

做菜的是龙太太，从她麻利的动作来看，其实她年纪并不大，只不过装束打扮显得老气罢了。

龙太太居然还做出了一大盘清蒸河豚，说："这里专门有河豚，周边就此一家小店。"

谢壮吾不安起来，说："谁请客？"

龙姓女子熟练地分出河豚里面细密的鱼骨，将鱼肉鱼皮放在他面前的碟子里，说："当然是谢少爷请了，你回到上海，怕没钞票啊。"

谢少爷哼了一声，说："你是逼我街头卖艺去。我不能回家的。"

龙姓女子哈哈大笑，告诉他这是组织上安排她为他接风，以她这身行头，总不能请他吃一碗馄饨就算了，不然显得没有派头，说："况且现在河豚不贵的。"

饭吃完，然后是短暂的沉默，却好像过了很久，龙姓女子开始公事公办，转达了谢壮吾的任务，说："因为情况发生了变化。那幅画是假的。"

"我知道。"

"从裘宝儿手中拿回《归来图》之后，登上苏联北方号，到大连。"

谢壮吾点点头，既激动又兴奋，组织上要求把任务完成，证明自己的判断是正确的，说："我想把裘宝儿带回去。"

龙姓女子摇摇头，说："不用了，他交给组织上处理。"

谢壮吾不安起来，说："怎么处理他？"

龙姓女子神情认真，说："这你就不用管了，上海党组织完全有办法、有能力解决。"

谢壮吾表明了自己的想法，如果裘宝儿肯跟自己一起去大连，就给他一次向杜代司令认罪的机会，让杜代司令亲自决定怎么处理。

龙姓女子很坚决，说："不行，我要向延安交代。"

久久的沉默之后，谢壮吾提到了他一直担心的问题，说："陶含玉有消息吗？"

龙姓女子似乎在回避这个话题，说："现在你不用管她。"

"她好吗？"

"她一定好好的。"

已经半夜了，谢壮吾就住在饭馆楼上的亭子间，龙姓女子上楼检查了一下，说："将就点吧，北方号不晓得啥时到，你要在这里住几天了。"

谢壮吾注意到窗门后面供着一张男性的照片，看样子是一张遗像。龙姓女子说："我爹爹，二七年牺牲的。"

谢壮吾怔住了，不禁又仔细辨认。

"认出来了？"

"龙阿大！"

龙姓女子差点落下泪来，说："才想起来，贵人多忘事。"

此时，龙太太进来，把供在窗户边的照片取走，并叫坐在床上的龙姓女子离开，并埋怨说："谢少爷不记得人。"

谢壮吾跟着下楼，坚持要送她一段路，龙姓女子拒绝了他，说："我们也不能违反纪律。"

他觉得龙姓女子误会了，想解释，龙姓女子示意他不要说了，还幽了他一默，自己没有马上回延安，因为见不到谢少爷思念的那位女战友，自己的好奇心也暂时满足不了，说："这一点，真是遗憾。"

谢壮吾没有接她的话，但还是担心她路上的安全。

"上海到处是特务，要特别小心。"

龙姓女子眼里闪过泪花，笑了笑，说："我已经做好牺牲的准备。"

"大家都要看到革命胜利，尤其要看到上海解放的那一天。"

黑暗中，龙姓女子几次欲言又止，但马上自嘲地用笑声化解了。

谢壮吾跟着笑了笑，说："我的话是认真的。"

龙姓女子声音放轻，神情柔柔的，说："胜利总要代价，如果我牺牲了，你和你的女战友举着红旗回到上海的时候，看看我吧。"

谢壮吾摇摇头，看着她，说："要牺牲也应该先轮到我们。"

"革命不分先后，牺牲也不分男女，你还大男子主义。"

"我不是这个意思，革命也要有分工。"

"你这是担心我吗?"

"对你来说，这里真的很危险。"

这是龙姓女子生前见谢壮吾的最后一面。到死，她都把他当成谢壮尔，把他当成在苏州河边一起唱着《毕业歌》的谢家二少爷。

一来到上海，谢壮吾就想去谢公馆见一见爷爷，哪怕以弟弟谢壮尔的身份出现在爷爷的面前，虽然他知道爷爷很快就会认出来，而且可能会更高兴。但快乐将是很短暂的，接下来就是再一次马上离开，或是与十年前一样的不辞而别，会给爷爷造成更大的痛苦甚至伤害，尤其是其中将要发生与裘家的冲突，都会使爷爷陷入困境，所以他只能远远地看一眼爷爷，而不是惊动他。

谢壮吾在睡梦中被吵醒，看到了十年之后的上海早晨。

透过亭子间的小窗户，发现原来离码头实在太近，江面上停满了轮船，连上面走动的船员的面容也能看得清清楚楚，离得更近的是谢家在码头的仓库，墙壁上圆圈中的大大的谢字仿佛伸手可及。此情此景让他忽然想起以前从未想起的一个场景：上幼稚园之前的一天，他和弟弟跟着爷爷到十六铺码头，后来又跟着爷爷走进这片石库门。引路的是一位年轻力壮的工头龙阿大，他两只手各抱着他和弟弟，走了很长的路，到了工头的家。年轻的龙太太小步走出来，给爷爷泡了茶，爷爷称赞了她，于是她把女儿抱出来给爷爷看，爷爷给了她女儿一把糖果。

二十多年过去了，这一幕如果是真实发生过的，那户人家应该还住在这里，他们的女儿也应该长得很大了。

他下楼去时，眼睛扫了一遍，龙太太已经给他做好了早点，说："她今天晚一点过来。"

他不太饿，没有马上坐下来，问："楼上照片我很早就见过。"

龙太太面无表情，说："他去过你家。他死了二十年了。"

谢壮吾十分肯定，说："我第一次见他，就在这里。"

龙太太的声音有些颤抖，说："想起来了？"

"想起来了。"

当年龙太太到谢公馆，问这对双胞胎兄弟小时候去过他们家的事，弟弟谢壮尔好像想起了一些，点点头，而他却一点都不记得了。

龙太太当时就说了一句，以后再来他们家，就都会想起来的。

今天到了他们家，果然想了起来。

他没有再问什么，龙太太是在提醒自己，也许是梦，是幻觉。

马路上的口号声和锣鼓声越来越响了。

这一天，消息灵通的上海早于全国各地，甚至比南京还要早，到处弥漫着庆祝胜利的气氛，马路填满了提灯举旗的游街队伍，报纸上宣称外滩、静安寺及虹口公园等多处地方还将举行规模浩大的集会，从南京赶来的三青团领袖和党政军要员亲临讲话，电影界、梨园行和大中学校也都有许多活跃人物申请自愿组成团体，到西安或者山东临沂劳军，甚至有女青年登报宣布自己要嫁给前线某个英勇的军官。

其中许多人曾经声称是共产党的朋友，此时他们看到国民党暂时的胜利，就以为共产党失败了，就以为比当年江西红军的最后境遇还要悲惨，就以为共产党这下真的完了。

谢壮吾压制住内心的愤怒，轻蔑地朝他们挥了挥拳头。

已经过了中午约定的时间，龙姓女子还没有出现。龙太太有些担心，但也不想流露出来，只是告诫他："你还是等她来吧。"

谢壮吾安慰龙太太，说："上海我也熟。我很快就回来。"

龙太太似乎知道他要去哪里，说："霞飞路现在叫林森中路了。"

这条1901年开通的著名马路，最早以法租界公董局总董宝昌之名，称宝昌路。五年以后，公董局以欧战时法国元帅霞飞之名更名为霞飞路。日占时期汪伪军政府将其更名泰山路，1945年，为纪念国民政府主席林森，改名林森中路。

谢壮吾跟随着游行的队伍经过林森中路的谢公馆门口，希望爷爷会出来观看。尽管鼓号齐鸣，口号喧天，但好像谢公馆里的人不为所动，大门紧闭，没有人从里面走出来。

一直到晚上，他发现大门仍然关着，整幢楼也没有一盏灯光。夜深之时，他翻墙进入了谢公馆，借着外面射进来的灯光，把大厅重新打量了一遍。

在久久的充满疏离的陌生感之后，他嗅着熟悉的既亲切又陈旧的气息，轻车熟路地进入到楼上楼下的每一个房间，上上下下找了个遍。在阁楼上，他找到了一捆照片，禁不住一张张看了起来，除了爷爷和父母亲的老照片，其中还有陶文和陶含玉父女和他们一家人的合影，还有他与裘宝儿参加拳术比赛的留影，当然最多的是他和弟弟两人的照片，从满月到每年的周岁，一张不少。

在浓浓的霉味中，当年大家鲜活的面孔、声音和场景，活生生地出现在眼前，以至他想离开的时候，天已经亮了。

他从平房那边翻墙离开时，发现妹妹谢赛娇正努力地攀着香柏树想进来而没有成功。

裘宝儿没有如愿与谢赛娇远走高飞，直接从重庆离开中国，而是与比尔一起，搭乘美军飞机来到上海，他们也没有马上到谢公馆，而是在附近找了个地方安顿下来，先让谢赛娇到谢公馆探听虚实。

像他一样，谢赛娇也是急切地想见爷爷，她发现谢公馆大门上贴着封条，就想从她熟悉的平房这边进来，不想原来矮矮的房子加高了围栏，她根本无法进入。

谢壮吾把妹妹拉到马路对面一家店铺门口，说："爷爷呢？"

谢赛娇也不知道爷爷人在哪里，急了，说："怎么没有在家里啊。"

谢壮吾提出要见裘宝儿，谢赛娇显得犹豫，说："他不敢见你。"

谢壮吾控制着自己的情绪，说："他骗了我。"

谢赛娇神情不安，马上坦白了，说："画是我临摹的。"

谢壮吾顿时恍然，把情况再问了问，说："他必须带着真画来见我，必须跟我回东北，不然，他完蛋了。"

谢赛娇神情没有像上次在重庆时那样抵触，但一时说不出话来。

"哥哥对不起你，我无论如何都应该阻止的。"

"我不怪哥哥。你已经阻止了，是我自己的选择。"谢赛娇没有像上次那样说起其实是《新婚别》的唐诗，只无奈地说了一句，"嫁鸡随鸡，嫁狗随狗罢了。"

谢壮吾一听，又是怒火，又是难受。难受的是，这不应该是他妹妹说的话，不应该是她这个年纪说的话。怒火的是，这都是裘宝儿造成的，是他毁了自己，也要毁了妹妹！作为当哥哥的，他绝不能再听之任之，放任他一步一步走向不归路，而且让自己的妹妹一起陷入深渊！

"我是在尽最大努力挽救他。"他多少有点想安慰妹妹，其实自己再怎么做，裘宝儿要回到过去也难了。

谢赛娇此刻站在哥哥一边，说："我一定让他来见你。"

妹妹的态度多少让他看到了一丝希望，他冷静了许多，提出了见面地点，说："十六铺码头，谢家货场。"

其实当时裘氏父子就守候在那家店铺里面。隔着门听到谢壮吾约定的地点居然是谢家货场，裘宝儿不禁感到一阵紧张，怀疑会有什么陷阱，裘继祖却认为谢家少爷不是那种人，说："见就见，大不了打一架。"

裘宝儿更担心了，因为他知道上海的共产党组织从来都很活跃，很强大，哪怕在最困难的情况下，只要一声令下，随时都敢出手，都很厉害。

裘继祖狠了狠劲，鼓励儿子，说："上海是国民党的地盘，怕什么？"

接下来发生的情况变得复杂，其突然程度出人意料。

首先是裘氏父子不曾想到，他们早已经被毛姓特务跟踪，一个天罗地网以最快的速度在码头布下。还有他们没想到的是，谢赛娇虽然希望为了丈夫，也为了哥哥，早点把画还了，但又不希望他们直接发生冲突，如果在还画的过程中，两个人发生争吵，甚至动武呢？想着想着，她的担心开始加剧，随后改变了主意，在最后一刻故意把谢壮吾约定的见面时间说迟了几个小时。对此，她想谁都责备不了自己，面对这种局面，面对亲人之间，这是她作出的努力，也必须这么做。

虽然画是一定要还的，但不是今天。她会向哥哥解释。

再接着，谢壮吾按时前往目的地，不曾想到，先他一步的龙姓女子恰好撞破了毛姓特务布置的埋伏，她显然发现埋伏可能是冲着谢壮吾的。然而其前因是，裘宝儿到上海后就被监视跟踪，而谢壮吾也因为在寻找裘宝儿过程中暴露了自己的行踪，当龙姓女子出现在十六铺码头时，她发现了其中的异常，得知谢壮吾与裘宝儿要在此见面，她宁肯牺牲自己，也要使谢壮吾避免踏入险境。

于是她果断地率先开枪。

谢壮吾赶过去时，看到龙姓女子拿着枪倒在地上，眼睛还睁着，既焦虑又奇异，仿佛要跟他说什么特别的话，又终于没有说的样子。

龙姓女子最后问了一句，你还不知道我叫什么吧……

他点点头，连声道，我亲爱的同志，我知道，我知道！说着，他迅速抱起她，甩开追赶的人群后，进入石库门，叫开了紧关着的门。正在做饭的龙太太开门，扑过来，紧紧捂着龙姓女子胸前鲜血流尽的伤口，喃喃自语。

"囡囡，怎么跟你爹爹二十年前一样啊！"

关于龙姓女子的牺牲，尽管谢壮吾没有直接的责任，但他不想隐瞒自己想见到亲人的想法，既然在上海滞留了，既然有时间有机会，至少要看一看爷爷。自己家在上海，整个家族都在上海，但就是因为擅自回了一趟谢公馆，造成了严重的后果，龙姓女子为此牺牲了生命。

二十六、薤露曲终

没有了龙姓女子这个联络人，谢壮吾无法联系上北方号，即便找到，也无法证明自己的身份，同时，也无法与当地组织取得联系。因此，他在上海又耽搁了一些日子。

这一段日子，因为发生了很多事，时间过得很慢，缓慢得没有进展；又过得很快，几个日出日落，进入新的一年。

中间，妹妹谢赛娇和裘氏父子也突然消失了。他几次经过谢公馆，发现周边布满了荷枪实弹的警察和操着四川口音的暗探，而指挥他们的就是那个毛姓特务。

毛姓特务眼神灵敏，差点撞见了他，怀疑地看着他从人群中一闪而过。

很长的一段时间，谢壮吾就像被什么物体勾住的断线风筝，在上海的半空飘荡着，既飞不走，也落不了地。

看到他走投无路的窘态，龙太太收留了他，让他仍然住在亭子间，仍然做饭给他吃，只是饭桌上不再有清蒸河豚。

她把失去女儿的悲痛稍稍作了隐藏，几乎看不出她有什么异常的地方，只是不断地埋怨女儿连一张照片都没有给她留下，说："照相贵啊，但一张总是照得起的，她小辰光就没有舍得带她照照相。"

照相对于谢壮吾而言，是太平常的事了。公馆大大小小都照了很多相片，有的是照相馆师傅照的，更多的是徕卡相机的杰作。

龙太太这一句感慨，让谢壮吾不知道说什么才好。

龙姓女子下葬这天，来帮忙的人不少，他们都是龙姓女子父亲龙阿大以前在码头当工头时的工友，都是五十岁不到的人，但看上去一个个都好像上了年纪，一个个都沉默寡言。他们凑钱租了一艘来往苏州河的小货船，悄无声息中，把盛殓龙姓女子的棺材送到了又称薤露园的万国公墓。

二十年前，龙太太也这样由着工友们出钱租了船，把盛殓龙阿大的棺材运到薤露园。今天她要把女儿葬在她父亲、也就是自己丈夫的墓旁边，以后有一天她也会葬在这里，一家人虽然挤点，但能在一起，这是她此生最后的愿望了。

她淡淡地自言自语，反反复复解释，说："一家人待一道太少了，到阴间自然要多待一道了。"

葬礼其他开支，包括购置墓地的昂贵费用，都由龙太太自己做主，打算变卖石库门里带亭子间的房子筹措而来。

谢壮吾要求参加葬礼，但被龙太太拒绝了。龙太太说要是他出了事，她女儿会责怪她的。

谢壮吾在外滩一带找了个遍，没有找到出售鲜花的摊贩，又跑到已经改名为林森中路的霞飞路上，发现以前的花店都关门了，最后在大世界旁边的一间酒吧里，买到了一束白色鲜花。他赶到苏州河边时，船已经撑到看不见的地方了。他急忙搭上一路往西的电车，中途又走了一段路，好不容易赶到了薤露园。

不想葬礼已经完毕，龙太太和帮忙的工友们正要离开。

他坚持要到墓地送花，于是穿过公墓的铁门，过了桥，在几片墓群中寻找了很久，总算在靠最边上的角落里找到了一座新墓。但他无法确定，这是不是龙姓女子的墓。因为墓碑上没有照片，上面写的名字也模糊不清。正茫然的时候，他看到旁边一座旧墓，是一个男性，姓龙，以公元纪年，生年不详，但卒年却年月日都写清楚了，是1927年4月12日。

龙太太说过，她丈夫做过码头工人的领袖，参加过共产党，在"四一二"事变中被杀害了。他就是亭子间供奉的照片上的人，谢壮吾以此断定是龙姓女子父亲的墓地。

旁边的新坟一定就是龙姓女子的墓地，她终于和她的父亲在一起了。

谢壮吾缓下身体，把鲜花慢慢放在缭绕的香烟中，然后庄重地拜了三拜，心中用上海讲了一句，说："侬一路走好。"

他在父女墓地前站了不知道多久。

离开的时候，太阳已经西倾，云层飘移在空中，天暗了下来，阴风沉沉，四周已经没有什么人了。他沿着杂草丛生的小路，慢慢走着，越走越慢，他实在不想这么快就跟龙姓女子匆匆告别了。正如龙姓女子所说，上海解放的那一天，他一定会来看她的，但真正到了那时候，可能还有段日子，在此期间，她会缺少同志陪伴身边，缺少战友和她一起战斗。如果胜利来得太晚，如果还要再过二十年，那她的孤寂和冷清就会很久，就会像她父亲一样，至少不认得那些后继者的脸孔，与下一代同志也会感到陌生，无言相对，无话可谈，最多只是初次的寒暄之后，不再有什么人经常地来陪伴和看望，除了她的母亲，如果她母亲还活着的话。

晚霞早早地出现了，绛红色的光芒映照着墓园，明一块暗一块，组成斑驳的色团，仿佛一幅耀眼而奇异的西洋画。

谢壮吾这时定下神来，静静地打量着薤露园。

这情景多么熟悉啊。

那是十一年前的秋天，他第一次到薤露园，是参加绍兴乡贤周树人的葬礼。

绍兴会馆的俞理事给谢公馆送来了讣告，怕谢富光不看，就给他念了起来。

谢富光拿过讣告，说："我看看。"

俞理事提醒，说："就是鲁迅。"

谢富光不满俞理事的提醒，说："我知道是鲁迅。"

讣闻云：民国二十五年10月19日5时25分，鲁迅先生因气胸导致心力衰竭而长逝于大陆新村9号寓所，遗体葬于万国公墓。

爷爷谢富光知道大名鼎鼎的鲁迅先生便是周树人，但与他没有什么交往。周氏兄弟三人中只有周建人到谢公馆做过客，还跟谢家双胞胎有一张合影。其兄鲁迅先生，颇有文名，但对谢家数次热情邀请都是冷淡对待，从未赴约。爷爷谢富光读过这位乡贤的文章，认为其人虽然犟直，有绍兴人脾性，但言语尖利，不肯饶人，对商贾之流更是不以为然，如今人已亡故，被捧到天上去，葬礼势必闹猛风光，也不需要更多地去凑热闹了，免得鲁迅先生地下有知，写文章把谢家骂一顿，于是决定只托人送去挽幛，葬仪就不参加了。

爷爷谢富光当场还封了一个厚厚的丧金，托送来讣告的俞理事交给鲁迅先生家眷，以补充善后费用。

俞理事原是鲁迅先生同宗，见礼金比较丰厚，小心地问了一句，说："交给他原配夫人朱氏，还是现夫人许广平君？"

爷爷谢富光早就想好了，两个夫人都不能得罪，说："交予他弟弟周建人。"

爷爷谢富光对鲁迅葬礼的态度遭遇了谢公馆后辈们的抗议。谢赛娇带头，联合陶含玉和裘小越，强烈要求参加青年楷模和导师鲁迅先生的葬礼，并威胁说，如果不参加，今后她们难以在学校立足，就不上学了。

爷爷作了妥协，但没有同意她们去，也没有派事务繁忙的儿子去，而是让他颇有知名度的双胞胎兄弟以晚辈身份，坐着一辆爷爷都不经常坐的小汽车，前往薤露园，参加鲁迅先生葬礼暨墓园开园仪式。

一出谢公馆，谢壮吾与弟弟就把司机请下车去，争着要开车，最后商定去的这段路由谢壮吾开车，回程则由谢壮尔驾驶。

公墓礼堂前人山人海，气氛浓重，人们的情绪很张扬也很热烈。弟弟谢壮尔被挤得掉到小河里，衣裤全湿，狼狈之中，穿过庞大的人流离开了墓园，一个人回到小汽车上，等了等，没有等到哥哥回来，就自己把车开回市区兜风了。

谢壮吾胸前挂着借来的照相机，左冲右突，钻到了队伍的最前面，目睹了在礼堂前举行葬仪的全过程，并拍完了整整一卷胶片。

现场名流云集，而且其中许多人还到谢公馆做过客，与双胞胎兄弟都有过交流，他难禁亢奋，给每个人都拍了一张照片。首先致辞的蔡元培，一口的绍兴官话，他讲完话后还似乎对谢壮吾微微颔首。报告鲁迅先生事迹的沈钧儒，美髯灰白，一口苏州软语，也仿佛向谢壮吾投来过目光。随后是孙夫人宋庆龄、日本人内山完造、名人章乃器和邹韬奋、萧军等人相继致辞。

鲁迅先生原配朱氏并没有出现，唯一的未亡人就是他年轻的妻子许广平。谢壮吾发现，她是一位长相平和的女子，但很耐看，是一张智慧的脸，表情也很坚毅，全然没有大多数妇女在葬礼上捶胸顿足、痛哭流涕，或是泪流满面、伤心欲绝的表现。

之前新出版的《良友》画报披露过鲁迅墓园，配以图片，并加上详细的文字描述：按图纸建成的墓为正方形，南边正中入口，有几步石级，迎面是四只供瞻仰者插花的胖肚形毛石花瓶，后面是墓樿，再后面是野山式墓碑，碑顶左右呈圆形，碑身斜向凿多条宽沟，碑面嵌有黑石板，上镶椭圆形瓷制鲁迅遗像，像下刻其弟周建人所书鲁迅先生之墓，角上是某年某月某日生于绍兴，某年某月某日卒于上海的贴金碑文。墓的四周，以毛石作围，周围遍植冬青、柏树。

鲁迅墓园就是由许广平亲自设计的，显然她是一个有才情，让人尊敬的女子。

他把镜头对着许广平，因为有人不断在她面前晃动，因此没有拍成，懊悔之中，悄悄后退了几步。

随后的场景令人感动，大家向灵柩行礼默哀后，王造时、沈钧儒、章乃器、李公朴等献旗于枢上，旗为长方形白缎锦旗，上贴沈钧儒书写的"民族魂"三个黑绒大字。

到这里，在场的许多人终于忍不住落泪，几位年轻的诗人和画家一齐号啕大哭起来。

谢壮吾回到谢公馆时，天已经黑了。弟弟谢壮尔因为涉嫌无证驾驶，还让一个外国女郎搭车招摇过市，被法租界巡捕房查扣，半夜才被保释回来。谢富光后悔不该让他们坐车，骂他们年少轻狂，不知道惜命。妹妹谢赛娇以哥哥的窘境，速写了一幅画，画中谢壮尔与那个外国女郎打情骂俏。其时陶文女儿陶含玉在谢公馆小住，用瘦金体在画上写了唐人顾况乐府旧题《公子行》一首相赠：

> 轻薄儿，面如玉，紫陌春风缠马足。双镫悬金缕鸹飞，长衫刺雪生犀束。绿槐夹道阴初成，珊瑚几节敌流星。红肌拂拂酒光狞，当街背拉金吾行。朝游蓦蓦鼓声发，暮游蓦蓦鼓声绝。入门不肯自升堂，美人扶踏金阶月。

谢壮尔看了画，又怒又喜，说："什么意思？"

陶含玉神情严肃，说："什么意思？一个公子哥一天的豪奢生活呀，面如美玉，花天酒地，金玉其外，败絮其中，实在是面目狞狞。"

不想谢壮尔连连夸奖陶含玉不仅人长得好，而且字写得好，而且有文才，开起玩笑，说："以后要娶你这样的人为妻。"

爷爷谢富光知道后也感到高兴，一边称赞陶含玉的方方面面，一边骂孙子许多无聊的事，说："你配不上陶小姐。"

陶含玉跟谢壮尔说话就少了，几天后被陶文派人接走，直到第二年再回谢公馆，仿佛什么事都没有发生过。但谢壮尔突然要找那张画，却再也找不到了。

第二天，报纸上报道有数千民众参加了鲁迅葬仪。爷爷读完了所有报道，说："你们就是数千民众之列。"

后来，报纸和画报选登了谢壮吾拍下的几张照片，报馆通知他去领稿费。作为没有能参加葬礼活动的弥补，妹妹谢赛娇叫上裘小越一道去代领，稿费大部分当场捐给了苏北来的难民，剩下小部分买了几本鲁迅的著作回来。

这一次，因为葬礼上的人特别多，他对薤露园几乎没有什么印象，真正好好看清楚这座墓园并留下刻骨铭心记忆的，是一年之后，他父母的葬礼上。

他父母的墓地是爷爷亲自选定的，在当时价格也是最高的。因为在爷爷眼里，这里算是故土。原来这座位于上海西乡的公墓是由绍兴老乡上虞人经润山筹建，初名薤露园，后经迁移扩建，更名为薤露园万国公墓。万国公墓，指不受国籍、种族、姓氏等限制，中西人士皆可安葬的公共墓地。

在谢壮吾清晰的记忆里，那时候上空不断有日本飞机掠过，但1937年的薤露园固守着独有的安静，安静中隐藏着美丽，就像是一个曲径幽深，绿意盎然，让人尽情歇息和放松的公园。公墓的四周小河环绕，轻波微澜，铁制大门高高矗立，门前架着一座精巧的小桥，通往墓地的大路、小道两旁，密密的大树覆盖了整片天空，满目的阴森、庄严和肃穆。

爷爷已经从悲痛中恢复过来，神情平淡，拉着使他深感安慰的双胞胎孙子，说："你们爹娘住在这个地方，也是有福之人。"

这些年来，谢壮吾与弟弟谢壮尔经常会有同样一个疑问，就是关于奶奶，但此刻他们想知道的是：怎么没有奶奶的墓？

但俞理事总是会看出苗头，总是会及时阻止他们的疑问，总是会告诉他们，奶奶还活着，怎么会有坟墓呢。

那时奶奶还活着，奶奶死于1937年之后四年，也就是1941年4月。作为中国浙江、福建、广东、广西四省沿海登陆封锁作战的重要组成部分，日军在浙东沿海登陆，发动了宁绍战役。国民党驻浙正规军和杂牌部队虽有十万之众，但在日军强大的攻势面前一触即溃，宁波与绍兴先后沦陷。俞理事得到消息，奶奶死于飞机轰炸，因此后来奶奶即便有坟墓，也不在上海，而是在绍兴。

爷爷给自己准备的墓地旁边，一直留着一个空穴。从1937年到现在，这个空穴已经留了十年。

十年过去，树木参天，鲜花似锦的景象已经不见，大铁门上镌刻的薤露园万国公墓的薤字，已经剥落下大半个。谢壮吾依然记得薤字的读法和意思，当初对薤露园万国公墓的薤字印象深刻，葬礼回来他特意请教爷爷，才知道薤与谢同音。薤，是一种多年生草本植物，叶子细长，花朵紫色，根系有鳞茎，既是一种蔬菜，也是一味中药，汉时以《薤露曲》送王公贵族出殡，为挽柩人所唱，薤露有如薤叶上的露水一瞬即干，这让他想起了曹操的诗：对酒当歌，人生几何。譬如朝露，去日苦多。

夕阳下，一座座墓碑仿佛有了生命，逝者随时会从睡眠之后醒来，随时会回到熟悉的阳间，然后微笑着告诉活着的亲人们，所有发生的悲欢离合，所有曾经的哀号痛苦，所有绝望的人生记忆，都是梦。

趁夕阳的最后一抹光线还停留在薤露园，谢壮吾急切寻找着自己父母的墓地。他离开上海后，没有机会再看望他们，每年的清明和冬至，也很少遥祭他们。全面抗战爆发，尤其是太平洋战争开始，谢家的人都逃离了上海，父母的那片坟茔仿佛成为无主的荒冢了。

实在找不到原来的样子，在眼前这一片片杂乱破败的墓园之中，谢壮吾来回几遍，也无法找到他父母的墓地，已至天色渐黑，他只好先离开墓园，打算第二天一早再回到这里细细寻找。

他回到十六铺石库门时，已经夜深。

龙太太拿着一张在码头上捡到的英文报纸等他回来。她居然识得一些英文，可能结合上面的照片，猜到了一些内容，因此神情有几分欣喜。

龙太太请他把详细的报道翻译给她听，并提出交换条件，说："晚上给你吃清蒸河豚。"

配有多幅图片的文字报道，比较全面地盘点了上海发生的事件和国共内战的形势，还形象地比喻1947年中国的形势像游乐公园里的过山车那样，发生着惊心动魄的急剧变化。

龙太太知道过山车，但从未坐过，反复提到小朋友去乘过一趟。她说的小朋友，就是她的女儿龙姓女子。

"是学校奖励小朋友的，不用自己掏钞票。"

"她怕吗？"

"高兴呀，勿会怕！"

随后，两人好久没有说话。

之前上海的公园和游乐园都是外国人开的，门票很贵，一般人家都去不起，但他们这对双胞胎兄弟在一个阶段里却每个礼拜都会去，而且必定坐一回过山车，在听着女孩子尖叫声中获得快感，但去得多了也就不觉得刺激，于是开始学开车，学照相，开始成长。

显然，龙姓女子懂事更早，离开童真也更早，她只坐过一回过山车之后，就专心读书了。

不过上海几乎很少人坐过漂亮的木质过山车，因为其高度和落差吓人，速度太快，而且价格太高，加上后来循环轨道出了点问题，很快就被拆除运回美国了。

谢壮吾把报道看了好几遍，脑子里梳理了一下，头版的一篇讲的是经济。正当国民党政府全力准备内战之时，经济出现了问题，作为经济晴雨表的金融市场发生了混乱，一次来势凶猛的金潮突然出现，黄金价格一日五涨，每两突破55万元，三天后，涨到96万元。法币币值惨跌带动了其他民生必需品价格上扬，米价腾升，日用洋货普遍上涨一倍，上海物价指数达到战前的1.2万倍。接着，这次由上海引发的金融狂潮迅速向整个国统区蔓延，先是天津、南京等大城市，人们大量抢购黄金美钞，如痴如狂，继而镇江、嘉兴、淮安等中小城市也纷纷效仿。

他正想解释给龙太太听，龙太太突然笑了几声，说："国民党和老百姓都没有钞票，破产了。"

后面的一篇文章如实报道了国共战事，谢壮吾刚读完，龙太太就激动起来，叫他读了第二遍，还嫌不够，自己又看了几遍，说："一定是真的。"

"当然是真的。"

国民党军在陕北高原遭遇重创，在诸役中连连失利。鲁南孟良崮一役，号称王牌部队的国民革命军整编74师全军覆没，师长张灵甫阵亡，国民党军在山东全线撤退。这两件事情本来非常严重，居然公开报道了，就更显得严重。

龙太太显然知道其中的重要，知道其中的意义，突然像年轻了十多岁，说话和行动变得敏捷，说："国民党不是讲这是谣言吗？"

报纸上还批评国民党封锁消息的做法。评论指出，在战场接连失败的消息迅速传播开来，尽管当局对新闻媒体和来往电报信件采取了严格的封锁措施，但国民党方面最终放弃陕北高原战斗和撤离山东的消息得到了证实，因为美、英等国的电台和报纸公开报道了战役的结果，当局的否认也变得苍白无力。

谢壮吾舒出一口气，说："国民党已经走向失败。"

龙太太此刻落下眼泪，替女儿惋惜，说："她怎么走早了一点。"

河豚端上来，已经凉了，龙太太温了一壶绍兴老酒，叫谢壮吾陪她喝一杯，同时，多放了两只空杯子，一只给她的丈夫，一只留给龙姓女子。

龙太太一口就喝完了一杯，说："今早高兴呀。"

谢壮吾不会喝酒，但也干完了杯中酒，呛出眼泪，说不出话来，脸也开始红了。

龙太太唱着江北口音的扬州腔曲儿，引他上了亭子间，先是安慰他，房子已经卖掉了，但还能再住几个晚上，又催促他，如果不方便回谢公馆，就赶紧找别的住处。

她似乎一点也不担心自己以后住哪儿，倒是替谢公馆发愁，因为她认为共产党不会对资本家好的，谢少爷的爷爷老了以后哪里落脚。

大难即将来临的慌乱情绪在繁华都市上海涌动着，仿佛随时会淹没所有的一切，最有钱的一些人开始谋划远去美国，或者避走香港、南洋和台湾。

因为担心爷爷谢富光会不会已经离开上海，谢壮吾第二天到薤露园途中，又一次悄悄经过谢公馆，发现周边依然布满了警察和操着四川口音的暗探，而指挥他们的依然是那个毛姓特务。

也许谢壮吾捧着鲜花的形象过于引人注目，直到薤露园他才发现，自己被毛姓特务跟踪了。

其实毛姓特务突然出现在薤露园，是因为跟踪裘宝儿，并不是因为发现了谢壮吾。

当天早上，裘宝儿与谢赛娇在谢公馆会合，在父亲引领之下，到薤露园祭扫母亲屠媚娘的坟墓。

以裘继祖看来，儿子此去美国就不会回来了，临走时应该向母亲告别。由于时间过于久远，结果找了整整一天，竟没有找到屠媚娘的墓地。情绪激动的裘继祖怀疑自己是不是记错了，妻子会不会葬在别的墓园，但裘宝儿一口咬定母亲就是葬在万国公墓。

裘宝儿清晰的记忆中，公墓四周小河环绕，大门前架有小桥，桥上设铁门，上面镌刻薤露园万国公墓，当时他不知道怎么读，也没有问别人，所以现在依然不知怎么读，薤字已经剥落下大半个，但仍然挂在上面。还有当时墓园内芳草萋萋，大路、小道旁都是密密的大树，覆盖了整片天空。而如今，只不过老树几乎被砍光了，代替的是新栽的小苗，因为没有了遮挡，以至整片残破的老墓地一览无余，而扩张了数倍的新坟更显得抢眼。

裘宝儿在名人墓园边上，找到了最可靠的印证：谢壮吾父母的坟墓。

谢赛娇看到父母的坟墓，不由得哭了起来。父子二人陪着，给谢家墓地匆匆上了几炷香，接着又开始在别的墓园寻找起来，但一直到天快黑了，屠媚娘的墓还是没有找到。

裘继祖泄了气，安慰儿子，说："你已经尽心了。"

裘宝儿心有不甘，坚持临走前再来寻找，说："一定会找到的。"

裘继祖劝阻，说："你赶紧离开上海。"

裘宝儿有点泄气，说："比尔的鸡缸杯没有找到，怎么走。"

比尔的鸡缸杯被人拿走，至于谁拿走的，一无所知，因此怀疑裘宝儿，因为只有他知道鸡缸杯在他手上。十六铺码头事件之后，比尔更加焦急，精神上好像出现了异常，每次一见面就上演同样的戏码和情节：先是比尔冲裘宝儿发怒，并开始挥拳，但裘宝儿让过了比尔的拳脚，不敢回手。

而站在旁边的裘继祖看到儿子吃亏，急忙上前，紧紧抱住比尔，然后低声告诉比尔，他知道鸡缸杯在谁手里。

比尔使着劲，努力摆脱裘继祖。

裘继祖在继续使力遏制比尔的同时，言辞诚恳加以劝阻，重复着同样的话，说："你冷静下来我就告诉你。"

比尔其时心里突然感到紧张，面临父子二人合伙对付自己的局面，害怕他们会杀人灭口，于是奋力挤出一只手掏出腰间的左轮手枪。裘宝儿冲上去，夺了下来，说："我真的没有拿鸡缸杯！"

比尔气得大叫，四肢朝外猛烈撞击。

裘继祖猛地一声吼叫，说："我知道是谁拿的！"

裘宝儿愣了，连忙催促父亲，说："快告诉他呀！"

比尔突然安静下来，等裘继祖松开他之后，主动高举双手，说："谁？"

裘继祖叹口气，极不情愿地作了回答，说："谢家公子。"

比尔急忙摇头，表示不相信。

裘继祖表情很认真，说："真是他。"

看到比尔开始半信半疑，裘继祖才把自己在茶楼上，如何看到当时的情景，详细回忆了一遍。

比尔怔了半天，回想起在重庆望江茶楼前，自己躺坐在美国特使专车的前座上，手里紧紧捧着装着鸡缸杯的军用皮包，打着瞌睡，不想搁在方向盘上的双脚触碰到了喇叭，他当时惊醒了一下，似乎看到一个熟悉的身影，从车窗前闪身而过，但他马上睡过去了。

当时自己仿佛在梦中，想不出这个熟悉的影子是谁。现在经裘继祖这么一说，他突然意识到，那个熟悉的影子不是谢家兄弟中的一个还能是谁，自己惊醒中看见的不是梦。

因为他醒来之后，皮包就不见了。

比尔基本相信了裴继祖的说法，但仍然怀疑其意图，觉得他可能是在为儿子开脱。

裴继祖神情愤懑，说："他是我女婿！"

比尔神情竟然有些鄙夷，认为裴继祖企图混淆责任，马上一语戳穿了他，说："那是谢家二公子，不是你女婿！"

裴继祖急了，想解释又怕说不清楚，说："那也是我们亲戚。"

比尔回头看了看茫然的裴宝儿，神色阴晴不定，像是在质问鸡缸杯真是谢家公子拿的？你们父子是在合伙骗我吗？说："我会找到他的。"

裴宝儿告诉比尔，谢家公子已经回到上海，比尔则要求裴宝儿找到谢壮吾或者谢壮尔，说："如果找回杯子，我马上带你和你的新婚妻子去美国。"

因此，裴宝儿看见谢壮吾出现在墓园的那一瞬间，就猛然冲上来，说："你把鸡缸杯还给比尔！"

谢壮吾伸手抓住了裴宝儿，说："你把画还回去！"

两人迅速拉扯起来，谁也不肯松手。

不等裴继祖反应过来，毛姓特务已经出现，他像青蛙那样跳过一个个墓地，手里挥舞着一样东西，不是枪，而是一把匕首，朝着谢壮吾冲过来。

谢壮吾背对着毛姓特务，回过身来时，正好看到毛姓特务沾着污泥的皮鞋踩在自己父母的墓地上，怒从中来，身体一低，伸腿一扫，将裴宝儿踢开身边，然后腾起，使出连环腿，一脚踢中毛姓特务手中的匕首，再一脚直接撞击太阳穴，再起脚时，毛姓特务已经软软地倒在墓碑上了。

裴宝儿站起来，看了看毛姓特务，说："他死了。"

裴继祖抱起毛姓特务，往旁边河里一扔，说："你们都赶紧走。"

二十七、通人通天

最早离开重庆的谢富光没有如期抵达上海，而是直接去了南京，并逗留了一个月。

轮船停靠在芜湖补充燃料，船上的电台收到上海绍兴会馆俞理事发来的一封急电，电报就四个字：暂勿回沪。

谢富光还在重庆时，光复后不久就从老家回到上海的俞理事就着手联络各地有身份的乡党，尽早回到上海，为国家复兴出力。因为远在重庆的谢富光迟迟没有安排归程，中间数次催促过他，这次谢富光终于启程，俞理事大喜，准备组织人到码头迎接。

都快到上海了，俞理事却通过轮船公司拍发电报，叫他暂时不要回来，其中必定发生了什么事。谢富光想来想去，也猜不出一个头绪，不由得感到不安，于是上岸找到芜湖邮电局，接通了上海绍兴会馆的电话，向俞理事问明缘由。

俞理事语气有些紧张，告诉谢富光，如果他一旦回到上海，当局可能以资敌的罪名将他抓进牢狱，建议他先到南京找找要紧的门路，以免遭无妄之灾。

谢富光怔了半天，但很快表现出坦荡，要求俞理事以绍兴会馆的名义替他登报声明，说："我跟共产党素无交往，资什么敌了？"

电话中俞理事压低声音，说："不是共产党，是日本人。"

谢富光一头雾水，急剧咳嗽了一阵，说："抗战胜利已近两年，我哪里通日本人去？"

俞理事感到谢富光可能真的受了冤枉，在谢富光平静下来之后，一五一十地将事情的原委告诉了他。早在光复那一年，就有人向接收大员告发谢家想把谢公馆租给日本人，并收了一大笔预付款，但由于事实不清，国民政府行政院上海区敌伪产业处理局一直将案卷搁置，直到今年，发现谢公馆一直无主，中间也没有联系过谢家，就将其作为敌伪资产暂时封存，等谢家的人回来说明清楚。

谢富光冷笑，说："现在谢家的人回来了，事情会说清楚的。"

俞理事苦笑，说："问题是事情越来越说不清楚了。"

由于谢公馆长期空置着，眼红的人越来越多，暗中的盘算、争夺开始加剧。主办人员感到焦头烂额，想及早处置，已经准备将谢公馆作为政府财产奖励山东前线的有功将领，这样谁都无话可说。消息被悄悄放了出去，几位正被困在鲁南前线的将领在战斗间隙发电报给后方家眷，叫他们赶紧去上海看看房子，只等班师凯旋之日，全家人入住谢公馆，舒舒服服在上海过日子。

其中张师长和李军长两个中将都提出申请，都志在必得。

谢富光听俞理事说了这些事，呼着粗气，心跳得厉害，身体摇晃了几下，差点站立不住，对着电话喘着气，说："他们连日本人都不如！"

俞理事也跟着激动起来，文绉绉地骂了一通，说："他们这是抢啊！他们这是抢啊！"

谢富光放下电话，口干得要命，就向一位上了年纪的邮局职员讨一口茶喝。这位邮局职员知道谢记食品公司，给他泡了一杯当地的名茶，说："我一直吃谢记酱菜。"

谢富光禁不住泪水流了下来，连声说："谢谢！谢谢！"

接着，谢富光喝着茶，向这位素昧平生的邮局职员倾诉了当年的故事，仿佛他面对的是一名法官。

他先是说了一句当时所有面临麻烦的中国人都要讲的话，说："我是一个中国人啊！"

1941年年底太平洋战争爆发，租界沦陷前的一个月，公共租界和法租界的欧美人士及中国豪门开始离开上海，纷纷以较便宜的价格转让住宅房产，但谢富光却打算把谢公馆封个严严实实，让它成为一座空宅，说："日本人跑了再回来住。"

一家日本名古屋的清酒株式会社暗地里考察了公共租界和法界的洋房，最后看中了谢公馆，想租用为上海分社的经营总部，期限十年，并把预付款送了过来。

虽然出价合理，预付款也不少，但谢富光并不想出租，也不想让对方难堪，就交代裘继祖出面，把预付款退回去，试图开个天价，让日本人知难而退。

到重庆后，谢富光心里不踏实，几次问起此事，裘继祖都表示事情已经办妥，后来没有再来纠缠，说日本军队把整个租界、整个上海都占领了，这家名古屋酒商一定找到了更好的地方。

"预付款都退回去了？"

"退回去了。"

谢富光松了口气，房子空着就让它空着，塌了就让它塌了，说："不能给日本人用。"

邮局职员听完，相当感动，热心地劝说了几句，还一定要骑车送他到码头。临别，谢富光掏出一张美元送给他，希望他有空专门去上海，到谢公馆住几天，说："见见我那对双胞胎孙子。"

后面一段路上，谢富光心头逐渐宽慰，放下怨愤，到南京下了船。原是想见到蒋介石，直接向最高领导人申诉抗议，但一时找不到可以通报的人，心里只是焦急。在旅馆等候了几天，正焦急的时候，俞理事专门从上海赶了过来，问他要了几根金条作为活动费用，上下打点，经人引荐，到玄武湖边上一处临水的园林，见到了绍兴乡亲、国民政府交通部的俞部长。

见面之后，两人用家乡话交谈起来。俞部长出身绍兴山阴名门望族，不仅与谢家同饮一水，而且是比较亲的亲戚。

俞部长回忆起来，说："我听说过戊戌年的事。"

谢富光摇摇头，说："过去多少年了。"

谢富光于戊戌年，即1898年清明返回绍兴，与俞氏家族四小姐成婚，计划夏天之后，同回上海。到6月，光绪帝颁布"明定国是"诏书，先后发布上百道变法诏令，除旧布新。谢富光兴奋不已，决定提前赶回上海响应变法。但四小姐已有身孕，妊娠反应明显，不堪长途奔波，独自留在绍兴。谢富光回到上海，资助变法，不想到了9月，慈禧太后发动政变，历时一百零三天的变法失败。谢富光买通官府，安排数名潜回上海的变法人士逃往绍兴藏匿，但俞氏家族中有人怕遭牵连，出首举报，一口北方口音的变法人士悉数被拘，押往杭州途中，轮船起火沉没，仅有一人逃脱。此人误会是谢富光唆使妻家族人出卖他们，回上海后在《申报》发表《山阴蒙难记》一文予以揭露，虽然后来事实澄清，找回清白，但谢富光义愤填膺，登报声明与俞氏家族断绝关系。

其后不久，四小姐生下儿子谢启元，去了一趟上海，住了半年不到，但因为戊戌年的事两人屡屡发生争吵。儿子周岁之后，四小姐就一个人回到绍兴。

中间都靠俞理事传递消息，安排事务，谢富光再也没回到绍兴，四小姐也没有再来上海。

俞部长感慨，说："绍兴人连女人都倔。"

用人和卫士们驻足侧耳，充满好奇，对谢富光和俞理事招待得更加热情周到。俞部长曾经留学德、美，学问精深，全无官僚做派，他称赞谢家是闻名的食品大王，商界楷模，是绍兴人的骄傲，然后问了问事情，心里似乎有了底，一口答应先了解情况。

谢富光连连作揖，表达感谢，说："我一个生意人，只求心安。"

俞理事在旁边打包票，说："我们绍兴人是讲骨气的。"

谢富光鼻子一酸，猛然一句，说："谁叫我们是越王勾践的后人啊！"

俞部长顿时觉得过瘾，又激动地讲到了绍兴人能文能武等很多优点，还提到了他和俞理事的一位共同祖辈，说："我们绍兴人更足智多谋，不怕打官司。"

俞部长其实指的是绍兴师爷。

他与俞理事这位共同的祖辈，当然也姓俞，生活在雍正、乾隆时期，是绍兴师爷的祖师爷。这一时期，清朝统治者开始更多地关注巩固政权、平定边疆、发展民生、安定社会等方面的事务，采取了利用汉族知识分子进行统治的措施，为汉族读书人参与国事政事，进入各级衙门提供了机会。而生于人文之地的众多绍兴书生，也乘当政者急需大量人才之机，凭自己的聪明才智，凭敬业精神，纷纷投身官府，通过努力，得到各级行政官吏器重而地位日隆。因为功名无望，俞姓祖师爷作为这一时期师爷的代表人物，以自己丰富的政治阅历和官场经验，不仅赢得高官幕主的宠幸，更为皇帝所看重，从而成为绍兴师爷公认的榜样人物。自俞氏祖师开始，各省督抚慕名招募，争相聘用，绍兴师爷的广泛入幕，俨然为官场一大奇观。

近代以来的几十年间，中外通商，西方文化东渐，新生事物层出不穷，各级官员只有广泛辟用幕僚方能适新应变，绍兴师爷因此进一步壮大，以处事灵活、练达、圆通，深受各地封疆大吏重用。俞氏后人中，为张之洞、李鸿章、荣禄、袁世凯、端方等重臣幕僚者，一生备受礼遇。

说到此，俞部长拍拍胸脯，说："谁敢小看我们绍兴人。"

看到谢富光有些恍惚，俞部长安慰他，说："你也算我们俞家的女婿。"

谢富光连忙摆摆手，说："人都故去了，往事往事，不谈了。"

俞理事怕谢富光难堪，慌忙要岔开话题，谢富光很快就坦然了，说："安定下来，我就回绍兴看看。坟先好好修修。"

俞部长刚要问什么，谢富光拦住俞理事，自己先解释了，说："结发妻子俞四小姐，民国三十二年，被日本飞机炸死了。"

俞部长此时正负责前线物资空运等诸多大事，十分繁忙，但还是抽空宴请了谢富光和俞理事，而且还留他们在俞宅住下，指着面前的玄武湖，说："不比鉴湖逊色。"

谢富光动情地抓住俞部长双手，说："以后到上海，就住谢公馆。"

第二天一早，俞部长百忙之中亲自陪谢富光跑了一次行政院。此时此刻，谢富光又感到国民政府还是有好官，如此之人一多，国民党未必会失天下，但这个想法很快就改变了，他随即感叹，国民党即使有俞部长这样有权有势的好官，也不一定做得成好事。

原来，行政院的干部既不肯打电话，又不敢写公函，一推了之。但俞部长仍然充满信心，又陪他到负责上海区敌伪产业处理的中央信托局。信托局负责人很客气，但认为自己无权处理，因为此事由行政院长宋子文亲自主持，其他人不得干涉。

显然不给面子，俞部长没有马上发火，而是轻轻敲了敲桌子，说："宋院长那里我自己会去说。"

信托局负责人一笑，劝俞部长不要为难宋子文，因为问题积压严重，光复之后仅上海一地，被没收房产的就有八千五百多套，目前还有五千多套等待甄别处理，谢公馆要排上队，按正常程序处理，不知要等到何年何月，事情实在太过棘手，说："俞部长，就是蒋委员长下手令也没有办法呀。"

俞部长面子上下不来，板了板脸，但还是没有当众动怒，反过来劝谢富光再等等，等战事结束，他会再催促他们尽快解决。

谢富光依然坚决要求给予帮助，以明辨是非，否则背负着莫名之罪，怎么回得了上海，说："房子事小，资敌事大。"

也许是这八个字打动了俞部长，他决定绕过南京的官僚程序，当着谢富光的面，直接给上海区敌伪产业处理处打电话。

不想对方负责人员一口回绝了，原因是上海区敌伪产业处理处处长一直缺位，凡事现在无人做主。

俞部长无奈，最后单独找了行政院长宋子文，说："谢公馆跟陶文是儿女亲家，陶文手下有十万大军。"

宋子文看到俞部长为这种事频频出面，而且又像在威胁自己，有些反感，因此不太客气，说："就事论事，陶文不至于敢造反。"

俞部长面色沉了下来，用绍兴官话回了一句，说："如果造反，这是一个好理由。"

宋子文哼了哼，连声"随便"，并表示出最大的轻蔑，说："你们浙江人还真是既讲利益又讲交情。"

看到宋子文神情不屑地挖苦自己，俞部长较起劲来，说："我们浙江人是比不上你们广东人。"

"广东人怎么了？"

"只讲利益不讲交情。"

宋子文猛地一拍桌子，说："你搞搞清楚，我是上海人。"

俞部长也在同一张桌子上拍了一下，说："别以为生在上海，就不是广东人了。"

吵着吵着，宋子文可能突然意识到自己的行为像市井妇女无聊地对骂，传扬出去会引来旁人的笑话，于是桌子越拍越轻，声音也越来越低，后来索性住了口，双眼紧闭，只等俞部长快点离开。

俞部长临走又不停地嘀咕着，说："我让他自己去找委员长想办法。"

宋子文还是听到了，俞部长要拿蒋介石压自己，他不得不发一发脾气了。在他眼里，门第高贵，留学欧美，学业有成的俞部长是个专家学者，甚至称得上是个科学家，在行政院各位部长、主任中无人能及，他心里面对俞部长也是高看的。因此，他一直以为其行事风格与自己相仿，追求独立，鼓吹自由，尤其是反对人身依附、裙带关系等为现代文明社会所不齿的传统陋习，最重要的是，俞部长不是不知道他宋子文最反感别人拿蒋介石这个姐夫来跟自己说事，现在这话出自俞部长的口，更让他意外，真是哪壶不开提哪壶。

简直是在污辱他的人格。宋子文做了个拦人的姿势，但很快发现俞部长斗志依然旺盛，有意要跟自己大吵一架，马上忍了下来，一急，用上海话示弱，说："我不跟侬吵相骂。"

宋子文是因为知道谢家是绍兴人氏，搞不好与老家宁波的蒋介石真有什么关系，再则谢家在上海商界颇有声望，各路朋友众多，从发展经济考虑，这样的人以后还是用得上的，如果为一件小事闹成僵局不太合算，更主要的是俞部长真与自己闹翻，做出什么辞职的举动，向蒋介石，甚至向美国人告状，都可能发生，都会给自己带来很多麻烦，总之，为这样的事情得罪俞部长犯不着。

俞部长接了一句绍兴话，说："哪个神经病勿想吵架格。"

然后，宋子文表情缓和下来，心平气和地跟俞部长说了一通英语，意思是叫他劝一劝谢富光，让他先回到上海，最后查清如果确实没有什么严重的资敌行为，房子一定会还给本主。

"这样么才对格。"

宋子文挥挥手，表示不想再多说什么了。

俞部长对宋子文的让步也有几分意外，见好就收，连忙替谢富光表示了谢意。临走，宋子文又收起和颜悦色，要求他警告谢家，回上海之后，不要大摇大摆地回谢公馆，尽可能找个安静的地方老老实实住下来，等候消息，不要诉诸法律，不要勾结报馆制造新闻，不要为难办事人员，说："不然后果自己负责。"

俞部长回来，把宋子文的三不要求告诉了谢富光。谢富光勉强答应，晚上非得在最豪华的中央饭店办了一桌酒，表达谢意。俞部长特别要了十年陈绍兴花雕，几杯下去，俞部长兴致上来，当场挥毫，写了"和气生财"四个大字送给谢富光。谢富光对俞部长的书法称赞不已，评价比起一千五百年前王羲之在绍兴兰亭写的字，不差丝毫。

次日一早，谢富光搭了交通部的专邮汽车回到上海，还没有歇下脚来，就和接他的俞理事一起坐上黄包车先到了谢公馆，而且不知哪里来的劲，拎起两只大皮箱就直奔大门，刚要按门铃，蓦然发觉公馆厚实的大门上挂着一把大锁，再看，前后侧门上都贴着封条。

谢富光才清醒过来，木木地站立着，体会着自己有家难回的境遇。

俞理事走过来，重新把大皮箱一只一只放回黄包车，又拉着他，催他先坐上车，但谢富光不肯，又绕着房子走了大半圈，仿佛见到一个久别重逢的亲人，细细端详，默默追忆，然后又絮絮叨叨地说着什么。

他是在对着房子说话。

好像在说，乳白色的围墙虽然有些斑驳，但也没有特别的破损；好像在说，花园里的树也没有少一棵，两个孙子栽种的树木也更加茁壮，已经高过了围墙；又好像在说，屋顶上的红瓦片静静地躺着，与露台交错在一起，向周边展示着尊贵和吉祥。

总之，这是一幅美好的画面。

到了天黑，谢富光仍不肯离开，他想看看谢公馆晚上的样子，等着里面的灯亮起来，因为以前这个时候，早应该灯火通明，从外面看去，一团光明，引人艳羡。

夜幕之下，当年法国人安装的路灯还在用，虽然比以前的暗淡，但仍然照亮了谢公馆四周的马路，但房子里面，楼上楼下，每一间都是黑乎乎的。

谢富光确定还没有别的人住进去，心里好过了不少。想想眼前的这幢楼房总是离开多年的家，那一刻，他很想破门进去，好好触摸房子里所有的东西，看一看楼上楼下，看一看餐厅客厅，看一看大小卧室，也看一看厨房和储藏间，然后在意大利进口沙发上坐下来，或者在雕花大床上小睡一会儿。

谢富光最后到大门口看了又看，指着门上的封条，似乎无话可说。

俞理事感叹，说："有窝不能回啊！"

谢富光终于气性上来，举手就要重重敲门，说："自己的家，有何不可!"

但他想起宋子文那几句威胁的话,马上又冷静下来,苦苦地笑了一笑,收回敲门的动作。

笑容间,他想起了自己那对双胞胎孙子。他如此坚定地维护对谢公馆的所有权,就是期待着这么一天,他们回到这里,与自己同住一起,同桌吃饭,然后围坐在客厅的意大利沙发上,一边喝着茶或咖啡,讲述这些年来在外面遭遇的点点滴滴,讲述发生过的一切故事。或者,期待以后自己能躺在雕花大床上,向他们交代后事,如果意大利沙发和雕花大床都没有了,他就重新置办,反正谢公馆里里外外都要恢复原来的样子,一点都不能走样。

当初他找俞部长,说资敌事大,房子事小,其实房子对他来讲也是大事。

因为他那宝贝双胞胎孙子就是在特定的环境中长大的,要让飞得很远很久的小鸟找到原来的窝,窝就不能变样,更不能塌了,没了,换别的地方了。只要谢公馆还在,还属于谢家,相信他们一定会回到上海,找到原来的家,出现在谢公馆,回到自己身边。

谢富光为了等待劫后重逢、全家团聚的幸福时刻,想办法在离谢公馆不远的贝当公园暂时住了下来。

贝当公园原来是法租界公董局的内部花园,1925年扩建后,作为公园对外国人开放,很少有普通中国人来到这里。公园在热闹的贝当路上,因此都叫贝当公园。进入公园,一个千余平方米的大草坪,豁然开朗。椭圆形的大花坛后面,又别有洞天,高大的乔木与绿草、灌木和花卉组成各色景观。

在当年的上海,贝当公园确实是一个令人向往的好去处。

法国传教士吕希留初次到谢公馆做客,获赠数坛陈年绍兴酒,作为回礼,邀请谢富光带着两个孙子到公园游玩,还爬上塔楼并留下了合影,但也是仅此一次。后来两个双胞胎孙子长大,参加了中小学生要求收回殖民地的游行活动,就再也没有跨进公园半步。

一晃十多年过去，建园之初种下的香樟已经长得又高又大，树冠葱茏，枝繁叶茂，遮掩着大门，使公园跟外面的马路有所疏离，闹中取静，显得隐秘。

原主人法国传教士吕希留不久前回国，俞理事看到出租广告，发现洋房就在贝当公园树林中的山坡上，从阁楼登上塔顶，整个公园尽收眼底，主要是朝东望去，还能看清楚整个谢公馆，就做主以不低的价格帮谢富光租下了这座塔式洋房。

俞理事每天除了去绍兴会馆处理事务，就跑到公园向谢富光报告在敌伪产业处理处询问的情况。这天似乎有些进展，需要补充一份书证，说："必须由裴继祖前去说明。"

原来，日本名古屋清酒株式会社当时想租用谢公馆作为上海分社经营总部一事，由裴继祖代为谈判，最后没有出租，也是裴继祖出面把预付款退了回去，只要裴继祖出面，事情很容易说清楚。

谢富光急于找到的裴继祖一直没有出现。俞理事托了许多人打听，又花钱在主要报纸上刊登了寻人启事，都没有任何回音。但在翻报纸的时候，谢富光看到了一则大庆里出售房产的广告，卖房人署名龙女士。谢富光细细回想了半天，怀疑是当年十六铺码头谢字号货场工头龙阿大的家，因为他二十年前带两个孙子去过这户人家，清楚地记得他的年轻的小脚太太就姓龙。

接着，俞理事跑了一趟大庆里，回来描述了卖主龙太太的情况。谢富光确定自己的猜测是对的，说："小脚女人就是龙太太。"

当晚谢富光回想往事，心里既不安又难过，打算先把房子买下来，让龙太太暂时住着，不然又是一个无家可归之人。天还没有亮，谢富光一个人出门吃了一碗豆腐花，等来了一辆黄包车，赶往大庆里。

似乎是有人指引，二十年前来过的地方，居然一下子就找着了。

门开着，龙太太蹲在门槛里面，正在修理河豚。

谢富光慢慢地走过去，说："河豚，有客人呀?"

龙太太抬了抬头，又低下，继续修鱼。

"龙太太？"

"侬认得我？"

"廿年前来过的。"

龙太太停下手来，但没有回头，说："谢老板？"

谢富光顿时感慨，说："好记性，好记性。"

龙太太站起来，跨到门槛外面，只看了他一眼，神情平淡，说："你来找孙子吧？"

谢富光愣住了。

龙太太没有多说什么，又跨进门槛里面，回了回头，示意谢富光跟着她。谢富光一直跟到房子里面，又跟着上了亭子间，龙太太指了指床铺，说："你孙子困这张床。"

谢富光上前摸了摸床铺，终于急了，说："我孙子人呢？"

龙太太声音平平的，惋惜自己把房子卖掉了，他也只能走了，说："回谢公馆了。"

谢富光顾不上多问什么，转身就要下楼。龙太太跟在后面，说："谢老板，我囡囡跟你孙子是一对。"

谢富光回了回头，说："你囡囡？"

"你晓得囡囡？就是那个你给过一件红花小棉袄的囡囡？"

"大姑娘了？"

龙太太停顿了很久，说："命苦，死了。"

谢富光叹了一口气，安慰了几句，说："我孙子已经结婚了。"

"伊没有讲过呀！"

谢富光语气认真，说："在重庆结的婚，新娘子姓陶。"

"骗人！"

"是陶文将军的女儿。"

龙太太一听，身子塌了下来，瘫坐在楼梯上，大哭起来，说："我囡囡糊涂啊！"

谢富光不想细问情由，也不知道怎么劝，只是急于离开，回到谢公馆找到孙子，于是随手留下一根金条，叮嘱她万万不可卖房子，有什么困难，谢家一定会想办法帮助的。

龙太太紧跟几步，把金条扔了回来，但谢富光已经奔到门外，坐上黄包车离开了。

谢富光路上换了另一辆黄包车，一口气直赶到谢公馆，却发现路口停了好几辆黑乎乎的警车，四周黑压压地站满了拿枪的警察。他想走过去，问个究竟，不料后面一个人抱住他，拉着他就上了黄包车，急匆匆回到了贝当公园，下了车，才看清楚是俞理事。

等进了塔楼，俞理事递给他一份报纸。谢富光甩手把报纸丢在地上，埋怨俞理事硬拉他回来，害他没有能马上找到孙子，说："我孙子回上海了。"

俞理事捡起报纸，又递给谢富光，非得让他先看看报纸。

谢富光匆匆翻了翻，又是一丢，说："我没有工夫看。"

俞理事急了，说："你孙子杀人了！"

谢富光这时才拿起报纸，看到了报纸上的一个大标题：万国公墓杀人真凶系谢家公子。

谢富光如坠入黑暗的深渊之中，身体摇晃起来。

俞理事扶他躺下，详细叙述了报纸上的内容，并说明了事情的严重性。谢公子杀的是国防部保密局驻重庆的一个干部，姓毛，因与保密局局长毛人凤是亲戚，毛人凤要求同样是浙江老乡的诸暨人、上海警察局局长宣铁吾严办此案，虽然没有公开发布通缉令，但怀疑人犯会逃到这里，整个上海的特务警察都已经行动起来，要尽快逮捕谢公子。

谢富光的脑子很快清醒过来，委托俞理事马上找律师，自己孙子明明在新一军，明明在东北前线打仗，怎么会在上海杀人，有可能是别人为了别的目的栽赃陷害。但想到龙太太一口咬定见过自己孙子，他不禁担心孙子真的回到上海。情急之下，谢富光又试着联系远在华北秦皇岛的陶文，想把事情赶快告诉他，想知道孙子的确切行踪，共商对策，但电话局无法接通电话，发电报又无详细地址，谢富光焦急万分。

俞理事陪了他一个晚上，第二天一早就要出去打探消息，临走时劝谢富光千万不要出门，说："没有人知道您住这里。"

俞理事离开不久，谢富光刚上完厕所，突然听到了一个熟悉的声音，他没来得及拉抽水马桶，就奔了出来，看到裘继祖站在面前，连忙上前几步，说："继祖，果真是你!"

裘继祖低下头，眼睛里已经有了泪水。

紧接着，后面陆续出现许多警察，拥上来，将谢富光围在中间，其中一个四川口音的人出手就朝谢富光脸上打过来，但被裘继祖一拳挡住了。

二十八、旧片重映

在林森中路与福开森路路口，萧条了将近五年的诺曼底公寓再次房客盈门，跟从前这里住满清一色洋人不同的是，此时的租户已经变成了清一色的中国人。1941年太平洋战争爆发，日军侵占租界，居住这里的英、美、法等国侨民被赶离，一部分被送往集中营，受尽了凌辱和惊吓，大多数被遣送出境。

建筑外观炫目的诺曼底公寓，入住率下降至二三成，濒临关门停业。

抗战胜利，上海市政府责令万国储蓄会对诺曼底公寓进行破产清理，其名下大部分产业由市政府进行拍卖，所得现金用于清偿债务，最后，诺曼底公寓由政府出资购入，从而成为公产。

但有外国报端披露，这座著名建筑的实际掌管人是孔祥熙家族。

上海滩重现繁华，如今诺曼底公寓一房难求，而且房租几日一涨，住得起的房客大多是从政府获得巨额住房津贴的高级军政人员，或是有头有脸、追求舒适体面现代化生活的文化界名流，还有一部分是重要的关系户，这部分人拿到房子后，象征性地缴很少的租金，但也不是自己住，而是通过转租牟取暴利。裘继祖就是花了几倍的钱，从一个宁波籍电影厂老板那里转租了两间靠近电梯的房子。

据说这位干姓电影厂老板与蒋介石母舅亲戚中的一位女子联姻，由此通过关系以极低廉的价格取得整整一层的经营权。

裘继祖当年带着全家搬离谢公馆由马房改建的平房，到诺曼底公寓住过几天，当时住哪一层，哪一间，他记不起来了。当时在他看来，每一层，每一间都是一样的。

比尔和裘继祖住的是一间有两张床铺并且朝南的房子，但电风扇和卫生间都由于年久失修不能使用。比尔不习惯两个人同住一室，更讨厌要跑到底楼去上公共厕所，但为了拿到鸡缸杯，又离不开裘继祖，为此只好勉强忍受他认为的这种不文明生活，说："上帝保佑我能忍受。"

开窗眺望，视线越过林森中路，绿树包围的谢公馆隐隐约约展现眼底。比尔每天从早到晚，都拿着望远镜细细观看每一个出现在公馆周边的人，不放过任何一张可疑的脸孔。

几天过去，没有发现谢壮吾或者谢壮尔的踪影，裘继祖看到比尔已经疲劳，于是主动和他轮流监视，并希望比尔相信他，说谢家的人迟早会回到自己家里，一旦现身，也不需要惊动别人，他们父子加上比尔，三人合力，保证能够制服谢家公子，要回鸡缸杯。

疲惫不堪的比尔使劲点了点头，顿时又充满信心，发誓自己会信守承诺，把裘宝儿和谢赛娇安全带到美国，全力帮助他们实现梦想。

裘宝儿和谢赛娇住的是对面朝北的那间，但裘宝儿跟父亲不同，他清楚地记得以前住过的是哪一层，是哪一间。当年觉得过道很宽，房间很大，设施很新，但现在看上去，过道是那么窄，房间是那么小，设施也已经很旧。不过让人欣喜的是，他现在住的这间房子面积小一点，也只有一张床，但由于原先是干姓老板金屋藏娇，专门给一个老相好住的，因此房间里面设备都是重新配置的，不仅有刚安装的法国进口吊扇，而且还有最新款抽水马桶，也是从法国进口的。只是房间太小，没有放沙发和桌椅的地方，夫妻大多时候都躺在床上，因此亲热的次数也就更多。裘继祖叫两人过去吃饭，听到激烈的响声，担心又上来，上海管闲事的人太多，怕动静被人听到，引来意想不到的危险，免不了敲开门，叮嘱几句："去美国有你们一块的时间。"

裘宝儿穿好衣衫，谨慎地坐了起来，但谢赛娇不开心了，说："在诺曼底怕什么！"

裘宝儿看看楼道上的父亲，没有来得及哄哄谢赛娇，一个人先离开了房间，带上了门，还上了锁。锁门的是裘继祖，他曾叮嘱再三，叫谢赛娇不要一个人随便外出，最好是待在房间里，哪里都不要去，不然遇到麻烦，大家都受拖累，搞不好美国都去不成了。

之前谢赛娇从裘继祖那里听到有人到贝当公园抓爷爷谢富光，急着要出去找人，却被裘继祖阻止。谢赛娇一时激动，就跟裘宝儿吵了一架，而裘宝儿却帮着父亲说话，她一委屈，就要拉裘宝儿到市政府去解除婚姻关系。裘继祖拿出威严，语重心长地开导她，要她搞搞清楚，她嫁给裘家，就是裘家人了，是要跟宝儿远走高飞的。

表面上，谢赛娇认为裘继祖的话有道理，也是为她好，于是就沉默下来，安静地待在房间里，仿佛一心只等着跟裘宝儿去美国，好像连爷爷的安危都不再去担心了。

但实际上她比以往更加牵挂谢公馆，思念谢家所有的亲人。

听到锁门声，心头酸了酸，谢赛娇躺回毯子里面，流着眼泪。因为她从未想到，自己有一天会有家难回，会住进与谢公馆同一条街上的诺曼底公寓，而且没有自由，连下楼走出大门到谢公馆附近逛一逛都不行。

在她的记忆当中，这座漂亮的、梦幻般的外廊式现代化公寓大楼，高大洋气，门卫森严，因为里面住着的都是外国高级侨民，如火油物业公司销售总代理、保险公司上海办事处经理、西门子上海公司经理等一大批洋行、外商的高级职员，此外就是少数留洋回来并与外国人有瓜葛的上海本地买办，为了推销洋货，三天两头出现在谢公馆。

但公寓虽然好，到底还是公寓，上海最富有的人，最有地位的人，只会住有天有地的花园洋房，绝不会住公寓。

她不止一次听人说过，诺曼底公寓真的不能跟谢公馆比。小时候她知道裘家搬到公寓暂住，还曾偷偷地到公寓大门口窥探过数次。说一口流利上海话的印度门童起初怀疑她可能是小偷乔装之类的，拦住了她，问她住哪里，她只好说自己住在路另一头的谢公馆。

不等得到证实，印度门童立刻态度大变，以至忘记了自己为住客进出开门和引导的职责，带着她到里面参观了很长时间，临走门童还向她伸出大拇指，说："谢公馆天上，这里地上。"

裘家后来也很快搬回谢公馆由原来马房改造的平房，证实了印度门童的说法。

想想这些往事，对诺曼底公寓心生厌恶的谢赛娇越想越难过，决定一个人去看电影。于是她索性起床，洗了脸，找出最好的一套裙子穿上，略略抹了口红，但发觉身上没有钱包，因为之前裘继祖怕她遭遇窃贼，所有的钱都由他一个人集中保管了。她焦急中在房间里四处寻找，最后竟然在裘宝儿的卡其布风衣里兜翻出一卷皱巴巴的美金，面额都是一元的，胡乱一数，不禁一喜，虽然只有十几块，但美金在上海不仅能流通，而且很吃香，够她看好几场电影，够她吃几顿饭的了。

这时外面突然下起雨来，雨点落到窗户上发出声音。她犹豫了一下，把卡其布风衣往身上一裹，身体接触到衣衬里面的东西，她哆嗦了一下，然后坐到床上不动了。

这不是那幅《归来图》吗！

她果断地站了起来，脱下风衣，又把美元叠扎实，塞进袜子里面，然后打开门上的小窗口，先把风衣扔了出去，手脚并用，翻了出去，接着又穿好风衣，不声不响地坐电梯下去了。

看门的，还是那个印度门童，只不过几年过去，嘴唇上已经长了一圈浓密的胡子。他似乎还记得她，对她格外热情，还给她递了一把雨伞。外面乌云密布，雨很可能越下越大。

刚一出门，果然雨下得急促了，谢赛娇也没有要雨伞，扣好风衣扣子，跑了一段路。经过林森中路红绿灯的时候，雨停了，还突然出现了太阳，她为了喘口气，稍稍作停留。几个守在电线杆旁的擦鞋小童围过来争着要给她擦皮鞋，她才发现暗红色的高跟鞋很久没有擦油了，已经失去了光泽，而且沾满了雨水和泥点，心中不禁一阵不安。这双皮鞋还是初到重庆时，爷爷从意大利大使夫人那里高价买来的，她穿着这双皮鞋走进了婚礼的殿堂，无论如何自己应该十分珍惜，无论如何应该保持漂亮美观，这样想着，她把脚伸到一个最弱小的鞋童面前，手里夹着一个美金，说："要红鞋油的。"

那个弱小的鞋童迅速用纱团抹净了她鞋子上的污点，然后拿出一支红鞋油，使劲一挤，像蚯蚓一样红红的几段已经分别爬在高跟鞋表面上。

稍稍擦拭，皮鞋就发出红色的亮光，像新的一样。谢赛娇心情好了很多，心想，如果遇到爷爷，看到她穿着干净漂亮的红皮鞋，他一定会很高兴的。

她伸出另一只脚，顺势伸手扶住了电线杆，触摸到上面张贴着厚厚的几层纸，抬头看了看，从本来没有多少人会留意的广告中，一眼发现了一张新贴上去的通缉令。

这张纸质上等的通缉令，印着一张清晰的照片，但照片清晰得很奇怪，像是手绘的绣像，但她确定这是哥哥的照片，再细看内容，上面写着哥哥谢壮尔的名字。

谢赛娇顿感困惑，其实应该是谢壮吾的名字，怎么变成谢壮尔了？难道本来就是谢壮尔？难道是自己把两个哥哥搞错了？

通缉令的落款是上海市警察局，时间正好是当日，仔细一闻，还能嗅到新鲜糨糊的气息。

擦鞋小童居然识字，他指着上面的签名，准确地读出宣铁吾三个字，充满敬佩，说："上海警察局局长。"

原来，在南京的毛人凤得知毛姓特务死讯，立即给上海市警察局局长兼淞沪警备司令部司令宣铁吾打了电话，希望上海警察局全力配合，尽快查清案情，抓到真凶，给牺牲的年轻干部一个明确的交代，以安慰为党国反共戡乱救国大业而战斗的同志和战友们。

宣铁吾答应尽快回话。

毛人凤刚从副局长升任局长，是手握重权的大红人。宣铁吾资历虽老，位阶也更高，但还是没有怠慢，当天夜里就给了交代：案件侦破已经取得实质进展，虽然没有抓到主凶，但找到了其祖父、谢公馆主人谢富光，并已经将其羁押，如加以审讯，顺藤摸瓜，相信主凶很快就会落入法网，希望保密局尽快介入并主导此事。

宣铁吾感到案情棘手，他要第一时间把这个麻烦推还给毛人凤，因此故意说得轻描淡写。其实根据初步侦察，让毛姓特务死于非命的疑凶是上海酒酱食品界巨商谢家的一位公子，本人是新一军的现役军人，而且是东北总支援兵团司令陶文的女婿。再说，有可能是私人恩怨，目前疑犯在逃，很有可能已经离开上海，回到东北去了，说："人都找不到，案子怎么了结？"

毛人凤虽然精明老到，但宣铁吾算定毛人凤与毛姓特务关系特殊，多半会亲自处理此案，这不仅对毛氏族人有个安慰，对保密局内部的干部们也有个交代，尽管是个难题，他不出面解决不行。

宣铁吾叫人在锦江饭店订了一桌便饭，专门请到衢州籍厨师做了几样风味菜肴，以体现为毛人凤接风的诚意。

毛人凤本来就是多谋之辈，在赶往上海的路上，细细研究了案情，突然感到了为难。他假想了一下，如果自己是疑犯，何不一走了之，随便回到东北的新一军，或是到岳父军中躲避，到时候哪里找去？难道自己真的要为一个远房亲戚，一个后生晚辈，向全军、全国发通缉令？

想到这可能是一个没有结果，甚至是后果充满风险的案子之后，毛人凤改变了主意，果断在苏州下了火车，然后坐汽车返回了南京。到了傍晚，才直接打电话到锦江饭店，向正在包房等候的宣铁吾表达了歉意，再三解释自己确实是临时有更重要的事来不了，希望案件由上海方面全权处置，不管结果如何，他绝不干预，绝对放心。

宣铁吾对着镀金话筒尴尬了大半刻钟，感叹毛人凤真是太聪明了，他分明是往后退一步海阔天空啊。挂电话之前，宣铁吾只好苦笑一声，大包大揽说结案不难，只要谢家配合法律，经济上尽量补偿，只要死者家属和同僚不闹事，舆论不喧闹，就没有什么大不了的，夸了夸口，说："我这点能力还是有的。"

但毛人凤放手不管的消息当晚就在保密局内部传开了，尤其是包括重庆在内的各大中心站对此强烈反对，纷纷连夜致电毛人凤，要求为毛姓特务伸张正义，以切实维护保密局同志的尊严。

毛姓特务的尸体停放在广慈医院太平间里，也没有人指示应该怎么处理。余无兴还借此在电报中声称要亲自到上海处理后事，并扬言如果一位忠于党国大业的年轻同志就这样白白送了性命，连起码的昭雪都得不到，他就要振臂一呼，召集有正义感的同志齐赴上海，抬尸街头，形成压力，制造舆论，全力支持敢于负责的上峰，坚决向反动权贵开刀。

毛人凤不禁恼火，急忙打电话给余无兴，严厉批评他不顾大局，严令不许他离开重庆，说："上海什么地方，你想闹就闹的？"

余无兴感到委屈，说："有钱有靠山就不讲王法了？"

"讲王法你没有资格！"

"清平世界，朗朗乾坤……"

"屁话！服从命令，保持沉默，不然家法从事！"

余无兴差点在电话里哽咽起来。

毛人凤又安慰了一通，通完电话，已是后半夜，但他的情绪因此变得恶劣，态度不免又开始摇摆起来。他对下属们的心情是十分理解的，以前军统，现在保密局，天底下谁人敢欺侮？要是戴笠还在，绝对是以牙还牙，加倍偿还，现如今自己主持这个最有权势的机构，掌握这支最为优秀的队伍，如果轻易示弱，今后威信何在？何况，毛姓特务毕竟是自己带出来的亲戚，总有乡情亲情在，这样活生生的一个人在上海被人打死，如果不给出一个说法，不还一点颜色，恐怕自己在家乡的名声也会受损，今后怎么回去？

想了一夜，毛人凤更担心保密局系统许多人会反应过头，做出不理智的举动，由此而出现失控情况，于是亲拟电文，严令各中心站负责人，务必重申纪律，约束下属，不得有任何妄动，否则严厉处分。

同时，又叫秘书以保密局名义，给上海警察局发了一封明码电报：杀人偿命，依法办案。

毛人凤还特别声明，此件可公开。

一早，上海各大报纸转发了这则中央社南京专电，透露了保密局高层的态度。很快，原来蠢蠢欲动，扬言哪怕抗命也要报仇雪恨的保密局干部的激烈情绪暂时平息，表示要与毛局长保持一致，上海当地的，还纷纷主动向新闻界发话，庆贺公义的到来。

但宣铁吾认为电报比较原则，要求毛人凤说得更明确一点。毛人凤给宣铁吾足足打了一个钟头的电话，解释八个字电文的意义：杀人偿命是天理，天理谁都要讲，如果杀人属实，是天理不容，不是我们有意为难；依法办案是由人按常理办事，常理之中有人情，人情也不得不讲，法不外乎人情，万一事出有因，法网开了一面，也无话可说。

宣铁吾没有再多问什么，只是低声微笑了一番，最后嘀咕出一句诸暨方言，说："我有数哉，我有数哉。"

为了把表面文章做足，宣铁吾召开了较大范围的会议，正儿八经地向部下作了布置，要求马上在全市贴出上百张通缉令，如果提供有关凶犯行踪的有效线索，悬赏十两黄金，如果有帮助缉拿归案的具体行为，赏金增至三十两至五十两不等。

脚穿红色高跟鞋的谢赛娇在第一时间看到了其中的一张通缉令。

擦鞋小童似乎已经不太稀罕给他的一个美金，告诉她，自己和其他小擦鞋匠之所以聚集在这个繁华路口，是为了拿到十两黄金的赏金。因为谢公馆就在福开森路上，凶犯如果偷偷回家，有可能经过这个路口，说不定让他们发现了，十两黄金几个人分一分，每个人也能分到几两，说："今后就不用再擦皮鞋了。"

谢赛娇狠狠地看了看给自己擦鞋的小童，一心想着怎么把自己的那个美元夺回来，想归想，又怕生出事端，以至生气得胸口发闷，血往上涌，随手猛然一撕，将通缉令剥落下来，捏成一团，远远一扔。

擦鞋小童急忙跟着纸团跑过去，要捡回来，说："不怕警察捉呀。"

谢赛娇快步走过去，伸出红光炫目的皮鞋，一脚踩在纸团上，说："你叫警察捉呀。"

这时果然有一个警察往这边走过来，几个小鞋匠胆子突然一大，好像谢赛娇就是线索，围了上来，不让她离开。

谢赛娇一急，掏出几张美元，往地上一扔，趁他们发愣的瞬间，迅速走到马路对面，跳上了正好过来的电车。

小擦鞋匠们追了几步，停下来，又追上来，跟着电车，追追停停。

电车往东开了好几站路，谢赛娇看到了国泰电影院，赶紧下了车，进入人流，跑近看电影海报，发现正是她以前看过的一部叫《桃李劫》的老片子。

她默算了一下，那是十年前，从四行仓库打仗现场回来，哥哥谢壮尔请客，带她和裘小越、陶含玉，还有龙太太女儿，一起去看了影片《桃李劫》。

电影由中国电通影片公司刚刚摄制完成，刚刚上映。编剧袁牧之，导演应云卫，主演袁牧之、陈波儿，都是当时的明星。她记得电影讲的两位学校毕业生，他们相互热恋着，怀抱人生理想走向社会，不久结了婚，但幸福日子没能维持多久，男主人公因正直而屡遭失业，女主人公因产后提水上楼昏厥跌倒，得了重病。

她至今记得，后来的剧情发展，越来越让她提心吊胆。

男主人公为了给女主人公治病，偷了工头抽屉里的钱，但当他拿着这钱请来医生时，女主人公已奄奄一息，抛下吃奶的孩子告别了人世。男主人公将孩子送进了育婴堂，自己则因拒捕误杀公务人员而被判处死刑。

许多人流泪不止，但她发现龙太太的女儿一滴泪水都没有流。看完电影，大家唱着歌，龙太太的女儿因为她的江北扬州口音而被哥哥取笑，一生气，就走了，以后再没有见到。后来想起来，龙太太的女儿没有为电影感动落泪，可能因为她的生活离电影的主人公仍然很远。

记得那晚回到家，她沉浸在男女主人公的不幸遭遇中，久久不能回过神来。第二天，她恳求爷爷帮助电影里的人，给他们钱，请最好的医生救活女主人公。

爷爷谢富光去看了电影，回来之后，评价故事是假的，认为至少他们读得起书，说："电影里的歌马马虎虎。"

为此，她被笑话了好几天。

后来她和陶含玉、裘小越都加入了宣传抗日的合唱团，参加了比赛，《毕业歌》还得到了名次。

事隔多年，《桃李劫》让她始终不能忘记，因为她有了许多人生感受。今天遇到重映，她一定要再看一遍，希望能比以前看得更明白，更能理解电影主人公的艰难处境，当然，也想重新听一遍那首从银幕上传出来的《毕业歌》。

她难以释怀的是，爷爷为什么会说电影是假的？

当时，她对爷爷冷淡了许多天，现在想起来，她都觉得有必要旧事重提，争论清楚。

可是现在爷爷他人在哪里啊？

谢富光并没有被抓走，依旧住在贝当公园的洋房塔楼，只是少了行动自由，活动范围只能在公园一角，连俞理事来找他都不能想见就见。

宣铁吾安排一位董姓副局长亲自带一队宪兵负责监护。谢富光为了表达抗议，执意要离开公园到马路对面的弄堂口吃一碗绍兴鸡汁粥。这个董姓副局长与罗思国是维也纳警察学校的同学，作为一个受过西式教育的人，倾向于按律条办事，因此并不把谢富光当人犯对待，表明一旦其孙子归案，厘清案情，立刻还其自由。俞理事几次来见谢富光，都被拦住。董局长得知后表示，可以探望，前提是他在场。

几经周折才被放行，俞理事一进门，就大骂嵊州真是出强盗的地方，绍兴不会有像裴继祖这样的人，出卖主人家，谋财害命。然后把自己如何在谢公馆门口撞见裴继祖，裴继祖如何表现说了一番，并解释说当时自己以为裴继祖会马上来贝当公园，一来看望主人家，二来说清楚当年公馆出租的事，没想到他一口否认，还发生了争吵，骂自己多管闲事，分明有点心虚，要不是看他两拳握得紧紧的，怕他控制不好会发作，自己绝对要抓牢他不放手，说："结果看看，居然带警察来捉人了。"

谢富光不相信裴继祖也想谋取谢公馆，更不相信会因此出卖自己，谢家不仅多年来有恩于裴家，而且把孙女嫁给了裴宝儿，两家亲上加亲，成为一家人了，裴继祖这样做，想必有什么苦衷。

俞理事有些埋怨，说："你就把裴继祖一家想得太好了。"

谢富光摇摇头，不想再说下去。

他最担心的是孙子，如果孙子真的杀了人，而且是杀了军统从四川派来的特务，只怕到时候花钱消灾未必过得了关，那就麻烦了，眼前最要紧的是孙子的安全，真相到底如何，会不会是被人陷害，会不会对方先动手，等等，都需要搞清楚。

"务请帮我留心。"

但俞理事带来的还有一个更坏的消息，上海警察局的通缉令已经贴得到处都是。

谢富光心里一阵慌乱，如果真是这样，孙子应该想办法赶紧逃离上海，或者投奔岳父，找机会到国外去，或者索性跑到东北，找他当共产党的哥哥。

他没有想到，孙子此刻正在上海，而且在近在咫尺的国泰电影院看电影，而且见到了妹妹谢赛娇。

谢壮吾从报纸中看到爷爷谢富光面临困境的新闻，正焦急的时候，龙太太找到了他。龙太太先转达了通知，要他登上即将到达上海港的北方号，这本来应该由女儿囡囡告诉他。然后把谢富光来找过并给她送金条的事也说了，劝他找一找爷爷的下落，他一定在谢公馆附近，至少告个别再走，说："干革命有机会，亲人失去了就永远没有机会了。"

谢壮吾听从了龙太太的建议，准备在谢公馆周边找一找，不想在福开森路口，看到了新贴出的通缉令，而且遇到了各种盘问，要不是龙太太给他穿上码头工人的号衣，他一定被认出来了。

警察越来越多，他坐上了电车，几站路后，在国泰电影院下了车，买了一张站票，随着人流进了电影院。

似乎是约好的，他在电影院遇到了妹妹谢赛娇。

关于国泰电影院，谢壮吾比妹妹知道得更多，更详细。他八岁那年，这座新式电影院落下地基，大约两年之后，电影院落成开业，记得当天登在《申报》上的广告用语是：富丽宏壮执上海电影院之牛耳，精致舒适集现代科学之大成。

电影院虽然是英国人造的，却是法式建筑，紫酱红的泰山砖外墙，白色嵌缝，风格坚固雄伟、庄重素雅。内部建筑更是富丽堂皇，整个放映大厅有一千多个观众席，无立柱设计宽广气派，舞台左右两条竖立的灯柱和场内左右梯式直横相间的万盏灯光交相辉映。

看的什么电影已经忘了，但富丽堂皇的场景却印在了谢壮吾的脑子里，自此，尽管票价昂贵，但他几乎每周都来到这里，成了常客。

而且，妹妹喜欢看电影。小时候，他经常带着她去看，等到稍微长大一点，不管是约好的，还是没有约好的，他经常会在这里遇见妹妹。如果在家里，在学校里找不到她，那在电影院总能找到。

他走进电影院，靠着墙壁站着，电影已经放到一半，黑暗中，他侧着脸，一眼就看到了流着眼泪的妹妹谢赛娇。黑暗中，谢赛娇脱下了卡其布风衣，披在他身体上，然后什么话都没有再说，又继续看电影。

"画呢?"

"等看完电影。"黑暗中，妹妹冲他笑了笑。

谢壮吾摸着风衣，也笑了。

灯突然亮了，擦鞋小童带着一群持枪军警冲了进来，直接扑向谢赛娇。

紧接着又发生了更加突然的一幕，裘宝儿和裘继祖，还有挥舞着左轮手枪的比尔出现了，他们从军警手中把谢赛娇拦截下来。

裘宝儿一把抱住谢赛娇，说："我的风衣呢?"

不等谢赛娇回答，观众里面有人突然放了数枪，谢赛娇鞋跟一断，身子一歪，倒在地上。裘宝儿抱起她，看到她胸前和肚子上涌出的鲜血顺着双腿流下来，染红了两只高跟鞋。

谢赛娇微闭着眼，看到自己受了枪伤，想着电影里的女主人公，说："我像她那样死了。"

二十九、上船下船

　　长江中下游的梅雨接近尾声，但潮湿和闷热让人透不过气来，偶尔有风吹过，也如同游丝，勉强只够微弱地呼吸。望着远处死一般寂静的钟山，原来以为得到解脱的罗思国心情再一次感到沉重。他本来按照指示准备好离开，连撤离路线都规划好了：带着奥地利籍的夫人，坐苏联北方号轮船到大连，进入东北解放区，在夏天结束之前，辗转至延安，直接向主持对敌情报工作的中央首长报到。

　　最后一刻，计划突然改变。

　　有人直接打电话到他办公室，转达了中共东北民主联军首长委托的重要事项。声音熟悉，语气紧迫，言简意赅，要求他即刻从南京到上海，把谢公馆在新一军任职的中校军需官和他身上携带的一幅古画安全送上北方号。

　　对方果断挂断电话之前，强调了一句，说："东北的事情，非同小可。"

　　罗思国不能有任何犹豫，当晚以送妻子到上海检查身体为由，搭上了运送伤兵的军列。把谢公子送上北方号这件事并不困难，不至于他非得亲自跑一趟，他完全可以联络上海方面某位可靠的同志去完成。

　　他亲赴上海，是因为还有一件更重要的事情。

上级交代罗思国利用自己的合法身份，缉拿杀害陶含玉的凶手，以此揭露国民党的特务统治的罪恶本质，打击保密局和上海警察局的嚣张气焰，让此刻远在华北与东北之间的陶文，认清蒋介石政权的真实面目，在重大关键时刻，做出有利于人民的正确选择。

那句"东北的事情，非同小可"的话，主要指的是这件事。

"此举，也将为谢家解困。"电话里还顺便说了这么一句话。

他感到遗憾的是，自己不能登上北方号离开了。

苏联北方号货船最后一次驶入中华民国境内的上海十六铺码头，是国共在东北战场正在展开对决的前夜。这艘从符拉迪沃斯托克也就是海参崴出发，经停大连旅顺港，终点到达上海的红色巨轮，满载着木头和煤炭，在十六铺码头用了一天一夜卸货，然后又用一天一夜补充燃料和食物，又以一天一夜等待苏联侨民陆续上船，直到第四天，草草装了几百只金华火腿、几吨新鲜李子，匆匆离开上海，往东行驶数百海里，与太平洋舰队的一艘巡洋舰会合，然后继续北上。

随北方号离开的还有谢壮吾跟他随身携带的《归来图》，以及价值连城的明成化斗彩鸡缸杯。

通知谢壮吾登船离开上海的是龙太太。

龙太太正在修理河豚，神情专注而警觉，看到了脚步匆匆的罗思国。接头的暗号虽然明确无误，但她并没有轻易相信这位国民政府自称内务部警察总署刑事处少将副处长的人会是个地下党员，何况身后还跟着一个对河豚充满好奇的洋人妻子。更主要的，街上张贴着谢家公子的通缉令，她怀疑是来抓人的。当年她的丈夫本可以在第一时间转移，逃离上海的白色恐怖，但就是相信了一位声称来接应他离开的工友，结果被直接带到了刑场。

龙太太挥舞着剪刀，将罗思国拒之门外，说："小心鱼毒！"

无奈之下，罗思国介绍自己在重庆国民政府军委会工作期间，与她在曾家岩50号工作的女儿龙姓女子单线联系，并说出很多旁人不可能知道的细节，一旁的洋人妻子还做了许多补充，让龙太太又一次悲伤地哭了起来。

龙太太扔下手中的河豚，使劲抹了抹干涸的眼睛，让洋人妻子在楼下望风，然后迈着小脚，把罗思国领到了阁楼上。

她关上窗户，拉好帘布，然后点上一支香递给罗思国，叫他朝丈夫的遗像拜三拜，说："他是革命先烈。"

罗思国之前已经从龙姓女子那里知道有这位革命前辈，也就没有感到诧异，郑重地将香火举过头顶，口中默念了几句话，把香牢牢插在褐色香炉中。

龙太太又点上一支香，说："还有我的囡囡。"

眼前并没有龙姓女子的牌位或者遗像，罗思国接过香，四处寻找，不知往哪儿拜。

龙太太往西边指了指，说："她在万国公墓躺着呢，有辰光你和你的同志常常去看看伊。"

此时阁楼闷热得像蒸笼一样，罗思国抹了抹头上的汗，说："一定，她是我们的优秀同志。"

龙太太精神好了很多，说："我也是你们的优秀同志。"

罗思国鼻子一酸，差点流下泪水。

龙太太看到他头上的汗，终于打开窗户，说："用勿着哭，说吧，啥事体？"

罗思国脸朝窗外伸了伸，指着十六铺码头的红色轮船，说："飘扬的苏联国旗。"

龙太太得意了一下，说："我认得，镰刀锤子。"

罗思国向龙太太交代任务，说："把谢公子送上那条船。"

听到谢壮吾真要走了，龙太太愣了愣，说："他要去苏联？"

罗思国眼光带着几分羡慕，说："他要回解放区了。"

龙太太又朝外看了看，发现北方号停靠的地点，说："那儿原来是他们谢家码头。"

"现在由上海警备司令部管制了。"

"谢家迟早要回自家的东西。"

龙太太神情阴沉下来，下楼的速度很快，口中不停用扬州土话念叨着什么，但显然还在责怪谢壮吾，说："他哪用我送啊。"

罗思国沉默着，不知道说什么好，紧跟着下楼梯的时候，说明了原因，组织上所以决定找她，是考虑到她在码头上熟人多，遇到什么情况，也方便对付。

龙太太背对着他，没有吭声。

罗思国最后问了一句，说："有困难吗？"

龙太太摇摇头，表示没有什么困难，咕噜了一句，还真走了，紧接着猛发了一顿牢骚。

罗思国觉得龙太太借着话题，埋怨谢壮吾对家人无情无义，实际上是为自己的女儿鸣不平，也没敢插嘴，一直等她骂完，附和说："我们要干好革命，也要照顾好家里人。"

龙太太歇下一口气，埋怨自己的女儿没有福气，说："我囡囡就没有人送她坐苏联人的船啊。"

罗思国安慰她，保证党和人民不会忘记她，同志们都会把她当成自家亲人，包括谢家的人。

听到这句话，龙太太平静下来，神情也爽朗了，甚至有些难为情地对刚才说话不好听作了解释，表明自己也是替谢家着急，孙子干革命出了事，拍拍屁股走了，留下一个老人怎么办？

龙太太看了看罗思国的洋人妻子，说："中国人要讲孝道的。"

罗思国伸手抱了抱洋人妻子腰部，说："共产党人当然也讲孝道。"

龙太太立即抓住罗思国这句话不放，要他帮忙，让祖孙两人见一见面，如果事成，今晚她留他吃河豚，说："放心，没有毒了。"

罗思国表示为难，因为按照计划，谢壮吾越早离开上海越好，贸然安排祖孙见面，万一节外生枝，后面的事情就麻烦了。

龙太太生气了，说："以后怕是见不着了。"

罗思国作出让步，同意了龙太太的请求。当晚谢壮吾出现在大庆里，迫不及待地要去见爷爷谢富光，但龙太太非得要他们一起喝了绍兴酒吃了河豚才准离开。

快吃完时，龙太太突然口出雅句，把谢壮吾震住了。她举着酒杯，给他夹了一块满是细刺的河豚，说："长亭话别，我替囡囡帮侬饯行。"

夜色降临，灯火接连点亮，很快映成一片一片。

谢壮吾换上了警服，戴上墨镜，作为罗思国夫妇的随从，以看望董副局长的名义进入了贝当公园。走出石库门时，罗思国指着近在咫尺的十六铺码头，又指着电线杆上的通缉令，警告谢壮吾如果耽误登船，他必须自己负责，说："这是纪律。"

谢壮吾沉默了一会儿，说："我知道，在上海什么事都可能发生。"

谢壮吾索性摘下墨镜，仔细看了看印有自己照片的通缉令，伸手将通缉令完整地撕下来，卷起，放好，说："我要收藏好。"

自己不能就这么走了，必须把这件纪念品带回去，让东北的杜代司令还有那个上官部长欣赏欣赏，也让他们知道，故乡上海是怎么对待他这个游子的。

董副局长忙于跟罗思国夫妇交谈，没有怎么关注谢壮吾，后来宣铁吾打电话过来，晚上可能会过来一趟，因此留给祖孙见面的时间很短暂，而且始终有人在旁边监视，谢富光和孙子只能进行细声低语的交谈。

时隔久远，加上遭遇诸多变故，谢富光一开始分不清这个戴墨镜的警察是自己哪一位孙子，因此表情茫然，眨着眼睛，看了许久。

"爷爷!"

谢壮吾摘下墨镜，脱下帽子，清晰地叫了一声。

之前在路上，对于谢家面临的困境，特别是爷爷谢富光受到牵连，身遭软禁，命运难卜，谢壮吾同罗思国进行过探讨。

罗思国认为，谢壮吾如果真是通缉令上所说的，是新一军的军需官，也许自己应该出来承担，甚至自首。

　　"如果我是呢?"

　　"你不是。"

　　"我可以是。"

　　"你是共产党人，不能仅仅为了谢家。"

　　"我为什么不能呢?"

　　"我不能替你登上北方号。"

　　"东西可以让别人带走。"谢壮吾指的是《归来图》。

　　"你身负使命，必须马上离开上海。"

　　罗思国一路上对谢壮吾再三警告，因此对于他见到爷爷谢富光表明身份的大声宣示，不禁大吃一惊，严厉地瞪了他一眼，然后示意他马上离开，谢壮吾并没有理会。幸好监视的警察似乎没有听到，使得陡然紧张的气氛没有继续紧绷。

　　听到孙子叫他，谢富光身体一颤，但马上有所克制，没有答应，也没有叫出孙子的名字，而是嘀嘀咕咕的，看上去像是在闲聊，但明显是在试探，说："国共真的要开战了?"

　　谢壮吾平静了一些，点点头，低声说："蒋介石要发动内战。"

　　谢富光一怔，再一次细细看了谢壮吾，又问："东北真的打了?"

　　"国民党军队赢不了。"

　　听到这句话，谢富光此刻已经断定出现在面前的是哪一个孙子了，不禁老泪纵横，伸出十个指头，说："十年了。"

　　谢壮吾忍住泪，也伸出双手，咬了咬嘴唇，说："十年了。"

　　祖孙相对无言，也许脑子里闪现了许多往事，十年离别，要说的太多了，不知从何说起。在久久的沉默之后，谢富光脸色突然涨得通红，也许他对自己的处境感到了愤怒，但一腔不满并没有爆发出来，只淡淡地讲起了他以前给孙子讲过的一个典故，说："得人心得天下。"

爷爷讲的是尧帝的事情，尧帝不传子而传贤，禅位于舜，不以天子之位为私有，说："他学学尧帝不好？"

谢壮吾不禁激动，说："不用他禅位，民心向着共产党。"

谢富光索性更直白，说："蒋介石杀人太多，应该让贤了。"

直到离开，因为谢壮吾对家人避而不谈，谢富光终于忍不住询问了每一个晚辈，除了担心另一个孙子的安危和前程，还特别问了问孙媳妇陶含玉和孙女谢赛娇，说："女儿家生逢乱世，能不特别记挂她们？"

谢壮吾含糊其词，来不及作更好的回答，就被罗思国催促离开了。

在贝当公园门口，罗思国向谢壮吾告别时，冷不丁地问他，说："陶含玉不是你太太？"

"她牺牲了，是吗？"

罗思国突然紧紧握住他的手，郑重其事地表示了感谢。

谢壮吾多少感到惊诧，不明白他为何感谢，说："谢什么？"

"你在万国公墓为她报了仇。"

"本来在嘉陵江边就该杀了他，仇报晚了。"

罗思国后来没有再说话，也没有再说陶含玉的事，一切都在简单的告别中匆匆掠过，然后各自快步离去，消失在路的尽头。那里已经没有灯光了，黑沉沉的一直延伸着。

谢壮吾回到大庆里，龙太太松了一口气，要他把卡其布风衣脱下来，换成她丈夫当年的工号服穿上，又领着他在接近北方号停靠的货场里躲了一会儿。

"这是你们谢家的货场。"

"我好像记得。"

"你小时候来过的，哪会不记得。"

"它属于人民的。"

"革命成功了，还是你家的。"

"革命一定会胜利的，它将归还人民。"

"革命失败了，也还是你家的。"

谢壮吾苦笑了下，想了想，说："我们会革自己的命。"

北方号发出了信号，表示可以登船了。

龙太太忽然哭了，说："我囡囡命苦，当不了谢家太太。"

谢壮吾不知道怎么安慰，把卡其布风衣小心折好，藏进工号服里面，然后又从皮包里取出鸡缸杯，准备裹到衣服里。龙太太伸手扯住他，取出一件红花小棉袄，将鸡缸杯包好，说："这是囡囡小时候穿的。"

谢壮吾怔了怔，对这件小棉袄，尤其是上面的红色绣花印象深刻。当年龙太太抱着女儿第一次到谢公馆来做客，是一个下雪的冬天，爷爷谢富光就是送了这件红花小棉袄，那花叫月季，在大雪中显得格外鲜艳，鲜艳的还有她被冻红的脸。

龙太太推了他一把，使他在回忆中醒转过来，她递给他一个沉甸甸的布包，说："这是你爷爷给的金条，你路上用。"

谢壮吾不肯收，说："这是给您的。"

龙太太不理，说："我不收谢家的贵重东西。"

谢壮吾抱着红花小棉袄，拔腿就跑。

龙太太跟不上来，后面喊了一句，说："我要让谢家欠着我囡囡的！"

到最后还有一道关卡，检查得特别严，谢壮吾混进一群上夜班的装卸工人之中，顺利进入了码头。就在他要登船时，一辆卡车突然开过来，横在他面前，两个黑影从车上跳下来，一前一后，把谢壮吾拦在船梯口。

看两个人的身形，谢壮吾发现，站在他面前的是裴宝儿，盯在身后的是他的父亲裴继祖。

开车的是比尔。借着昏暗的车灯，比尔看到谢壮吾手中捧着的红花小棉袄，跳下车，伸过手就抢夺，但船上顺着绳子滑下几个身强力壮的苏联水手，围住了比尔。

谢壮吾趁机登梯，身后裴继祖纵身一跳，上前一拦说："还我画，我们就走。”

此时船上的苏联水手举枪对准了裘继祖，并用俄语发出了警告，接着就开了数枪，子弹落在水里，溅起一朵朵冒烟的水花。

裘继祖心一紧，手一松，掉进江里。

谢壮吾连忙三步并成一步，飞快登梯。后面追上来的裘宝儿纵身一扑，抓住他的双脚，拼命拉住，两人一同扯下船梯，就势翻了几翻，各自落在零乱的煤堆上，但迅即两人身体再次接上，缠斗开来。

船上的苏联水手放下枪，观看起来。

看到父亲落水，裘宝儿心中发狠，一心想迅速击倒谢壮吾，先是以左直拳猛击向谢壮吾面部，谢壮吾闪过，一手捧着红花小棉袄，一手捂住怀中的《归来图》，连连躲避。

裘宝儿占据上风，连环出拳，脚下上步，别住谢壮吾的双脚，要将他以后脑着地的方式拖倒。

谢壮吾上身屹立不动，突然左腿一屈，右腿一弹，抽出身体，连退数步，避开了裘宝儿的猛烈进攻。

裘宝儿再次左直拳向下，击向谢壮吾的腰部，趁他侧身躲避之际，突然中途改变线路，向上连击，谢壮吾下巴连挨两拳，顿时一阵眩晕。

倒地之时，谢壮吾奋力使出了鞭腿，连扫几下，模糊之中，看到裘宝儿也同时倒下了。

船上的苏联水手一阵欢呼。

犹如一场闪电战，瞬间结束。

谢壮吾醒来的时候，北方号已经离开了十六铺码头。

几个鼻青脸肿的苏联水手把他抬进了船舱里，灯光下，他们看清了他的脸，一个个惊愕不已，连后面走进来的船长也瞪大眼睛愣了半天。

谢壮吾连忙坐了起来，发现卡其布风衣正盖在身上，一摸，里面的《归来图》还在，包裹着鸡缸杯的红花小棉袄也斜斜地躺在自己身边。又知道裘宝儿和比尔尽管后来在拳脚上占到了便宜，但在苏联船员开枪之前，一起从江里拉上裘继祖，仓皇离开了。

谢壮吾不禁松了一口气，但对北方号水手们怪异愕然的神情，一脸的不解。

船到公海，太阳已经升起。

船长突然捧起他的头，一遍遍摸着他的脸，说："我们已经把你送到上海了，你为什么还要回来？"

谢壮吾终于搞清楚，在他登船之前，北方号把一个与自己长得一模一样，一样年纪的中国青年从海参崴送到了上海，前一脚刚刚下了船，他后一脚就上来了，还闹出了惊心动魄的一幕。

一路上，船长始终满脸疑惑，不断地描述下船的那个中国青年的相貌，在他们苏联人看来，中国人都长得一样，说："中国人看我们可能也一样。"

谢壮吾回头望着上海方向，说："他就是我。"

在谢壮吾登上北方号离开上海的第二天，宣铁吾亲自带人，将私自闯入谢公馆的谢壮尔带回了警察局。

谢壮尔从北方号下来，直奔福开森路的谢公馆，手中拿着一支苏制托卡列夫半自动手枪，也不管门口守着几个警察，撕开大门上的封条，就要往里闯。但角落里冲出一伙拿枪的便衣，将谢壮尔围住，谢壮尔以为遇到武装抢匪，甩手就打出一梭子，靠近的几个中枪倒地。

接着就是对峙。枪声惊动了宣铁吾，最后在他亲自指挥下，更多的人将谢公馆层层包围，谢壮尔打完子弹，坐在阳台上，束手就擒。

其中几个四川口音的人冲上来，将谢壮尔死死摁在地上，一顿拳打脚踢不算，还拿出匕首，要当场结果他的性命，为毛姓特务报仇。

但被宣铁吾强行制止了。

三十、有怨报怨

上海的报纸铺天盖地地渲染了发生在谢公馆的这场枪战，版面盖过了物价飙升、通货膨胀和前方战事的时事热点报道，连续几天成为头条新闻，而且热度不减。几天之后，中外记者围在上海警察局外面，采写到了同样一则新闻：自称新一军在沪疗伤官兵约三百多人到警察局要人，险酿冲突。

从报纸上的一组照片可以看出，有的伤兵还携带枪支，流血事件随时可能发生。

为防止事态扩大，谢壮尔被上海高等法院快速判刑一年，关进提篮桥监狱。新一军伤病员依然不服，包围法院，被警备司令部派出大队宪兵拘押并疏散到苏浙医院。

一大早，谢富光正要看报纸，俞理事急急忙忙地赶到贝当公园，把近期发生的事情详细说了一遍。谢富光不太相信，当即要去提篮桥监狱探望孙子，问明情由。刚走到贝当公园门口，就走不动了，靠在一棵大樟树下喘着粗气。俞理事叫来黄包车，谢富光勉强走了几步，但腿脚已经不太听使唤，身体晃了几晃，一头栽倒在草地上。

俞理事慌忙请来附近医院的法国医生急救，谢富光吃了药，回过神来。但一时下不了床，说话也不利落，心里更加焦虑，双手不停地敲打着床板。

俞理事劝他住院，但各个医院都住满了前线下来的负伤军官，尤其是高级病床全部被占满，加上警备司令部方面也没有同意，谢富光只好听从法国医生建议，在住所静养，况且贝当公园空气新鲜，有利于恢复健康。

看到谢富光保下半条命，俞理事只能把他孙女谢赛娇的事先瞒了下来。如果他知道孙女遭到枪击，躺在医院里生死未卜，那另外半条命也保不住了。

谢赛娇在送往医院的路上，就已经昏迷过去。

裴宝儿守候到半夜，发现谢赛娇睁开了眼睛，似乎想跟他说话。

"你一定恨我了。"

裴宝儿靠近她，脸上有些僵硬，眼中含着泪，但看到父亲在场，没敢掉下来，但话里有些绝望，说："比尔回美国了。他没有拿到鸡缸杯，也失望了，原来的承诺不会兑现了。"

谢赛娇想坐起来，但又动不了，苍白的脸上都是愧疚，安慰裴宝儿，说："他走就走吧。爷爷会帮我们的。"

裴继祖看了看在场的医生，说："你到底是谢家的女儿，你爷爷眼里只有两个孙子。"

"不就是钱嘛。"

"钱？除非你能做主把谢公馆卖了。"

谢赛娇挣扎着要起来，说："我去找爷爷。"

医生阻止，说："你不要命了。"

一气之下，谢赛娇又昏了过去。医生抢救了半天，她才重新有了呼吸，但一双大眼睛好久没有再睁开，泪水不断淌下来，很快就浸湿了枕头。

裴宝儿看了，心里难受，就劝父亲先回去休息，自己留下来陪夜。

裴继祖刚离开，又推门进来，原先混浊的眼睛发出亮光，说："你是裴家媳妇，以后我们裴家就是谢公馆的主人。"

裴宝儿怕谢赛娇听了受刺激，连忙压低声音，说："我们都要去美国的。"

裴继祖意犹未尽，继续进入自己的意境，进入《乌衣巷》诗的境界，声音低沉，背了起来：

"朱雀桥边野草花，乌衣巷口夕阳斜。旧时王谢堂前燕，飞入寻常百姓家。"

裘家不就是寻常百姓吗？风水不是轮流转了吗？他想着，说："以后谢公馆改一个字，叫裘公馆。"

此刻，他又想起了妻子屠媚娘，想起屠媚娘私下里说过多少次，以后如果有自己的公馆多好啊。

然而接下来的事情变得怪异，令人不安。谢赛娇在医院治疗期间，裘氏父子不愿再抑制越来越强烈的欲望，也不顾会不会被阻止、追究，居然暗中请来锁匠开了门，若无其事地住进了谢公馆，而且搬到了主楼，睡在了主卧，俨然当起屋主来。消息传出去，自然引发多方议论和指责。俞理事实在气不过，又不敢直接出头，只好出面找了警察局的关系，说了跟俞部长的交情，希望宣铁吾支持谢富光回到谢公馆。

谢富光自然要马上回去，说："谁都不能阻挡，我要回自己的家！蒋介石都拦不了我。"

不想裘继祖已经拉下脸，不肯退让，连解释的客气话都不讲，就以谢富光行走不便为由，安排他住到了平房。

俞理事不服气，交涉了几句，被裘继祖痛骂一顿，说："我裘继祖仁慈，让他住平房就算念旧情了。"

俞理事要讲道理，又怕裘继祖拳脚无情，忍了忍，搀扶谢富光在前后被高墙和大树挡住的平房里住了下来。

俞理事每天过来看望，有一次看天气好，陪同谢富光在草坪上坐了半天，话一多，就把谢赛娇受伤住院，现在已经回到谢公馆休养的事说了出来。

谢富光呆呆的，老泪流下来，伸手指了指谢公馆主楼，浑身颤抖，说不出话来。

俞理事鼓起勇气，说："你孙女服侍不了你，至少过来看看你。"

谢富光用力点了点头。

俞理事跑到主楼这边，犹豫了一下，敲起门来。

开门的是裴继祖，好像刚刚洗过澡，身上穿着原来谢富光穿的丝绸睡衣，手里端着一杯似乎是茶，又似乎是咖啡的东西，把俞理事挡在门口，说："你来这里做啥？"

俞理事朝屋里探望，说："我找谢小姐。"

裴继祖脸一横，说："你找我裴家媳妇做啥？"

"叫她去看看伊爷爷。"

"你不晓得她床上养着。"

俞理事不听，就要往里面闯，说："这里是谢家。"

裴继祖顿时来了火，抓住俞理事的衣领，扬言要和他算总账，把多少年来积攒的怨气发泄出来，说："你这个绍兴师爷，爹娘是谁都不知道！"

俞理事也火了，结结巴巴地把裴继祖连同嵊县骂了一遍，说："你这个嵊县强盗！"

嵊县山区，山高林深，南来北往的交通要道多为险途，方便强盗出没，在地处平原的绍兴人眼里，是剪径劫客匪徒出没之处。俞理事平时看不惯裴继祖的做派，顶多心中腹诽，此时怒从中来，就骂了出来。

裴继祖一边拉扯着俞理事的衣领，一边历数了他多年来的种种不是，尤其痛恨利用卦算离间裴家与谢家的联姻，一次次陷害裴家，说："我们裴家谁也克不了！"

俞理事毕竟文弱，看到裴继祖要进一步掐自己的脖子，怕吃眼前亏，只得苦下脸讨饶，说："谢裴两家儿女都是水命，都是属狗属猪，相生相配。"

裴继祖一听，虽然放弃杀心，但恨意难消，手一伸，拿过刚刚放下的杯子就往他脸上泼过来，烫得俞理事大叫不止。

俞理事就像被黄蜂所蜇，当即一脸红肿，连眼睛都难以睁开，回到绍兴会馆，痛了一夜。他越想越气愤，一心要跟裴继祖父子计较，也不顾脸上的伤痛，当晚就买了火车票到南京找俞部长。碰巧俞部长刚从徐州回来，虽然忙得会都开不过来，但仍然在等待蒋介石召见之前，简单与俞理事见了见面。俞部长听了谢富光的境遇，又看到俞理事脸上的烫痕，气愤得拍起了桌子，大骂姓裴的父子是奴大欺主，根本就是造反，答应等前方战事稍稍平息，会抽空专程去上海一趟，替谢家出头。

话虽这么说，俞部长开了一个晚上的会，回来后告诉俞理事，上海的形势会紧张，有些事先忍一忍。原来，当晚国民党召开中央政治会议，通过了由翁文灏、王云五提出的货币改革方案。蒋介石以总统名义发布财政经济紧急令，作出全国广播，并公布金圆券发行法，禁止私人持有黄金、白银、外汇，凡私人持有者，限定时间兑换金圆券，违者没收，全国物价也将冻结在当天水平。与此同时，蒋介石派出经济督导员到各大城市监督金圆券的发行。

俞部长再三叮嘱，说："尤其是上海，你们要特别谨慎。"

不日，蒋经国受父命，带一批少壮派骨干到上海进行经济管制，打击投机奸商，报纸上称其为"打老虎"。蒋经国为表决心，甚至明言"只打老虎，不拍苍蝇"。

俞理事回到上海，跟谢富光转达了俞部长的话，形势可能要紧张了，劝他万事先忍受下来。谢富光听了面无表情，眼睛朝天，看了很久，突然提起了往事，似乎在安慰俞理事，当年他们都本可考秀才，求功名，走仕途，但那条路显然是末路，与天下大势不符，于是神光一现，来到了上海，发家致富也好，实业救国也好，于时于命都没有错，现如今不过一道道坎罢了，即使过不去，又奈我何。

俞理事苦口婆心，说："防人之心得有啊。"

谢富光态度坚决，说："我无黄金可换，除非还我谢公馆。"

上海陷入了奇怪的热闹之中。

国共内战方酣，国民政府在军事上节节失利，经济形势也严重恶化，民间怨声不断。蒋经国在上海的"打老虎"行动关乎民众对金圆券的信心。金圆券发行初期，在没收法令的威胁下，上海大部分民众皆服从政令，将积蓄之金银外币兑换成金圆券。与此同时，政府试图冻结物价，以法令强迫商人以财政经济紧急令之前的物价供应货物，禁止抬价或囤积。而资本家在政府的压力下，虽然不愿意，但还是被迫将部分资产兑成金圆券。

最初将部分不从政令的资本家收押入狱甚至枪毙，以作杀一儆百。杜月笙之子杜维屏亦因囤积罪入狱。蒋经国在上海厉行"打老虎"之举，一段时间里，虽然稍微稳定了民心，但前景依然模糊。

谢富光冷冷地作出自己的判断，说："难以为继。"

俞理事担心，谢公馆会被卷入，劝谢富光回绍兴暂避。谢富光不听，说："我算不上老虎，谁还记得我。"

俞理事担心会有人举报陷害，说："还是小心点。"

当天，果然有自称是经济侦察队的人来找谢富光，通知他三日之内去规定地点报到，说明谢公馆的财产去向，说："有人举报了。"

俞理事急了，说："一定是裴继祖。"

但谢富光平静以对，说："谁举报都没有用，不出三两个月，这出大戏就收场了。"

正如谢富光所预言的，上海的"打虎"行动很快就草草收场了。以行政手段强迫冻结物价，造成的结果是市场上有价无市。商人面对亏本的买卖，想尽方法保有货物，等待机会再图出售，市场上交易大幅减少，仅有的交易大都转往黑市进行。蒋经国在上海的"打老虎"，打了没有几天，终于打不下去，面临失败。蒋经国查封的其中一家公司为孔祥熙之子孔令侃所有，因宋美龄施压而被迫放人，蒋经国无奈，辞职求去，物价管制最终失败，不久全面撤销。几天后，国民政府内阁总辞职。

当然前方战事没有这么快平息，俞部长一时半会儿也来不了上海，俞理事等了等，看到希望不大，又怕裴继祖寻衅，也不敢再来谢公馆了。所幸谢富光心气还在，每天坚持走动几步，生活也慢慢地能够自理。

他盼望自己的身体尽快好起来，尽快到提篮桥监狱探望孙子。

俞理事劝慰，说："谢家有福，后代自然都会好。"

谢富光愣了半天，仰起头，叹息一声，说："你还记得民国十三年给双胞胎算的命吗？"

俞理事的脸色顿时发青，说："我早忘了。"

"我没有忘。"

"不足信！不足信！"

谢富光不禁落泪，说："离祖出家，外乡求谋呀。"

俞理事摇摇头，给谢富光完整地背了一遍，说："不是还有乐善好施，救助穷人，诚信可佳，贵人提拔，自成家业，动变多能，你怎么只记得那八个字！"

谢富光呆了许久，终于点了点头，但突然说了一句："我西元1877年生人，今年足岁七十了，人生七十古来稀。"

俞理事连忙安慰，说："您一定长命百岁。"

谢富光摇摇头，说："我以后不回绍兴了，就在万国公墓薤露园谢家墓地。"

俞理事哭起来，说："您说早了，不说了！不说了！"

谢富光突然神情带着乞求，说："你替我办件事，等我两个孙子回来，带他们去一次绍兴，把他们的祖母，把四小姐接过来。"

俞理事哭得更凶了，说："四小姐当然高兴了。"

谢富光松了一口气，说："你们俞家愿意？"

俞理事激动不已，说："四小姐自己愿意，临走前那年，她跟我说过这个心愿。"

那天早晨，谢富光远远地看到裘宝儿推着谢赛娇到花园里散步，他欣喜至极，努力发出声音，但他们似乎没有注意到他，尽管他看到孙女朝他这个方向望了望，但并没有跟他打招呼，他们还是自顾自地消失了。

谢富光一夜未睡。

第二天，裘继祖过来送米面和酱菜。谢富光精神一振，希望裘继祖帮忙，带自己到提篮桥看看孙子。

裘继祖哼了一声，说："你孙子是杀人犯。"

也就在那几天，裘继祖把几件红木家具抵押给交通银行，借贷到一千美金和两张机票，随后又找到了十六铺码头谢家货场的契证，出让给市政府一位秘书长，通过他疏通了跟美国大使馆有关系的人，搞到了赴美签证。

一应俱全，裘继祖松下一口气，说："爹爹尽力了。"

裘宝儿扶着已经可以下地走路的谢赛娇，双双向裘继祖表达感恩，说："谢谢爹爹。"

谢赛娇趁机提出要求，希望在临走之前向爷爷告个别，说："不知道什么时候再见到。"

裘继祖犹豫了一会儿，说："你不必去马房，让宝儿叫他过来。"

听到孙女将跟着裘宝儿赴美国，谢富光的精神突然好起来，俨然是一个健康的老头。傍晚时分，摸着黑，谢富光双手捧着一坛古法绍兴陈酿，出现在公馆主楼，让裘继祖父子吃了一惊。

谢赛娇当场哭了起来，忍着伤痛要走过来，被裘继祖拦住了，说："你坐着。"

谢富光走进来，说话变得清晰，说："爷爷为你们送行。"

裘宝儿反应过来，从谢富光手中接过那坛古法绍兴陈酿，说："谢谢爷爷。"

"你藏哪里的？"

"马房有花岗石马厩，下面有一个小小的地窖，刚好藏得下酒。"

"六十年的陈酒了。"

"六十六年！"

裘继祖后悔自己在平房里住了多年居然没有发现，顿时不快，谢富光真狡猾，瞒了自己这么多年。他愤愤中把封口打开，闻了闻，说："百年陈酒，也舍得拿出来！这不是留给你那宝贝孙子结婚时用的吗？"

谢富光表情平淡得不能再平淡了，他只望着谢赛娇，说："给孙女也一样。"

裘继祖下厨，一桌酒菜上来，他自己坐上首，旁边还空着一个座位，是留给亡妻屠媚娘的。裘宝儿和谢赛娇坐在两边，谢富光坐在下首。

裘继祖指着谢赛娇，说："她是裘家媳妇，该坐的位子。"

谢富光一言不发，给自己倒了一杯白水，喝了一口。

裘继祖喝了一大口酒，说："你坐的是我以前坐的位子。"

不等半坛酒喝完，裘继祖已经不省人事。裘宝儿喝得少，但还是呕吐不止，忍受着剧烈的腹痛，打电话叫了救护车。

之前谢赛娇也跟着喝，谢富光伸手拿过杯子，把一大半酒倒进别的杯子里，说："你少喝点！"

但谢赛娇还是趁爷爷不防备，把剩下的酒喝了。谢富光伸手打掉她的杯子时，酒已经喝光了。她虽然只喝了小半杯，却是最先倒下的。

谢富光扶着孙女，摇着头，说："爷爷给你们说过多少遍，绍兴酒香，因为做酒时加了砒霜。"

谢赛娇依偎着谢富光，说："我知道。"

谢富光抱起孙女，大哭了几声，说："该喝死的是我呀！"

裘宝儿还在医院抢救的时候，俞理事按照谢富光的嘱咐，把裘继祖装进棺木，一清早就送到万国公墓，在屠媚娘坟墓边上安葬了。

谢富光像是了却了一桩心事，说："他总算留在上海了。"

警察局审问事情的经过，谢富光承认自己在古法绍兴陈酿中加过砒霜时，俞理事当即制止，并拿着法国医生的诊断书证明，因为孙子坐牢的事情受到打击，谢富光精神出了问题，他说自己下毒是一种典型的癔症。

"他怎么可能把自己的孙女也一块毒死？"

那位董副局长和警察局办案人员都采信了俞理事的话，但把谢富光送回贝当公园塔楼监视居住，包括要去监狱探视孙子的要求也被驳回。

谢赛娇下葬当天，是个好日子，谢富光想去万国公墓送一程。裘宝儿刚从医院里出来，坚决反对，暴怒之中，对俞理事要去张罗葬礼的请求，也以挥拳威胁的方式拒绝了。

裘宝儿身体尽管还比较虚弱，但口气严厉甚至凶狠，说："就我一个人送她。"

太阳当空，光照墓园，仿佛是谢赛娇生前画好的一幅画。

短短的时间里，薤露园已经整修一新，原来杂乱破败的样子不见了，墓园之中，呈现富贵之气。裘宝儿走着走着，突然哽咽起来，他想起父亲生前摸着自己的脸，叮嘱他，以后一定要把娘亲的墓迁到这里。

裘宝儿好好哭了一场，哭得心灰意冷，哭得自己一下子仿佛老了好几岁。

不过一个月，罗思国再次现身上海，现身上海警察局，与宣铁吾进行了一对一的交谈，之后，谢壮尔就被悄悄释放了。

谢壮尔从提篮桥监狱的后门出来，先认出了罗思国的奥地利籍夫人，然后看到了罗思国，说："你是罗思国。"

罗思国开门见山，告诉他一个证实了的消息，说："陶含玉死了。"

罗思国的身份确实是南京内务部警察总署刑事处少将副处长。国民政府回迁南京后，军委会改为国防部，罗思国所在部门随同划归，与此同时，原内务部警政署升格为警察总署，军统出身的新任警察署长唐纵知道罗思国留学维也纳警察学院的专业背景，劝他加入，说："保密局风口浪尖，前景难测。"

罗思国正犹豫的时候，在清理从重庆托运过来的办公用品中，在一张旧报纸上看到了一则认尸启事，顿时勾起了他一件心头大事。

唐纵再次邀请时，罗思国立刻答应，但声明只负责刑事侦察业务，说："我要查刑案，查凶手。"

唐纵答应了他的条件，并希望他主持刑事处，以后再设法重用，说："戡乱时期，应该在政治上建立功业。"

罗思国到任后次日，即提出回重庆，办一件案子，答应等这件案子办好了，就把精力投放在政治上，说："这件事也是政治。"

他乘坐军用运输飞机先抵重庆，然后连夜坐船到达涪陵长寿县，敲开了县警察局局长的家。

由于时间过去将近一年，县警察局已经将其列为无头案，尸体已经就近埋葬，但衣裤、首饰、戒指、鞋袜以及文胸等物件已经封存。

"从来没有人来认领过。"

罗思国对所有物件一一查验之后，断定死者是一名女军人，接着开棺验尸，以查清死因。尸体已经腐烂，但在重庆赶来的法医配合下，证明死者是被人击打后推入江中，身体内有枪弹痕迹，说明死因是中枪，死后顺流漂至重庆下游长寿县码头。

加上死者遗物，罗思国断定死者就是失踪一年之久的陶含玉。

回到南京后，罗思国向原军委会长官，也是陶文的老上级，国防部长何应钦禀明案情。死于重庆嘉陵江的年轻女子并非溺水，而是被人推入江中，中枪而死，经查死者是军委会呈报失踪的图书馆女中校陶含玉，系陶文之女，绝非余无兴他们诬陷的共产党，杀人凶手是毛姓特务。他要求惩办毛姓特务及其保密局重庆站的一切有关人员。何应钦认为事关东北战事，干系重大，严令将此事列为最高机密，不得向陶文透露半个字，以免动摇军心。

罗思国到上海的前一天，毛人凤向何应钦通报了一个结果：毛姓特务已经在上海死亡，杀他的人可能是陶含玉的丈夫，是为妻报仇，云云。

极度痛苦和沮丧的谢壮尔哽咽了，说："我要亲手杀了他！"

"他已经被杀了。"

罗思国下车，从电线杆上揭下一张通缉令，上车，递给谢壮尔，说："这不是你吗？"

谢壮尔愣了，没有再说话。

罗思国带他去见了爷爷谢富光。车开到贝当公园门口，俞理事出来迎接，谢壮尔知道妹妹也遭遇了不幸，顿时蒙了头，站在门口不敢进去了。

俞理事口气坚决，说："绝非你爷爷投毒。"

谢壮尔看到爷爷苍老了许多，控制不住，大哭起来。

谢富光抚摸着他的头，也不禁悲伤，说："爷爷都认不出你们兄弟俩了。"

谢壮尔连忙安慰，说："这世界上，只有爷爷认得出，分得清。"

吃饭的时候，俞理事忍不住，透露了陶含玉死亡的确信。谢富光虽然早有预感，现在得到证实，不禁悲伤，过了一会儿，突然说："陶将军还不知道失去了心爱的女儿。"

此前一直犹豫的谢壮尔硬起心肠，说："我要写信告诉岳父。"

罗思国握住谢壮尔的手，说："我替你交给他。"

谢富光连连点头，表示赞同，然后，想念起双胞胎兄弟中的另一个，大声感慨，但愿战事早日结束，你们兄弟两个早日团聚。

谢壮吾为战事早日结束奔忙着，虽然自己不在战场上，但他确定自己正在实践"为民族独立解放，为人民解除苦难"这样的大事，这一想，胸中顿时充满豪气。

他没有按照原先期望的那样，直接回到杜代司令身边，直接奔赴战场。在大连下船后，旅大地委主要负责人单独把他接到苏军招待所，然后一个自称是延安来的人要求把《归来图》交给他，他会完成托付，转交给陶文的朋友，但谢壮吾希望自己当面交到杜代司令手中。

延安来的人拿出杜代司令的手令，说："这个任务你已经完成了。"

"这只是一幅画？"

"只是一幅画，但很重要。别的你就不要问了。"

他还想再问，延安来的人表情严肃起来，制止了他："你的使命到此为止。"

谢壮吾只好把卡其布风衣交给延安来的人，然后长长松了一口气，希望能尽快回到总部，回到杜代司令身边。

然而延安来的人交给他一项极其重要的任务：直接去塘沽见

陶文。

东北战事日趋紧张，蒋介石几次下令，催促陶文的部队做好准备，从水陆两路分别向葫芦岛和锦州进发，伺机支援，空军和海军将提供全面支援。谢壮吾以新一军中校军需官的身份出现在陶文面前时，陶文正在接待参谋总长顾祝同，在场的还有傅作义。

闲谈中，顾祝同和傅作义围绕是进军东北，还是撤至热河固守华北，起了争论。

陶文当和事佬，认为各说各理，都没有错，但以蒋介石的命令为最后决定。

顾祝同不由得为陶文叫好，原来打算放弃并撤退东北的方针已经改变，东北战场上的国共决战不可避免，说："这就是最后决定。"

陶文表明态度，会以最快速度赶到东北。

顾祝同对陶文放了心，当晚又乘飞机去了沈阳，去见东北"剿总"司令卫立煌，打气鼓劲。傅作义本来要赶回北平，但看到谢壮吾出现，故人相见，情绪好了许多，答应留下来吃晚饭，第二天再走，说："少不了切磋切磋。"

似乎是北平中南海相遇的重复，酒后傅作义兴起，使出山西六合形意拳，逼迫谢壮吾招架，然后同样傅作义对他有意相让表示不满。一边观战的陶文认为女婿绝不是傅作义对手，但惊奇于女婿能让傅作义这么认为。傅作义依然记得他有一个更厉害的哥哥，依然表示了好感，还关心他以后的打算。

傅作义一语成谶，说："新一军要完了。"

"我要回东北。"

"你回不去了。"

太阳从海上升起，朝霞满天。陶文爱护地看着女婿，表达了与傅作义相同的意见，新一军在辽东彰武一带，归廖耀湘指挥，前途堪忧，让他不要回去了，说："留在我身边吧。"

不久传来锦州被围的消息，接着廖耀湘兵团的西进驰援遭到阻击，辽沈战役进入白热化。蒋介石和国防部的电令一道接着一道，催促陶文立刻率军进入东北，支援锦州和廖耀湘兵团，并且要派国防部次长以上的官员前来督促。

陶文只好跟着有所行动，先是召开了师以上长官参加的动员会议，商讨具体细节，随后又亲自勘探码头和车站，制订详细的运输计划。后来空军的飞机都到东北去了，海军的船只也半数没有到达，陶文反过来催促国防部，但国防部大叹苦经，解释飞机都在锦州上空飞着，舰船在途中一时半会儿赶不到，要求陶文从陆路进发，不要再耽误。陶文和参谋们一商量，认为海空军支援必不可少，否则队伍很难按时到达。接着与国防部来回交涉了多次。后来国防部长何应钦发了火，亲自给陶文打电话，命令他顾全大局，克服困难，以最快速度突击行军到锦州一线。

这一来一去，又拖过了半个多月。

看到陶文陷入了两难，谢壮吾认为时机到了，于是把一封亲笔信和罗思国撰写的刑侦报告，以及法医鉴定拿了出来。

谢壮吾作了解释，信其实在上海就写好了，不敢寄出，想当面告诉他。

"为什么不早说?"

尤其是几张照片深深刺痛了陶文，在几十封催促他的密集电报中，他病倒了好几天，一封都没有看。当然，爱女被杀在前，谁也不便责怪他。

紧接着发生了陶文被刺事件。因为谢壮吾的及时出现，刺杀没有得逞。

刺杀陶文的是两个从东北潜逃回来的校级军官，他们坚称自己是激于义愤的自主行为，并没有接到上级指令，或是受任何组织指使，更不是保密局的特务。

活下来的那个刺客临死前大骂陶文背叛党国，应该为辽沈战场的数十万兄弟的性命负责，为国民党的失败负责。

那天，谢壮吾注意到，先有一人趁着灯光昏暗，反背着双手，像是送电报，快步走近帐篷。

这位冒充的电报员靠近正在休息的陶文。陶文以为是有紧急电报，因此并没有注意来人为何把双手放在身后，说："什么事？"

此人突然从背后拿出卡宾枪，就近扫射。

谢壮吾同时冲了进来，一把抱住了袭击者。

枪还是响了，不过并没有射中陶文。

这时另一人从谢壮吾的身后出现，用一把当时十分罕见的弹簧刀抵住他的脖子，试图以最快的速度将他割喉。

谢壮吾依然不肯松开前面那人，还把他的卡宾枪打落。

失控的卡宾枪在地上乱转，枪口喷着火光，子弹四处乱飞。

身后的那把弹簧刀紧紧逼近谢壮吾的喉结。谢壮吾把头往后一仰，感到鲜血流了出来，但没有等对方刺出第二刀，他身体一低，两腿先后发力，将背后袭击他的人扫倒在地。

陶文已经反应过来，抓过卡宾枪，将前面那人击毙。此时，倒地那个人已经拿枪瞄准陶文。

谢壮吾顾不得脖子上的鲜血直流，纵身扑过去，狠狠压住，随后一拳将其击昏。

陶文看到谢壮吾脖子上的血越流越多，连忙拿起掉落在地上的一卷纸堵住他渗血的伤口。

所幸，弹簧刀没有刺到喉管，只伤到皮肤。谢壮吾发现堵伤口的那卷纸，就是陶文当年给他写的条幅，已经血迹斑斑了。

那天，陶文在等谢壮吾拿回条幅。谢壮吾送回条幅，一进门就遇到突发事件。

陶文给他看了看伤口，又看着条幅上的血渍，叹道，热血染的，比我送给你时更有意义了，更好了，说："我亲自裱。"

条幅已经变成一个血纸球，小心地摊开，发现黑字鲜血连成一片，陶文说："我再给你写一幅。"

谢壮吾捂着脖子上的纱布，说话略显艰难，说："我会保存好的。"

尽管蒋介石再三催促，陶文还是以种种理由，拖到锦州失陷，国民党军在东北全面溃败之后，才率领十万大军前往增援。

半路上，国防部发来电令，陶文支援兵团回师华北，在北平城郊驻扎。

谢壮吾犯愁怎么进城找旗人大爷，归还鸡缸杯。刚好傅作义那个戴眼镜的副官从张家口回来，开车把他接进城里，和谢壮吾一起到旗人大爷家里坐等，结果到晚上也等不到人。那个戴眼镜的副官打听之后，得知旗人大爷因为整理准备南迁的文物，吃住都在故宫博物院，不得外出，别人也不许进去。经戴眼镜的副官指点，谢壮吾直接找到正在为北平防务忙得焦头烂额的傅作义，要了一张特别通行证，终于在太和殿见到了正在拆卸挂匾的旗人大爷。

旗人大爷一眼就认出谢壮吾，不禁惊喜，说："你怎么来了？"

谢壮吾从皮包里取出红花小棉袄，慢慢打开，鸡缸杯呈现在旗人大爷面前。

"把棉袄还给我。"

旗人大爷细细查验了鸡缸杯，连连点头，说："就是我的那个物件。"

谢壮吾感到欣慰，说："无价之宝绝不能流到美国。"

旗人大爷一阵兴奋之后，情绪又低落下来。因为他觉得自己谢不了谢壮吾，用手指着墙上的金字挂匾，说："怕是这些物件都要流到海外去了。"

"为什么？"

"都要运到南方去了，可能是更远的台湾。"

谢壮吾离开之后，旗人大爷将鸡缸杯藏好，凌晨时分想偷偷拿回家，结果被南京派来的官员碰个正着，鸡缸杯被没收装箱，人也被关了起来。

傅作义与共产党的秘密和谈正在进行，计划一同跟进的陶文接到蒋介石的电令，让率部立即离开华北，直接开到四川，在重庆整训待命。

陶文提前通知了谢壮吾，说："跟我走吧，伺机待变。"

杜代司令率领大军即将入关，谢壮吾正想回到部队，但是那个戴眼镜的副官传达的指示是让他继续跟随陶文前往四川。

临别时，那个戴眼镜的副官告诉了一个让他痛苦甚至绝望的消息：裘小越离开北平后其实一直在张家口养伤，上个月因为没有及时撤出，牺牲于飞机轰炸。

谢壮吾感到失落，因为自己已经没有机会实现那个美好的愿望，那就是和裘小越一起，等和平到来，人民当家做主，他们高举着红旗，走在队伍前列，回到上海。

"她是你什么人？"

谢壮吾没有回答，只有风在耳边作响。

他脑子里不断闪现最初的一幕，那是爱的表达。

他想起当年离开上海临登船的那一刻，裘小越出现在码头上，扑上前来，拦住了他，把一支钢笔送给他，叮嘱他不要忘记写信。

他想起当年在江北如皋城南影梅庵的石柱上，在她那张已经发黄的寻人启事的空白处，写下的那首诗：

> 我记得那美妙的瞬间：
> 在我的面前出现了你，
> 有如昙花一现的幻影，
> 有如纯洁之美的精灵……

他还想起了很多，从上海开始，从谢公馆开始，从上学路上开始，千个头，万个头，但他不愿意去想的，就是再也没有继续了，再也没有后面了，当然再也没有什么结尾，有如一场梦，一场美好的梦。

他离开前，突然拥抱了戴眼镜的副官，声音很轻，说你更不容易，保重！

三十一、孰手孰足

　　到达重庆之后不久，谢壮吾隐约看到裴宝儿的身影出现在朝天门码头，但人一多，也没有再看到，怀疑是自己看错了。

　　裴宝儿在此之前，已经在嘉陵江边的谢公馆遇到了谢壮尔。

　　裴宝儿没有去成美国，临上飞机的那一刻，几个宪兵把他带到上海警备司令部。原来，俞部长到上海协助防务，专门待了几天，借机过问了谢公馆权益问题，中间向上海最高军事长官汤恩伯特别提到裴家种种行为的不可饶恕，说："他是共产党变节分子，怎么能让他去美国？"

　　裴宝儿被警备司令部扣留了几天，但其时上海局面已经混乱，他找个机会打伤看守自己的宪兵，然后混进撤离的国民党四川籍军人当中，坐上船，沿江而上，在重庆落脚后，打算投奔余无兴。但几次都没有找到，还差一点被当成共产党嫌疑关进去。

　　余无兴当时主要在对付活动频繁的重庆地下党，正好缺人手，就给他一个国军少将的身份，理由是以后被俘了，共产党也会优待高级军官。看裴宝儿不是很动心，余无兴又许诺只要他工作努力，立下功劳，就资助他去美国。

　　裴宝儿答应下来，表示安顿好之后尽快开展工作。

　　至于谢壮尔，由于谢富光担心他的陶文女婿身份，要求他先找个地方躲避一些日子，等待局势明朗。于是谢壮尔直接坐飞机到了重庆，回到嘉陵江边的谢公馆安顿下来。

裴宝儿从余无兴那里回来，悄悄找到谢公馆，看到里面亮着灯，摸到门缝前瞄了瞄，发现里面一个熟悉的身影，他一时分不清到底是谢壮吾还是谢壮尔，连忙退回去。走投无路的情况下，他只得撬开防空洞的铁门，将就着住了一个晚上，打算一早就去找余无兴。

后来形势急转直下，解放军进攻成渝地区，势如破竹，国民党军队全面大溃败。

陶文率军起义的那一天，身着少将军服的裴宝儿被另一支宣布投诚的部队裹挟，一起作为留用人员参加了培训班。在动员会上，他远远见到了一个酷似霍参谋长的军官，惊慌之中，偷偷离开了。

裴宝儿没有落脚的地方，只得又回到谢公馆的防空洞暂避，不想遇到不知是谢壮尔还是谢壮吾的人正在防空洞里看着几样东西。这几样东西对裴宝儿来说，也是再熟悉不过的：谢富光送给孙子的红色拳击手套，妻子谢赛娇还在母亲肚子里时的谢家全家福照片。裴宝儿惊慌之中，认为眼前这个人一定是谢壮吾，于是抢先动手。

对裴宝儿而言，拳脚之下，很容易分辨对方是双胞胎兄弟中的哪一个，偏巧他此时又累又饿，感觉对方一定是一个厉害角色，因此在防范自己被袭击的第一时间，迅速有力地进行了攻击。

对方紧紧抱住了他，让他一时施展不开手脚。

几个回合之后，对方可能认出他是谁了，手一松，把他放开了。

但裴宝儿一心认为自己面对的是一场险恶的、十二年前未能决出胜负的比赛，因此没有任何犹豫，使出了一记击中对方后脑的左摆拳。

眼前的这个人没像当年谢壮吾那样闪避过去。

眼前的这个人后脑被击中，重重地倒在地上，再也没有起来，而且倒地的声音在空旷的洞穴里回响着，久久没有停止。

裴宝儿试图逃离重庆，正在码头上送人的霍参谋长认出了他，但裴宝儿说什么都不肯说明自己的真实身份，霍参谋长不禁怀疑，一怒之下，强行把他带回培训班，并进一步进行身份鉴别。

谢壮吾找过来时，裴宝儿正在操场上跑步。

事先，霍参谋长已经接到了杜代司令的电话，也正要扣押裴宝儿，但谢壮吾已经冲进操场，在众目睽睽之下，两人交起手来。

双方打得难分难解，裴宝儿拿出拼命架势，但他不敢恋战，只想速战速决，然后伺机脱身。谢壮吾已经去过谢公馆，而且在防空洞里看到了死去多时的弟弟，悲痛之中，确定是裴宝儿的杀人手法，因此除恶心切，一心要制服裴宝儿，甚至要置其于死地。

霍参谋长当年在延安吃过裴宝儿的亏，担心谢壮吾不是对手，万一被伤被残，不好向陶文交代，不好向杜代司令解释，但很快发现两人正是对手。

裴宝儿摆下马步，蓄势出拳。

谢壮吾后退一步，抵腿运气，顷刻出击。

裴宝儿先一拳过来，打击对方头部，又猛然一拳，直冲谢壮吾胸口。

看到拳头过来，谢壮吾两腿一前一后，弹回对方两记重击。

但裴宝儿左右勾拳，而且更加凶猛。谢壮吾等裴宝儿拳头一到，踢出连环腿逼回，紧接着正蹬连着侧踹，试图一举击倒裴宝儿。裴宝儿迅速回防，重新摆好马步。

那位袍哥看不下去，带几个人上去，要扳倒裴宝儿，但裴宝儿双拳紧握，纹丝不动。

霍参谋长上前干涉，说："让他们一对一。"

之后的一个回合，裴宝儿发狠使诈，谢壮吾肋下挨了一记重拳。

谢壮吾经受剧痛，突然使出最关键的一腿，已经分神的裴宝儿倒地不起。裴宝儿之所以分神，是因为谢壮吾瞪着他，低声说了一句："我今天要给你妹妹一个交代。"

裘宝儿听到了，想问什么，但看到谢壮吾眼中悲伤得无法形容的泪水，顿时明白了，胸中一口凉气冲向自己的脑子，马步一下子松了。

霍参谋长看出几分端倪，点评说："你们一拳一腿，旗鼓相当。"

裘宝儿被押到武汉，一直到临死，都不敢问起裘小越，问起妹妹。

谢壮吾也始终没有提到。

其实他想说的，裘宝儿如果以后见到妹妹，是在另一个世界了，他能说什么？

他不能被宽恕。

田监刑官果断越过了有可能继续庇护谢壮吾的杜司令，直接向远在北京的军委会总参谋部相关部门作了汇报。军委会总参谋部相关部门领导也觉得事情太不简单，也没有与中南军区和杜司令本人打招呼，亲拟电文，火速通知华东军区，在谢壮吾到达上海之后立即予以逮捕。接到中央军委会总参谋部相关部门的电报，华东军区没有丝毫马虎，确定富有经验的干部负责此事。在上海各码头，包括吴淞口这样的军港，一一布置了强兵强将。

很快，谢壮吾被找到了。

杜司令知道此事，把田监刑官大骂了几次，然后亲自出面交涉，要求马上将人送回武汉，建议在中央军委会总参谋部相关部门指导下，由中南军区相关部门进行审查甄别。

华东军区似乎并不甘心就这样把人交给与他们平级的中南军区，又知道杜司令不太好惹，如果不把人送回去，怕影响两大军区的关系，事情捅到最高层，不好交代；如果把人就这样送回去，万一杜司令不讲原则，把人放过去了，到时候谁的责任说不清楚。

正争执不下，军委会总参谋部相关部门领导提出了一个折中方案，由军委会总参谋部相关部门派人到上海，负责对谢壮吾的审查。但华东军区坚持要求参加，而且给出的理由也不好反驳：他们想从中得到一些对上海方面有价值的情报，比如谢壮吾真的

399

是冒名顶替，那他回上海的目的，特别是今后在华东军区新的岗位上想干点什么，等等，都是让人感兴趣的。

杜司令回电同意，但提出的条件是，派老资格副部长上官负责主审。

中央军委会总参谋部相关部门领导认为上官既合适又不合适。合适是因为上官在大革命时期参加共产党，三十年代初派到东北组织抗日武装，是一个经受过严峻考验的资深共产党人。不合适是因为上官和杜司令都曾经是谢壮吾的领导。对此，华东军区同志，包括中南军区田监刑官他们自己人，都可能会有意见。

杜司令则认为不能因为可能有意见，就要避什么嫌，而是要以对一个同志负责为最高原则，把事情查明确，搞清楚，上官是最合适的。上官是上海人，先是在上海读书，接着在上海教书，对于同样是上海人的谢壮吾，在有关问题的审查、辨别、区分和判断上，比非上海籍的人更有优势，关键的是，他与双胞胎兄弟都有过近距离、长时间的交往。而且上官经验丰富，思路清晰，绝不轻信。最大的特点是有语言天分，碰到各地的人，都能讲他们的家乡话，几可乱真，在东北时一口北满话，在苏联时俄语说得比苏联人还好，一点上海口音都没有。

"不就是搞明白裘宝儿临死前说的那句话吗！"

军委会总参谋部相关部门领导吸收了杜司令员的意见，派上官到上海负责此案，但为了排除干扰，要求尽快将人带回北京。

一开始，上官就认为中南军区田监刑官提供的证据并不充分，接触到谢壮吾之后，更是没有草率行事，没有按照部里的要求把人带回北京审查，而是把他安置在上海军管会招待所下面一个防空洞里。

一间单人房，环境宽松，待遇从优。

远在北京的军委会总参谋部相关部门领导几次来电催促，上官则几次借故拖延。

因为从谢壮吾的皮箱搜出裘宝儿的骨灰盒，本来要没收，为此谢壮吾再三解释骨灰盒的来龙去脉，说既然这么远带回上海了，就让他回到万国公墓他母亲的身边。上官答应骨灰盒暂时由他保管，一旦组织上有一个结论，让他洗清嫌疑，他可以亲自把裘宝儿的骨灰盒葬到万国公墓，但在事实没有搞清楚之前，绝对不许他擅自处理骨灰盒。

暑热之时，谢壮吾房间里不仅有排风扇，既干燥又阴凉，而且吃的也好，每天除新鲜饭菜以外，还有隔天一次的冷饮供应，每天一瓶的正广和汽水或是一块美女牌冰砖。如此待遇虽然让谢壮吾回想起以往在上海的日子，但更多的是平添了几分不安。

不久后一场大雨，天气凉快了许多，谢壮吾提出上去透风的要求得到满足。

他不仅走出了防空洞，而且上了楼，走近阳台的那一刻，他竟然发现自己身处的上海军管会招待所离谢公馆很近，最多只隔着两条街。

兴奋之余，谢壮吾向上官提出，能不能把裘宝儿的骨灰盒交给谢公馆。更主要的是担心爷爷谢富光，要求回一趟谢公馆。

上官没有理睬他，过了好久，严肃警告他，不要得寸进尺，否则就送他到北京中央军委会总参谋部相关部门去，说："这里离谢公馆太近了点。"

门窗很快都被关上，到后半夜，有人叫醒他，带他上了一辆封闭的道奇吉普，被转移到了另外一个地方，靠着江，可能是苏州河，也可能是黄浦江。他走进屋里的那一刻，猜了很久，也没有猜到是什么地方。

上官指了指窗外，出了半道谜面，说："我们离开了法租界。"

谢壮吾猜出了另外半道谜底，说："我们在英租界。"

清政府在鸦片战争中失败，被迫同英国政府签订《南京条约》，开放上海港通商，并无条件割让香港岛给英国，准许英国商人带家眷在上海和香港口岸居住、贸易，准许英国政府在上海和香港派驻领事、管事，专理商贾事宜。次年中英两国政府又签订

《虎门条约》，规定由清政府地方官与英国领事会同商定英人在通商口岸租地建屋的区域。根据这些规定，英国首任驻上海领事巴富尔来沪，正式宣布上海开埠建立上海英租界。上海县城北部的一块约八百亩的土地被划给英方作为英商居留地。美国圣公会主教文惠廉已在苏州河北岸租地造屋，并与上海道台吴健彰交涉后，虹口地区也被划作了美商居留地的美租界。英美合并成公共租界，东依黄浦江，南临洋泾浜，北至李家厂，西达界路，总面积增加到了一千多亩。到世纪之初，公共租界增加到二十多平方公里，西面一直扩展到静安寺。

"英美公共租界。"

上官打开窗户，说："现在都是中华人民共和国的土地。"

接着，上官继续以温和的风格，以聊天的方式对他进行调查审问。

上官在查阅谢壮吾的干部档案之后，拿着武汉田监刑官发来的电文，批评他们对裘宝儿说的二十八个音节，没有全翻译对。明摆着裘宝儿可能故意把他当谢壮尔了，也可能裘宝儿真的认为他就是谢壮尔。

"阿廿弟弟，卧扣寻黄田寻呒格阿果，及落可，卧拉比圆无没比圆格比试。我翻译一下，阿尔弟弟，我去阎王殿找你的哥哥了，接下去我们比没有比完的比赛，是不是？"

谢壮吾十分惊讶，连连点头，说："是这意思。"

谢壮吾还要再问，上官可能觉得问题解决得太容易，又沉下脸，要求他再说说裘宝儿的说话口音和语言习惯。

谢壮吾想了想，说："裘宝儿虽然长在上海，虽然讲的是上海话，但家中通用嵊县土话，因此嵊县口音仍然比较明显。"

上官张了张口，似乎在暗中模仿，说："嵊县方言，隶属浙北吴语区，太湖片，临绍小片，不难懂。"

谢壮吾这时才断定，上官刚才是在试着用嵊县方言发音。谢壮吾想起来，自己从小就认为绍兴话与嵊县话是一样的，现在从上官这里得到了证实。但爷爷却从来不这样认为，他坚决认为两地的口音是有区别的，尤其是俞理事，不止一次地指出双胞胎兄弟的模糊认知，从用词的区别，从腔调差异，一一举例，结论是绍兴为水乡，嵊县是山里，说："绍兴坐船能到杭州上海，嵊县进去只能到大山。"

小学毕业的那个暑期，裘继祖带着裘宝儿回嵊县给自己的师傅送终，双胞胎兄弟要借机一起去绍兴，但谢富光没有同意，说："明年让俞理事陪你们去。"

谢富光明令阻止，裘继祖也不敢带他们，父子俩悄悄走了。但双胞胎兄弟偷偷跟着，也上了去杭州的火车，还找到了江干码头，听到船上都是相近口音，都像是绍兴人，没有细问，就坐上了船。但船逆流而上，朝西开了，船上也找不到裘继祖父子，在富春江边的码头停靠时，他们才知道自己上错了船。傍晚花了数倍的船资，坐船返回杭州，第二天到西湖边玩了大半天，打听清楚之后，下午准备从陆路赶往绍兴。

这边俞理事赶到绍兴，又追到嵊县，都没有双胞胎兄弟的影子。俞理事怕谢富光担心，于是自己做主，到杭州找了熟人，请警察局派人四处查找。警察局召集各大船东询问清楚，知道双胞胎兄弟已经回到杭州。

等到俞理事找过来时，双胞胎兄弟已经坐上汽车了，坚决要去绍兴，俞理事死活拦住，说："无论如何不能去。"

但双胞胎兄弟决意要去，俞理事执拗不过，只得陪他们走一趟。中途车子抛锚，三人只好走了一段路，在一个古镇边停了下来，并住了一夜。

双胞胎兄弟天不亮就起来，打算好好看看爷爷的故乡。俞理事也跟着他们，一块吃了风味独特的早点，随后就陪他们到了一处老宅子，但里面已经没有人了。

双胞胎兄弟急切地寻找起来，说："怎么没有人？"

俞理事神情惊异，说："什么人？"

双胞胎兄弟一脸的认真，说："我们祖母四小姐呀。"

俞理事哈哈大笑，流出泪来，说："你们的祖母早就不在了。"

后来他们一直以为，俞理事说的是真话，一直以为那时候他们的祖母就已经不在人世了，一直以为俞理事带他们停留下来的地方是绍兴县城，因为那个地方具有同样风光，同样建筑。几里长的依河街市，曲折幽深的石板小弄，古老的小桥、店铺、台门、作坊、翻轩、骑楼，穿梭的乌篷小船，无处不印证了双胞胎兄弟脑子里的那一幅水乡风情图。

但他们还是问了几个戴毡帽的人，说："这里是绍兴吗？"

每个戴毡帽的人都骄傲地作了肯定的回答，但说的都是当地方言，他们没有听明白一个字。

他们回到上海不久，裘继祖父子也回来了。知道双胞胎兄弟竟然去过绍兴，裘继祖想问更多，被谢富光责怪了几句，也就不敢再问什么了。

后来裘继祖让裘宝儿告诉他们真相，说："那个地方不是绍兴，不过离绍兴很近了。"

"多近？"

"这里到闸北这么近。"

双胞胎兄弟后悔啊，连对俞理事为什么要骗他们，都懒得责问，懒得埋怨了。

上官是从谢壮吾的描述，以及他们坐车的路程，作出了自己的推断，说："可能是安昌，不过，离绍兴很近了。"

谢壮吾无奈地嘲笑自己，说："离开上海就不行了。"

"还是没有见到四小姐？"

"四小姐？"

"你祖母。"

谢壮吾久久地沉默。那次差点到绍兴，差一点就见着了，到了安昌，一个绍兴水乡的古镇，就止步了，就回来了，就没有见到四小姐，终成一生遗憾。

话题又回到裘宝儿，谢壮吾回忆，裘宝儿从嵊县回来后，在短暂的一段时间里，恢复过一口嵊县土话，双胞胎兄弟想学，可怎么也学不会。

谢壮吾说起此事，上官好像是给高年级学生上课，继续进行非常复杂的学术化表达，说："嵊县位于浙中偏东地区，与浙江南部的吴语区毗邻，该地方长期以来为杭州至温州一线的交通要津，故嵊县方言在浙江省内影响较大。"

谢壮吾更加佩服上官知识的广博了。

"我再重复一遍。裘宝儿临刑前说的那一段话，共二十八个音节，正确的翻译应该是，阿尔弟弟，我去阎王殿找你的哥哥了，接下去我们比完没有比完的比赛。"

上官又作了补充，说："临死之前，语言回返童年，是必然反应，但哥哥与弟弟称呼颠倒，裘犯似有故意。"

谢壮吾怔怔地说不出话来。

"他死了要去找哥哥谢壮吾，说明他还是把你当谢壮尔。到这里他这个指证很清楚，他的目的也基本达到，以致中南军区保卫部门不顾杜司令的反对，要逮捕你。"

谢壮吾叹了叹气，说："他看戏看多了。"

"或许真的是他临死前的奇计，临死前又捎带上了你。"

谢壮吾苦笑，说："我就是哥哥谢壮吾，很容易查清楚。"

"我不查清楚，怎么让别人清楚？"

谢壮吾仍然觉得可笑，说自己有办法向组织证明自己，因为中南军区杜司令知道真实情况，说："我要见他。"

上官有点发火，说："杜司令知道情况，但也不能完全证明你的身份，况且现在中央军委会总参谋部相关部门直接插手，杜司令也不便干扰审查。"

随后上官直截了当，说明利害，提出三种方案由他选择：一是送他回武汉，交还给杜司令；二是他想办法逃走，那结果会不好；三是留在上海方面，积极配合自己，或许会有一个好的结果。

说着，上官又准确无误地把二十八个音节作了翻译，说："及落可，卧拉比圆无没比圆比试，接下去我们比完……没有比完的比赛，是吧？"

谢壮吾惊奇上官的语言能力，愕然地又点了点头。

上官脸上掠过一丝得意，给他透露了他的发现：裘宝儿的话前后矛盾，谢壮吾是个优秀的拳击手，谢壮尔则没有练成，而拳击比赛是裘宝儿跟谢壮吾之间的事。

"他难道是跟谢壮尔比赛？"

对上官的话，谢壮吾一阵恍然，但更是一阵迷离，到底谁跟谁在比赛？难道裘宝儿分不清谢壮吾和谢壮尔了吗？

他从上官的话里看到了希望，表情坦然许多，说："我选择第三种情形，留在上海，争取一个好结果。"

上官表示赞许，说："对杜司令也不抱希望了？"

谢壮吾摇摇头，说："全国还没有都解放，他要忙于打仗。"

后来的见面越来越轻松，上官常常以向他核对材料为由，找他聊天。之后一次他带着一叠材料来，居然是从1926年2月的创刊号到1938年的暂时停刊的所有《良友》画报。

他指着封面女郎，逐个讯问。

谢壮吾也逐个辨认，电影明星胡蝶、宋氏三姊妹、周璇、阮玲玉、陆小曼，也认了出来。

谢壮吾翻开宋氏三姊妹做封面的这一期，封三居然就有当年他们双胞胎兄弟的合影照，又吃惊又兴奋，说："能不能把画报送给我？至少给我看几天。"

上官笑笑，说要与军管会文化部领导商量，因为这些是从上海图书馆借阅的，还要马上还回去。谢壮吾只好作罢，有些爱不释手地翻着画报，看着封面美女，几分感慨，说《良友》捧红了她们，她们也捧红了《良友》，这话一点都没有错。

上官指着封页上姚水娟边上的人，问："这就是屠媚娘？"

谢壮吾点点头，说："她是我奶奶。"

上官故作恍然，说："原来你与裘宝儿都是吃一个人的奶，关系非同一般啊。"

谢壮吾并不回避这种关系，说："是呀，我一直叫她奶妈，现在心里面还这样叫。她最早也是唱绍兴文明戏的。"

上官纠正，说："是越剧。"随后做了一番讲解。

光绪后期，嵊县乡间艺人首次登台演出，因只用笃鼓、檀板按拍击节，的笃之声不断，因此称的笃班或小歌班，逐渐发展成为一种地方戏曲，于绍兴一带农村演出，从业者都为当地穷人子女。民国初年进入上海，把原来的徒歌清唱改为丝弦伴奏，出现了绍兴文戏女子科班，享誉上海，大小报纸遂称绍兴文戏为越剧。

上官讲着讲着，突然脸一板，说："我在东北就看过你带在身边的《良友》画报。"

谢壮吾怔了怔，说："没有吧？"

上官盯着他，说："真没有？"

谢壮吾一笑，说："你那是看我弟弟的画报吧。"

上官似乎回想过来，转移话题，问："这里不会有裘宝儿的照片吧？"

谢壮吾不假思索，说："我们兄弟的是民国二十年3月27日出版的上海《良友》画报上，编号为第687期，四开四版、用道林纸精印的民国老报。刊裘宝儿照片的是688期。"

上官诧异，说："过去这么多年了，你怎么记得这么清楚？"

谢壮吾陷入回忆，他记得裘宝儿向他炫耀过，这一期二版是吊唁民国四公子之一袁克文的专版，版面都是哀悼文章、照片，所以印象深刻。当时自己还问过爷爷，爷爷告诉他，袁克文是袁世凯的二公子，所以要哀悼他，是因为当年他反对袁世凯称帝，触怒了父亲，逃往上海，加入青帮。袁克文人还不错，民国十一年，广东潮汕大风成灾，死了十几万人，袁克文曾将自己最心爱的字帖收藏卖了赈灾。

上官打断谢壮吾，说："袁克文到底是袁世凯的儿子，袁世凯是窃国大盗，历史早有定论，我们不要议论了。"

上官翻开688期的《良友》画报，先看了看其中悼念袁克文的文章，哼了一句，还真捧得蛮高的。随后又指着一张照片上的男孩，问："这个一脸犯倔的穷孩子就是裘宝儿？"

谢壮吾看着男孩肩膀上的补丁，点点头，说："他就是裘宝儿。"

上官感到几分可惜，说："你看，这嘴长得是好看。"

谢壮吾回忆了一下，说："遗传了他母亲。"

上官又看了看，表示认可，说："只是可惜，裘宝儿居然成了反对自己阶级的反革命。"

"你们兄弟都喜欢画报。"

谢壮吾不得不佩服上官审问方法的高明和独特。刚才自己对画报说得太多，反而成为疑点。在上官看来，只有谢壮尔才是《良友》画报的钟爱者。凭这一点，他有理由怀疑自己就是谢壮尔。

但是，在家庭电影中咿呀学语的那个人是谁呢？乘坐高速木质过山车兴奋得喊叫的那个人是谁呢？用英语俄语背诵诗歌的那个人是谁呢？胸前挂着德国徕卡相机的那个人是谁呢？那一个遥远的儿时梦幻，那一个意气风发的陌生少年，竟然是一个永远不会回来的旧时过往，一个难以记述的阳界传说，从来没有出现过，从来没有发生过，从来没有存在过。

几天之后，上官再次出现，突然提到了安德烈。

谢壮吾回忆了当年与安德烈的交往，说："安德烈可以证明。"

上官告诉谢壮吾一个从北京传来的消息：安德烈本来要随苏联军事考察团到中国访问，顺便还要来上海，安德烈如果能够花点时间给他作证，问题应该能搞得清楚，但不知什么原因，斯大林同志临时把他的名字从代表团名单中画掉了。

谢壮吾吃惊，替安德烈担心起来，说："为什么？他出什么事了吗？"

上官显然意识到自己说漏了嘴，马上轻描淡写地解释，这是机密，自己不应该告诉谢壮吾，他也只是听说而已，安德烈可能在苏联国内有更重要的事情，一时离不开。

谢壮吾暂时平静下来，表示以后如果有机会到苏联，一定去看望他。

谢壮吾一直担心，再次问起安德烈的近况，但上官每次都转移话题，之后极少再提到安德烈。

又过了几天，上官不经意地告诉他，说："安德烈，还有他的侄儿小安德烈，已经在西伯利亚了。"

谢壮吾一愣，顿时不安，但仍存侥幸，问："是去工作吗？"

上官低着声音，说："是劳动改造。"

那天晚上，上官摆了一小桌酒菜，说是要慰劳他自己，也给谢壮吾改善生活。

酒是黄酒，上官给他倒了一杯，谢壮吾拒绝了，说："我酒精过敏。"

上官变戏法似的拿出了一瓶啤酒，说："这个没有什么酒精。"

谢壮吾看了看，说："不是哈尔滨啤酒。"

上官酒后沉默寡言，过了很久，才说："你们兄弟都是酒精过敏？"

最后出现的是爷爷谢富光，也是上官请来的最后一位证人。

这个世界上，能分辨出双胞胎孙子的只有他们的爷爷谢富光了。

上官对谢富光说，这个世界上自称是上海人的，都是比年轻的上海更年轻的年轻人，只有他们才认为自己是真正意义上的上海人。

上海人最终都要回到上海的。

裘小越会从遥远的张家口迁回上海，与裘宝儿，当然还有裘家媳妇谢赛娇，一起安葬在万国公墓他们父母身边。而谢壮尔，也将从重庆回到上海，当然还有谢家媳妇陶含玉，也将相聚同行，当然可能还有双胞胎孙子从未见过的祖母四小姐，一起魂归万国公墓，长眠于薤露园谢家墓地。

有意还是无意，感叹不已的上官也突然念起了那首《乌衣巷》："朱雀桥边野草花，乌衣巷口夕阳斜。旧时王谢堂前燕，飞入寻常百姓家。"

后来，那三样东西全都回到谢壮吾的手中，红色拳击手套他戴上试了试手，那张全家福照片他没敢多看一眼，直接放到胸口贴身处了，最后，他大声念起了条幅上带着血迹的字："为民族独立解放，为人民解除苦难。"

道理虽大，如果心灵有感，会振作不息，勇往直前，付出全部。

上官显然准备结案了，如果谢富光能够证实，如果谢富光不能证实，自己和杜司令都一定会替他办妥入党手续，而且党龄从他递交入党申请书那一天算起。

戊戌年元宵于杭州